La vétérinaire des Caraïbes

*

Une périlleuse passion

*

Quand le passé resurgit

ANN McINTOSH

La vétérinaire des Caraïbes

Traduction française de
CHRYSTELLE POULAIN

BLANCHE

HARLEQUIN

Collection : Blanche

Titre original :
THE VET'S CARIBBEAN FLING

HARPERCOLLINS FRANCE
83-85, boulevard Vincent-Auriol, 75646 PARIS CEDEX 13
Service Clients — https://www.harlequin.fr/contenu/contactez-nous
ISBN 978-2-2805-1513-9 — ISSN 0223-5056

Édité par HarperCollins France.
Composition et mise en pages Nord Compo.
Imprimé en mars 2025 par CPI Black Print (Barcelone)
en utilisant 100% d'électricité renouvelable.
Dépôt légal : avril 2025.

MIXTE
Papier issu de sources responsables
FSC® C159065

Pour limiter l'empreinte environnementale de ses livres, HarperCollins France s'engage à n'utiliser que du papier fabriqué à partir de bois provenant de forêts gérées durablement et de manière responsable.

1

Quand le téléphone sonna peu après 21 heures, Mellie Roscoe identifia le numéro et décrocha en soupirant. Elle avait l'habitude de travailler tard, mais elle se serait bien passée de cet appel.

— Choupette va avoir ses petits. Venez tout de suite !

L'intonation plaintive de Karyn Williams exaspéra Mellie. Cette femme capricieuse commençait à lui taper sur les nerfs. Néanmoins, il était fort probable que son Yorkshire ait des difficultés à mettre bas.

— Décrivez-moi l'attitude de Choupette, répondit-elle d'un ton calme.

— Elle n'a rien mangé depuis ce matin. Elle tourne en rond dans la buanderie. Elle fabrique une espèce de nid avec les couvertures et les serviettes sur son tapis. Il paraît que cette attitude indique une naissance imminente.

— C'est exact. A-t-elle le ventre dur ?

— Je ne vais pas la toucher ! répondit Karyn en geignant. Elle a grogné après moi tout à l'heure.

Mellie leva les yeux au plafond. Par chance, sa cliente ne pouvait pas voir sa tête…

— Il va falloir vous armer de courage. Je voudrais que vous ameniez Choupette à la clinique.

— Vous ne voulez pas venir chez moi ?

La panique se devinait chez son interlocutrice, mais Mellie ne céda pas.

— Je préfère que les chiots naissent dans un environnement médicalisé. Là-bas, j'aurai tout mon matériel sous la main. Vous habitez à vingt minutes du cabinet. En cas de problème, un transfert prendrait trop de temps.

— Si Choupette me mord, ce sera votre faute ! s'écria Karyn.

La communication s'interrompit, et Mellie poussa un grognement. Consciente qu'une longue soirée l'attendait, elle gagna la cuisine pour se préparer un café, sous le regard perplexe de ses trois chiens.

— Désolée, les amis. Je vous ouvre la porte du jardin... Allez prendre l'air. Ensuite, j'irai rejoindre Karyn et sa princesse.

D'habitude, elle témoignait beaucoup plus d'empathie à ses clients. Mais cette fois, si les choses tournaient mal, Karyn ne pourrait s'en prendre qu'à elle-même. Mellie lui avait formellement déconseillé cette saillie pour sa chienne !

« Tous les Yorkshire de St Eustace ont un lien de parenté avec elle, ce qui représente un risque. De plus, Choupette est plutôt petite. Il vaudrait mieux trouver un mâle de gabarit inférieur, mais je n'en connais aucun », avait-elle dit.

« C'est la première fois que j'entends ça, avait répliqué Karyn, l'air hautain. Pourquoi faut-il un mâle plus petit ? »

Cette femme, qui découvrait l'univers des chiens de race, prétendait déjà tout savoir. L'appât du gain était sans doute sa motivation principale, mais n'importe quel éleveur sérieux lui aurait recommandé de bien réfléchir.

« Parce que si le mâle est plus grand, les chiots risquent d'être trop gros. Il faudra les faire naître par césarienne. »

Sourde à ces recommandations, Karyn n'en avait fait qu'à sa tête. Mellie s'en était plainte à son collègue et mentor, le Dr Milo Logan, lequel avait secoué la tête en soupirant.

« Ne t'inquiète pas, je lui ai dit la même chose, avait-il répliqué. Elle n'a rien voulu savoir. »

Et les choses étaient allées de mal en pis.

Après avoir eu confirmation que Choupette allait « avoir des bébés », Karyn était devenue hystérique. Elle avait amené la chienne au cabinet trois fois par semaine, affirmant que sa « pauvre chérie » était à l'article de la mort. Et maintenant, Mellie se retrouvait seule pour gérer ce cas complexe – et le reste –, puisque Milo avait eu un infarctus cinq jours plus tôt.

Inquiète comme elle l'était pour son associé, elle vivait sur les nerfs. Karyn Williams aurait intérêt à faire profil bas !

Après la fermeture, Mellie avait trouvé le temps d'aller vermifuger un troupeau de vaches. Elle venait juste de rentrer chez elle et se sentait épuisée. Néanmoins, elle n'avait jamais laissé tomber un patient. Elle ne commencerait pas ce soir-là.

Grâce à son vieil ami Johnny Luck, tous les animaux présents au refuge – aménagé derrière sa maison – avaient été nourris. Les box et les enclos étaient propres. Elle pourrait se consacrer uniquement à son métier, « luxe » qu'elle appréciait à sa juste valeur.

Elle fit rentrer ses chiens puis versa le café chaud dans une thermos, avec Sheba, sa petite bâtarde croisée griffon, pour spectatrice. Elle lui gratouilla affectueusement les oreilles.

— Je suis désolée, ma puce. Maman doit aller s'occuper d'un autre toutou.

Elle attrapa son sac et ses clés, puis sortit. La brise estivale était tiède, comme toujours sur cette île des Caraïbes. Et au moins, à cette heure-ci, la circulation serait fluide. Il lui faudrait moins de dix minutes pour rejoindre la clinique située sur une petite colline dans la ville basse de Port Michael.

En chemin, elle se prépara à la soirée difficile qui l'attendait.

Depuis cinq ans qu'elle s'était associée à Milo, leur collaboration se déroulait selon une routine impeccable. Ils avaient chacun leurs patients, mais se montraient toujours disponibles pour aider l'autre. Et tandis que Milo gérait le bétail et les grands animaux, il lui laissait ce qu'il appelait « la clientèle exotique », autrement dit les hamsters, oiseaux et lapins. Personne ne lui avait encore amené un iguane de compagnie. C'était une chance, car elle n'avait plus soigné de reptiles depuis l'école vétérinaire.

En général, le rythme était soutenu, et ces derniers temps elle avait remarqué une certaine fatigue chez Milo. Mais sourd aux conseils de son médecin, il avait refusé de prendre des vacances. Et au bout du compte, il avait eu un infarctus...

Pour la première fois ce soir-là, elle devrait gérer seule une naissance compliquée. Il valait mieux être deux en cas de césarienne, un scénario hélas ! probable. Néanmoins, elle avait peu de chances de trouver un assistant disponible aussi tard. Et si elle perdait les chiots ? Ou pis, Choupette ?

Elle inspira à fond pour dompter sa peur.

Depuis quelques mois, elle envisageait de racheter sa part du cabinet à Milo, qui venait d'avoir soixante-dix ans. Elle stressait à l'idée de franchir cette étape plus tôt que prévu, mais au fond elle était prête. Elle venait de gérer cinq jours difficiles. Avec le temps, les choses ne pourraient que s'améliorer. Peut-être même arriverait-elle à recruter un autre vétérinaire.

Absorbée par ses réflexions, elle réalisa soudain qu'elle était arrivée à la clinique.

Elle contourna le bâtiment par l'arrière, se gara sur sa place habituelle et, fidèle à ses habitudes, déverrouilla la porte latérale.

— Tiens, la lumière du bureau est restée allumée, dit-elle.

Puis elle se figea. Les aboiements des chiens dans les box s'étaient estompés, et elle avait entendu quelque chose tomber sur le carrelage. Pis, un homme avait juré à voix haute !

En cinq secondes, la colère l'emporta sur la peur. Qui avait osé entrer par effraction ? Quel voleur était assez stupide pour croire qu'il trouverait une fortune dans le coffre ?

Sans réfléchir, elle se précipita. Ses baskets ne faisaient aucun bruit, et elle traversa le couloir en silence, attrapant au passage la machette accrochée sur le mur du fond. Milo l'utilisait pour débroussailler. Elle espérait ne pas avoir à s'en servir pour autre chose...

Déterminée, elle pénétra dans le bureau.

— Qui êtes-vous ? cria-t-elle. Ne vous gênez pas !

L'homme, qui fouillait le placard à médicaments, sursauta et pivota d'un coup, se cognant le front dans la porte ouverte.

Il va avoir une jolie bosse. Bien fait !

Agitant la machette, Mellie s'avança d'un pas.

— Bon sang, mais vous êtes malade ! s'exclama l'inconnu. Vous m'avez fichu une de ces frousses !

— Je ferai bien pire si vous ne me donnez pas une explication. Que faites-vous ici ? Comment êtes-vous entré ?

Soudain, l'air se bloqua dans sa gorge. Très grand et plutôt baraqué, l'intrus la dominait d'une bonne tête. Même armée, elle n'aurait pas la partie facile contre lui.

À bien le regarder, elle lui trouvait d'ailleurs l'air vaguement familier. Elle était pourtant sûre de ne l'avoir jamais croisé sur l'île. Dans le cas contraire, elle s'en serait souvenue. Comment oublier un pareil physique de tombeur ? Force était d'admettre qu'il n'avait pas l'air d'un voyou.

Avec ses cheveux bruns coupés court, son polo chic et son pantalon grège, il dégageait un charme indéniable. Elle l'imaginait plus sur un terrain de golf que dans la peau d'un cambrioleur !

Soudain, un filet de sueur froide lui dégoulina le long du dos. Une vague de désir incompréhensible venait de la submerger. Elle aurait dû avoir peur, mais c'était tout le contraire. Cet homme l'attirait. Jamais, de toute sa vie, elle n'avait éprouvé une sensation aussi forte.

— Je m'appelle Delano, dit-il d'une voix calme et grave. Je suis le fils du Dr Logan.

Un léger sourire étira sa bouche sensuelle.

— Posez donc cette machette, docteur Roscoe. Vous allez vous blesser.

En tant que vétérinaire, Delano savait bien qu'il devait rester calme en toutes circonstances.

Les animaux – les chevaux en particulier – comprenaient d'instinct à qui ils avaient affaire. Chaque situation devait être évaluée avec justesse. Il n'avait parfois que quelques minutes, voire quelques secondes, pour prendre la bonne décision. Et là, dans ce bureau, il avait l'impression de vivre un moment crucial sans bien savoir pourquoi.

Lorsqu'il avait décliné son identité, le Dr Mellie Roscoe avait écarquillé les yeux. Puis elle avait baissé son arme, mais sans la lâcher.

— Docteur Delano Logan.

Sa manière de prononcer son nom lui fit l'effet d'une gifle. Elle n'avait visiblement pas l'intention de s'excuser ni de lui dérouler le tapis rouge. De féroce, son beau regard noisette était devenu méprisant…

— Pour une surprise, c'en est une, déclara-t-elle sur le même ton. Quel bon vent vous amène ?

Stupéfait, il se frictionna la tête à l'endroit où il s'était cogné. De toute évidence, le Dr Roscoe tombait des nues. Elle aurait pourtant dû s'attendre à le voir débarquer…

Certes, il ne voyait plus beaucoup son père. Leur relation s'était dégradée après le décès de sa mère, qu'il avait perdue à l'âge de douze ans. Néanmoins, le sachant malade, Delano avait logiquement fait le voyage depuis l'île voisine de Trinidad, où il vivait et exerçait.

Pour avoir réagi de la sorte, Mellie Roscoe devait être au courant de la situation. Après tout, elle travaillait au cabinet depuis cinq ans, et ils ne s'étaient jamais rencontrés.

Delano n'était pas rentré quand son père avait reçu la médaille d'or de la Chambre de commerce, ni pour ses 65 ans. Il n'était pas venu lorsque le conseil de l'Ordre avait fêté en grande pompe la carrière exceptionnelle du « Dr Milo ». Il n'assistait même pas aux expositions canines biennales que son père organisait en mémoire de sa défunte épouse.

Iris, la mère de Delano, avait toujours adoré les chiens. Elle lui avait transmis sa passion. Cela faisait si longtemps qu'elle n'était plus là. Dix-huit ans. Une éternité…

Mellie Roscoe devait également savoir qu'un scandale éclaboussait le milieu équin à Trinidad. Dans un communiqué, la Société hippique avait fait savoir que « l'enquête suivait son cours suite à des irrégularités » et que « toutes les courses étaient annulées jusqu'à nouvel ordre ». Delano connaissait le fond de l'histoire, mais il avait gardé le silence.

En pareille situation, on soupçonnait tout le monde, y compris les innocents. L'associée de son père le prenait-elle pour un vétérinaire malhonnête ?

Il se reprit. Il n'avait aucune raison d'avoir honte. Personne n'avait le droit de le juger.

— Je cherche les vermifuges à large spectre, dit-il sans se démonter.

Le Dr Roscoe haussa les sourcils. Il avait apparemment réussi à la déstabiliser. Tant mieux, car il ne lui devait rien !

— Mon chien, Baldur, a fait le voyage aussi. J'ai oublié de lui administrer sa dose mensuelle, précisa-t-il. Mon père m'a dit de venir en chercher ici. Je suis descendu à pied.

Par la fenêtre, il repéra soudain une lumière vive à l'extérieur du bâtiment. Un véhicule était entré sur le parking.

— Ma patiente arrive, dit Mellie Roscoe d'un ton abrupt. Vous trouverez les vermifuges dans le placard d'à-côté. La porte de droite.

Lorsqu'elle tourna les talons, machette en main, Delano poussa un profond soupir. Il ne s'en était pas rendu compte, mais il était resté tendu depuis le début de cette scène incroyable.

Par sa tante, Eddie, il avait entendu dire que Mellie était une personne « drôle, chaleureuse et hyper agréable ». Apparemment, la vétérinaire travaillait dur et s'entendait bien avec tout le monde. D'ailleurs, sur chaque photo envoyée par Eddie, il avait découvert une jeune femme souriante. Mais là, dans ce bureau, elle s'était métamorphosée en tigresse.

Il soupira. Les clichés médiocres du téléphone d'Eddie ne l'avaient pas préparé à recevoir un tel choc. Car au-delà de l'étonnement, la beauté de Mellie l'avait époustouflé. Comment rester insensible devant ce visage à l'ovale parfait, aux traits délicats, à la peau mate et veloutée ? Quand elle l'avait fusillé du regard, ses prunelles noisette lançant des éclairs, il avait eu envie de planter un baiser sur sa bouche en forme de cœur !

Allons, il s'égarait. Cette attirance était à la fois ridicule et malvenue. Non seulement il avait fermé la porte aux relations amoureuses, mais en plus cette femme était l'associée de son père.

Par chance, il n'allait pas rester longtemps à St Eustace. Il aurait donc assez peu l'occasion de la voir.

— Docteur Logan.

Surpris, il faillit se cogner à nouveau dans le placard. Il pivota. Mellie Roscoe le dévisageait depuis le seuil.

— Oui ?

— Si cela ne vous ennuie pas, j'aimerais que vous m'aidiez à faire une écho sur une Yorkshire. Gestation à risque, mise bas imminente. J'ai besoin de quelqu'un pour la maintenir et la calmer.

À son air glacial, il comprit qu'elle aurait préféré ne rien lui demander. Dans ce cas-là, qu'elle se débrouille Pourquoi avait-elle fait appel à lui ?

Sur le point de répliquer vertement, il se surprit à répondre :

— D'accord. Avec plaisir.

Pour faire bonne mesure, il esquissa un sourire charmeur. Un grognement exaspéré lui parvint en retour, et il suivit sa consœur, amusé malgré lui.

Cette collaboration risquait de faire des étincelles. Au fond, cela ne lui déplairait pas de se chamailler un peu avec la belle Mellie Roscoe.

2

Mellie n'en revenait pas. Delano Logan était la dernière personne qu'elle aurait imaginé voir ici, à Port Michael, à la Prospect Clinic.

Non content d'agir en maître des lieux, il avait accepté sa demande d'aide avec un enthousiasme agaçant. Il avait aussi déployé son charme devant Karyn Williams, qui avait réagi en battant des cils.

À présent, la maîtresse de Choupette leur tournait autour, espérant sans doute capter l'attention de Delano. Mais celui-ci, focalisé sur la chienne, l'ignorait. Il murmurait des paroles réconfortantes à Choupette tandis que Mellie lui rasait le ventre. Et, là encore, la magie opérait puisque la petite Yorkshire le gratifiait de regards adorateurs.

Mellie se rembrunit derrière son masque. Pourquoi Delano sentait-il si bon ? Pourquoi était-il si séduisant ? La dernière fois qu'elle avait flashé à ce point sur un homme, l'histoire s'était mal terminée. Elle avait eu le cœur brisé, avait fini ruinée et avait dû entamer une action en justice.

Cette attirance inexplicable fit monter sa colère d'un cran. La présence de Delano l'énervait assez comme cela. Elle se serait bien passée de cette contrariété supplémentaire.

S'efforçant de rester calme, elle alluma l'échographe. Qu'aurait pensé Milo s'il les avait vus travailler ensemble, son fils et elle ?

Cinq ans plus tôt, à la demande du père de Mellie, Milo l'avait embauchée sans la connaître. Elle cherchait désespérément du travail à l'époque et, après avoir été informé de sa situation, il lui avait offert une place au cabinet.

Jamais elle n'oublierait sa gentillesse ni l'accueil chaleureux qu'il lui avait réservé. Devenue son associé, elle le considérait à présent comme son second père. Elle avait été bouleversée lorsqu'il avait fait son infarctus. Elle s'était promis de faciliter sa convalescence. Mais l'arrivée de Delano changeait la donne, et pas forcément de manière positive.

Milo avait dû être aux anges de le voir revenir. Néanmoins, elle se demandait pourquoi Delano avait choisi ce moment, lui qui avait snobé son père pendant des années. Elle ne pouvait s'empêcher d'y voir un lien avec le scandale de Trinidad. Son poste de vétérinaire sur les champs de courses devait être menacé. Elle ne voyait pas d'autre explication.

Elle bouillonnait à l'idée que, déjà, l'« enfant prodigue » veuille remplacer Milo. Pourquoi, d'ailleurs, ce dernier ne l'avait-il pas prévenue que son fils allait débarquer ? Elle avait cru qu'ils partageaient une amitié solide mais, visiblement, elle avait eu tout faux. En la circonstance, elle se sentait vexée et même rejetée.

Allons. Mieux valait ne pas tirer de conclusions hâtives. Peut-être y avait-il une bonne raison à ce silence.

Elle se concentra sur sa tâche et, sans perdre de temps, passa la sonde sur l'abdomen de Choupette. Elle ne put retenir un froncement de sourcils en découvrant les images. Delano, lui, laissa échapper une petite exclamation.

— Que se passe-t-il ? s'écria Karyn.

Mellie poussa un profond soupir. Si elle manifestait une émotion quelconque, cette femme allait devenir ingérable.

— Les têtes des chiots me semblent trop grosses pour une naissance par voie naturelle, dit-elle d'un ton calme. Sans intervention de ma part, on risque de perdre Choupette et les petits. Je préconise une césarienne en urgence.

Karyn se tourna vers Delano comme montée sur ressort.

— Et vous, qu'en pensez-vous ? Dites-moi ce qu'il faut faire.

— Je vous conseille d'écouter votre vétérinaire.

D'un mouvement de tête, Karyn renvoya sa longue chevelure platine par-dessus son épaule.

— Vous êtes vétérinaire aussi. J'aimerais avoir votre avis avant de prendre une décision.

Mellie se détourna et retint un commentaire acerbe. Ce n'était pas la première fois qu'on mettait ses compétences en doute. Au début surtout, les clients avaient eu tendance à solliciter Milo derrière son dos. Il les avait remis à leur place, et à présent elle était assez connue pour être respectée. Mais hélas ! pas par tout le monde. Et Karyn Williams apportait la preuve que la misogynie n'était pas exclusivement masculine.

— Je n'ai pas à donner mon avis, répliqua Delano d'un ton ferme. Le Dr Roscoe, qui suit votre chienne, a posé un diagnostic. Vous devriez l'écouter.

Alors que Karyn ouvrait la bouche dans l'intention évidente de protester, Choupette gémit à fendre l'âme.

— Très bien, faites la césarienne ! Mais si les choses tournent mal, je vous tiendrai pour...

— ... responsable. D'accord, c'est bon. Je connais la musique, l'interrompit Mellie.

Cette fois, la coupe était pleine. Karyn dut le sentir, car elle se contenta de maugréer quelques phrases inaudibles.

— Si vous voulez bien passer à la réception, je vais préparer le formulaire de consentement, ajouta Mellie.

La cliente partie, elle se tourna vers Delano. Elle aurait dû le remercier, mais ne put s'y résoudre. Il avait fait preuve de bon sens. Fallait-il pour cela lui décerner une médaille ?

— Pourriez-vous surveiller Choupette le temps que j'imprime les papiers ? demanda-t-elle simplement. Je vais aussi tenter de joindre une de nos assistantes vétérinaires.

— Un vendredi, à 22 heures ? Bonne chance... Je peux rester si vous voulez. Il faudra juste que j'appelle la maison pour prévenir.

Penser à Milo raviva la mauvaise humeur de Mellie. Comme s'il avait senti son agacement, Delano enchaîna :

— Avant que vous me posiez la question, je vous précise que je soigne aussi des petits animaux à Trinidad. Je ne travaille pas qu'avec les chevaux.

— Je n'allais pas vous poser la question, riposta-t-elle d'un ton sec. En revanche, j'allais vous dire que votre père espérait sûrement finir la soirée avec vous.

Une lueur indéfinissable traversa le regard brun de Delano. Puis il haussa les épaules.

— Mon père s'apprêtait à aller se coucher quand je suis parti. Mais tante Eddie, elle, sera encore debout. C'est un oiseau de nuit. Je vais lui téléphoner pour éviter qu'elle s'inquiète.

— Comme vous voulez, marmonna-t-elle.

Lui opposer un refus ne donnerait rien. Qui se priverait d'une aide aussi providentielle ?

— On va s'y mettre, conclut-elle. Plus vite on aura fini, plus tôt vous rentrerez.

Et moi, je serai débarrassée de vous...

Elle refusait de passer une minute de plus que nécessaire en sa compagnie. Moins elle le verrait, mieux elle se porterait.

Même si Delano n'avait pas pratiqué de césarienne sur un petit animal depuis longtemps, il connaissait par cœur la marche à suivre. Dans un pareil cas, il fallait agir vite, à la fois pour la santé de la chienne et pour que l'anesthésiant ne « contamine » pas les chiots.

Calme et méthodique, Mellie lui avait indiqué où trouver les instruments. En un temps record, ils avaient alors perfusé Choupette et désinfecté son ventre.

— Si je vous laisse intuber, ça ira ? demanda Mellie.

— Oui, sans problème.

— Très bien. Allons-y.

Dès que Choupette fut endormie, Delano l'intuba selon le protocole. Il put ensuite observer Mellie qui, sans perdre de temps, incisa l'abdomen distendu. Elle se montrait à la fois concentrée et sûre d'elle. Elle employait une technique qu'il n'utilisait pas personnellement, mais une chose était sûre : elle connaissait son affaire.

En quelques minutes, elle dégagea la première corne utérine et l'utérus. Elle tapissa alors la paroi abdominale de compresses stériles, avant de pratiquer une ouverture dans l'utérus lui-même.

À partir de là, Delano fut trop occupé pour rester simple spectateur.

Mellie lui passa un premier chiot, rapidement suivi d'un deuxième, puis d'un troisième. Et chaque fois, il se hâta de se débarrasser du sac amniotique, de couper le cordon ombilical, puis d'aspirer le nez et la bouche des minuscules chiots qu'il tenait entre les mains.

Par chance, ces trois-là respiraient spontanément, et il put vite les installer en couveuse. Ce ne fut pas le cas du quatrième chiot, à qui il dut injecter une dose de doxapram, un stimulant respiratoire. Le médicament joua très vite son rôle, si bien que Delano put se dispenser des compressions thoraciques et du bouche-à-bouche.

— Quatre chiots en bonne santé, quatre ! annonça-t-il.

— Ce n'est pas grâce à leur propriétaire, maugréa Mellie derrière son masque. Je lui avais déconseillé cette saillie pour Choupette, mais… voilà.

Elle avait déjà commencé à recoudre, optant pour une suture sous-cutanée avec fils résorbables. De la sorte, les chiots ne pourraient pas sucer les points au risque de provoquer une infection.

— Tout est bien qui finit bien, c'est l'essentiel, observa-t-il.

— N'allez pas nous porter la poisse. Attendons que Choupette se réveille et que la nuit soit passée avant de crier victoire.

— Allez-vous la faire sortir ou la garder ici en observation ?

Elle poussa une exclamation, incrédule.

— Imaginez-vous réellement que Karyn soit capable de gérer toute la petite famille ? Je vais les emmener chez moi. Je les surveillerai cette nuit.

Il crut percevoir une certaine lassitude dans sa voix et l'observa avec attention tandis qu'elle injectait le produit inversant l'anesthésie. D'après son père, elle tenait le cabinet seule depuis cinq jours. Elle devait être épuisée.

— Je pourrais prendre Choupette et les petits à la maison, suggéra-t-il. J'ai dormi dans l'avion. Je peux veiller tard.

— Non !

Sans le regarder, elle extuba la chienne, puis retira ses gants et les lança dans la poubelle.

— Je peux me débrouiller, ajouta-t-elle en gagnant la porte.

— Bien sûr, mais... cela ne me dérange pas de vous aider.

Elle pivota, ses yeux dorés lançant des éclairs.

— Je n'ai pas besoin de votre aide. Excusez-moi, je vais aller voir Karyn. Vous pouvez rentrer chez... votre père.

Il eut l'impression désagréable d'être congédié comme une mouche importune.

— Quoi ? répliqua-t-il, ironique. Pas de « Merci, Delano » ? Juste un « Disparais, démon immonde » ?

Quand elle lui tourna le dos, il crut qu'elle n'allait pas répondre. Elle ouvrit la porte et, comme à regret, daigna jeter un coup d'œil par-dessus son épaule.

— Vous avez tout compris. Et au fait, cette citation n'est même pas de Shakespeare.

3

Après une courte nuit, Mellie se réveilla à 6 heures.

Après la césarienne, Choupette avait mis plus de temps que prévu à revenir à elle. Elle n'avait pas manifesté un grand intérêt pour ses petits, mais le lien s'était tissé au bout de quelques heures. Et ce matin-là, à première vue, tout le monde semblait en forme.

Aucun chiot ne saignait de l'ombilic. La cicatrice de Choupette était restée propre, et puisqu'elle refusait maintenant de quitter ses petits, Mellie l'encouragea à faire ses besoins sur un tapis d'hygiène. Tout bien considéré, il valait mieux que la chienne ne soit pas en contact avec l'extérieur ni avec ses congénères du refuge. Au moins, Karyn ne pourrait pas dire que sa « chérie » s'était blessée ou infectée dehors !

Dans la cuisine, Mellie se prépara un café bien fort. Par la fenêtre ouverte, elle entendait Johnny Luck siffloter pendant qu'il s'occupait des chenils et des box. Elle irait lui donner un coup de main d'ici peu, mais avant cela elle avait besoin de prendre quelques minutes pour elle.

La veille, les événements s'étaient enchaînés. Au retour, elle avait été trop occupée, puis trop fatiguée pour réfléchir. Mais là, à tête reposée, elle était bien obligée de penser à Delano Logan.

De prime abord, elle le trouvait trop beau pour être honnête. Elle avait retenu la leçon avec Kyle. Elle savait bien qu'il fallait se méfier des apparences. Un sourire charmeur et de belles manières pouvaient dissimuler un caractère égoïste ou, pis, une absence de qualités morales et humaines.

Au début de leur relation, Kyle s'était montré adorable. Sans la couvrir de cadeaux, il lui avait donné chaque jour des preuves d'affection qui l'avaient convaincue de son attachement. Elle avait plongé la tête la première, certaine qu'ils allaient se marier, fonder une famille et passer leur vie ensemble. Mais la chute avait été brutale.

Enivrée par la tournure romantique de leur histoire, elle avait accepté de s'installer à Miami, où ils avaient acheté une maison à rénover. Elle y avait mis toutes ses économies, Kyle étant l'acheteur officiel puisqu'elle n'avait, à l'époque, pas assez de revenus pour participer à l'emprunt bancaire. Mais puisqu'ils devaient se marier, cela n'avait aucune importance, avait souligné Kyle. Ils régulariseraient les choses après le mariage…

Dans la foulée, il l'avait convaincue de travailler en intérim plutôt que de chercher un poste fixe. Ayant beaucoup bricolé avec son beau-père – un entrepreneur en bâtiment –, elle avait de l'expérience en rénovation. Aussi à la demande de Kyle, s'était-elle mise à retaper leur cottage.

Les travaux étaient presque finis quand, une semaine avant Noël, Kyle avait mis la maison en vente derrière son dos. En quelques jours, le rêve était devenu un cauchemar. Elle s'était retrouvée le cœur brisé, ruinée et sans domicile. Elle s'était alors promis de ne plus jamais faire confiance à quiconque. Depuis, elle menait sa barque seule et s'en portait très bien. Son avenir était tracé. Elle avançait et était heureuse.

Mais Delano Logan risquait de tout bouleverser !

La veille, elle avait d'abord pensé à Milo et au chagrin que Delano allait lui causer si, tout à coup, il développait un intérêt pour le cabinet. Mais là, à tête reposée, elle s'inquiétait aussi pour elle-même.

Quand Milo avait évoqué sa retraite, trois ans plus tôt, elle avait proposé de lui racheter ses parts.

« J'ai toujours espéré que Delano prendrait ma suite, mais je dois me rendre à l'évidence, avait-il dit. Il s'est installé à Trinidad. Il ne reviendra pas. Alors oui, Mellie, je serais enchanté que tu assures la relève. Rien ne pourrait me faire plus plaisir. »

À partir de là, elle avait senti l'horizon s'éclaircir. Elle s'était projetée dans un futur idéal où elle pourrait poser ses valises définitivement et mener une vie heureuse. Ses espoirs allaient-ils être déçus ? Même si la situation n'était pas comparable avec son expérience précédente, elle risquait à nouveau de tout perdre à cause d'un homme.

L'emploi de Delano à Trinidad était menacé. Son père malade allait lever le pied plus tôt que prévu. Il n'en avait pas fallu davantage pour qu'il débarque !

Elle secoua la tête en soupirant. Elle culpabilisait un peu de lui faire un procès d'intention. Il avait au moins eu le mérite de venir voir Milo, ce qui était positif. Pour la suite, il fallait attendre. Il était impossible de savoir comment les choses allaient tourner.

Une chose était certaine : elle devait rester sur ses gardes. Mais pour l'heure, déprimer sur des perspectives d'avenir incertaines ne la mènerait à rien. Elle devait s'activer !

Après avoir bu son café, elle alla nettoyer la litière des chats et remplir les bols de croquettes et d'eau fraîche. Puis elle sortit dans la cour, où elle seconda Johnny dans les tâches habituelles. Elle venait juste de nourrir Jane et Bingley, le couple de cochons domestiques hébergé au refuge, quand son téléphone sonna. C'était justement Milo.

— Comment vas-tu ce matin ? demanda-t-elle, non sans inquiétude.

Même si les dernières nouvelles étaient rassurantes, l'arrivée de Delano l'avait peut-être bouleversé. Or, dans son état, il avait besoin de calme.

— Très bien, Mellie, répondit-il d'un ton joyeux. Je voudrais aller danser au club ce soir, mais Eddie n'est pas d'accord.

— Tu m'étonnes ! Heureusement que ta sœur est plus

raisonnable que toi. Si tu vivais seul, tu n'obéirais jamais aux ordres du médecin.

— Laisse mon docteur où il est, veux-tu ? s'exclama-t-il, du rire dans la voix.

Après une petite pause, il enchaîna :

— Alors… Tu as fait la connaissance de Delano hier soir.

Prise au dépourvu, elle inspira à fond.

— Oui. Je suis tombée sur lui en revenant au cabinet.

— Si j'avais su que tu travaillais encore, tu penses bien que je t'aurais appelée. Mais en fait, je n'ai pas eu beaucoup le temps d'y penser. Il a débarqué sans prévenir au moment où on s'attablait. J'ai reçu un de ces chocs !

Delano était un imbécile. Après des années d'absence, il était arrivé par surprise chez son père malade du cœur. Avait-il un pois chiche dans la tête ?

Elle s'efforça de maîtriser sa colère avant de répondre.

— Tu as dû être content de le voir, réussit-elle à dire.

— Oh que oui ! Et toi, tu as dû être contente qu'il t'aide pour la césarienne de Choupette Williams.

— En effet. Deux des chiots, voire trois, avaient une trop grosse tête.

— Apparemment, Delano t'a proposé de les ramener ici, mais tu n'as pas voulu. Tu aurais dû le prendre au mot. Cela ne m'aurait pas dérangé, au contraire.

Elle crut détecter une pointe de reproche dans la voix de son collègue et fronça les sourcils.

— Je les ai gardés de bon cœur, prétendit-elle. Et Karyn doit venir les chercher bientôt.

— Avec tout ce que tu as géré ces derniers jours, j'aurais préféré que tu te reposes, Mellie. Mais enfin… tu connais tes limites. J'espère au moins que tu n'as rien de prévu aujourd'hui. Vas-tu porter la bonne parole quelque part ?

Depuis l'ouverture du refuge, Mellie ne ménageait pas son temps le week-end. Elle organisait des conférences sur le thème de la stérilisation. Elle se démenait aussi pour trouver des sponsors, car stériliser les animaux errants coûtait cher. Et souvent, elle vaccinait pour quelques dollars les chiens ou les chats de propriétaires peu fortunés…

— Non, pas aujourd'hui, répondit-elle.

Jamais elle n'avait été si soulagée que son planning soit vide. Elle avait besoin de recharger ses batteries. Néanmoins, elle n'allait pas l'avouer à Milo qui s'inquiétait déjà.

— Quand aura lieu ta prochaine campagne de stérilisation ?

— Dans quinze jours, à Grand Harbour.

— Ah ! super. Si Delano est encore là, il viendra te donner un coup de main. Et au fait, je lui ai demandé de me remplacer à la clinique. Comme cela, il pourra assurer les séances d'éducation canine.

Elle se mordit la lèvre pour contenir une réplique cinglante.

— C'est gentil, mais… je peux gérer, tu sais. Tu devrais passer du temps avec Delano au lieu de le faire trimer. Il est là, profites-en.

— Tu assures comme une cheffe, Mellie. J'en suis parfaitement conscient. Mais je ne veux pas que Delano reste toute la journée ici à se tourner les pouces. En plus, s'il ne reprend pas l'éducation canine, les chiens auront tout oublié à mon retour.

Elle aurait voulu protester, mais se retint. Fatigué comme il l'était, Milo ne devait pas être contrarié.

— Dis-lui que je l'attends lundi, lâcha-t-elle, résignée. Je lui trouverai bien quelque chose à faire.

Milo s'esclaffa.

— Je n'en doute pas une seconde. Tu vas voir, ça va être super. Bisous, bisous. À plus !

Elle raccrocha en laissant échapper un juron. Super, vraiment ? Elle avait plutôt l'impression que les choses allaient de mal en pis.

Delano rentra dans la maison sur la pointe des pieds.

Il était sorti rejoindre son père sur la terrasse, mais le « Je ne veux pas que Delano reste toute la journée ici à se tourner les pouces » lui avait fait rebrousser chemin.

Au fond, il n'aurait pas dû être surpris. Son instinct ne l'avait pas trompé : son père ne souhaitait pas le côtoyer plus que nécessaire. Cette réaction était compréhensible !

Voir tous les jours la personne responsable de la mort d'une épouse adorée – son propre fils, de surcroît – devait être insupportable. Conscient de cela, Delano avait préféré s'éloigner. Il gardait ses distances depuis près de vingt ans…

Comme souvent, une vague de chagrin et de culpabilité le submergea. Plus le temps avait passé, plus il s'était senti mal à l'aise en pensant à St Eustace. Mais l'infarctus de son père avait changé la donne. Il ne l'avait pas vu depuis une éternité et, à présent, il devait renouer le lien.

Quoi que son père puisse penser de lui, il l'aimait. Il ne fuirait pas ses responsabilités familiales sous prétexte qu'il n'était pas le bienvenu à la maison. Et s'il devait travailler au cabinet pour que son père ait une convalescence sereine, il le ferait de bon cœur, quoi que puisse en dire la belle mais glaciale Mellie Roscoe.

La jeune vétérinaire, elle aussi, lui avait fait sentir qu'il était un intrus. Mais au lieu d'en être chagriné – comme avec son père –, il avait eu envie d'en rire. Il n'avait rien contre l'idée de la taquiner un peu. Cette distraction allait lui permettre de se changer les idées. Il en avait bien besoin !

Perdu dans ses réflexions, il faillit heurter sa tante, qui sortait de la cuisine où il voulait entrer.

— Dis donc, où vas-tu comme ça ? s'exclama-t-elle, les mains sur les hanches. Tu viens de finir ton petit déjeuner. Ne va pas chaparder dans mes placards.

Il éclata de rire.

— Yo ! tatie ! J'ai encore faim.

Le visage d'Eddie s'illumina.

— Si tu savais comme ces mots me font plaisir… Je commençais à désespérer de les entendre à nouveau. Voyons ce que je peux faire pour toi.

Il passa affectueusement le bras autour des épaules de sa tante.

— Je te fais marcher. Rassure-toi, j'allais juste boire un café.

Dressée sur la pointe des pieds, Eddie déposa un baiser sonore sur sa joue.

— Je vais te le préparer. Laisse-toi chouchouter un peu aujourd'hui. Demain, tu te débrouilleras comme un grand.

Quelques minutes plus tard, alors qu'il regardait Eddie s'activer, son cœur se gonfla d'affection. La sœur de son père s'était installée chez eux après le drame. Elle l'avait élevé de ses 12 ans jusqu'à l'âge adulte. Elle veillait toujours sur lui à distance, et il l'adorait.

— Alors, mon grand... Tu as eu ton baptême du feu la nuit dernière avec ces chiots, dit-elle d'un ton gai.

— J'ai été bien surpris, en effet. Mais le plus étonnant pour moi, c'était de voir une folle armée d'une machette.

Eddie secoua la tête en riant.

— Cette Mellie, quel phénomène ! Il n'y en a pas deux comme elle. Savais-tu qu'elle a aménagé un refuge dans sa propriété ?

— Non, je l'ignorais.

— Quand elle est arrivée sur l'île, son père... Tu te souviens de Charlie Roscoe, un vieil ami de ton père ?

— Oui, vaguement.

— Charlie, donc, lui a donné un vieux corps de ferme qu'il avait reçu en héritage. Il y a deux hectares de terrain autour de la propriété. Comme elle avait un peu de place, Mellie a commencé à recueillir un chat, un chien... Et depuis, elle récupère la plupart des animaux errants ou abandonnés du secteur. Elle a des cochons, une dinde, des paons... Face à l'ampleur du problème, elle a créé une association à but non lucratif. Elle fait appel au mécénat pour s'en sortir.

— Ah...

— À force, elle commence à manquer de place. Elle aimerait

acheter le terrain voisin, qui est à vendre, mais elle attend de voir comment les choses vont tourner.

Surpris par le regard inquisiteur de sa tante, il haussa les sourcils.

— Quelles choses ?

— Elle… se demande si tu vas remplacer ton père quand il prendra sa retraite.

Sous le choc, il resta silencieux. Voilà donc ce que pensaient les gens. Tout le monde devait croire qu'il était revenu parce que sa situation professionnelle se compliquait.

Cette simple idée lui donna la nausée, et il inspira à fond pour dompter son malaise. Puis il secoua la tête en souriant.

— Le Dr Roscoe peut dormir tranquille. Je ne vais pas rester ici. Je n'en ai jamais eu l'intention.

Ignorant le froncement de sourcils d'Eddie, il se leva, se servit un café et le but d'une traite. Au moins, les choses étaient dites. Tout le monde saurait à quoi s'en tenir.

4

Quand Delano franchit la porte du cabinet, ce lundi matin, Mellie se figea derrière le comptoir d'accueil.

Elle avait passé le week-end à échafauder un plan de bataille et avait conclu que l'évitement serait une bonne solution. Elle parlerait le moins possible à Delano. Elle lui donnerait les informations nécessaires, le laisserait travailler dans son coin et l'ignorerait au maximum. C'était, de son point de vue, la tactique idéale.

Mais en le voyant arriver, tout sourire, son doberman roux sur les talons, elle songea qu'elle s'était assigné une mission impossible. Cet homme était... spécial. Jamais elle n'avait rencontré quelqu'un d'aussi beau, avec un tel charisme. C'était injuste !

— Bonjour, collègue, dit-il d'un ton gai.

Elle sentit les poils se hérisser sur ses bras. Elle empila ses dossiers, les mit de côté, puis le toisa froidement.

— Bonjour. Allez-vous venir tout le temps avec votre chien ? Est-il sociable ?

Delano gratouilla la tête de l'animal.

— Baldur est très cool. Il n'est ni curieux ni agressif, et comme je l'emmène courir tous les matins, il sera très content de passer la moitié de la journée à dormir sur un tapis.

Quand il fit un petit geste de la main, le doberman comprit

le signal. Il s'éloigna de son maître et, l'air guilleret, commença à explorer le hall en reniflant partout.

— Il ne vous embêtera pas, dit Delano. Il est adorable, mais un peu méfiant. Il préfère se tenir loin des inconnus.

— Ah bon ? Vous m'en direz tant.

Elle eut beaucoup de mal à ne pas rire, car le chien, non content de venir vers elle, lui avait posé la tête sur les genoux. Comment résister à son regard expressif ? Elle ne pouvait que lui donner les caresses qu'il réclamait !

— Il se méfie de moi, c'est sûr, lança-t-elle, moqueuse.

— Le traître. Il me fait passer pour un menteur.

— Pourquoi lui avez-vous fait raccourcir les oreilles ? demanda-t-elle sans cacher sa désapprobation. Participe-t-il à des expositions canines ?

Delano se laissa tomber sur une chaise face à elle.

— Non, du tout. Il ne correspond pas aux standards de la fédération. Il est trop longiligne pour sa taille, et ses oreilles sont implantées trop bas. Quand son maître a découvert qu'il ne gagnerait jamais de concours – ni d'argent – avec lui, il a voulu le faire euthanasier. Et moi, je l'ai adopté.

— Quelle horreur ! s'exclama-t-elle en entourant Baldur de ses bras. Conforme ou non, il est magnifique.

— Je suis d'accord. Si je l'avais eu bébé, je ne lui aurais pas fait raccourcir les oreilles ni couper la queue. Heureusement, j'ai l'impression que les choses changent. Les propriétaires demandent moins souvent ces interventions esthétiques.

— Elles sont illégales dans certains pays. Mais d'ici à ce qu'on les interdise chez nous, il reste du chemin…

Elle se sentit fondre quand Baldur, après lui avoir léché la main, s'étala sur ses pieds de tout son long. Cet animal était beaucoup plus agréable que son maître. Et pour tenir à distance le maître en question, mieux valait qu'elle aborde sans tarder le domaine professionnel.

— Il va falloir s'organiser, dit-elle d'un ton neutre. Si

certaines choses vous intéressent plus que d'autres, dites-le-moi. Qu'aimeriez-vous faire ?

— Dites-moi ce dont vous avez besoin. Je serai votre homme.

Déstabilisée par cette réponse lourde de sous-entendus, elle se rejeta en arrière sur sa chaise. Elle devait rester calme et concentrée. Sinon, elle courrait à la catastrophe.

— En général, votre père s'occupe des chevaux et du bétail, mais on n'a rien de programmé à l'extérieur aujourd'hui. Si cela vous va, vous pouvez commencer par les consultations pendant que je soigne les animaux hospitalisés. Ensuite, s'il n'y a pas d'urgence chirurgicale, je prendrai aussi des patients. Je vais dire à Jackie, notre réceptionniste, de rajouter des créneaux. On avait limité les rendez-vous la semaine dernière puisque j'étais seule.

— Cela me va très bien, répondit-il en calant sa cheville gauche sur son genou droit. Ma tante m'a expliqué que vous aviez un refuge. Combien d'animaux hébergez-vous ?

Visiblement, il semblait disposé à faire la conversation. Mais elle avait autre chose à faire !

— Beaucoup, répondit-elle d'un ton sec.

Elle empoigna sa pile de dossiers, puis se leva.

— Je vais au chenil. Vous avez dix minutes pour vous familiariser avec votre salle. Si vous avez besoin de quoi que ce soit, demandez aux assistantes vétérinaires.

Une délicieuse senteur boisée et citronnée lui chatouilla les narines lorsqu'elle contourna Delano, qui n'avait pas bougé de sa chaise. Elle aurait voulu s'éloigner en courant, mais pour ne pas donner l'impression de fuir elle s'éloigna d'un pas mesuré. Puis, une fois seule, elle poussa un long soupir.

Cette collaboration s'annonçait infernale. Le regard brun pétillant de Delano, son air charmeur, la petite fossette qui lui creusait la joue gauche : tout concourait à lui faire battre le cœur plus vite. Or, elle ne voulait pas se troubler en sa présence. Elle ne voulait pas de sa présence, tout court.

Plus elle resterait ferme sur ses positions, plus vite il le comprendrait.

Pendant trois jours, le cabinet ne désemplit pas.

Mellie avait l'impression que tous les chats, chiens et cochons d'Inde de St Eustace s'étaient donné le mot pour tomber malades. Elle avait reçu des clients habituels, mais aussi accueilli de nouveaux patients. Même Amity, sa meilleure amie, avait trouvé le moyen de lui demander un rendez-vous pour sa siamoise.

— Tu exagères, protesta Mellie lorsque, ce mercredi soir, elles discutèrent au téléphone. On a vu défiler la moitié de la population féminine de Port Michael, et toi, il a fallu que tu en rajoutes.

— Kitty avait son rappel de vaccins. Je t'aurais entendue si j'avais dépassé la date.

— D'habitude, je viens chez toi pour t'éviter de transporter Kitty. Mais là, comme par hasard, elle n'avait plus peur de la voiture...

Amity s'esclaffa.

— D'accord, je voulais voir Delano Logan. Tu étais si furieuse après lui que je voulais me faire ma propre opinion.

— Vous êtes aussi pénible l'un que l'autre.

— Es-tu sûre de le trouver pénible ? Tu n'aurais pas flashé sur lui, par hasard ? Il est canon.

Elle s'abstint de dire le contraire, certaine qu'Amity ne l'aurait pas crue. Elle devait admettre que Delano la fascinait. Ils se voyaient peu, mais chaque fois qu'ils se croisaient, son cœur s'emballait !

Le lendemain, à l'heure de la pause, elle comprit qu'ils allaient devoir collaborer pour la première fois de la semaine lorsqu'elle vit arriver Rufus – un patient du cabinet –, dans les bras de son maître.

Le pauvre toutou avait été renversé par une voiture. Il fallait l'accueillir en urgence, mais Cecil, leur unique assistant vétérinaire ce jour-là, était parti chez le dentiste à l'autre bout de Port Michael. Sauf qu'ils ne pouvaient pas attendre…

— Appelle les patients qui ont rendez-vous entre 14 et 15 heures, Jackie, s'il te plaît. Dis-leur de ne pas se presser. On va avoir du retard. S'il n'y a rien d'urgent, on peut même décaler leur rendez-vous à demain ou lundi.

Aidée par Delano, elle porta délicatement le gros berger croisé labrador vers la salle de traumatologie. Ils l'endormirent et lui posèrent une perfusion, avant de procéder à un examen complet. Et c'est à la radiographie que le verdict tomba : Rufus avait la patte postérieure droite très abîmée.

Delano poussa une exclamation catastrophée.

— En effet, ce n'est pas joli, confirma-t-elle. Avec le tibia et le péroné en miettes, plus le fémur cassé…

Elle s'interrompit, soucieuse. Qu'allait-elle dire à M. Brixton, le maître de Rufus ? Sauver sa patte nécessiterait une intervention lourde et coûteuse. Il faudrait poser des plaques ou des broches. La surveillance et la rééducation seraient lourdes. Elle n'était pas sûre qu'à 75 ans M. Brixton soit capable de gérer correctement les suites opératoires.

— Qu'en pensez-vous ? demanda Delano, qui caressait la tête du chien endormi.

Il y avait une telle douceur, une telle empathie dans son geste qu'elle se mordit la lèvre pour contenir son émotion.

— Je vais demander à Jackie d'établir un devis, mais je crois qu'il vaudrait mieux amputer, tant pour le confort de Rufus que pour le porte-monnaie de son maître. Cela reviendrait beaucoup moins cher, et la convalescence serait plus rapide.

— Je suis d'accord avec vous. Allez trouver cette personne, si vous voulez. Pendant ce temps-là, je surveillerai Rufus. On doit se méfier d'une possible hémorragie interne.

— Absolument… Merci pour lui.

Elle aurait dû se montrer moins émotive, mais elle avait un

faible pour Rufus, et cela lui faisait mal de le voir dans cet état. Le soutien de Delano l'aidait à contrôler son stress. Rien que pour cela, elle lui était reconnaissante.

Sans réfléchir, elle lui pressa le bras au moment de sortir. Alors, ce fut comme si la foudre l'avait frappée. Une sensation de chaleur intense irradia dans sa main, et elle se précipita vers la porte.

— Je vais parler à M. Brixton. À tout de suite.

Delano poussa un soupir de soulagement quand la porte se ferma derrière Mellie.

Sidéré, il regarda son bras à l'endroit où elle l'avait touché. Cette caresse légère l'avait électrisé et lui avait donné la chair de poule. Le choc avait été si fort qu'il ne voulait même pas y penser. Car avec cette femme, il allait de surprise en surprise !

Quelques minutes auparavant, Mellie lui avait montré un aspect de sa personnalité qu'il n'avait pas encore découvert.

Dans toutes les facultés, les professeurs recommandaient aux étudiants d'être gentils, à l'écoute, mais aussi de prendre du recul et de maîtriser leurs émotions. Mellie avait sans doute suivi ces conseils, sauf que chez elle l'empathie dominait largement.

Il avait senti à quel point elle était malheureuse pour Rufus. Il avait presque pu l'entendre réfléchir, alors qu'elle cherchait la meilleure solution pour ce pauvre chien, mais aussi pour son maître. Et il s'était félicité qu'ils soient sur la même longueur d'onde. Jusqu'alors, ils avaient été si débordés qu'il n'avait pas eu l'occasion de voir ses méthodes de travail…

Elle, au moins, n'avait « que » ses patients à gérer. Elle ne voyait pas débarquer des gens avec des animaux en parfaite santé, curieux de voir la tête du « fils Logan ». Ils avaient du temps et de l'argent à perdre !

Enfin… Les choses se tasseraient après son départ. La vie reprendrait un cours normal, et Mellie pourrait respirer un peu. Par correction, il ne tarderait d'ailleurs pas à lui faire part de ses intentions – ou plutôt de son absence de projets – pour la clinique. Il trouverait injuste qu'après avoir déployé tant d'efforts, elle stresse pour son avenir.

Quand elle reparut, dix minutes plus tard, elle semblait plus sereine.

— M. Brixton a choisi l'amputation, dit-elle. Il pense comme nous que ce sera plus simple, même s'il est bouleversé.

— Rufus m'a l'air d'être en bonne santé. Après la phase d'adaptation, je suis sûr qu'il se déplacera bien sur trois pattes.

— C'est ce que j'ai dit à M. Brixton. Mais Rufus était un chiot quand il l'a adopté. Il le considère comme son bébé.

Elle prit le dossier qu'ils avaient imprimé, puis le consulta rapidement.

— Je devrais faire un bilan préopératoire, mais son check-up annuel remonte à quinze jours. Et il était en pleine forme.

— Alors on peut s'en dispenser.

— Absolument. Voyons un peu cette radio… D'après l'emplacement de la fracture, j'envisage une amputation proximale. Ce sera mieux pour lui.

Delano avait pensé à la même chose. Le fémur n'étant pas endommagé dans sa partie supérieure, il était envisageable de sectionner au niveau de la cuisse. L'opération, moins invasive, permettrait de coudre les muscles autour de l'os restant. Le chien pourrait s'allonger de manière beaucoup plus confortable que s'il lui manquait toute la patte.

— Cecil est-il revenu ?

— Pas encore. Le dentiste avait du retard, alors on ne va pas attendre. Plus vite on commencera, mieux cela vaudra. Jackie a dû prévenir les premiers clients de l'après-midi.

— Super. Allons-y.

Soulagé, Delano alla se savonner les mains. L'espace d'une ou deux heures, il n'aurait pas de clients trop curieux à recevoir. Et, cerise sur le gâteau, Mellie semblait s'être adoucie un peu.

Peut-être leur collaboration allait-elle prendre une meilleure tournure. Il l'espérait, en tout cas.

5

Pendant que Mellie préparait ses instruments, Delano commença à raser la patte de Rufus.

Il observa du coin de l'œil la manière dont elle disposait son matériel. Il la trouvait calme, efficace, hyper organisée. Elle connaissait son affaire et ne s'embarrassait pas de détails. Tout juste prit-elle le temps de traverser la pièce pour allumer la radio avant de commencer.

« ... et la Société hippique de Trinidad vient d'annoncer que l'hippodrome de Santa Rosa doit rouvrir prochainement. Il a été convenu... »

Mellie appuya sur une touche pour changer la station, et bientôt, un air classique se diffusa dans le haut-parleur.

— Si j'entends un mot de plus sur la Société hippique, je vais piquer une crise, déclara-t-elle. Ça doit être la même chose pour vous, j'imagine ?

Il crut qu'elle plaisantait, mais non. Elle semblait sérieuse.

— Pourquoi cette question ?

— Eh bien... tout le monde ou presque m'a posé des questions ces jours-ci, expliqua-t-elle, l'air perplexe. Je me suis dit qu'ils devaient être encore plus pénibles avec vous.

Il secoua la tête et continua de raser la patte de Rufus.

— En fait, non. Deux ou trois personnes ont tourné autour du pot, mais personne n'a osé m'en parler.

— Ha ! Ha ! Les bonnes manières l'ont emporté sur la curiosité, mais cela ne durera pas. D'ici deux ou trois jours, vous passerez aussi sur le gril.

— Qu'ils continuent à se taire, ça m'ira très bien. Que voulaient-ils savoir, d'ailleurs ?

— S'il s'agissait d'un problème de dopage ou de paris truqués. Si vous étiez impliqué. Si vous étiez venu ici pour échapper au scandale.

— Sachant mon père malade, ils devraient avoir honte, répondit-il en soupirant. Mais je les comprends. Ils y ont vu un lien de cause à effet.

— Honnêtement, je me suis posé les mêmes questions.

Il n'avait pas pu clarifier les choses jusqu'alors, mais là, le moment s'y prêtait. Il détestait l'idée que les gens – Mellie en particulier – lui prêtent de mauvaises intentions.

— J'ignore ce que la Société hippique a révélé à la presse. Donc, je vous demanderai de rester discrète, s'il vous plaît.

— Bien sûr.

— La Commission de contrôle enquête depuis six mois sur des courses truquées. Les responsables m'ont demandé d'être vigilant et de leur signaler toute anomalie. J'avais déjà posé mes congés et pris mon billet d'avion quand l'histoire a été rendue publique. À leur demande, j'ai différé mon départ de quelques jours, le temps que je puisse être auditionné.

— D'accord. Cela explique pourquoi vous n'êtes arrivé que le vendredi.

— C'est exact.

Il posa le rasoir, puis regarda Mellie droit dans les yeux.

— Je n'ai rien à voir avec cette affaire. Je reprendrai mon poste sitôt rentré à Trinidad. Croyez-moi, je ne vais pas m'attarder ici. Je partirai dès que mon père ira mieux.

Elle le dévisagea, l'air inquisiteur, comme si elle cherchait à démêler le vrai du faux. Le temps suspendit son cours, et Delano retint son souffle. Pourquoi l'opinion de Mellie lui importait-elle à ce point ? Il n'aurait pas dû s'en soucier. Il la connaissait à peine et bientôt il ne la verrait plus...

Un frisson le parcourut lorsqu'un reflet doré illumina ses prunelles assombries. Puis, à son grand soulagement, elle se détourna.

— D'accord, lâcha-t-elle.

Elle se rapprocha de la table, et il balaya son trouble afin de se concentrer sur Rufus. Une intervention délicate les attendait. Il devait remettre à plus tard la fin de cette conversation. Car, qu'il l'admette ou pas, il voulait savoir ce que Mellie pensait de lui.

Focalisée sur sa mission, Mellie essayait de reléguer Delano dans un coin de sa tête. Elle trouvait difficile de ne plus penser à la discussion qu'ils venaient d'avoir. Il lui avait dit des choses importantes. Elle devrait y réfléchir le moment venu...

Quand Cecil vint prendre le relais au bout d'une demi-heure, elle se sentit presque déçue.

Delano s'était montré calme, hyper compétent. Il lui avait présenté les instruments sans poser de questions. À aucun moment il n'avait mis ses choix en cause. Il n'avait pas essayé de prendre sa place. Il avait été le partenaire idéal !

Elle termina l'opération avec Cecil, vérifia que tout était en ordre et le laissa surveiller Rufus. Puis elle gagna la cuisine pour s'octroyer une courte pause, sachant que Delano avait repris les consultations. Tout se déroulait bien depuis qu'il travaillait au cabinet, et pourtant elle devait rester sur ses gardes. Qu'il soit un bon vétérinaire ne voulait pas dire qu'il était digne de confiance.

Elle aurait voulu le croire, mais la vie lui avait appris à se montrer réaliste. Les gens étaient parfois capables du pire. Elle l'avait appris avec sa propre mère.

Hyper exigeante et critique, celle-ci lui avait fait vivre une enfance et une adolescence difficiles. Toujours sous pression, Mellie avait eu du mal à développer une bonne estime d'elle-même. Et découvrir les mensonges de sa mère à propos de son père avait été la goutte d'eau !

Elle avait fait passer son ex-mari pour un bon à rien immature. En réalité, il avait toujours payé sa pension alimentaire. Depuis St Eustace, il avait aussi envoyé à Chicago des cadeaux et des lettres que Mellie n'avait jamais reçus...

Après avoir intégré l'école vétérinaire, la curiosité l'avait poussée à prendre contact avec lui. L'éloignement d'avec sa mère l'avait rendue plus confiante, plus sûre d'elle-même. Elle s'était dit qu'elle aurait le courage d'affronter la vérité quoi qu'il advienne. Elle était tombée de haut.

Son père avait fondu en larmes lorsqu'il l'avait vue arriver. Convaincu par son ex-femme que leur fille ne voulait pas le voir, il avait pourtant toujours espéré leurs retrouvailles. Mellie avait pleuré aussi, mais de rage autant que de chagrin. Pourquoi sa mère l'avait-elle privée de ce lien essentiel ?

Confrontée à ses mensonges, cette dernière s'était emportée. Elle l'avait traitée de tous les noms, affirmant vouloir la « renier ». Mellie essayait encore de maintenir le contact, mais le temps et la distance avaient fait leur œuvre.

Jamais elle ne regretterait d'être venue à St Eustace. Aujourd'hui, elle était plus heureuse qu'elle ne l'avait jamais été. Elle se sentait enfin aimée, appréciée à sa juste valeur...

Perdue dans ses réflexions, elle sursauta en entendant la sonnerie de son portable. C'était son père.

— Papa ! Je pensais à toi, justement.

— Tu avais de bonnes pensées, j'espère ?

Elle s'esclaffa, le cœur gonflé d'amour pour le seul être au monde en qui elle avait confiance.

— Évidemment, lui assura-t-elle. Mais quand tu m'appelles au travail, je m'inquiète toujours. Y a-t-il un problème ?

— Tu me connais trop bien, ma chérie. En fait, j'aimerais que tu passes quand tu auras un moment. Lawrie boite du postérieur gauche, et son sabot est très chaud.

— Ah ! mince...

Lawrie était le cheval préféré de son père. Il tenait à lui comme à la prunelle de ses yeux.

— Je vais me débrouiller, mais la salle d'attente déborde.

— Ne t'inquiète pas, ma puce, cela peut attendre demain. On lui a bandé la jambe, et il n'a pas l'air de trop souffrir.

— Super, tant mieux. Je passerai à la première heure ou je t'enverrai Delano.

— Delano... Ça fait un bail. Je serais content de le revoir.

L'occasion était trop belle pour Mellie. Son père et Milo étaient amis proches. Elle n'aimait pas espionner les gens, mais elle avait besoin de réponses.

— Papa... Quel est le problème entre Delano et Milo ?

— Tu sais qu'Iris Logan s'est noyée à Ludlow Beach en essayant de sauver un gamin ?

— Oui. J'en ai entendu parler.

— Ils ne se sont jamais remis de ce drame. Milo a fait une dépression à l'époque. Delano était très mal, lui aussi. Il avait perdu à la fois sa mère et son meilleur ami, Everard.

— Le fils de Janice Gopaul était le meilleur ami de Delano ?

Elle connaissait bien la vieille dame, l'une des bénévoles les plus actives du refuge. Elle savait que la pauvre Janice avait perdu un fils, mais elle n'avait jamais fait le lien.

— Oui, confirma son père. Et depuis ce jour-là, les relations entre Milo et Delano se sont détériorées.

— Au point de faire fuir Delano pour de bon ? Tu ne crois pas qu'il a tourné la page et qu'il pourrait avoir envie de reprendre la clinique ?

— Sincèrement, non. Il est parti après le lycée, et depuis il n'est revenu que deux fois, pour l'enterrement de son grand-père et le mariage de sa cousine. Il fuit St Eustace. Je n'ai pas l'impression qu'il va changer d'avis.

Mellie raccrocha peu après, songeuse. Elle avait voulu savoir, elle savait. Delano n'allait pas rester à St Eustace. Elle aurait dû s'en réjouir, alors pourquoi était-elle si déçue ?

6

En début de soirée, Mellie trouva Rufus réveillé dans son box. Le chien semblait avoir bien supporté l'opération, mais il avait l'air abattu.

Au lieu de le manipuler, elle préféra s'asseoir par terre sur le carrelage. Puis elle ouvrit la porte de l'enclos douillet où il avait été mis en observation et lui gratouilla les oreilles.

— Je suis désolée, mon petit gars, chuchota-t-elle. Je sais que tu te sens groggy et que tu préférerais être à la maison. Mais on t'a gardé pour te soigner, tu sais.

— Il n'a pas l'air très rassuré.

La voix grave de Delano la fit sursauter. Elle tourna vivement la tête vers lui.

— Je déteste garder des patients pour la nuit, déclara-t-il. Même si on a tout géré en amont, je m'inquiète.

Il s'assit près d'elle puis, à son tour, caressa la tête de Rufus.

— Cela ne me plaît pas non plus, admit-elle. À leur manière, ils nous font bien comprendre qu'ils n'aiment pas être enfermés dans un lieu inconnu, surtout en étant malades.

— C'est vrai. Mais avec un peu de chance, Rufus sortira bientôt.

— Espérons-le.

Gênée par cette proximité inattendue, elle se leva. Delano l'attirait comme un aimant, mais elle refusait de se laisser prendre à son charme. Et d'ailleurs, rester seule avec lui après la fermeture n'était pas l'idéal !

— Viendrez-vous à la séance d'éducation canine tout à l'heure ? demanda-t-il.

Elle hésita. Cela ne lui déplairait pas de le voir en tenue de sport. Il avait probablement une musculature d'athlète, et l'admirer en pleine action serait un régal...

Balayée par une vague de désir insensé, elle se mordit la lèvre.

— Probablement pas. Je dois aider Johnny à nourrir les animaux du refuge. Ensuite, je m'accorderai une petite soirée tranquille. J'en ai besoin après cette semaine folle.

— Bien sûr. Je comprends.

Quand il leva la tête pour la regarder, le souffle se bloqua dans sa gorge. Il avait une bouche magnifique, pleine et sensuelle, légèrement retroussée aux coins. Quel effet cela ferait-il de l'embrasser ? Elle n'aurait qu'à se pencher pour le savoir...

Non, non et non !

Elle tourna les talons si brusquement qu'elle perdit l'équilibre. Delano lui agrippa le mollet de manière réflexe, mais au lieu de se stabiliser, elle poussa un cri sourd. La force et la chaleur de sa paume lui avaient provoqué une décharge électrique sous le tissu léger de son pantalon...

— Eh ! Tout va bien ? demanda-t-il d'une voix rauque.

Elle frissonna de nouveau et recula, prudemment cette fois. Puis elle arbora le masque glacial qu'elle s'était entraînée à composer au fil des ans.

— Oui, très bien.

La porte du box se referma au moment où elle se détournait. Risquant un coup d'œil par-dessus son épaule, elle vit Delano se relever avec une grâce féline. Alors, délibérément, elle scruta les fiches qu'elle avait abandonnées sur la table.

— Je vais y aller, dit-il. Je ne voudrais pas arriver en retard pour le premier cours que je donne.

Sa voix avait perdu ses inflexions sensuelles, et Mellie opina sans le regarder, la bouche sèche. Avait-elle rêvé ce qui venait de se produire ?

— D'accord. Bonne soirée. À demain.

— Bonne nuit, Mellie. Reposez-vous bien.

Elle resta immobile jusqu'à ce qu'elle l'entende appeler Baldur. Puis quand il sortit par la porte arrière, elle poussa un grand soupir et se prit la tête à deux mains. Qu'était-elle en train de faire ?

Se pâmer devant Delano serait une erreur monumentale. Même si elle avait changé d'opinion sur lui, elle devait rester prudente. Pouvait-elle le croire lorsqu'il affirmait vouloir retourner à Trinidad ? Personnellement, elle ne jurait que par St Eustace. Elle n'aurait pas voulu quitter « son » île pour tout l'or du monde.

Oui, elle travaillait dur, mais le jeu en valait la chandelle. Elle avait des amis, une vie sociale intéressante. Elle s'épanouissait sans contrainte. Alors même s'il lui plaisait beaucoup, Delano représentait une menace pour l'équilibre qu'elle avait si chèrement acquis. Il détenait les clés de son avenir, ni plus ni moins.

S'offrir une aventure avec lui n'entrait pas dans ses projets. À quoi bon prendre ce risque ? Elle avait été assez déçue comme cela. L'amour qu'on portait aux gens n'était pas forcément payé de retour. Elle l'avait appris avec sa mère, puis avec Kyle.

Quoiqu'il lui en coûte, elle n'avait pas le choix. Elle allait devoir se montrer aussi froide et sèche avec lui qu'elle l'avait été le premier jour. Elle ne risquerait rien à condition de maintenir ses distances.

Delano n'était pas – et ne serait jamais – son ami.

Si elle gardait cela en tête, elle n'aurait aucun problème. C'était pourtant simple, non ?

Quand le cours d'éducation canine se termina, peu après 21 heures, Delano poussa un ouf de soulagement.

La séance avait été chaotique, car cinq nouveaux clients s'étaient ajoutés aux huit propriétaires déjà inscrits. Sans doute la curiosité les avait-elle poussés à venir, comme c'était le cas à la clinique. En tout cas, il avait trouvé leurs chiens très mal élevés : ces gens ne les maîtrisaient pas du tout !

Au moins, à présent, pouvait-il se réjouir de leur avoir inculqué certaines notions. Ils ne les appliqueraient peut-être pas longtemps, mais les bases étaient posées.

Cette dépense d'énergie lui ayant ouvert l'appétit, il décida de prendre un plat à emporter et d'aller dîner au cabinet. Il voulait tenir compagnie à Rufus, qu'il avait trouvé très malheureux ce soir-là. Comme chez les humains, la capacité des animaux à guérir dépendait souvent de leur moral, et il était prêt à passer autant de temps que nécessaire avec le chien pour l'aider à reprendre des forces.

Une vague de nostalgie l'envahit lorsque, au volant du 4x4 de son père, il traversa les quartiers Sud.

Les vendeurs de nourriture cajun, de soupe ou de poisson étaient toujours là. Dix-huit ans avaient passé, mais le décor était resté le même. Combien de fois ne s'étaient-ils pas arrêtés, Everard et lui, pour acheter un *fish and chips* ou une glace au retour d'une longue expédition à vélo ?

Comme souvent lorsqu'il pensait à son ami, il voulut repousser ces images loin dans sa mémoire. Il les occultait pour balayer la honte, la culpabilité et le chagrin qui le submergeaient invariablement. Néanmoins, s'il y parvenait à Trinidad, il avait beaucoup plus de mal à le faire ici, à St Eustace.

Chaque coin de rue, chaque bâtiment, chaque lever de soleil lui rappelaient Everard… et sa mère.

Allons ! Il ne pouvait pas s'abandonner à ses souvenirs. Il refusait de plonger à nouveau dans l'abîme de douleur où il s'était morfondu jusqu'à son départ pour l'école vétérinaire.

Il s'arrêta devant un stand de poulet frit et, pendant que le jeune cuisinier préparait sa commande, engagea résolument la conversation. Puis il remonta en voiture, avec Baldur qui flairait le paquet posé sur le tableau de bord.

— Pas question, mon gars, dit-il. Tu as déjà dîné, toi.

Sauf exception, il ne lui faisait jamais goûter ses repas. C'était une règle d'or en éducation canine !

Sur la route de la clinique, il repensa à Mellie et à leur conversation. Il espérait s'être montré clair et, surtout, l'avoir rassurée quant à ses projets d'avenir. Il n'avait pas l'intention de rester ni de prendre sa place. Elle pouvait en être certaine.

Somme toute, il trouvait normal qu'elle s'inquiète, car son père avait évoqué sa retraite à mots couverts. Tante Eddie, elle, s'était montrée beaucoup plus directe.

— Ton père serait aux anges que tu reprennes son affaire, avait-elle déclaré.

Il lui avait donné une réponse sans équivoque :

— La clinique est en bonnes mains avec Mellie. D'ailleurs, papa n'a pas encore dit qu'il voulait arrêter.

— Peut-être pas, mais il en a l'intention, mon chéri. Et je suis d'accord avec toi, Mellie est très compétente. Vous pourriez vous associer. Il y a bien assez de travail pour deux.

Agacé, il avait détourné la conversation, mais il n'avait pas oublié les propos de sa tante. Il s'était répété plusieurs fois que sa vie était à Trinidad et en aucun cas à Port Michael. Sauf qu'à trop côtoyer Mellie, il risquait de l'oublier.

Malgré tous ses efforts pour combattre cette attirance, un élan irrésistible le poussait vers elle. Même quand elle se montrait froide ou sèche, il la trouvait splendide. Il avait intensément conscience de sa féminité, mais aussi de sa personnalité hors du commun.

Plus d'une fois, il s'était surpris à se demander quel goût aurait sa jolie bouche s'il osait l'embrasser. Il avait failli sauter le pas lorsqu'ils s'étaient trouvés seuls au chenil. Il s'était maîtrisé au prix d'un énorme effort, conscient qu'obéir à son instinct aurait été stupide et même dangereux.

Avec le temps, il avait appris à se connaître. Il savait bien qu'il érigeait des barrières émotionnelles invisibles pour se protéger. Il avait essayé d'ouvrir le chemin de son cœur à Stella, son ex-épouse, sans y parvenir réellement. Elle s'en était aperçue et ne s'était pas gênée pour le lui dire, à l'époque où leur mariage partait à vau-l'eau.

« Tu es incapable d'aimer, Delano. Ton cœur est sec comme une pierre. Tu n'as de sentiments pour personne. »

Ces affirmations lui avaient fait beaucoup de mal. Il s'était senti rabaissé et meurtri, sans pour autant être capable de changer sa façon d'être. Et ils avaient fini par divorcer.

Aujourd'hui plus que jamais, il restait convaincu qu'éprouver des émotions menait au désastre. Pourtant, malgré ses efforts, il n'était pas devenu insensible. Sinon, il ne serait jamais rentré à St Eustace. Il avait réalisé avec stupeur qu'il éprouvait toujours une profonde affection pour son père, même si la réciproque n'était pas vraie.

Absorbé par ses réflexions, il sursauta en repérant la voiture de Mellie sur le parking de la clinique. Les lumières du bâtiment étaient allumées, et il sentit son cœur s'emballer. Devait-il faire demi-tour ?

La sagesse aurait voulu qu'il rebrousse chemin, mais ce fut plus fort que lui.

Il gara son 4x4 et coupa le contact.

7

Delano entra par la porte latérale, son repas à la main, Baldur sur les talons.

Comme il s'y attendait, il trouva Mellie en salle d'hospitalisation, assise devant le box de Rufus. Sa petite bâtarde, Sheba – qui l'accompagnait parfois au cabinet –, était couchée près d'elle sur le carrelage. La pièce était baignée d'une douce lumière, car Mellie n'avait allumé que les lampes murales, mais pas les plafonniers.

Elle se retourna et le fixa avec une sévérité manifeste. Il avait pourtant cru que leurs relations s'amélioraient. Il en avait un peu assez de cette attitude puérile.

— Que faites-vous ici ? demanda-t-elle d'un ton froid.

Il la gratifia d'un large sourire pour dissimuler son agacement.

— La même chose que vous, je suppose.

Baldur – le traître – s'était précipité vers elle pour se faire caresser. Il aurait voulu le rappeler mais s'en empêcha. Elle aurait été trop contente…

Depuis quelques instants, le regard de Rufus passait de l'un à l'autre. Il semblait gêné par sa collerette, et même s'il avait repris de la vigueur, il gardait les oreilles basses.

— Il est tristounet, confirma Mellie. Je crois qu'il s'ennuie.

Delano amena un tabouret devant le plan de travail le plus proche, puis déballa son sandwich.

— Maintenant, il a de la compagnie à revendre, répliqua-t-il. La présence de Sheba et Baldur va peut-être l'aider.

Le bruit de gorge approbateur de Mellie provoqua en lui un long frisson. Il l'imaginait faire de tels petits bruits dans un autre contexte, plus sensuel…

Il toussota, soulagé d'avoir maintenu ses distances. Au moins, elle ne se rendrait pas compte de l'effet qu'elle produisait sur lui. Ce serait un comble vu la froideur qu'elle lui témoignait.

— Comment s'est passée la séance d'éducation canine ? demanda-t-elle.

— Ne m'en parlez pas, c'était une catastrophe. J'ai accueilli cinq nouveaux, des novices complets. Ils n'avaient aucun bon sens. La laisse d'un des chiens s'est enroulée autour de mes chevilles. Je suis tombé comme un arbre mort. Je ne m'étais jamais senti aussi gêné pendant un cours.

Le rire joyeux de Mellie détendit l'atmosphère, et Delano eut l'impression qu'un poids s'envolait de sa poitrine. Il se mit à manger tout en racontant les « exploits » de ses élèves, ravi de pouvoir amuser Mellie. Pour une fois qu'il ne la mettait pas en colère, il en profitait !

Son dîner achevé, il jeta l'emballage dans la poubelle, ignorant le regard de Baldur qui espérait en glaner quelques miettes. Puis il hésita. Il aurait dû rejoindre son tabouret, mais son instinct le poussait à se rapprocher de Mellie.

Quand il fit un pas dans sa direction, elle se décala légèrement. Il s'assit près d'elle sur le carrelage en essayant de se faire tout petit, ce qui n'était pas chose aisée. Surtout quand Baldur eut la bonne idée de se coller contre lui, le poussant de tout son poids.

Il eut l'impression de s'enflammer au contact du bras de Mellie contre le sien. Tendu comme un arc, il tenta de réprimer le frisson qui, parti de la nuque, lui incendiait les reins…

— Baldur, couché ! ordonna-t-il d'une voix plus abrupte qu'il n'aurait voulu. Désolé, il pèse une tonne.

Elle se décala légèrement vers la droite.

— Pas de souci. C'est vrai qu'il prend de la place.

Il tendit la main vers Rufus et se concentra sur le chien pour occulter le désir fou qui le submergeait.

Jamais, depuis des années, il ne s'était senti à ce point attiré par une femme. Pourtant, il devait se contrôler. Mellie était l'associée et l'amie de son père. De plus, il l'aimait bien. Il appréciait autant ses qualités humaines que son physique. Il devait vraiment faire attention à elle.

Pour des raisons évidentes, il serait bien inspiré de s'en tenir à une relation professionnelle. Même s'il considérait Mellie d'une manière différente de ses autres collègues…

— Puis-je te demander quelque chose ? s'enquit-il.

Elle eut l'air un peu surprise par le tutoiement. Puis elle haussa les épaules en souriant.

— Vas-y. Je t'écoute.

— Pourquoi ne s'est-on jamais rencontrés quand on était gamins ? Sachant que nos pères sont amis, on aurait dû se croiser. Tu venais pour les vacances, non ?

Il sentit qu'elle se raidissait d'un coup. Désarçonné, il ouvrit la bouche pour s'excuser et lui dire d'oublier sa question, mais elle le devança :

— J'ai rencontré mon père pour la première fois à 19 ans.

Il la dévisagea, stupéfait.

— Je suis désolé.

— Il n'y a pas de quoi. Tout va bien maintenant, c'est l'essentiel.

Elle lui jeta un coup d'œil, puis reprit :

— Cela m'étonne que tu ne sois pas au courant. Ou plutôt, non, ajouta-t-elle avec un petit rire. Ton père déteste les commérages.

Il secoua la tête, amusé.

— Ma tante, Eddie, est la première à s'en plaindre. Et ma mère le lui reprochait déjà, à l'époque. Elle lui disait toujours : « Tu sais plein de choses, mais tu ne racontes rien. » D'après elle, il était pire qu'un prêtre tenu par le secret du confessionnal !

Le rire sonore de Mellie vibra en lui comme une onde bienfaisante.

Il réalisa alors que, pour la première fois, il avait pu parler de sa mère sans culpabiliser. Le chagrin et les remords habituels avaient cédé la place à la douceur d'un souvenir heureux.

Quand Mellie reprit son sérieux, elle le considéra d'un air étrange.

— Je vais te dire quelque chose, Delano. J'espère que tu ne le prendras pas mal.

Il se raidit. Présentées ainsi, les choses avaient peu de chances de lui plaire…

— Mon père et moi avons perdu dix-neuf ans, et ce n'était pas sa faute, dit-elle lentement, comme si elle pesait chaque mot. Nos retrouvailles ont été la meilleure chose qui me soit arrivée. Mais on ne rattrape jamais le temps perdu.

La douleur perceptible dans sa voix le toucha. Comment douter de sa sincérité ? Toutefois, il n'avait pas envie d'entendre la suite qui, sans aucun doute, le concernait.

— Ton père est un chic type, Delano. Il est gentil, honnête, respectueux. D'ailleurs, tu lui ressembles. Quelle que soit la cause de votre éloignement, ne crois-tu pas qu'il serait temps d'arranger les choses ? Tu pourrais rentrer chez toi en ayant posé les bases d'une meilleure relation…

Incapable d'affronter son regard, il baissa la tête. Il n'avait pas signé pour cela. Il préférait laisser dormir le passé. C'était la seule chose qu'il savait faire.

Delano s'était replié sur lui-même.

Plus Mellie avait parlé, plus il avait eu l'air distant. Toutefois, elle ne regrettait pas d'avoir abordé le sujet qui lui tenait à cœur. Milo était son ami. Que Delano en soit ou non conscient, le vieil homme souffrait beaucoup d'avoir une relation aussi dégradée avec son fils unique.

Alors que le silence devenait gênant, Delano étira les bras

devant lui. Puis il esquissa un sourire qui ressemblait davantage à une grimace.

— Là, tout de suite, je ne vois pas trop de solutions, mais... je tiendrai compte de ce que tu m'as dit. Après tout, tu connais mon père mieux que moi.

Elle faillit répondre : « À qui la faute ? » mais en voyant son regard assombri de chagrin elle se tut. Elle savait quel effet cela faisait d'être coupé d'un parent, quelle qu'en soit la cause. Dans son cas, l'amour paternel contrebalançait ses mauvaises relations avec sa mère, mais Delano n'avait plus de mère. L'affection réciproque qu'avec Eddie ils partageaient ne pouvait pas tout compenser.

Comme s'il avait deviné le désarroi de son maître, Baldur lui posa la tête sur les genoux. Delano lui caressa les oreilles d'un air absent, puis reprit :

— Honnêtement, je me demande quoi faire. Mon père refuse d'évoquer le passé. Et moi, je n'arrive pas à tourner la page. Il y a eu trop de choses de dites, trop de scènes pénibles...

Bouleversée, elle lui passa un bras autour des épaules.

— Je comprends, chuchota-t-elle. Mais il faut essayer, même sans savoir où on va. Cela ne veut pas dire qu'on doit tirer un trait sur le passé. Il faut juste accepter de ne pas avoir les réponses à toutes nos questions et se concentrer sur l'avenir.

— Es-tu venue à St Eustace pour te rapprocher de ton père ?

Quand il tourna la tête, leurs visages se frôlèrent. Elle n'aurait eu qu'un geste à faire pour l'embrasser, sauf que ce n'était pas le moment...

— Oui, entre autres. Je devais dépasser mon histoire familiale, mais aussi tirer un trait sur les erreurs stupides que j'avais pu commettre.

Quand Delano la tint prisonnière de son regard, elle sentit des papillons flotter au creux de son estomac.

— Dis-moi tes secrets, et je te raconterai les miens.

— Un jour, peut-être, murmura-t-elle. Mais pas ce soir.

Soudain, la distance qui la séparait de sa bouche lui parut trop grande. Il devait embrasser divinement…

— D'accord, chuchota-t-il en fixant ses lèvres.

Était-ce une invitation ? Elle se trompait peut-être, mais elle avait envie de courir le risque. Chaque centimètre carré de son corps fourmillait d'excitation, le sang pulsait à ses tempes. Si elle ne l'embrassait pas, elle allait se consumer sur place.

Elle pencha la tête sur le côté, hésita quelques secondes… Elle n'eut pas longtemps à attendre, car Delano effaça de lui-même les quelques centimètres qui les séparaient.

Leurs bouches se joignirent, timidement d'abord. Mais très vite, la passion l'emporta, et Mellie eut l'impression d'exploser quand Delano promena la langue sur ses lèvres entrouvertes. Jamais elle n'avait connu quelque chose d'aussi fort. Une flamme s'était allumée au creux de son ventre pour irradier tout son être avec une intensité qui la laissait sans force.

Elle ne respirait plus que pour Delano. Elle s'enivrait de son parfum, de sa chaleur, du contact de sa main sur sa joue…

Ils sursautèrent quand Sheba rompit le charme par des aboiements nourris. La chienne filait déjà vers le hall, suivie de près par Baldur.

Quelqu'un tambourinait à la porte, à présent, mais Mellie et Delano restèrent immobiles à se regarder. Était-il aussi ému qu'elle ? Il en avait l'air…

— Je vais aller voir, dit-elle d'une voix méconnaissable.

— Oui, bien sûr.

Il avait glissé la main sur son cou et, voyant qu'il ne bougeait pas, elle s'esclaffa. Touchée par son sourire complice, elle réagit finalement lorsque Sheba, qui était revenue vers eux, se remit à aboyer de manière frénétique.

Au prix d'un gros effort, Mellie suivit sa chienne jusqu'à la réception. Sur place, elle alluma la lumière du porche afin de voir qui se présentait à cette heure indue.

— Qui est-ce ? demanda Delano dans son dos.

— Un chauffeur de taxi du coin, chuchota-t-elle, toujours perturbée, en poussant le verrou.

Avec un sourire contraint, elle ouvrit la porte.

— Bonsoir, monsieur Jolly. Qu'avez-vous donc là ? demanda-t-elle, car leur visiteur portait un carton.

— Docteur Mellie, j'suis content de vous trouver ! Je descendais Pepper Hill quand une dame m'a fait signe. J'me suis arrêté, et elle m'a demandé d'vous apporter ça.

De petits miaulements s'échappaient du carton. Mellie leva les yeux au ciel.

— D'après cette dame, la maman chat, elle est partie hier et elle n'est pas rev'nue. Elle avait peur qu'les malheureux bébés, y meurent sans leur maman. Si j'n'avais pas vu de lumière, j'les aurais portés chez vous direct !

Elle prit le carton et réprima un soupir.

— Pas de souci, je m'en occupe. Mais quand vous verrez cette dame, dites-lui de m'appeler si elle repère la chatte. On la capturera pour la stériliser, et je la relâcherai ensuite.

— Merci, doc, j'lui dirai ! Elle vous offre de la confiture maison pour votre peine. Les pots sont dans mon coffre

Delano s'avança, l'air à la fois incrédule et amusé.

— Je vais les chercher.

Quand il lui frôla le bras au passage, Mellie eut l'impression de s'enflammer. La sagesse aurait voulu qu'elle rentre avec les chatons, mais au lieu de cela elle le suivit des yeux alors qu'il se dirigeait vers le taxi. Il avait une démarche souple, féline, pleine d'assurance. Pourquoi avait-elle envie de se jeter sur lui dès qu'elle le regardait ?

Cette attirance semblait réciproque, ce qui compliquait encore les choses. Jamais elle n'aurait dû l'embrasser. Elle était bien avancée maintenant qu'elle avait cédé à la tentation. Devait-elle lui dire qu'elle regrettait ou faire semblant de rien ?

Le souvenir de leur baiser lui fit monter le rouge aux joues.

Jamais elle ne pourrait jouer les indifférentes. Elle devrait pourtant essayer…

Quand Sheba vint renifler le carton, elle se ressaisit et emporta son précieux paquet vers la salle de consultation. Elle sut que Delano arrivait en entendant Baldur trottiner dans le couloir, et pour ne pas affronter son regard elle garda la tête baissée.

— Combien sont-ils, ces petits ? demanda-t-il.

— Apparemment trois, répondit-elle, soulagée qu'il adopte un ton neutre. En voilà un…

Avec délicatesse, elle attrapa un chat par la peau du cou et l'examina.

— Regarde-moi ce rouquin, il est trop mignon, commenta Delano. À vue d'œil, ils ont à peu près deux mois, non ?

— Je suis de ton avis. Franchement, ça me soulage qu'ils soient presque sevrés.

Elle replaça le petit dans le carton et en souleva un autre, au pelage gris tigré celui-là.

— Je viens d'en nourrir six au biberon. Maintenant qu'ils sont tous placés, je n'avais pas très envie de recommencer.

— Comme je te comprends…

Delano prit le plus petit des chatons, une minuscule boule de poils noirs, et s'esclaffa quand le bébé réagit en crachant de manière presque inaudible.

— D'accord, chef, c'est toi le patron. Mais moi, je te tiens !

— Es-tu sûr que c'est un gars ? Je crois que les deux autres sont des femelles, même si c'est un peu tôt pour le dire.

Il rit de nouveau. Le chaton avait entrepris l'escalade de sa chemise, et avec douceur il l'entoura de ses grandes mains.

— Pour moi, oui, mais ça reste à confirmer. Et en attendant, il faut leur trouver des noms.

— Quand je recueille une fratrie, j'aime bien donner des prénoms qui ont un lien entre eux. Pour les précédents, j'avais choisi des héros de Star Trek. Là, tout de suite, je sèche…

— Pourquoi pas une vieille série, genre *La croisière s'amuse* ?

Ça donnerait Julie et Vicki pour les femelles et Doc ou Isaac pour ce petit crapaud.

— Il a une tête d'Isaac, je trouve. Ton idée me plaît.

Elle essayait de paraître normale, mais le voir câliner ce bébé chat ne l'aidait pas. Quel effet cela faisait-il d'être caressé par ces belles mains ? Elle-même ne refuserait pas de tenter l'expérience…

N'importe quoi, Mellie. Tu t'égares.

Sa vie se compliquerait si elle avait une aventure avec Delano. Elle ne devait pas y penser.

— Je vais les emmener au refuge, dit-elle d'un ton très professionnel. On se voit demain, OK ?

— Oui, bien sûr.

S'il avait remarqué sa froideur soudaine, il n'en montra rien. Il déposa le chaton dans le carton, en ferma les rabats et sourit.

— À demain. Bonne fin de soirée.

Elle prit le carton et sortit sans se retourner, la tête haute. Elle aurait dû se réjouir que Delano la laisse partir si facilement, mais au contraire elle était déçue.

8

À la demande de Mellie, Delano s'était rendu aux aurores à la ferme de Charlie Roscoe ce matin-là.

Il était 7 heures 30, à présent, et il retraversa le Rio Vida avec la satisfaction du devoir accompli. Cette visite s'était mieux passée qu'il ne l'avait craint !

« M. Charlie » – comme il l'appelait autrefois – n'avait pas changé. Le père de Mellie était resté l'homme jovial dont il avait gardé le souvenir. Et, point positif, il était beaucoup moins curieux que les autres habitants de St Eustace.

Delano ne s'était senti gêné qu'une fois, quand le propriétaire terrien avait parlé de sa fille.

— Alors, êtes-vous content de travailler avec Mellie ?

— Je... Oui, très. C'est une excellente vétérinaire. Les animaux l'adorent. Les clients aussi.

Heureusement, il était penché sur la jambe de Lawrie, le cheval boiteux, à ce moment-là. Sinon, son visage l'aurait trahi, car il s'était senti rougir. En plus de ses inestimables qualités, Mellie embrassait très bien, mais Charlie n'avait pas besoin d'entendre cela !

— Oui, elle est super, avait déclaré ce dernier avec enthousiasme. J'ai juste peur qu'elle ne s'épuise avec son refuge. J'ai beau lui dire de lever le pied, elle ne m'écoute pas.

— Protéger les animaux est sa raison d'être. Plus elle en sauve, plus elle est heureuse.

— Vous avez raison. Je voudrais seulement… qu'elle se protège un peu. Il faut savoir prendre de la distance pour ces choses-là. Elle est sensible, ma Mellie.

— Peut-être, mais elle a du tempérament. Un vétérinaire doit avoir le cœur bien accroché, vous savez.

Pourquoi éprouvait-il le besoin de la défendre ? Son père ne la critiquait pas, au contraire !

— C'est vrai, avait répondu Charlie, songeur. Je n'avais jamais vu les choses sous cet angle.

La conversation avait ensuite roulé sur les chevaux, au grand soulagement de Delano. Après une nuit presque blanche où Mellie avait occupé toutes ses pensées, il n'avait pas besoin d'une piqûre de rappel.

Que devait-il faire ? Il s'attachait à elle, un peu plus chaque jour. Il lui avait signifié clairement qu'il ne voulait pas rester à St Eustace, mais leur baiser avait tout changé…

Ce moment magique l'avait propulsé dans un univers où rien ni personne, sauf Mellie, n'avait eu d'importance. Il la désirait comme un fou et, en même temps, il avait peur. Avait-elle eu l'impression qu'ils vivaient quelque chose de spécial, elle aussi ? Avait-elle cru que, peut-être, il allait changer d'avis et rester à St Eustace ?

Allons, il s'égarait. Elle ne semblait pas du genre à s'enflammer pour un « simple » baiser. Néanmoins, il souhaitait clarifier les choses afin de s'assurer qu'ils étaient sur la même longueur d'onde. Et mieux valait le faire ailleurs qu'au travail, où ils ne pouvaient pas discuter librement.

Sans réfléchir, il tourna dans Bromfield Road. D'après ses informations, le refuge se trouvait au bord de cette grande route qui coupait la colline du nord au sud. Il ne savait pas à quel niveau, mais il finirait bien par tomber dessus.

Son vœu fut exaucé plus tôt que prévu : au bout d'un

kilomètre, il découvrit un vaste champ entièrement clos. Une allée goudronnée partait d'une barrière automatique, et Mellie se tenait au milieu du chemin, un chevreau attaché par une corde dans chaque main.

Les deux petits avaient l'air en pleine forme. Ils sautaient, se cabraient et s'arc-boutaient sur leurs sabots minuscules, les cornes pointées vers le sol. Mais Delano, qui s'était garé devant la barrière, n'avait d'yeux que pour Mellie.

La tête en arrière, les cheveux au vent, elle riait aux éclats. Les premiers rayons du soleil jetaient des lueurs fauves dans sa chevelure sombre, et il sentit sa gorge se nouer d'émotion. Comment une femme pouvait-elle être aussi belle, aussi rayonnante ?

Il la contempla un moment, puis descendit de voiture. Il allait fermer sa portière quand l'un des chevreaux se dressa sur les pattes arrière. Il avait incliné la tête d'une manière caractéristique, et soudain il fonça sur Mellie. Du moins essaya-t-il, car il perdit l'équilibre pour se retrouver les quatre fers en l'air !

Jamais l'expression « se tenir les côtes » ne parut plus judicieuse à Delano quand Mellie croisa les bras, prise d'un fou rire incoercible. Et la scène fut encore plus drôle lorsque le bébé se releva, l'air penaud. Il regardait à droite et à gauche comme pour voir si quelqu'un d'autre se moquait de lui !

Hilare, Delano ferma sa portière. Le claquement attira l'attention de Mellie.

— Oh ! salut ! Tu as vu ça ? hoqueta-t-elle.

— Ils sont trop drôles, répondit-il, le cœur battant.

Le regard de Mellie était si lumineux qu'il eut l'impression de s'y perdre. En quelques secondes, la Terre avait changé d'orbite. Il allait basculer dans le vide, c'était sûr…

— Je les ai baptisés Tic et Tac. Je vais finir par monter un numéro de cirque avec eux ! Entre donc, ajouta-t-elle. Les chiens sont enfermés. Il n'y a aucun risque qu'ils s'échappent.

Elle prit une télécommande dans sa poche et déverrouilla le petit portail réservé aux piétons accolé à la grande barrière. En le voyant arriver, les deux chevreaux facétieux se réfugièrent illico dans les jambes de leur maîtresse.

— Courageux, mais pas téméraires, dit-elle en riant.

Puis elle le regarda d'un air perplexe.

— Que fais-tu dans le quartier d'aussi bonne heure ? Ton GPS t'a-t-il indiqué une mauvaise route pour aller chez papa ?

— Non. J'en reviens, justement.

— Ah ! d'accord. Comment va Lawrie ?

— Pas trop mal. Je lui ai mis un cataplasme. Il devra se reposer pendant au moins huit jours.

— Oh ! mince ! Papa doit être déçu. Il monte presque toujours Lawrie quand il joue au polo. Et il a un match ce week-end.

— Il a bien pris la chose, je trouve. Il a du bon sens et, visiblement, il aime ses animaux. Pour lui, leur bien-être passe avant tout.

— Tu as raison. Mais puisque tu es déjà allé là-bas, quel bon vent t'amène ?

Elle avait posé sa question d'un ton neutre, comme on parlerait à un collègue. Avait-elle oublié leur baiser ?

— J'aimerais qu'on discute, répondit-il, le cœur battant.

Elle rougit légèrement et se mordit la lèvre. Non, elle n'avait pas oublié. Elle devait même se demander depuis un moment s'il était venu pour ça !

— D'accord, répondit-elle. Puis-je t'offrir un café ?

— Avec plaisir.

Elle se dirigea vers la zone d'habitation, accessible par une autre barrière. Il la précéda pour l'ouvrir, et dès qu'il eut poussé le portillon, les chevreaux se mirent à gambader vers une petite clairière. Sous les arbres, il repéra des poules, un mouton ainsi qu'un dindon assez déplumé.

— Tu as une belle ménagerie, commenta-t-il. Je pensais que tu recueillais surtout des chiens et des chats.

Elle haussa les épaules.

— Je prends tous les animaux qui en ont besoin. La propriétaire de Dolly, la brebis, n'avait pas réalisé qu'il fallait de l'espace pour un mouton. Elle a voulu la donner, mais en vain. Alors je l'ai récupérée. Horatio, le dindon, était à moitié sauvage. Il attaquait tous les habitants du quartier où il avait élu domicile. Bien énervé, il peut être pénible. Je suis allée le chercher avant qu'il passe sous une voiture ou que quelqu'un ait la mauvaise idée de lui tordre le cou. J'ai aussi un âne et deux cochons dans l'arrière-cour. Il y a une grande pâture pour eux un peu plus loin.

Son air de défi ne lui échappa pas. Sans doute devait-elle se justifier en permanence auprès de ceux qui ne comprenaient pas sa démarche. Il trouvait cela dommage et même énervant. Personne n'avait à critiquer ses choix !

— Je t'admire, répondit-il, sincère.

Comme elle haussait un sourcil, incrédule, il enchaîna :

— Je déteste voir des animaux errants et affamés. S'il y avait plus de gens comme toi, le monde se porterait mieux.

Elle se détourna pour le précéder.

— Hmm… Allons-y.

Décontenancé, il la suivit. Pourvu qu'elle ne se remette pas à jouer les indifférentes ! Il supporterait mal que leur relation reparte du point zéro…

Comme ils se rapprochaient du cottage, il fut rassuré de la voir sourire.

— Attention, prépare-toi au comité d'accueil.

Un concert d'aboiements s'éleva quand ils montèrent les marches du perron. Un barrage canin les attendait derrière la porte, et Delano ne put s'empêcher de rire en découvrant cette nouvelle ménagerie plus traditionnelle.

— Ça suffit, dit Mellie d'un ton ferme. Dehors, tous les trois !

Deux des chiens filèrent tout droit, mais Sheba, elle, marqua un temps d'arrêt auprès de Delano pour se faire caresser. Juste derrière, un matou noir et blanc lui lança un regard hautain avant de sortir, les oreilles droites et la queue en l'air. Il n'appréciait visiblement pas les inconnus !

Mellie referma la porte, puis ils traversèrent le salon pour se retrouver dans la cuisine, une pièce de petite taille située à l'arrière du cottage. Une bonne odeur émanait de la cafetière dernier cri posée sur le plan de travail.

— Assieds-toi, je t'en prie, dit Mellie.

Il s'installa sur une chaise en fer forgé au bout de la table et étendit les jambes devant lui.

— Je ne pensais pas que ton refuge était si grand, dit-il, car la baie vitrée offrait une belle vue sur la propriété.

— J'aurais bien besoin de l'agrandir encore ! J'ai beau essayer de faire changer les mentalités, c'est un combat de longue haleine. Le meilleur moyen d'y parvenir est d'éduquer les enfants, alors je m'y emploie.

Elle sortit deux mugs du placard, y versa le café et lui donna le sien. Son T-shirt long porté au-dessus d'un legging noir mettait en valeur ses jolies hanches, et il toussota avant de lui répondre.

— Comment fais-tu pour cela ?

— Avec les bénévoles de la SPA, on emmène des chiens, des chats, des lapins dans les écoles primaires. On explique aux enfants comment s'en occuper. On leur apprend à repérer un animal malade ou en détresse. L'idée, c'est d'éduquer les jeunes générations le plus tôt possible dans l'espoir qu'ils influenceront leurs parents et, plus tard, qu'ils auront des comportements d'adultes responsables.

— C'est une super démarche. Et en attendant que le miracle se produise, tu gères, tu accueilles, tu soignes…

Elle haussa les épaules, puis s'assit en face de lui.

— J'en recueille autant que je peux. Mais bientôt, il va falloir pousser les murs… Alors, de quoi voulais-tu parler ?

Surpris par ce brusque changement de sujet, il but quelques gorgées de café.

— Je voulais… remettre les choses au point avec toi. Il n'y a aucune probabilité que je prenne la place de mon père au cabinet.

J'ai toujours eu l'intention de retourner à Trinidad. Je partirai dès qu'il ira mieux.

Au lieu de répondre, elle se mit à tourner et retourner sa tasse entre ses mains, songeuse. Il eut l'impression qu'elle ne savait pas quoi dire, ou plutôt qu'elle cherchait la meilleure réponse possible.

Pensait-elle au baiser qu'ils avaient échangé la veille ? Il aurait payé cher pour le savoir. Si – comme il le soupçonnait – elle partageait ses sentiments, elle allait peut-être manifester des regrets, ou en tout cas une certaine déception à l'idée de le voir partir.

— C'est… dommage, murmura-t-elle enfin.

À ces mots, une vague d'émotion mêlée d'espoir le submergea. Il avait voulu provoquer une réaction, et l'avait obtenue.

Restait à savoir ce qu'il devait en faire.

9

L’émotion perceptible sur le visage de Delano donna la chair de poule à Mellie.

Elle avait eu du mal à trouver la bonne formule pour exprimer ce qu’elle ressentait. Elle avait pensé à l’aspect professionnel de son départ, mais peut-être avait-il interprété sa réponse de manière plus personnelle.

Gênée, elle se sentit rougir. Il ne devait pas croire qu’elle voulait l’influencer, juste parce qu’ils s’étaient embrassés une fois. Elle n’avait aucun droit de le faire.

— Je rachèterai les parts de ton père, c’était prévu, dit-elle pour clarifier les choses. Mais Milo est plus important pour moi que le cabinet. Il se réjouirait que tu prennes sa place, j’en suis sûre. Et je trouve qu’il n’y aurait rien de mieux pour faciliter son rétablissement.

Quand il opina, son regard voilé la perturba au plus haut point.

Elle avait passé la moitié de la nuit à revivre leur baiser. Ce moment magique avait créé une intimité nouvelle entre eux, au point qu’elle regrettait de l’avoir mal jugé au départ. Elle lui avait prêté de mauvaises intentions sans le connaître. Si elle n’était toujours pas sûre de pouvoir lui faire confiance, ne pouvait-elle au moins lui accorder le bénéfice du doute ?

Une chose était sûre, en tout cas : elle se serait bien passée de ces complications. Mais puisqu’elle avait foncé tête baissée, elle devait agir en adulte et prendre en compte tous les aspects du problème. Sauf qu'ici, dans sa petite cuisine, la proximité de Delano ne l'aidait pas à réfléchir !

Incapable de tenir en place, elle se leva.

— Si cela ne t'ennuie pas, j'aimerais aller voir les chatons pendant qu'on discute. Ils ont mangé, mais il faudra peut-être que je renettoie leurs litières avant de partir.

Sans attendre sa réponse, elle traversa la cuisine, puis le living. Un bruit de pas sur le carrelage lui indiqua que Delano l'avait suivie.

— Heureusement que je reçois peu, dit-elle pour rompre le silence. Ma salle de bains d'invités est devenue une nursery.

Elle s'arrêta devant une porte située au fond du couloir. Mais à peine avait-elle entrouvert le battant qu'une boule de poils noire jaillit comme une fusée. Vingt secondes plus tard, ils entendirent un énorme fracas.

— Isaac ! crièrent-ils en même temps.

Elle claqua la porte, puis courut derrière Delano. Mais parvenue sur le seuil du salon, elle porta une main à sa bouche. Jamais elle n'avait vu un si petit être déclencher un pareil chaos !

La tringle à rideaux de l'immense baie vitrée pendait du côté droit. Dans sa chute, la barre avait entraîné la lampe en métal posée sur un guéridon, qui gisait à présent sur le carrelage. Et Isaac s'accrochait au rideau par une griffe qui s'était prise dans le tissu.

— Sérieusement..., marmonna Delano.

Le chaton, paniqué, voulut grimper plus haut en le voyant arriver. Mais ses efforts furent vains, car il était bel et bien coincé par la patte.

— Ce n'est pas possible, Isaac. Tu es une vraie terreur, le réprimanda Delano.

Mellie, elle, était restée figée. Car dans le mouvement, le T-shirt de Delano s'était relevé, découvrant un dos et des hanches musclés, et une peau bronzée à souhait. Existait-il vision plus séduisante à 8 heures du matin ? Pas pour elle, en tout cas.

Elle ferma les paupières et inspira à fond pour recouvrer son calme. Plus les jours passaient, plus elle avait du mal à résister à ce magnétisme puissant. La sagesse lui criait de faire marche arrière tant qu'elle le pouvait encore, mais elle n'en avait pas envie…

Une légère pression sur son bras la fit sursauter. Elle rouvrit brusquement les yeux.

— Mellie ? Ça va ?

Delano la dévisageait avec une telle sollicitude qu'elle rougit comme un coquelicot. Il se tenait très – trop – près. Si elle avait suivi son instinct, elle lui aurait planté un baiser passionné sur les lèvres.

Elle recula et s'assit sur le canapé pour ne pas céder à la tentation.

— Très bien, prétendit-elle.

Le chaton dans les bras, il se laissa tomber sur une chaise, face à elle.

— Écoute… Je sais que tu t'inquiètes pour mon père. J'ai bien enregistré tout ce que tu m'as dit. Mais sincèrement, St Eustace n'est pas pour moi. Quand j'ai quitté l'île, je me suis promis de ne jamais revenir. Je n'ai pas changé d'avis.

Elle se mordit la lèvre. Elle aurait voulu le questionner, mais elle refusait de se montrer indiscrète. Il détesterait cela, et de toute manière sa vie privée ne la concernait en rien.

— Pour changer de sujet…

Elle releva la tête, intriguée.

— … as-tu prévu qu'on s'embrasse à nouveau ?

Submergée par une vague de chaleur intense, elle porta les mains à ses joues pivoine. Elle réagissait vraiment comme une collégienne. Et lui qui souriait, le regard brillant de malice…

— Je n'en sais rien, murmura-t-elle. Ce ne serait pas raisonnable.

Son sourire s'élargit.

— J'ai banni le mot « raisonnable » de mon vocabulaire.

— Et moi, j'ai appris à réfléchir avant d'agir. On travaille ensemble. Le fait qu'on soit collègues complique les choses.

— Pas tant que ça puisque je vais partir. Trouve une autre excuse, Mellie.

Elle aurait pu invoquer une dizaine de raisons, toutes plus logiques les unes que les autres. Mais elle était si troublée qu'aucune ne lui vint à l'esprit.

— Je n'ai pas besoin d'excuse pour garder mes distances. Donne-moi plutôt une bonne raison de vouloir récidiver !

Il s'esclaffa, se leva d'un mouvement souple et lui posa Isaac dans les bras.

— J'en ai une excellente, chuchota-t-il.

Elle serra le chaton contre son cœur.

— Laquelle ?

Il se pencha jusqu'à ce que ses lèvres effleurent sa joue.

— C'était merveilleux, dit-il dans un murmure.

Avant qu'elle ait pu répondre, il s'éloigna, gagna la porte et sortit. Isaac la fixait de ses grands yeux verts, et elle le souleva délicatement pour l'amener à hauteur de son visage.

— Il a raison, petit chat. C'était merveilleux.

Delano caressa un moment les chiens avant de regagner sa voiture.

Il était venu pour clarifier les choses avec Mellie. Il venait de le faire, et plutôt deux fois qu'une. Il lui avait réexpliqué ses projets d'avenir, mais lui avait également laissé entendre qu'il n'aurait rien contre un petit flirt, et plus si affinités.

Sur la route du cabinet, il ouvrit la vitre, saisi par une vague de chaleur intense malgré l'heure matinale. À ce train-là, il allait avoir besoin d'une douche froide. Il ne pouvait penser qu'à Mellie, à la douceur de ses lèvres, à son corps souple et gracile…

Son téléphone sonna au moment où il se garait sur le parking.

Il reconnut le numéro de son cousin et se hâta de décrocher, ravi de cette distraction bienvenue.

— Salut, Jason. Comment vas-tu ? Es-tu rentré ?

Son cousin, un attaché ministériel, voyageait beaucoup. Il était parti quelques jours en Jamaïque pour une conférence.

— Oui, cette nuit, répondit Jason. J'ai hâte de te voir. Que fais-tu samedi soir ? Je suis invité au gala de charité annuel de Cable Farm. Ça te dirait qu'on y aille ensemble comme au bon vieux temps ?

— Le bon vieux temps n'était pas si formidable que ça, répliqua-t-il en riant. Dois-je te rappeler qu'on éclusait les fonds de verre en cachette ?

Le rire tonitruant de Jason lui mit le cœur en joie. Décidément, tout allait pour le mieux ce matin-là. Il faisait beau, la vie était belle...

— Je veillerai à ce que tu te tiennes tranquille, déclara son cousin. Tu commences à prendre de l'âge, mon vieux.

— Dois-je te rappeler que nous avons à peine six mois de différence ? répliqua-t-il, hilare.

— Arf ! espèce de rabat-joie ! Bon, je passerai te prendre samedi à 20 heures, si c'est bon pour toi.

— Ça marche. J'ai hâte.

En disant cela, il ne mentait pas. Une petite sortie lui ferait du bien. Il avait besoin de se changer les idées.

Il s'apprêtait à raccrocher quand Jason reprit la parole :

— J'avais... un autre truc à te dire.

Un frisson désagréable le parcourut. Jason était un type franc et direct. Ce ton hésitant, qui tranchait avec la conversation précédente, ne lui disait rien qui vaille.

— Ah bon ? Eh bien, vas-y.

Il entendit son cousin prendre une grande inspiration.

— Depuis quelques années, ton père projette de créer une bourse d'études en mémoire de ta mère, pour aider les enfants de St Eustace. Il en rêve depuis longtemps, mais...

— Mais ? répéta-t-il, la bouche sèche.

— Il n'avait pas les reins assez solides pour le faire. Après ton départ, la situation financière du cabinet s'est dégradée. Oncle Milo a remonté la pente quand Mellie est arrivée. Elle a apporté des nouveautés, du dynamisme… La comptabilité reste sous surveillance, mais tout va bien.

Delano se rejeta en arrière sur son siège, le cœur au bord des lèvres. Il culpabilisait déjà pour beaucoup de choses. Et maintenant, il découvrait que son départ avait mis son père au bord de la faillite…

— D'accord. Je vois, murmura-t-il, ne sachant que dire.

— Quoi qu'il en soit, oncle Milo et moi avons discuté ensemble des futurs statuts de l'association. Il voudrait lancer une grande collecte de fonds l'an prochain. Et en fait… il aimerait que tu t'en charges.

— Que… Moi ? De la collecte ?

Sous le choc, il crispa les mains sur le volant. Jamais il n'aurait pu s'attendre à cela…

— Pas seulement de la collecte, répondit Jason d'un ton calme. Il voudrait que tu diriges l'association.

10

Mellie était en train de contrôler le pansement de Rufus quand Delano la rejoignit en salle d'hospitalisation.

Son air renfrogné, en total contraste avec son attitude au refuge, la laissa perplexe. Lorsqu'il commença à ouvrir et claquer les portes des placards en marmonnant, elle n'y tint plus.

— Tu cherches quelque chose ?

— Quoi ? Oh ! je… On manque de… je ne sais plus. Un truc pour la salle 2.

Elle ne put s'empêcher de rire.

— Tu es bien jeune pour avoir des pertes de mémoire. Qu'est-ce qui t'arrive ? ajouta-t-elle, préoccupée par son attitude.

Il referma le tiroir dans lequel il farfouillait, puis pivota vers elle.

— Savais-tu que mon père voulait créer une bourse d'études en l'honneur de ma mère ?

— Oui, il m'en a parlé dernièrement. Il cherchait des idées d'actions caritatives. Comme ta mère était professeure, il a pensé qu'une bourse d'études pour les enfants les plus démunis serait un bel hommage.

Delano se rembrunit.

— Pourquoi n'en ai-je jamais entendu parler ? Et pourquoi ne m'a-t-on pas dit que la clinique avait des problèmes financiers ?

Voyant Rufus remuer sur la table, Mellie lui caressa le ventre.

Si seulement elle avait pu faire la même chose à Delano pour le calmer ! Il avait l'air vraiment perturbé…

— Je n'en sais rien. Milo a peut-être voulu t'épargner des soucis, vu que tu habites loin.

Il secoua la tête, l'air excédé.

— Tu sais bien que non. Il ne m'a rien dit, car il est persuadé que cela ne m'intéresse pas.

— Il a fini par te mettre au courant. Mieux vaut tard que jamais.

— Je n'ai pas eu l'info par lui, c'est ça le pire ! Je l'ai appris par mon cousin, Jason.

— Oh !

Delano semblait furieux, mais elle ne s'y trompa pas. Il était surtout blessé. Au fond, quoi de plus normal ?

Il se laissa tomber sur un tabouret, puis, distraitement, se mit à caresser Rufus. Le chien lui lécha la main, réaction qui lui arracha un petit sourire.

— Je suis perdu, Mellie, dit-il en soupirant. Ni papa ni tante Eddie ne m'ont prévenu que la situation financière était mauvaise. Si j'avais su…

— Qu'aurais-tu fait ? Réponds franchement, s'il te plaît.

Un lourd silence tomba. On n'entendait plus que le ronflement du ventilateur et le souffle léger de Rufus.

— Je ne sais pas, admit Delano d'un ton triste.

Touchée, elle lui pressa la main par-dessus la table.

— Tu ne le sauras jamais puisque ce moment appartient au passé. On peut aller loin avec des « si », mais à trop se poser de questions, on tourne en boucle et on se fait du mal. Pour avancer et tourner la page, il faut que tu aies une discussion franche avec ton père.

Il secoua la tête en grimaçant.

— Cela fait longtemps qu'on ne *discute* plus.

— Et alors ? Il est gentil. Il ne va pas te mordre ou refuser de te parler. Si tu connaissais ma mère…

Avec douceur, il retourna sa paume et lui prit la main.

— Que fait-elle, ta mère ?

— J'ai très peu de contacts avec elle.

— Oh ! mince ! Je suis désolé.

— Il n'y a pas de quoi. J'ai fini par accepter qu'elle ne veuille pas faire partie de ma vie. Elle a mis la barre trop haut pour que je puisse répondre à ses exigences.

À son air compatissant, elle sut que Delano avait mis sa propre tristesse de côté. Néanmoins, il semblait en proie à un dilemme, comme si ses bonnes manières l'empêchaient de laisser libre cours à sa curiosité.

— Rassure-toi, je ne le prendrai pas mal si tu me poses des questions, dit-elle gentiment. Mais il va falloir remettre cette conversation à plus tard. On ouvre dans cinq minutes, et je dois préparer Rufus. Je le laisse sortir aujourd'hui.

Elle souleva délicatement le chien puis le déposa sur le carrelage. D'une main glissée sous son petit ventre, elle l'aida à maintenir son équilibre.

— C'est chouette, dit Delano. J'espère que chez lui il aura meilleur moral.

— J'en suis certaine. Et son maître aussi va retrouver le sourire. Il était désespéré de devoir le laisser ici.

Encouragé par Mellie, Rufus fit quelques pas timides. Son air malheureux la toucha en plein cœur, et elle lui gratouilla les oreilles.

— Tu t'en sors comme un chef, mon toutou, dit-elle d'une voix caressante. Regarde, je te lâche... Voilà. Super !

Elle lui enfila son collier et sa laisse. Au moment de sortir, elle donna une petite tape sur l'épaule de Delano.

— Toi aussi, tu vas t'en sortir comme un chef. Souviens-toi que l'avenir peut être différent du passé à condition de le vouloir. Discute avec ton père. Le plus tôt sera le mieux.

— S'il accepte...

— Il acceptera. Que tu le veuilles ou non, tu lui as beaucoup manqué. Allez Rufus, on va faire un tour dehors avant de partir. C'est bien. Tu es le meilleur.

Même s'il était débordé, Delano s'octroya une courte pause vers 11 heures pour dire au revoir à Rufus.

— Il a l'air beaucoup plus en forme ! s'exclama le propriétaire en gratouillant la tête de son compagnon. Et il marche tout seul !

Pour la première fois depuis une semaine, l'animal agitait la queue. Il avait aussi le regard et la truffe brillants, deux excellents signes.

— Il lui faudra un peu de temps pour s'habituer à vivre sur trois pattes, expliqua Mellie. Mais en général, les chiens se débrouillent très bien après une amputation. Le meilleur remède pour lui, à présent, c'est d'être à la maison avec vous. Rien ne pourrait lui faire plus de bien.

Delano lui lança un regard admiratif.

Elle savait parler aux gens. Elle avait un sens inné de la communication et une voix mélodieuse qui se voilait un peu lorsqu'elle était émue, comme après leur baiser. Aussi, malgré ses ennuis familiaux, ne pouvait-il s'empêcher de penser à elle.

Il espérait que leur relation allait prendre une autre tournure, mais c'était à elle de décider. Si elle estimait que le jeu n'en valait pas la chandelle, si elle ne voulait pas prendre le risque de se compliquer la vie, il respecterait son choix. Ce ne serait pas de gaieté de cœur, mais il devait s'y préparer...

Après avoir regagné sa salle, il pensa une fois encore aux propos de Mellie. Elle lui avait conseillé de se rapprocher de son père. Elle n'avait sans doute pas tort, mais comment faire ?

Il décida d'aller prendre la température en rentrant déjeuner chez lui ce midi-là. Il appela Eddie pour la prévenir et recueillit – comme il s'y attendait – une réaction enthousiaste. Mais qu'en penserait son père ?

Ce dernier lui sembla très détendu quand, finalement, il rejoignit le domicile familial.

— Tu arrives à point nommé. J'avais peur que tu ne sois retenu et qu'Eddie ne m'oblige à t'attendre.

— Delano est plus ponctuel que toi ! riposta l'intéressée. Dois-je te rappeler le nombre de fois où j'ai fait réchauffer le dîner ?

— D'accord, d'accord. Tu as raison, comme toujours.

Après s'être lavé les mains, Delano aida sa tante à porter les plats de poulet, de bananes vertes bouillies, de manioc et de salade sur la table. Comment ne pas se sentir nostalgique devant ces mets traditionnels que son père affectionnait ? Il avait tant de bons souvenirs liés à St Eustace. Tant de mauvais, aussi...

— Tu ne m'as pas raconté comment s'était passé le cours d'éducation canine, dit son père.

Ce sujet neutre permit à Delano de s'exprimer sans crainte. Il raconta les événements de la soirée, sans oublier le récit de sa chute, lequel fit beaucoup rire son père.

— Ne te moque pas, Milo, le sermonna Eddie, qui essayait visiblement de contenir son hilarité. Si on parlait de la fois où ce taureau t'a poursuivi ? Tu as dû sauter dans une mare pour t'en débarrasser !

— On peut compter sur toi pour me rappeler ce souvenir, ma chère sœur.

Commencé sur cette note joyeuse, le déjeuner se poursuivit dans la bonne humeur. Delano s'abstint d'aborder le sujet qui le préoccupait – le moment aurait été mal choisi –, mais il eut l'impression de marquer des points. Son père et lui s'étaient peu parlé jusqu'alors. Ils parcouraient enfin un bout de route l'un vers l'autre...

— Si tu venais à la séance d'*agility* mercredi prochain, papa ? s'entendit-il proposer, à sa grande surprise. Tu ne serais pas obligé de rester jusqu'à la fin. Tu pourrais t'installer dans la cabane, à l'abri. Et on t'appellerait un taxi au cas où tu voudrais rentrer tôt...

Au regard heureux de son père, il comprit qu'il avait été bien inspiré de lui faire cette invitation – même s'il s'en étonnait encore.

— Je viendrai avec plaisir, Delano.

— N'oublie pas d'apporter un mégaphone, marmonna Eddie, pince-sans-rire. Il te donnera ses directives !

— Tais-toi, vilaine, protesta l'intéressé avec un large sourire.

Le repas touchait à sa fin lorsque tante Eddie reçut un appel sur son portable. Quand elle passa dans la véranda pour répondre, Delano sut alors que le moment était venu de parler à son père.

— J'ai eu Jason au téléphone ce matin, commença-t-il, le cœur battant.

— Ah bon ? Je ne savais pas qu'il était rentré.

— Il est revenu cette nuit. Il... m'a parlé de la fondation et de la bourse d'études que tu veux créer.

Son père se raidit et poussa un soupir, exaspéré.

— Je lui avais dit que je t'en parlerais en temps utile.

— Je me demande pourquoi tu ne l'as pas fait tout de suite !

— Parce que c'était une vague idée, justement. Ton cousin sait à qui je devrai m'adresser si je me lance. Il faudra contacter des avocats, des juristes, etc.

Delano se rejeta en arrière sur sa chaise, imitant la posture faussement décontractée de son père. Il se sentait agacé et même énervé que celui-ci ne veuille rien lui dire. S'il fermait la porte à toute discussion, à quoi bon s'obstiner ?

Il eut soudain l'impression que Mellie lui chuchotait à l'oreille. « Souviens-toi que l'avenir peut être différent du passé... »

Le changement devait s'initier là, tout de suite, au présent. Son père et lui avaient pris la mauvaise habitude de se réfugier dans le silence. Il y avait eu assez de non-dits. Cela ne pouvait plus durer, et puisqu'il avait osé parler, il devait poursuivre.

— Je ne suis pas juriste, mais je pourrais déjà te donner mon retour d'expérience, dit-il d'un ton calme. Même si ma fondation est petite, j'ai dû passer par toutes les étapes.

Son père se redressa sur sa chaise, l'air stupéfait.

— Ah bon ?

— Oui. J'en ai créé une il y a cinq ans. Son but est d'acheter des équipements sportifs pour les écoles primaires. Les établissements montent leur dossier, puis le comité sélectionne trois bénéficiaires par an. Le choix est toujours difficile, je l'avoue.

Si le moment n'avait pas été aussi crucial, Delano aurait éclaté de rire. Jamais il n'avait vu son père muet de stupeur à ce point. Il ouvrait la bouche, mais aucun son n'en sortait.

— J'ai mis du temps à concrétiser ce projet, car Stella refusait d'en entendre parler, expliqua Delano.

Son ex-épouse se serait peut-être montrée plus enthousiaste s'il l'avait incluse dans sa réflexion. Même marié, il avait continué à se protéger. Et bien sûr, cette union s'était soldée par un échec...

Mais aujourd'hui, il ne pouvait plus se cacher. Il devait s'ouvrir, quitte à raviver de vieilles blessures.

— Je l'ai appelée la fondation E. G., précisa-t-il d'une voix rauque d'émotion.

Son père battit des paupières, se pencha et lui pressa le bras.

— E. G. pour Everard Gopaul, chuchota-t-il, les larmes aux yeux. Everard adorait le sport. Sur un terrain de football, il laissait tous les défenseurs derrière lui. Tu n'aurais pas pu lui rendre un plus bel hommage, mon garçon.

11

Ce vendredi matin, à 7 heures tout juste, Mellie avait déjà envie de se recoucher.

Johnny, son assistant, avait fait une crise d'asthme si sévère qu'elle avait appelé une ambulance. Les secours l'avaient conduit à l'hôpital, mais elle n'avait pu l'accompagner, car il fallait s'occuper des animaux du refuge.

Contrainte de gérer l'urgence, elle allait arriver en retard au cabinet. Mieux valait prévenir Delano. Il devait être debout puisque la clinique ouvrait à 8 h 30.

Lorsqu'elle lui expliqua la situation, il lui conseilla de prendre son temps et de ne pas s'inquiéter. Mais un quart d'heure plus tard, quelle ne fut pas sa surprise de le voir débarquer, vêtu d'un jean délavé et d'un vieux T-shirt blanc.

Cette tenue mettait en valeur son corps parfait, et elle toussota devant cette vision trop séduisante.

— Qu'est-ce que tu fais là ?

— J'ai pensé que tu apprécierais un coup de main, répliqua-t-il en souriant.

— Je… ne vais pas dire le contraire. C'est gentil de ta part.

Ils se mirent au travail, et même si Mellie trouvait difficile de se concentrer en sa présence, ils avancèrent vite. Ils purent même partir à l'heure pour le cabinet. Tout juste Mellie commença-t-elle avec quinze minutes de retard, car elle avait voulu rendre une petite visite à Johnny.

Quand, vers 10 heures, elle s'octroya une mini pause-café, Delano la rejoignit dans la cuisine.

— Avec tout ça, je n'ai pas eu le temps de te poser la question ce matin... Que fais-tu de beau ce week-end ? demanda-t-il.

Surprise, elle sentit le rouge lui monter aux joues. Voulait-il l'inviter à sortir ?

— Ce soir, je dîne avec le comité directeur du refuge. On doit finaliser la prochaine campagne de stérilisation. Et pour samedi et dimanche, mon planning est tout tracé. Sans Johnny, je vais devoir gérer les animaux, en plus de mes corvées du week-end. C'est peu réjouissant, je te l'accorde, conclut-elle.

— Si tu as besoin d'aide, je suis dispo. Arrête de jouer les héroïnes. Tu vas finir par t'épuiser.

Pourquoi se montrait-il si gentil ? Elle ne voulait pas lui trouver toutes les qualités. Mais il était parfait...

— C'est gentil, merci. Je t'appellerai.

Elle n'avait bien sûr aucune intention de le faire. Elle avait déjà travaillé seule au refuge à maintes reprises. Il n'y aurait rien de nouveau sous le soleil.

— Et toi, que vas-tu faire ? ne put-elle s'empêcher de demander.

— Ce soir, je reste avec mon père, que cela lui plaise ou non.

Elle s'esclaffa.

— Tu as raison, impose-toi.

— Demain soir, je sors avec mon cousin, Jason. On ne s'est pas vus depuis la dernière fois où il est venu à Trinidad, il y a quatre ans.

— Ah ! c'est super, ça !

Ils ne purent en discuter davantage, car Jackie passa la tête dans l'encadrement de la porte pour leur signaler une urgence. À partir de là, la journée fila très vite, et à 20 heures Mellie dut s'éclipser rapidement. Prévoyante, elle avait engagé un assistant vétérinaire pour la remplacer au refuge. Delano avait raison sur un point : elle ne pouvait pas être partout...

Tous les membres du comité étaient là lorsqu'elle arriva au restaurant. Il y avait bien sûr Amity, sa meilleure amie, mais ce fut Janice Gopaul qui retint son attention. La vieille dame avait les traits tirés. Elle semblait fatiguée, et quand le nom de Delano fut mentionné – il participerait à la journée de stérilisation –, elle baissa les yeux sur son verre. Mellie se promit alors de lui parler après la réunion, mais Janice s'éclipsa sur un bonsoir expéditif.

Comme elle la regardait partir, Amity lui passa un bras autour des épaules.

— Janice n'est pas en forme.

— Je crois deviner pourquoi.

— Laisse tomber, Mellie. Tu ne peux pas gérer ça en plus de tes soucis. Eh ! tu sais quoi ? J'ai une invitation pour le gala de Cable Farm. Si tu m'accompagnais demain ?

— J'aimerais bien, répondit-elle en étouffant un bâillement. Mais avec Johnny malade, je vais devoir gérer tous les animaux. Je serai trop fatiguée pour sortir.

— Avant, ça ne t'arrêtait pas. Tu prends de l'âge ! Tu commences à t'encroûter. Cette sortie te ferait du bien.

Connaissant Amity, Mellie temporisa.

— Je te donnerai une réponse définitive demain après-midi et pas avant.

De retour au refuge, ses corvées effectuées, elle se mit au lit avec l'impression d'avoir couru un marathon. Elle n'irait pas à Cable Farm. Elle était trop fatiguée. Et surtout, elle n'avait pas envie de croiser Delano, qui serait probablement là-bas avec son cousin.

Si elle le voyait hors contexte professionnel, elle risquait de faire une bêtise. Elle serait tentée de l'inviter à passer la nuit chez elle. Ce qui serait une très, très mauvaise idée.

Le lendemain matin, Mellie s'éveilla au son d'aboiements et de voix masculines. L'esprit encore embrumé, elle prit son téléphone… pour s'apercevoir que l'alarme n'avait pas sonné. Elle avait dormi une heure de plus que prévu.

Elle s'habilla à la hâte et sortit. Delano et Johnny s'activaient dans la cour, riant comme de vieux amis.

— Qu'est-ce que vous fabriquez ? cria-t-elle. Johnny, tu devais te reposer ce week-end.

L'intéressé pesta entre ses dents.

— J'me sens mieux, M'llie ! N'fais donc pas tant d'histoires.

Elle s'avança, puis toisa Delano.

— Et toi ? Tu n'as rien de mieux à faire ?

Il la gratifia du sourire charmeur dont il avait le secret.

— Pas vraiment. J'ai emmené Baldur faire son jogging. J'ai pris le petit déjeuner avec mon père. J'ai la matinée de libre.

Elle poussa un gros soupir, feignant l'exaspération.

— Je suppose que tu vas réclamer un café.

Au fond, elle appréciait son initiative. Vu le contexte, elle s'imaginait mal lui reprocher d'être là.

— Je ne voudrais pas déranger, susurra-t-il, le regard brillant.

Elle haussa les sourcils, tourna les talons et se dirigea vers le cottage.

— Pour la peine, tu es de corvée de crottes, lança-t-elle par-dessus son épaule. Ça t'apprendra.

S'occuper des animaux était un dur labeur, mais Delano y prenait plaisir.

Pendant qu'ils s'activaient, il avait évoqué son père avec Mellie. Il n'avait pas eu le courage de parler d'Everard ou de sa fondation, mais il lui avait fait quelques confidences. Et pour lui, le fait d'en discuter était déjà un progrès.

— Hier soir, moi, je me suis écroulée de sommeil, avoua-t-elle en souriant.

— Nous, on a fait une partie de dominos avec ton père et M. Andy, que papa avait invités pour le café.

— Formidable. Quand on sait à quel point Milo est acharné au jeu, ce n'était pas l'idée du siècle pour ménager son cœur.

Il s'esclaffa.

— Tante Eddie nous a tout de suite cadrés. Soit on se tenait tranquilles, soit elle confisquait le jeu ! Mais heureusement, papa et ton père ont gagné 6-2, donc il n'a pas eu l'occasion de s'énerver. M. Andy était un peu fâché après moi, mais il s'est vite calmé pour ne pas contrarier Eddie.

— Tu m'étonnes. Tout le monde sait qu'elle n'est pas commode. Mon père l'adore, mais elle l'intimide. Même si elle est plus jeune que lui et Milo, elle les menait à la baguette quand ils étaient gosses. Enfin… Ça doit être merveilleux d'avoir les mêmes amis depuis si longtemps.

Delano relégua le souvenir d'Everard dans un coin de sa mémoire. Il ne voulait pas ternir cette belle matinée en s'appesantissant sur son chagrin.

— Tu n'as pas d'amis d'enfance, toi ? demanda-t-il.

— Non.

Comme elle n'ajoutait rien, il pensa que le sujet était clos. Mais après un court silence, elle enchaîna :

— On a beaucoup déménagé jusqu'à mes trois ans. Ensuite, ma mère a épousé Tony, et on s'est installés à Chicago. J'y ai toujours vécu, mais… je n'ai jamais vraiment noué de relations amicales. Ma mère était trop imprévisible. J'étais gênée d'inviter des camarades à la maison.

— Oh ! mince ! Je suis désolé.

— Depuis que j'ai repris contact avec mon père, elle ne me parle quasiment plus. Elle voudrait que je coupe les ponts avec lui et que je rentre aux États-Unis.

— Ça doit être dur à vivre, dit-il, à la fois choqué et attristé.

Mellie haussa les épaules.

— Si tu la voyais, tu comprendrais. Elle veut que tout soit fait à sa manière, selon ses exigences. J'ai heureusement décidé que j'étais maîtresse de ma vie, que cela lui plaise ou non, même si je fais de mauvais choix.

— Pour moi, tu es un modèle de bon sens. On pourrait te montrer en exemple dans les écoles.

Comme il l'espérait, elle éclata de rire.

— Un jour, je te raconterai ma plus grosse bêtise. Aujourd'hui, il fait trop beau pour que je me gâche la journée avec de mauvais souvenirs.

— D'accord. On en reparlera un jour de pluie.

— Ou pas... Alors, où vas-tu ce soir avec ton cousin ?

Cette fois, la discussion personnelle était close. Il en avait déjà appris plus qu'il n'espérait...

— À un gala de charité.

— Celui de Cable Farm, bien sûr. Une amie m'a invitée à y aller, mais je n'ai pas encore pris ma décision. Je verrai cet après-midi.

— Si tu y vas, réserve-moi une danse.

Il avait répondu d'un ton faussement détaché, mais le regard intense de Mellie lui mit le corps en feu. Il lui sembla que, dans cet échange muet, ils exprimaient tous deux ce qu'ils n'osaient dire ouvertement.

Quand elle se détourna, il eut l'impression qu'elle avait du mal à reprendre son souffle.

— On verra, dit-elle, avant de s'éloigner.

Dans l'immédiat, il devrait s'en contenter.

12

Mellie changea d'avis dix fois avant de prendre sa décision.

Savoir que Delano participerait au gala – et qu'il voulait danser avec elle – l'avait mise dans tous ses états. Elle avait eu intensément conscience des vibrations qui passaient entre eux, ce matin-là, au refuge. Ils avaient échangé des regards brûlants, et si Johnny n'avait pas été là, elle se serait jetée sur lui pour l'embrasser avec fièvre.

Néanmoins, elle devait garder la tête froide. Ces réactions physiques étaient sans doute le signe d'un désir passager. Elle n'avait entretenu qu'une seule et brève relation à St Eustace, et cela remontait à trois ans !

Elle soupira. Elle avait beau savoir qu'un rapprochement avec Delano était risqué, elle y pensait sans arrêt. Jamais elle n'avait éprouvé cette attirance irrésistible pour un homme, pas même pour Kyle. Et plus se raisonnait, plus la tentation était forte.

Absorbée par sa carrière, elle n'avait pas le temps d'entretenir une relation stable. Delano, lui, allait partir. S'il était d'accord pour une brève aventure, elle n'aurait rien contre. Une liaison ne les engagerait ni l'un ni l'autre. Elle pourrait savourer l'instant présent, rester libre. Et quoi de mieux qu'une soirée pour concrétiser ce rêve ?

Lorsqu'elle appela Amity, cette dernière exprima bruyamment sa joie au téléphone.

— On pourrait covoiturer, suggéra Mellie. Je passe devant chez toi pour aller à Cable Farm.

Amity s'esclaffa.

— On partira ensemble, mais chacune dans sa propre voiture. Tu vas vouloir te coucher avec les poules, et moi je n'ai pas l'intention de rentrer tôt.

— Tu as raison, c'est mieux, répondit-elle en riant. Je te connais.

Pour une fois, Mellie accorda un soin tout particulier à sa tenue. Elle sut qu'elle avait fait le bon choix quand, le soir venu, Amity la gratifia d'un sifflement appréciateur.

— Regarde-toi, Miss Pimpante ! Je ne t'ai pas vue habillée comme ça depuis le déluge. Je savais que cette merveille était faite pour toi.

Mellie s'efforça de garder l'air nonchalant.

— Oui, tu m'avais dit qu'elle était belle.

Un an plus tôt, Amity l'avait poussée à acheter une robe en mousseline rose corail. Nouée au cou par un simple lien, elle dénudait les épaules et descendait en vagues souples jusqu'à mi-cuisse. Mellie avait toujours regretté cet achat impulsif, mais ce soir-là, au moment de partir, son reflet dans le miroir lui avait renvoyé une image plutôt flatteuse…

— C'est toi qui es belle, même en blouse verte ou en jean troué ! déclara Amity. Mais là, tu as sorti le grand jeu. Y a-t-il une raison particulière ?

— Non. Enfin… je voulais me donner du courage.

Amity claqua des doigts, l'air entendu.

— Delano Logan ! *Primo*, il est canon. *Deuxio*, il est célibataire. *Tertio*, il est le seul homme jeune que tu côtoies.

— Ça, tu n'en sais rien.

— À d'autres ! Et pour conclure, Delano Logan est ton genre. Il est sympa, travailleur, intelligent…

— Tu oublies un léger détail.

— Ah bon ? Lequel ?

— Il doit repartir dans une semaine, deux maximum.

Amity, qui se dirigeait vers la porte, se retourna d'un coup.

— Un de ces jours, il faudra vaincre ta peur de l'engagement.

— Peut-être, mais pas aujourd'hui. Ce soir, je veux juste essayer d'attirer Delano dans mon lit.

— Si seulement cela pouvait te donner confiance en toi !

Sur ce commentaire, Amity l'entraîna vers le parking. Dix minutes plus tard, elles arrivèrent à Cable Farm, une plantation de café classée monument historique et restaurée dans le luxe d'antan par ses nouveaux propriétaires.

À l'occasion du gala, on avait dressé un buffet dehors, sous de ravissantes guirlandes de lampions. Quelques mètres plus loin, au cœur du jardin, un orchestre s'installait près du parquet de danse aménagé pour l'occasion.

— C'est charmant, murmura Mellie.

— Oui, j'adore. Mes parents doivent être arrivés, ajouta Amity. J'irai leur faire un coucou plus tard. Ton père vient-il ?

— Non, il a un tournoi de polo demain. Il dit qu'il est trop vieux pour sortir une veille de match.

— Je vois de qui tu tiens ton côté raisonnable… Et en parlant de raisonnable, as-tu vu ton gars ?

Delano n'était pas « son » gars, mais Mellie s'abstint de le dire. Il le deviendrait peut-être…

— Non, pas encore.

— Approchons-nous du bar, on a des chances de le trouver là-bas. Et même s'il n'y est pas, je prendrais bien un verre.

Elles saluèrent au passage de nombreuses connaissances et, pour Mellie, des clients. Mais soudain, le souffle se bloqua dans sa gorge. Delano s'avançait vers elle en la regardant comme s'il la voyait pour la première fois. Son sourire carnassier lui déclencha un long frisson, au point qu'elle faillit trébucher.

— Waouh ! murmura Amity. C'est ton soir de chance…

Delano n'en croyait pas ses yeux.

Dès le premier jour, il avait éprouvé une vive attirance pour

Mellie. Il l'avait trouvée sublime avec une machette au poing, et maintenant qu'il la connaissait mieux, elle lui paraissait plus belle de jour en jour. Mais ce soir-là... Ce soir-là, elle était radieuse, sensuelle, sexy.

Sa robe rose flottait autour d'elle, caressant chaque courbe de son corps comme il rêvait de le faire. Elle semblait nue sous la mousseline, illusion renforcée par la brise qui faisait voler le tissu au gré de ses mouvements. S'il s'était écouté, il l'aurait jetée en travers de son épaule pour l'emmener loin de cette foule trop nombreuse à son goût !

Stupéfait par la violence de sa réaction, il s'arrêta. Il n'était pas du genre à se conduire en homme des cavernes. Si Mellie voulait prendre son temps, il respecterait son choix. Ses désirs seraient des ordres.

Il avança de nouveau, plus lentement cette fois. C'est à peine s'il jeta un coup d'œil à la ravissante blonde qui accompagnait Mellie. Il n'avait d'yeux que pour elle.

— Tu es incroyable, déclara-t-il. Je dirais même, renversante.

Au lieu de le rabrouer comme d'habitude, elle le gratifia d'une moue charmante.

— Merci. J'ai eu envie... de faire un effort de toilette.

Il resta bouche bée quand, d'une main, elle lissa machinalement les plis de sa robe. Ses paumes fourmillaient tant il avait envie de la toucher.

— Jason, on est de trop, dit la jeune femme blonde d'une voix mi-amusée, mi-résignée. Allons boire un verre.

Puis elle s'éclipsa, suivie par Jason dont Delano avait totalement oublié l'existence !

Mellie les regarda partir et secoua la tête.

— Tu ne m'as même pas présenté ton cousin, dit-elle.

— Vous vous recroiserez plus tard.

Près de la piste de danse, l'orchestre venait d'entamer un calypso. Il aurait préféré un slow, mais il rêvait de plaquer Mellie contre lui...

— On va danser ? proposa-t-il. J'ai peur de me faire prendre de vitesse par un soupirant sorti d'on ne sait où.

Elle eut un petit rire.

— Aucun risque. Et tu sais, rien ne presse. J'aimerais mieux une musique plus lente.

Il comprit sans risque d'erreur qu'ils étaient sur la même longueur d'onde. Très bientôt, cette nuit-là peut-être, ses fantasmes se concrétiseraient...

Il toussota.

— Allons boire quelque chose, alors.

Son regard provocateur le laissa coi. Elle ne l'avait pas habitué à ce genre d'attitude. En général, elle fonçait tête baissée et ne prenait pas de gants avec lui.

— J'aperçois Kiah Langdon et sa femme, Mina, près du bar, susurra-t-elle. On va les saluer ?

Réfrénant son désir, il opina. Il aurait voulu effacer son sourire taquin d'un baiser passionné, mais chaque chose en son temps.

La suite n'en serait que meilleure.

13

Mellie aimait ce jeu de la séduction.

Elle prenait plaisir à taquiner Delano, à flirter avec lui, à le provoquer pour susciter son désir. Et d'ailleurs, vu le contexte, ils avaient intérêt à brider leur impatience.

Leurs familles étaient connues à St Eustace. S'ils quittaient le gala trop tôt, leurs pères allaient forcément l'apprendre. Or, elle voulait éviter que ces deux-là se fassent des films.

Plus ils attendraient, moins les gens parleraient sur leur compte… et meilleure serait la fin de soirée !

Le corps frémissant d'impatience, elle glissa le bras sous le sien, puis elle l'entraîna vers le groupe qu'elle avait repéré. Kiah – un participant assidu aux séances d'*agility* – était accompagné de son épouse, le Dr Mina Haraldson. Ils discutaient avec Gen Broussard et son époux, Zach Lewin, tous deux chirurgiens.

— Delano, tu as ici la fine fleur de l'hôpital de Port Michael, dit-elle d'un ton gai après avoir fait les présentations.

— Comme tu y vas ! s'exclama Gen en riant.

Une discussion aussi joyeuse qu'animée se lança. Mellie avait rejoint ce groupe en connaissance de cause, sachant que rire et plaisanter lui permettrait de garder les pieds sur Terre. Et quand Jason et Amity se rapprochèrent, elle fut certaine d'avoir fait le bon choix. Au moins, elle n'attirerait pas les soupçons en restant seule avec Delano…

— Gen a-t-elle eu un AVC ? lui chuchota-t-il à l'oreille. Elle parle de façon un peu bizarre.

— Elle a une paralysie faciale de Bell. Le traitement marche, mais elle n'a pas encore récupéré complètement.

L'heure du dîner ayant sonné, ils se dirigèrent tous vers la même table. Mellie veillait à ne pas s'adresser qu'à Delano, mais elle avait toujours intensément conscience de sa proximité. Quoi qu'elle fasse, elle avait l'impression qu'il ne la quittait pas des yeux et que son regard était porteur de mille promesses.

Cela faisait des lustres qu'elle n'avait pas éprouvé cette joie intérieure. Jamais elle ne s'était sentie aussi belle, aussi rayonnante, aussi exaltée. Elle n'avait même pas eu besoin de boire pour être ivre de bonheur. Elle vivait la soirée sur un petit nuage dont elle n'avait aucune envie de descendre.

Pour la première fois, elle découvrait un Delano tranquille, détendu. Au cabinet, il se montrait accessible et charmant, mais il gardait toujours une certaine réserve. Ce soir-là, il était juste… parfait.

Consciente qu'elle le fixait sans pouvoir détourner le regard, elle chercha un moyen de faire diversion. Les gens allaient finir par soupçonner quelque chose, c'était sûr.

Elle sursauta quand Amity lui tapota le coude.

— N'est-ce pas ton voisin, M. Ramos, à la table d'à côté ?

— Oui, c'est bien lui. Je vais aller lui dire bonsoir.

Elle se leva sans attendre la réponse d'Amity, soulagée d'avoir trouvé quelque chose à faire. Si elle ne se reprenait pas, elle allait se trahir. Or, montrer ses sentiments pour Delano à tout St Eustace réuni n'était pas une option.

Elle s'était promis de rester prudente.

Delano regarda Mellie s'éloigner, le cœur battant.

Il avait rêvé depuis leur première rencontre de la voir ainsi, souriante, radieuse et détendue. Il l'avait toujours trouvée magnifique, mais ce soir-là il émanait d'elle une chaleur qui irradiait sur son passage.

Comment résister à cette beauté, à ce charisme ? Avec elle, il se sentait heureux comme jamais. Il avait toujours réussi à se faire des amis, à entretenir des relations sociales. En revanche, il n'avait jamais été vraiment en phase avec quelqu'un, pas même son ex-épouse. Jusqu'à ce qu'il rencontre Mellie…

— Elle est très en beauté ce soir, je trouve.

La voix d'Amity l'arracha à ses réflexions. La jeune femme était venue s'asseoir près de lui et le dévisageait, un sourire énigmatique aux lèvres.

— Mellie est toujours belle, répliqua-t-il sans réfléchir.

— Ha ! Elle serait sûrement ravie de te l'entendre dire. Tu sais, j'aime la voir s'amuser comme ça. Elle travaille tellement qu'elle ne sort pas beaucoup.

— Ah bon ? Vous avez pourtant l'air de former un bon groupe d'amis. Je me disais que, tous ensemble, vous ne deviez pas vous ennuyer.

Amity écarta les bras, l'air résignée.

— On essaye de la sortir de sa tanière, mais c'est dur. Elle a toujours quelque chose à faire au refuge, et comme elle n'est pas du genre à demander de l'aide, elle se débrouille toute seule, quitte à ne plus tenir debout. Partant de là, elle a peu de temps pour les loisirs.

— Hmm… Cela ne va pas s'arranger quand mon père aura pris sa retraite. D'autant plus qu'elle a l'intention d'agrandir le refuge.

— Elle se débrouillera, répliqua Amity d'un ton ferme. Ne t'imagine surtout pas qu'elle est fragile, parce que c'est loin d'être le cas. Avec le comité directeur du refuge, on travaille justement sur l'extension des capacités d'accueil. Mellie s'est constitué un réseau incroyable. Elle trouvera les fonds et les moyens humains. J'en suis sûre.

— Dans combien de temps cela peut-il se faire ?

— Il faudrait que ça arrive vite. Le refuge a atteint sa capacité maximale. Si elle n'achète pas le terrain du voisin, elle va devoir arrêter l'accueil un moment.

Delano eut l'impression de recevoir un uppercut. Après avoir travaillé auprès de Mellie, il savait bien que le sauvetage était toute sa vie. Elle aurait énormément de peine si elle ne pouvait plus recueillir d'animaux malades ou abandonnés.

— Je ne l'imagine pas baisser les bras, commenta-t-il. Dès qu'un animal a besoin d'elle, elle se démène pour l'aider. Elle le fera toujours.

Amity opina, l'air grave.

— Tu la connais mieux que je ne pensais.

Une chaleur inattendue lui monta au visage. Heureusement que la pénombre dissimulait son trouble…

— Oh non !

Il tourna la tête dans la direction du regard d'Amity.

M. Ramos s'était levé pour rejoindre le buffet, remplacé par un homme de haute taille qui collait Mellie de près. Elle avait reculé au maximum, mais le montant de la table l'empêchait de s'éloigner plus.

— Qui est-ce ? demanda-t-il, ulcéré.

— Martin McGovern, un Américain. Il gère un hôtel de luxe sur la côte. Mellie a dîné une fois avec lui, il y a six mois, mais il ne lui a pas plu. Depuis, il retente sa chance régulièrement. D'habitude, elle arrive à ruser pour l'éviter, mais là…

Amity lui donna une bourrade si forte qu'il poussa un petit cri.

— Qu'attends-tu pour voler à son secours ? s'exclama-t-elle.

— Elle est capable de se débrouiller toute seule, mais puisque tu insistes…

Encouragé par le rire chaleureux d'Amity, il se leva puis se dirigea vers la table voisine. Sitôt arrivé, il enroula un bras possessif autour de la taille de Mellie. Et quand elle pivota vers lui, l'air stupéfaite, il lui planta un baiser sur les lèvres.

Il faillit oublier pourquoi il était venu jusqu'à ce qu'il entende l'Américain toussoter. Alors, il se redressa en souriant.

— Désolé de vous interrompre, mais Mellie m'a promis une danse, et ils jouent mon slow préféré. Viens vite, ma chérie…

Laissant sur place un Martin McGovern médusé, il la fit tourbillonner en direction de la piste. Son rire lui parut aussi délicieux qu'un chocolat chaud… et il adorait le chocolat chaud.

— Tu réalises que ton slow préféré est une vieille chanson ringarde qui parle d'un âne ? s'exclama-t-elle.

— Absolument. Je suis vétérinaire équin. J'aime les ânes, répliqua-t-il, hilare.

Elle se tenait les côtes lorsqu'ils atteignirent la piste. Et quand il la souleva de terre pour la faire tournoyer, il comprit qu'il était perdu.

Ce déferlement d'émotions aurait dû l'effrayer, mais il avait dépassé ce stade. Il acceptait d'être séduit, bouleversé et même envoûté par Mellie. Il réfléchirait aux conséquences plus tard.

À la fin du slow, elle glissa le bras sous le sien.

— Merci pour cette danse, chuchota-t-elle. Et merci d'être venu me sauver. J'ai cru que ce pot de colle allait me mordre la joue !

— Vu sa tête, je ne pense pas qu'il ait eu l'intention de te mordre. Il voulait t'embrasser, et je n'en suis pas surpris. Tu es tellement belle.

Elle raffermit la pression sur son bras.

— Si c'est ce que tu penses, rentre avec moi. Maintenant, tout de suite.

Il eut l'impression que son cœur explosait dans sa poitrine. Il resta là, à dévisager Mellie comme s'il la voyait pour la première fois. Puis il lui sourit.

— Avec plaisir, madame. Vos désirs sont des ordres.

14

Delano se demandait comment Mellie allait annoncer leur départ. Que ses amis les voient s'éclipser à deux ne le dérangeait pas, au contraire, mais peut-être serait-elle gênée.

Lorsqu'ils regagnèrent la table, elle prit son sac, un grand sourire aux lèvres.

— Messieurs-dames, il n'est si bonne compagnie qui ne se quitte, dit-elle d'un ton gai. Je vais rentrer.

— Déjà ? s'écria Amity en consultant sa montre. Ah oui ! c'est vrai ! Tu te lèves de bonne heure, et patati, et patata.

— Exactement. Tout le monde ne fait pas la grasse matinée le dimanche comme certaines.

Delano hésita. Que faire, que dire ? Il devait se montrer réactif.

— Pourrais-tu me déposer, s'il te plaît ? demanda-t-il, l'air de rien. J'ai promis à mon père de jardiner avec lui demain. Il va falloir que je me lève tôt aussi.

— Tu n'auras pas beaucoup de sommeil au compteur si tu m'attends, en effet, déclara Jason, hilare. Partout où on va, Amity et moi faisons la fermeture.

— C'est exact, confirma l'intéressée. Au lit, papy et mamie ! Nous, on va danser jusqu'à l'aube.

Sur un dernier échange de « Bonne nuit » et de plaisanteries sur leur grand âge, Delano et Mellie s'éclipsèrent.

— Je suis garée à mi-pente, dit-elle, tandis qu'ils rejoignaient le parking.

Elle semblait un peu sur la réserve, et il lui jeta un rapide coup d'œil. Avait-elle changé d'avis ? Au fond, il pourrait comprendre. Il n'était toujours pas sûr qu'une nuit d'amour avec elle soit l'idée du siècle, mais le désir avait pris l'ascendant. Pourvu que Mellie ne le rejette pas maintenant…

— J'ai passé une très bonne soirée, dit-il pour rompre le silence. Tes amis sont géniaux. Et ça m'a vraiment fait plaisir de te voir t'amuser.

Elle eut un sourire presque timide.

— Moi aussi, j'ai trouvé ça super. J'aime bien sortir, mais ces derniers temps je n'en ai plus beaucoup l'occasion. Je donne toujours la priorité au travail.

— C'est un peu dommage.

Mellie avait garé sa petite berline sur un coin de pelouse entre deux arbres. Comme ils s'en approchaient, elle extirpa ses clés de son sac.

— Pourquoi, dommage ? répliqua-t-elle d'un ton vif. Au contraire, je trouve ça normal. Je me donne à fond pour que certains animaux aient une chance de survivre. Le refuge ne fonctionnerait pas si je faisais les choses à moitié.

— Et toi, dans tout ça ?

Il contourna la voiture pour lui ouvrir sa portière, mais s'arrêta net. Dans la tiédeur de la nuit, son parfum fruité lui chatouillait les narines. Il eut soudain envie de l'attirer plus près.

— Tu mérites mieux que de te tuer à la tâche.

— Le mérite vient de nos efforts, et de nulle part ailleurs.

Ses grands yeux brillaient dans la pénombre. Encore un pas, et il pourrait toucher son corps souple. La tentation était grande, trop grande…

— Ai-je assez travaillé pour mériter un baiser, Mellie ?

Elle le gratifia d'un sourire éclatant.

— Je crois que oui…

Quand elle inclina la tête vers lui, il fit ce dont il avait rêvé toute la soirée : il glissa la main sous son sein gauche puis, avec lenteur, descendit vers sa hanche. Le contact de ses courbes féminines l'électrisa si fort qu'il poussa un cri rauque. Il aurait voulu attendre, mais c'était impossible.

Conscient de vivre un moment unique, il l'embrassa avec tendresse. Il voulait la goûter, la savourer, apprendre par cœur les contours de sa bouche, respirer en même temps qu'elle. Mais elle se mit à jouer avec sa lèvre inférieure, la taquinant de la langue, et il perdit le contrôle.

Crispant la paume sur sa hanche, il la plaqua contre lui avec force tandis que son autre main lui agrippait la nuque. Elle lui avait déjà passé un bras autour du cou, l'autre autour de la taille, comme pour mieux épouser son corps tendu.

L'intensité de son désir l'effrayait presque, et lorsqu'elle pivota pour s'appuyer contre la voiture, l'entraînant avec elle, il ne résista pas. Ils ne faisaient déjà plus qu'un dans ce moment intime où toute notion du temps et du monde était abolie. Il n'y avait plus qu'eux. Ils vibraient l'un pour l'autre. Ils n'existaient plus que pour l'autre.

De manière instinctive, il glissa le genou entre les jambes de Mellie et la fit asseoir sur sa cuisse. Elle répondit par un grognement rauque qui l'incendia encore davantage. Il sentait sa chaleur moite à travers le tissu de son pantalon, un contact merveilleux qui lui faisait, déjà, toucher les étoiles.

Il lui agrippa les fesses et cueillit un nouveau gémissement sur sa bouche alors qu'elle oscillait sur lui, de plus en plus vite. Puis soudain, elle rejeta la tête en arrière, et il en profita pour butiner son cou, en même temps qu'il remontait d'une main vers sa poitrine durcie. Du bout des doigts, il titilla le mamelon de son sein gauche, entraînant une réponse encore plus frénétique.

— Delano…

— Laisse-toi aller, mon cœur. Ne réfléchis pas.

Elle crispa les doigts dans ses cheveux, et quand leurs lèvres se joignirent à nouveau, il but son cri de plaisir avec délectation.

Le bonheur se cueillait là, maintenant, au présent. Et il avait hâte d'ouvrir un nouveau chapitre de cette nuit magique.

Mellie retomba lentement sur Terre, envahie d'une bienheureuse plénitude. C'était une bonne chose que Delano ne l'ait pas lâchée, car ses jambes ne la portaient plus. Jamais elle ne s'était laissé emporter de cette manière. Elle avait complètement perdu le contrôle, et le pire c'est qu'elle ne regrettait rien.

Frappée par le côté incongru de la situation, elle ne put s'empêcher de rire.

— J'ai l'impression d'être une ado qui découvre l'amour.

Delano jeta un coup d'œil autour d'eux, puis s'esclaffa à son tour. Heureusement que personne ne traînait dans les parages !

— On devrait lever le camp, répliqua-t-il d'une voix rauque.

Sentir son érection contre sa cuisse réveilla son désir. Elle frissonna.

— Oui, chuchota-t-elle. Allons-y. Je pense avoir retrouvé l'usage de mes jambes.

Quand il la lâcha, elle faillit s'agripper à lui de nouveau. C'était peut-être ridicule, mais elle n'y pouvait rien. Elle avait autant besoin de lui que de respirer...

Elle démarra dès qu'ils furent installés. Un silence agréable était tombé, qu'elle n'éprouvait pas le besoin de rompre. Là où, autrefois, elle aurait été nerveuse et gênée, elle se sentait parfaitement à l'aise. Néanmoins, il restait un « détail » à régler avant que les choses aillent plus loin.

— Si tu passes la nuit chez moi, ton père le découvrira d'une manière ou d'une autre, dit-elle. Port Michael est un nid à commérages.

— Si quelqu'un nous a vus, là, tout de suite, tante Eddie est peut-être déjà en train de recevoir des textos, répliqua-t-il.

Avant qu'elle ait pu répondre, il enchaîna :

— Cela t'ennuierait-il que mon père et le tien l'apprennent ?

— Sur le principe, non. Simplement, je ne voudrais pas que Milo se fasse des idées. Il espère très fort que tu vas revenir habiter ici. Il risque de tirer des plans sur la comète s'il est au courant pour nous deux. Cela m'embête pour toi.

— Dans ce cas, sois tranquille. Je gérerai ses questions et celles d'Eddie. Je leur expliquerai qu'il n'y a rien de sérieux entre nous, et l'affaire sera réglée.

— D'accord.

Elle s'efforça de garder l'air sereine, mais cette réponse l'avait déçue. Pourquoi réagissait-elle ainsi ? Elle savait que leur histoire n'avait aucun avenir, et d'ailleurs c'était préférable. Au chapitre des relations amoureuses, elle avait déjà écrit une page catastrophique. Elle devrait plutôt se réjouir de pouvoir vivre une aventure sans lendemain.

— Et ton père, Mellie ? Ne risque-t-il pas de se faire des idées ?

— Non, répondit-elle d'un ton ferme. Papa sait que je suis une solitaire.

Il était le seul à connaître les détails de sa bagarre judiciaire avec Kyle et savait donc pourquoi elle voulait se débrouiller seule. Car elle refusait de dépendre d'un homme, sur le plan matériel mais aussi affectif.

— Tu sais ce qui m'a rendu fou toute la soirée ?

La question, posée d'une voix rauque, la tira de ses réflexions.

— Non...

— Ta robe. Quand le tissu flotte autour de toi, tu es l'image même de la tentation. À un moment, j'ai dû m'asseoir sur mes mains pour éviter de te toucher.

Elle s'esclaffa.

— Ne va pas surtout pas t'imaginer que je porte des dessous chics. L'effet produit par la robe est dû à de la lingerie sculptante. Ces sous-vêtements sont tout, sauf sexy.

— Hmm... Cela reste à voir...

Elle eut de nouveau très chaud. Elle ne pouvait pas voir grand-chose dans la pénombre, mais elle était sûre que Delano la dévorait du regard.

— Je ne voudrais pas que tu sois déçu.

Que se passerait-il lorsqu'ils se retrouveraient dans l'intimité du cottage ? Elle avait déjà eu un orgasme dehors, tout habillée. La suite s'annonçait explosive…

Ils arrivaient chez elle, à présent. Sitôt franchie la barrière automatique, elle se gara à l'arrière de la maison et coupa le contact. Les chiens se mirent à tourner autour d'eux dès qu'elle ouvrit la porte d'entrée, mais sortirent à son signal.

— Tu les as bien éduqués, remarqua Delano. Ils ne sautent pas sur les gens, ils obéissent… Enfin, ils me regardaient quand même de travers. Ils doivent se demander qui est cet intrus qui débarque chez eux en pleine nuit !

Elle secoua la tête en riant et referma la porte. Mais à peine avait-elle fait un pas dans le couloir que Delano lui effleura le bras, remontant jusqu'à l'épaule.

— Je n'en peux plus d'attendre, chuchota-t-il. J'ai envie de toi, Mellie.

15

— Si on allait dans ma chambre ? Ne crois-tu pas qu'on a fait assez d'acrobaties pour ce soir ? Mon hall d'entrée n'est pas très confortable.

Le rire de Delano vibra en Mellie comme une douce musique. Au lieu de la lâcher, il l'attira plus près.

— Tu as raison, mais j'ai presque peur de te voir disparaître comme dans un rêve. Hmm… Ta peau est douce…

— C'est l'affaire d'une minute, chuchota-t-elle. Et je ne vais pas disparaître. Je te le promets.

Elle glissa la main dans la sienne pour l'entraîner vers sa chambre.

— Entrons vite, histoire que les chats ne se faufilent pas.

Delano eut un petit rire.

— En effet, mieux vaut les laisser dehors.

Il se colla à elle, la poussa à l'intérieur et claqua la porte derrière eux. Amusée, elle alluma la lampe puis pivota vers lui. Elle n'avait jamais éprouvé cette excitation joyeuse, ce désir mêlé d'allégresse. Le fait de pouvoir rire et plaisanter avec un amant était une expérience nouvelle, merveilleuse…

Quand Delano l'enlaça, elle se plaqua contre lui. Ils échangèrent un baiser brûlant, à la mesure de l'impatience qui les consumait. Les mains de Delano la parcouraient avec fièvre comme s'il voulait mémoriser chaque courbe de son corps, et soudain il détacha le lien qui maintenait sa robe en place.

Le sentant sur le point de faire passer le vêtement par-dessus sa tête, elle s'accrocha au tissu.

— Es-tu sûr de vouloir découvrir ce qui se cache là-dessous ?

La lueur carnassière dans son regard la fit frissonner.

— Absolument. Tu as piqué ma curiosité avec ta... lingerie sculptante.

— Voilà. Tu en as déjà vu, quand même ?

— Non. Ou alors, juste dans des pubs. Vas-tu enfin me permettre de regarder ou me laisser mourir idiot ?

Riant de nouveau, elle lâcha sa robe et leva les bras. Delano la dévêtit promptement, et elle resta là, paupières closes, les bras rabaissés le long du corps. Un certain embarras se mêlait à l'amusement, car elle n'avait pas réfléchi à la fin de la soirée au moment de s'habiller. Sinon, elle aurait choisi une tenue différente, compatible avec des dessous en dentelle.

Maintenant, elle était là, engoncée dans un panty à taille haute qui descendait jusqu'à mi-cuisse, la poitrine serrée dans une brassière sans coutures...

Elle entrouvrit un œil et se détendit. Delano l'examinait avec un intérêt presque comique.

— C'est mignon, n'est-ce pas ? susurra-t-elle, taquine.

Il répondit à sa question par une autre :

— Comment ce truc tient-il en place ?

Joignant le geste à la parole, il promena l'index sur la courbe de son soutien-gorge, lui arrachant un petit gémissement. Elle promena la langue sur ses lèvres sèches.

— Tu veux... que je t'explique comment ma lingerie fonctionne, là, maintenant, tout de suite ?

Il lui enlaça la taille d'un bras, promenant l'autre main sur ses hanches jusqu'à la lisière des fesses.

— Non. Je cherche un moyen de t'en débarrasser...

— As-tu besoin d'un tuto ? Et si je les enlevais moi-même ?

— Non, non, non ! Ne m'enlève pas ce plaisir.

Déterminé, il explora chaque parcelle de tissu, la laissant tremblante de désir. Et quand enfin, il trouva la fermeture à glissière cachée sur le côté de son soutien-gorge, il poussa une exclamation de joie. Puis, avec une habileté confondante, il fit valser la brassière.

— Tu l'avais déjà fait avant, lança-t-elle avec une pointe de jalousie irrépressible.

— Absolument pas. J'apprends vite, que veux-tu.

Sous son regard incendiaire, elle faillit croiser les bras sur sa poitrine. Non qu'elle fût gênée, au contraire. Simplement, elle trouvait ce moment presque trop beau pour être vrai.

Sans hésiter, il leva la main pour titiller le mamelon durci d'un de ses seins. Une onde de choc la parcourut, suivie d'une autre lorsque, délibérément, il captura l'autre mamelon entre ses lèvres. Elle ne put retenir un cri de plaisir, imitée par Delano qui laissa échapper un gémissement rauque.

Ivre de bonheur, elle réalisa soudain qu'il faisait glisser son panty. C'est à peine si elle se rendit compte qu'il lui enlevait ses sandales pour, enfin, la débarrasser de sa culotte. Elle flottait déjà dans un paradis lointain où la notion du temps et du monde avait disparu.

Quand il s'agenouilla devant elle, elle crispa la main dans ses cheveux.

— Ça n'a pas l'air très confortable, dis-moi…

Il montrait la petite marque rouge que son panty avait laissée sur sa hanche, et une vague de tendresse la submergea. Il était drôle, gentil, plein d'attentions. Existait-il un homme plus merveilleux ?

— Il faut souffrir pour être belle, que veux-tu, répliqua-t-elle d'un ton gai pour contenir son émotion.

— Tout plaisir apporte son lot de souffrances, c'est vrai.

Elle n'eut pas le loisir de s'interroger sur cette réponse énigmatique car, du bout de la langue, il s'était mis à suivre la courbe de sa cuisse, juste au-dessus du genou. Et quand il recommença de l'autre côté, elle crut exploser de désir. Ces zones n'étaient pas censées être érogènes, et pourtant…

— Oh ! lâcha-t-elle.

Delano venait de lui lever une cheville, la posant avec délicatesse sur son épaule. Elle ne songea pas à résister lorsqu'il arrondit les paumes sur ses fesses pour la rapprocher de lui. Elle se sentait aimée, soutenue, désirée. Qu'aurait-elle pu rêver de plus beau ?

Sans la quitter du regard, Delano traça un sillon de feu sur l'intérieur de sa cuisse. Elle faillit l'implorer de se décaler vers le point sensible de son intimité, mais elle n'en fit rien. S'il voulait la goûter, la titiller, la faire attendre, libre à lui. Ce jeu érotique était nouveau pour elle. Elle y prenait autant de plaisir que dans l'acte charnel, car Delano voulait tout faire pour la rendre heureuse !

Quand il taquina enfin sa chaleur humide, elle bascula vers l'avant. Le corps tremblant, elle dut s'agripper à ses épaules pour ne pas tomber. Et ces vagues qui montaient, l'emmenant plus haut, et plus haut encore…

Un son inconnu s'échappa de sa gorge, bientôt suivi par un cri rauque lorsqu'un orgasme d'une force incroyable la balaya. Elle n'avait jamais connu cette onde de choc qui, au lieu de s'éteindre lentement, déferlait encore et encore jusqu'à la laisser sans force…

Plongée dans un brouillard voluptueux, elle se rendit compte que Delano l'avait soulevée pour la déposer sur le lit. Le contact des draps frais apaisa un peu l'incendie qui la dévorait, sans toutefois éteindre son désir. Et quand Delano jeta son portefeuille sur la table de nuit, avant de se déshabiller rapidement, la lave remonta au creux de son ventre.

Elle aurait voulu s'asseoir pour lui enlever son pantalon, mais ses membres ne lui obéissaient plus. Elle ne pouvait que profiter de la vision sublime qu'il lui offrait. Comment ne pas admirer ce torse large, ce ventre plat et musclé ? Il avait le physique d'un homme qui passe sa vie au grand air, à s'occuper des chevaux. Il faisait de l'exercice à l'extérieur, pas dans les salles de gym…

Le souffle se bloqua dans sa gorge lorsque, enfin, il retira son boxer. Elle aurait voulu lui dire qu'elle le trouvait sublime, mais n'en eut pas le temps car, déjà, il s'allongeait près d'elle.

Elle se plaqua contre lui, puis l'embrassa comme si sa vie en dépendait.

Delano vibrait de la tête aux pieds sous le coup d'une émotion inconnue.

Faire l'amour avec Mellie était une expérience magique. Jamais, dans ses rêves les plus fous, il n'aurait cru possible d'éprouver cette joie sans mélange, cette allégresse folle. Bien au-delà du physique, ils partageaient une connexion incroyable qui le stupéfiait.

Ces instants étaient si beaux qu'il aurait voulu les prolonger indéfiniment. Donner du plaisir à Mellie était la plus belle chose au monde. Et même s'il avait mal à force de la désirer, il ne précipiterait rien...

C'était compter sans Mellie, qui, déjà, lui enroulait les jambes autour de la taille. La sensation de ses mains sur son corps était délicieuse. Elle l'effleurait, le palpait, le pétrissait. Il sentait le désir, mais aussi l'affection, le respect et l'admiration dans tous ses gestes. Personne ne lui avait jamais donné l'impression de le désirer à ce point-là...

Ne résistant pas au besoin de la taquiner une dernière fois, il caressa son sexe humide.

— Delano !

— Veux-tu que je m'arrête ? chuchota-t-il, taquin.

— Non ! Non... S'il te plaît.

Il se pencha pour lui butiner le cou tandis que, de ses doigts agiles, il l'amenait au bord du précipice. De petits gémissements s'échappaient de sa jolie bouche, mais soudain elle le fit basculer sur le dos, échappant à ses lèvres taquines.

Lorsqu'elle se pencha sur lui, il la trouva plus belle encore que dans ses rêves les plus fous.

— Préservatif, chuchota-t-elle.

Sans la quitter des yeux, il récupéra son portefeuille à tâtons. Quand elle le lui prit des mains, il en profita pour aspirer le mamelon durci d'un de ses seins.

— Delano !

Elle prit le temps de caresser son sexe durci avant de le protéger. Envahi d'une chaleur incendiaire au creux des reins, il ferma les paupières. Elle lui rendait la monnaie de sa pièce de la plus belle façon qui soit. Il ne pouvait pas lui en vouloir, et n'allait pas s'en plaindre...

Devinant d'instinct qu'il avait atteint les limites de sa résistance, elle s'assit sur son abdomen.

— Attends, chuchota-t-il. Donne-moi une minute.

Elle opina en souriant, puis laissa courir les doigts sur ses hanches.

— Tu es vraiment très beau tout nu, chuchota-t-elle.

Surpris, il éclata de rire.

— Parce qu'habillé tu me trouves laid ?

Elle plissa le nez de manière charmante.

— Arrête d'aller à la pêche aux compliments, vilain. Tu sais ce que je veux dire. Ce n'est pas donné à tout le monde d'être aussi... magnifique. Toi tu l'es, avec ou sans vêtements. Il n'y a pas que les muscles dans la vie. Il y a aussi l'allure, le charisme...

Il secoua la tête en souriant. Cette déclaration l'avait rendu ridiculement fier, de manière surprenante, car il n'accordait pas beaucoup d'intérêt à son physique ni à celui des autres. Mais savoir qu'il plaisait à Mellie changeait tout...

Ce petit interlude lui avait, en tout cas, donné la possibilité de se ressaisir. À présent, il était sûr de pouvoir l'aimer comme il en rêvait, sans se ridiculiser tel un adolescent qui vit sa première expérience !

Il s'assit et enroula un bras autour de la taille de Mellie. Quand elle se pencha pour l'embrasser, la passion reprit ses droits et, avec une grâce touchante, elle s'assit sur son sexe tendu.

— Oh ! laissa-t-elle échapper.

Ils se figèrent tous les deux. Puis Mellie reprit sa bouche et commença à onduler au-dessus de lui.

Emporté par le flot, il se perdit dans des sensations qu'il lui semblait découvrir pour la première fois.

Et quand ils jouirent ensemble, les yeux dans les yeux, il réalisa qu'il avait atteint le point de non-retour.

Qu'allait-il faire, à présent ?

16

Delano s'éveilla au contact d'un poids plume qui piétinait la couverture sur son torse. Lorsqu'il ouvrit les paupières, il croisa le regard mordoré d'Isaac. Le chaton intrépide le fixait en ronronnant de bonheur. Le soleil matinal filtrait à travers les persiennes, et il s'étira.

— Isaac !

Plantée sur le seuil, Mellie semblait calme, reposée malgré leur courte nuit. Elle était déjà habillée. Delano se sentit un peu gêné d'être nu sous le drap.

— Comment es-tu entré, vilain ? Tu es infernal.

La tendresse perceptible dans sa voix fit sourire Delano. Il souleva le chaton avec douceur et s'assit contre les oreillers.

— Arrête de le gronder. Tu l'adores, murmura-t-il.

— Tu as raison. Si j'étais une sorcière, j'en ferais mon alter ego. Il a tellement de personnalité, ce coquin.

Elle s'avança et lui tendit une tasse fumante.

— Je ne vais sans doute pas le proposer à l'adoption. Quoique… C'est *toi* qui devrais le prendre. Visiblement, il a choisi son maître.

— Mauvais plan. Baldur est sociable mais, en effet, Isaac a du caractère. Cela ferait trop d'étincelles.

— Oui, le pauvre Baldur risquerait d'être malheureux.

— Depuis que je l'ai recueilli, on a toujours vécu à deux, lui et moi. Mon vieux chien était mort quelques mois plus tôt.

— Tu es le seul vétérinaire de ma connaissance à ne pas posséder plusieurs animaux.

Quand Mellie s'assit au bord du lit, il sentit son cœur se gonfler de joie. Après une nuit de passion, ils pouvaient se parler normalement, comme un vrai couple. Il lui sourit.

— Tu sais que j'ai été marié ?

Elle opina.

— Mon ex-femme n'aimait pas les bêtes et, malgré tout, elle a épousé un vétérinaire. Va comprendre… Toujours est-il qu'elle ne voulait pas d'une ménagerie. Elle a accepté qu'on prenne un chien, mais surtout pas de chat. Elle les détestait.

Mellie eut un petit rire moqueur.

— Tu aurais dû ramener un cheval. Ça lui aurait fait les pieds.

Il éclata de rire. Puis Mellie se pencha pour l'embrasser légèrement sur les lèvres, et il la fixa, bouleversé. Néanmoins, il n'eut pas le temps d'interroger ses émotions, car elle s'était déjà levée.

— Bois ton café, prends une douche et habille-toi, dit-elle. Ensuite, je te raccompagnerai.

— Je peux t'aider au refuge, si tu veux.

Elle s'esclaffa, puis se dirigea vers la porte.

— En smoking et chemise blanche ? Arrête… Et puis, mieux vaut rentrer pendant que ton père et Eddie dorment. Sinon, tu auras trop de choses à expliquer.

Même si elle avait raison, il se sentit déçu. Ils avaient partagé une nuit si merveilleuse qu'il aurait voulu passer la journée avec elle. Ils auraient pu parler, rire, s'aimer encore et encore…

Néanmoins, il n'avait pas menti, la veille, en disant qu'il devait jardiner avec son père. Vu la situation, il s'imaginait mal le laisser tomber. Et par-dessus le marché, mieux valait que son… histoire avec Mellie ne s'ébruite pas. Car si on lui avait posé la question, il aurait été bien en peine d'expliquer ce qui se passait.

Était-ce une simple aventure ? Une relation physique ? Il peinait à le croire et, pourtant, il n'était pas capable de trouver les mots justes. Mais au fond, était-ce bien nécessaire ? Deux semaines plus tard, au maximum, il regagnerait Trinidad. Il laisserait cette parenthèse enchantée derrière lui pour retrouver sa zone de confort.

Lorsqu'ils montèrent en voiture, il entendit les chiens aboyer dans le chenil. Johnny Luck était déjà là, fidèle au poste, et Delano repensa aux propos d'Amity.

La veille, celle-ci lui avait expliqué que le refuge avait atteint sa capacité maximale. Mellie avait la possibilité d'acquérir un terrain voisin, mais en aurait-elle les moyens, sachant qu'elle projetait de racheter la moitié du cabinet ? Et si elle devait faire un choix, que déciderait-elle ?

Bien qu'il n'ait aucune intention de s'en mêler, Delano serait peiné si, finalement, son père vendait ses parts à quelqu'un d'autre. St Eustace ne manquait pas de vétérinaires. L'un d'eux se réjouirait sans doute d'investir dans la Prospect Clinic et de s'associer à Mellie, mais rien ne serait plus pareil…

— Je te trouve bien silencieux.

La voix de Mellie l'arracha à ses pensées. Elle semblait inquiète, mais elle n'avait pas à s'en faire !

— Je dors à moitié et je rêvasse. Qui pourrait m'en vouloir après cette nuit magique ?

Son sourire taquin réveilla son désir. S'il l'avait pu, il lui aurait demandé de s'arrêter, là, en pleine campagne.

— C'était chouette, je trouve, répliqua-t-elle.

— Quoi ? Juste « chouette » ? s'exclama-t-il, l'air indigné.

Elle s'esclaffa et rougit comme une pivoine.

— D'accord, c'était très, très chouette.

— Bon, il va falloir que je fasse mieux. Es-tu libre ce soir ?

— Oui. Viens quand tu veux, je ne bouge pas aujourd'hui.

Il aurait préféré ne pas rentrer chez lui, mais ils avaient déjà écarté cette option. Il devrait patienter. Il n'avait pas le choix. Que cette journée allait être longue !

En fin d'après-midi, Mellie flottait toujours sur un nuage rose.

Grâce à Delano, elle avait découvert la joie d'être belle, admirée, désirable. Elle s'était sentie appréciée à sa juste valeur par un homme extraordinaire. Cela n'avait, hélas ! jamais été le cas avec son ex.

Sous ses dehors gentils, Kyle avait été le roi des reproches. Il s'était débrouillé pour sous-entendre, de manière subtile, qu'elle ne faisait jamais les choses assez bien. Quand elle avait rénové leur maison, il avait critiqué ses choix de matériaux, ses goûts esthétiques et, à la fin, son apparence. Comme si elle allait s'habiller en robe de bal pour poncer les parquets et repeindre les murs !

Habile et manipulateur, il s'était appuyé sur son manque de confiance en elle pour la déstabiliser. Il avait sans doute cru qu'elle culpabiliserait après sa trahison, comme si elle en portait la responsabilité. Mais il s'était trompé sur toute la ligne.

Après une phase de sidération, elle s'était battue pour obtenir justice. Kyle avait été condamné à lui verser une forte somme en échange des travaux qu'elle avait menés à bien, plus une compensation pour le préjudice moral. Et elle avait commencé une nouvelle vie à St Eustace, bien décidée à ne plus dépendre de quiconque.

Sur cette île paradisiaque, elle avait enfin trouvé sa place. Néanmoins, elle restait lucide sur sa capacité à gérer le refuge en plus de son travail. Voilà pourquoi elle avait fondé une association et établi un comité directeur. Elle pourrait ainsi se délester de certaines tâches quand, le moment venu, elle rachèterait les parts de Milo. Piloter le cabinet seule ne l'effrayait pas, mais elle devrait s'organiser.

Quel dommage que Delano ne veuille pas rester. Elle respectait son choix, bien sûr, mais cela posait question. Il aurait pu codiriger le cabinet plutôt qu'être employé par la société hippique de Trinidad… Sauf qu'il ne se projetait pas dans un rôle de patron. En tout cas, pas à St Eustace.

Quoi qu'il en soit, cette décision ne la concernait en rien. Elle n'avait pas à se mêler de ses affaires. Ils avaient décidé par accord tacite de laisser les sentiments en dehors de leur histoire. Alors même si elle flottait sur un nuage depuis leur nuit d'amour, elle devait s'abstenir de toute indiscrétion le concernant.

Elle acheva ses corvées, remisa ses outils dans la grange puis gagna le cottage, ses chiens sur les talons. Elle avait mieux à faire dans l'immédiat que tourner en boucle. Une question d'importance se posait : qu'allait-elle porter ce soir-là ? Son ensemble de lingerie bleue en dentelle pour commencer, mais ensuite ? Peut-être devrait-elle rester en sous-vêtements...

Elle éclata de rire toute seule.

Si on lui avait dit qu'un jour un homme la rendrait folle de désir, elle aurait balayé cette idée d'un revers de main. Pourtant, c'était bien le cas. Elle avait Delano dans la peau.

Et pour une fois, elle était sûre que c'était réciproque.

17

Mellie s'était fixé une règle simple : savourer l'instant présent et passer de bons moments avec Delano sans se poser de questions inutiles.

Se réveiller le matin dans ses bras lui procurait une joie sans mélange. Elle évitait donc de penser à l'avenir, sujet qui la mettait mal à l'aise. Car même si cette histoire n'était pas faite pour durer, Mellie se demandait déjà comment elle allait vivre le départ de Delano.

Certes, il était un merveilleux amant, mais cet aspect-là n'était pas sa priorité. Elle avait surtout peur de perdre… un ami. Il allait beaucoup lui manquer, même si elle refusait de mettre un nom sur les sentiments qu'il lui inspirait.

Jamais elle n'avait été à ce point en phase avec un homme. Au-delà de l'entente physique, leur relation la stimulait d'un point de vue intellectuel et humain. Ils étaient sur la même longueur d'onde au travail et dans la sphère privée, ils pouvaient discuter, aborder tous les sujets, rire ensemble. Son absence allait creuser un gouffre dans sa vie…

Dix jours s'étaient écoulés depuis le gala. En ce mercredi midi, Mellie réglait les derniers détails de la journée de stérilisation quand Delano la rejoignit dans son bureau, suivi comme son ombre par Baldur.

— Coucou, toi ! dit-il. Je voulais te soumettre une idée que j'ai eue hier. As-tu déjà pensé à trouver de futurs adoptants aux U.S.A. ou au Canada ? Il y a du monde là-bas.

Elle opina, un peu surprise.

— Oui, mais je n'ai aucun contact dans ces pays.

Le sourire de Delano déclencha un délicieux frisson en elle. Cet homme était une bombe sexuelle en jean… Et le pire, c'est qu'il ne jouait pas de son charme. Il n'en avait nul besoin.

— Moi j'en ai, justement. Mon amie Sam Nichols dirige un refuge avec son frère à Toronto, expliqua-t-il. Je les ai appelés pour leur demander conseil. Ils seraient ravis de t'aider.

Elle se rejeta en arrière sur son siège, stupéfaite.

L'idée était géniale sur le papier. Elle connaissait un refuge en Jamaïque dont les responsables avaient fait adopter une centaine de chiens au Canada. Entreprendre cette démarche lui apporterait une grosse bouffée d'oxygène, mais… il y avait un mais.

Delano ne l'avait pas consultée avant d'appeler ses amis. Il avait pris cette initiative seul dans son coin, alors que c'était *elle*, la propriétaire du refuge. Il aurait pu lui en parler avant !

— Y a-t-il un problème ? Tu as l'air contrariée.

— Non, pas du tout, répondit-elle très vite.

Il avait l'air si enthousiaste qu'elle ne voulait pas ternir sa joie.

— Il faudra me donner le numéro de ton amie, ajouta-t-elle.

— Je lui ai déjà transmis le tien. Elle doit t'appeler dans la journée. Mais… tu es sûre que ça va ?

Elle aurait pu saisir la balle au bond, mais elle s'abstint. Elle voulait réfléchir, s'interroger sur cette réaction qu'elle trouvait un peu bête puisque Delano voulait juste l'aider.

— Oui, très bien. J'étais juste en train de penser à mille choses à la fois, prétendit-elle. As-tu finalisé la séance d'éducation canine pour ce soir ?

— J'ai essayé de me préparer au mieux. Il va falloir que je sois au top, sachant que mon père assistera au cours.

— Arrête, il ne va pas t'embêter ! Il sera déjà trop content de passer une soirée dehors.

— Tu as raison. Il n'a pas l'habitude de rester chez lui sans rien faire, avec Eddie qui l'envoie à la sieste. Il m'a donné une liste de corvées longue comme le bras, preuve que d'habitude il n'arrête jamais.

— C'est vrai. Même s'il a levé le pied depuis deux ans, il reste hyper actif.

Tout en parlant, Delano s'était rapproché d'elle. Elle ferma les paupières quand, du bout des doigts, il traça un sillon sous ses cheveux, juste derrière son oreille.

— Auras-tu le temps de dîner avec moi ce soir avant la séance d'*agility* ? chuchota-t-il. On pourrait même y aller ensemble. Papa m'a demandé si tu comptais venir.

Elle appréciait beaucoup sa façon d'être avec elle. Au lieu de considérer sa présence comme acquise, il lui demandait toujours si elle était disponible. Et là où, autrefois, elle aurait invoqué un surcroît de travail pour refuser, elle cherchait toujours le moyen de lui faire plaisir.

— Avec plaisir, répondit-elle en souriant.

— Génial !

Delano l'embrassa légèrement, puis il recula.

— Au fait, à quelle heure voudras-tu que je vienne samedi pour la journée de stérilisation ?

— Hmm… Il faut environ une heure pour aller à Grand Harbour. Je compte arriver vers 7 heures 30. Je dois préparer le matériel, les dossiers… On accueille les premiers patients à 8 heures.

— Parfait. Je serai là-bas en même temps que toi… À moins qu'on ne parte ensemble ?

— Ce serait encore mieux.

Une fois seule, elle sentit sa joie retomber. Ce samedi marquerait probablement le début du compte à rebours avant le départ de Delano. Elle devait s'habituer à cette idée. Et surtout, ne pas gâcher le temps qui leur restait à passer ensemble.

Finalement, la séance d'éducation canine se déroula sans Mellie.

Sam, son amie, n'avait pas perdu de temps pour organiser une visioconférence depuis le Canada. Au lieu de dîner avec lui, puis de l'accompagner, Mellie était donc rentrée chez elle. Ils étaient convenus qu'il la rejoindrait plus tard. Il aurait été déçu qu'il en soit autrement…

La présence de son père avait rendu la soirée très sympathique, car tous les participants s'étaient réjouis de le voir. Il était donc 22 heures passées quand Delano le raccompagna en voiture.

— Dis à Mellie que j'aimerais bien lui parler, d'accord ?

Jusqu'alors, son père n'avait pas fait la moindre allusion à leur histoire. Il n'avait jamais laissé entendre qu'il était au courant. Mais il savait, forcément !

— D'accord, papa, avait-il répondu.

Ils en étaient restés là. Son père, le sachant sur le départ pour Trinidad, avait sans doute préféré garder ses questions…

Mellie venait de clore sa visioconférence quand il arriva chez elle. Dès qu'il entra, elle se mit à arpenter le salon, suivie du regard par ses trois chiens visiblement surpris. Il pouvait les comprendre, car elle semblait sur des charbons ardents.

— Sam m'a beaucoup aidée, dit-elle, enthousiaste. Nous avons élaboré un plan d'action. La semaine prochaine, je sélectionnerai les chiens qui ont les meilleures chances d'être adoptés, pas seulement chez moi, mais dans tous les refuges de St Eustace. Sam va prendre contact avec les autorités sanitaires canadiennes pour les formalités. On n'ébruitera pas le projet tant qu'on n'aura pas obtenu le feu vert.

Quand elle s'arrêta devant lui, son regard brillant d'excitation le toucha en plein cœur.

— T'ai-je au moins remercié de nous avoir mises en contact ?

— Bien sûr.

— Je ne crois pas, non. Au départ, j'étais contrariée que tu aies pris cette initiative sans m'avoir rien demandé.

De stupeur, il se laissa tomber sur le sofa.

— Mellie ! Pourquoi ne m'en as-tu pas parlé ? Je me serais excusé, tu penses bien. Mon idée n'était surtout pas de faire les choses derrière ton dos. Je me suis laissé emporter par l'enthousiasme, je l'avoue.

Elle secoua la tête en souriant.

— Et moi, j'ai bêtement réagi de manière épidermique.

Elle parut réfléchir, puis s'installa sur une chaise, face à lui.

— Je suis très, parfois trop, indépendante, dit-elle d'un ton grave. Comme tu l'as remarqué, je ne fais pas confiance à n'importe qui.

Il opina, curieux d'en savoir davantage.

— Y a-t-il une raison particulière à cela ?

— Il y en a deux. Je t'ai un peu parlé de ma mère, et de sa réaction quand j'ai retrouvé papa.

— Oui.

Le fait qu'elle accepte de se confier l'étonnait. En plus d'être indépendante, elle était aussi très secrète...

— Cet épisode a été le coup de grâce, mais le fossé se creusait entre nous depuis des années. Dès ma petite enfance, elle s'est montrée directive, autoritaire et hyper exigeante. Je me suis vite aperçue qu'elle était aussi manipulatrice. Elle mentait beaucoup pour arriver à ses fins. Alors quand tu réalises que tu ne peux pas faire confiance à ta propre mère, tu te méfies de tout le monde.

Elle inspira à fond, puis reprit :

— Elle ne voulait pas que je devienne vétérinaire. Elle m'a dit qu'elle et mon beau-père ne pouvaient pas payer l'école, mais pour la première fois de ma vie je lui ai tenu tête. J'ai contracté des prêts étudiants. Je travaillais le soir pour arriver à joindre les deux bouts. J'ai appris la vérité quand je suis venue ici rencontrer mon père. Il m'a expliqué qu'il avait toujours versé une pension à ma mère. Il lui avait aussi envoyé de l'argent pour mes études, sans même savoir si j'en ferais puisqu'il n'avait aucune nouvelle. En découvrant le pot aux roses, il a menacé ma mère de porter plainte. Elle m'a versé mon dû, j'ai soldé mes prêts...

mais le mal était fait. Je n'ai jamais eu une relation normale avec elle, et maintenant c'est encore pire.

Delano faillit se lever pour l'étreindre, mais sa posture rigide l'en empêcha.

— Je suis désolé pour toi, Mellie. Tu ne méritais pas ça. Aucun enfant ne mérite ça.

Elle opina gravement.

— Merci... J'aurais dû retenir la leçon de cette lamentable histoire, mais hélas ! ça n'a pas été le cas.

— Que veux-tu dire ?

— Je suis sortie avec un gars du même acabit que ma mère. Après nos fiançailles, il m'a séparée de mes amis en m'éloignant de Chicago. On s'est installés à Miami. Il a acheté une maison. Il m'a convaincue de lui donner mes maigres économies pour garantir l'emprunt. Comme je bricole bien, je me suis lancée dans la rénovation au lieu de chercher un job à plein temps. Et quand la maison a été présentable, il l'a vendue derrière mon dos une semaine avant Noël.

Son sourire tendu lui fit crisper les poings. S'il avait tenu ce type, il aurait passé un mauvais quart d'heure !

— Kyle n'aurait pas dû me sous-estimer, enchaîna-t-elle, l'air féroce. Il m'a crue faible, connaissant mon vécu familial, mais papa m'avait appris à me défendre. L'argent que j'ai de côté aujourd'hui, je l'ai gagné en lui faisant un procès. J'ai non seulement récupéré ma mise, mais aussi des dommages et intérêts.

Incapable de se retenir davantage, il se leva et contourna la table basse. Quand il ouvrit les bras, Mellie vint s'y blottir, à son grand soulagement.

— Ma chérie..., murmura-t-il. Je te promets de ne plus jamais prendre d'initiative sans te consulter. Et pour ce que ça vaut, je ne sais pas mentir.

Elle lui sourit, puis attira sa tête à elle et l'embrassa. Au départ, ce fut un baiser d'une infinie tendresse, mais très vite la passion l'emporta. Et quand elle lui prit la main pour l'emmener vers sa chambre, il la suivit, le cœur battant.

Ce soir-là, il eut l'impression d'avoir franchi un cap. Il n'avait pas envie que cette histoire s'arrête. Il n'en avait *jamais* eu envie.

Le problème, c'est qu'il n'avait pas toutes les clés en main.

18

Le vendredi matin, quand l'histoire des courses truquées parut dans la presse, Delano songea qu'il était temps pour lui de réserver son vol de retour.

Jusqu'alors, il avait évité d'y penser, mais plus les jours passaient, moins il avait de raisons de s'attarder à St Eustace. Son père se portait mieux, et une semaine plus tard il pourrait reprendre le travail à temps partiel.

— Mellie a très bien géré le cabinet, avait dit Delano lorsqu'ils en avaient discuté. Vous pourrez en parler ensemble et trouver une solution satisfaisante pour tous les deux.

Son père avait marmonné un vague oui et n'avait pas insisté. Ces arrangements ne le concernaient en rien. Et sachant que leurs relations s'étaient améliorées, il préférait éviter les sujets délicats.

Regarder vers l'avenir s'était avéré positif. Ils n'avaient pas beaucoup parlé de sa mère, mais avaient pu évoquer son souvenir sans heurt. Delano n'arrêterait sans doute jamais de culpabiliser. Au fond de lui, son père lui en voudrait probablement toujours. Néanmoins, ils pouvaient essayer de mettre leur chagrin de côté pour profiter du temps qui leur restait à passer ensemble dans cette vie.

Était-ce pour cela que Delano ne souhaitait plus partir ? Ou y avait-il une autre raison moins avouable ?

Il devait admettre en toute honnêteté que ses réticences étaient liées à Mellie. Car même s'il se sentait nostalgique à l'idée de quitter son père, il pensait surtout à elle. La perspective de ne plus la voir le rendait fou !

Néanmoins, il devait se montrer raisonnable. Ses souvenirs pénibles s'étaient estompés, mais cette amélioration ne signifiait pas qu'il pouvait habiter St Eustace. Jamais il n'oublierait la responsabilité qu'il portait. Il avait fait taire ses vieux démons dans les bras de Mellie. Ce répit ne durerait sans doute pas longtemps...

Cet après-midi-là, il eut tout le loisir de penser à elle puisqu'il travaillait seul. Ils s'étaient organisés afin qu'elle puisse se rendre à Grand Harbour, où elle souhaitait déposer le matériel nécessaire à la journée de stérilisation. Et quand elle était partie en lui faisant un signe de la main, il s'était dit que ces moments du quotidien se conjugueraient bientôt au passé.

Inutile de se voiler la face : il était tombé amoureux. Mais à quoi bon l'avouer à Mellie ? Cela ne servirait à rien puisqu'il ne comptait pas rester. Sachant ce qu'elle avait vécu, il devait au contraire la ménager, éviter de lui faire de la peine.

En explorant toutes les possibilités, il s'était demandé si elle accepterait une relation à distance. Il y avait cependant renoncé, conscient que cette option n'était pas réaliste. Mellie travaillait beaucoup, y compris le week-end. Elle serait encore plus débordée lorsqu'elle endosserait de nouvelles responsabilités à la clinique. Quand trouverait-elle le temps d'aller le voir ?

De son côté, ce ne serait pas mieux puisque les courses à l'hippodrome se déroulaient deux fois par semaine. Le reste du temps, il travaillait en cabinet vétérinaire selon un planning déterminé au fur et à mesure. Comment, dans ces conditions, pourraient-ils harmoniser leurs agendas ?

Il avait beau retourner le problème dans tous les sens, une seule conclusion s'imposait : mieux valait rompre plutôt que souffrir inutilement. Mellie ne lui avait d'ailleurs jamais demandé de rester. Elle aurait pu lui faire comprendre qu'elle voulait poursuivre leur relation ; or, ce n'avait pas été le cas. Tout au plus pourraient-ils rester amis, échanger des nouvelles régulièrement. Il ne devait pas espérer davantage…

Submergé par ces réflexions déprimantes, il enchaîna les consultations en s'efforçant de ne rien laisser paraître.

Il s'apprêtait à accueillir – enfin ! – son dernier patient quand Leila, une des assistantes, fit irruption dans sa salle, un panier de transport à la main.

— Je vous amène une urgence ! C'est un chat blessé. D'après son maître, il a été mordu par un chien.

Un adolescent l'avait suivie dans la pièce, à la fois effrayé et inquiet.

— C'est… un chat qui traîne dans le quartier, mais la plupart du temps… il est chez moi, bafouilla-t-il. D'habitude, il va jamais chez le voisin !

Delano enfila une paire de gants anti-morsures, puis se pencha sur le panier.

Le chat avait un œil gonflé et fermé. Des taches de sang maculaient son pelage tigré au niveau du cou et du flanc gauche. Visiblement en état de choc, il avait craché plusieurs fois quand Delano s'était approché.

— Comment s'appelle ce beau chat ? demanda-t-il doucement. Et toi ?

— Hero, répondit l'adolescent d'une voix étranglée. Moi, c'est Marcus.

— D'accord, Marcus, ne t'inquiète pas. On va bien s'occuper de lui. Je vais démonter la cage par le haut pour être sûr qu'il ne s'échappera pas. Parle-lui pour le calmer, s'il te plaît. Il sera rassuré d'entendre une voix connue.

— Euh… d'accord.

Non sans mal, et avec l'aide de Leila, Delano réussit à immobiliser le chat assez longtemps pour l'endormir. Il put alors l'examiner tandis que l'assistante nettoyait ses plaies, cherchant des traces de dents ou de poinçons.

— Hero a été mordu plusieurs fois, mais pas par un chien, expliqua Delano. J'ai l'impression qu'il s'est battu avec un autre chat. Quel âge a-t-il ?

— Hmm… On l'a depuis qu'il est bébé. Je dirais onze mois ou un an.

— Je vois. Il commence à courir après les femelles. Le seul moyen de résoudre le problème est de le stériliser.

— J'y ai bien pensé, mais l'opération coûte cher, et maman n'a pas les moyens de payer.

Pendant que Delano recousait les plus grosses entailles, Marcus effleurait les pattes de Hero avec une indéniable tendresse. Il aimait ce chat, c'était clair. Pour lui, la solution semblait toute trouvée.

— Le Dr Mellie, ma collègue, organise des matinées de stérilisation gratuite. Il y en a une demain, mais Hero est trop faible pour être opéré. Il faudra attendre la prochaine séance.

— Elle aura lieu dans trois semaines, intervint Leila. Hero devrait aller mieux d'ici là. Il faudra l'amener en consultation pour que le Dr Mellie l'examine avant.

Delano eut un coup au cœur. Il n'avait pas fixé de date précise, mais trois semaines plus tard, il serait parti. Plus il s'attarderait, plus il aurait du mal à s'en aller…

Après avoir dispensé tous les soins nécessaires, il expliqua à Marcus qu'il voulait hospitaliser Hero pour quelques jours. L'administration de collyre antibiotique risquait d'être ardue, car l'adolescent ne se sentait pas capable de faire les soins.

— Hero m'a bien griffé quand je l'ai mis dans son panier, expliqua-t-il en montrant ses mains.

— Alors c'est entendu, je le garde. Tu pourras venir le voir demain si tu veux.

Quand Marcus prit congé, visiblement soulagé, Delano se disposa à accueillir sa dernière cliente. D'après Leila, cette personne venait pour faire vacciner sa chienne.

— Rentre donc chez toi, dit-il à son assistante. Tu es restée plus tard que prévu. C'est gentil de ta part.

— Mais je t'en prie ! J'avoue que j'ai un peu faim, répondit-elle en riant. Je fais entrer la dame ?

— Oui, vas-y.

Il relisait ses notes quand la porte s'ouvrit derrière lui.

— Delano ?

Il se figea, parcouru d'un frisson glacé. Cette voix, il ne l'avait pas entendue depuis dix-huit ans. Avait-il rêvé ?

Envahi d'un mauvais pressentiment, il se retourna enfin.

— Madame Gopaul ?

— Bonsoir, Delano. Je suis contente de te voir. Ça fait un bail...

Mellie quitta Grand Harbour vers 18 heures, satisfaite d'avoir bien préparé sa journée du lendemain.

Dans un avenir proche, elle achèterait une camionnette pour créer un dispensaire mobile. Elle trouvait cet investissement coûteux, mais nécessaire afin de traiter plus d'animaux dans des zones isolées. Et au moins, elle n'aurait pas à squatter une autre clinique vétérinaire, voire un cabinet de médecine générale pour ses campagnes de stérilisation !

Des idées et des projets, elle en avait plein la tête. Mais en ce moment, elle n'arrivait pas à se focaliser sur le travail comme d'habitude. Quoi qu'elle fasse, elle pensait toujours à Delano.

Elle eut un sourire un peu triste. Quelques semaines plus tôt, elle avait rêvé de le voir déguerpir. Maintenant, elle appréhendait son départ. Ce revirement la plongeait dans un abîme de perplexité, sauf qu'elle n'y pouvait rien : elle était devenue accro. Pis, elle était tombée amoureuse.

Avec le recul, elle se rendait compte qu'elle s'était fiancée avec Kyle pour de mauvaises raisons. Habituée à vivre sur la corde raide avec sa mère, elle s'était laissé séduire par un homme qui lui offrait – ou plutôt prétendait lui offrir – une existence calme, stable et sans inquiétude.

Elle ne s'était pas posé de questions. Elle ne s'était pas interrogée sur la nature de ses sentiments. Il lui avait fallu du temps pour comprendre ce qu'elle attendait d'une relation, quels efforts elle était prête à consentir, mais aussi quelles limites elle souhaitait poser.

Sa réaction face à l'initiative de Delano pour le refuge montrait d'ailleurs qu'il lui restait du chemin à parcourir. Elle n'avait pas vaincu toutes ses peurs. Elle devait apprendre à lâcher du lest, pas seulement pour Delano, mais surtout pour elle-même puisqu'ils n'avaient, hélas ! aucun avenir ensemble.

Elle se rapprochait de Port Michael quand son téléphone sonna. Elle répondit en utilisant le kit mains libres.

— Milo ! Comment vas-tu ?

— Mellie, je… As-tu vu Delano ?

Elle eut un violent coup au cœur. Depuis qu'elle travaillait avec Milo, elle connaissait son flegme légendaire. Là, même à distance, il semblait paniqué.

— Pas depuis 14 h 30. Pourquoi ? Que se passe-t-il ?

La voix d'Eddie lui parvint en bruit de fond, sans qu'elle puisse comprendre ce qu'elle disait.

— Il n'y a probablement rien, mais j'ai essayé de l'appeler plusieurs fois, et il ne décroche pas.

— Je rentre de Grand Harbour. Je serai à la clinique dans cinq minutes, répondit-elle, s'obligeant au calme. Je te fais signe dès que j'arrive là-bas.

— Merci beaucoup. Je suis sûr qu'il va bien, mais…

— Tu dois avoir une bonne raison de penser le contraire.

— Non, non, ne t'inquiète pas. Je suis désolé de t'avoir dérangée…

— Tu ne me déranges jamais. À tout de suite.

Elle crispa les mains sur le volant pour ne pas dépasser la limitation de vitesse. Faire des imprudences n'avancerait à rien. Elle devait au contraire garder sa lucidité pour terminer le trajet vite et bien.

À cette heure-ci, la circulation était plus fluide. Elle ne mit donc pas longtemps à traverser la ville, et une vague de soulagement déferla sur elle quand, aux abords du parking, elle repéra la voiture de Delano sur son emplacement habituel.

Sitôt garée, elle jaillit de sa berline comme une fusée, se précipita à l'intérieur... puis s'arrêta net. Delano était en train de parler. Y avait-il un client avec lui ?

Sans bruit, elle se dirigea vers le bureau. Comme le soir de leur première rencontre, Delano avait le dos tourné, mais cette fois il ne fouillait pas dans les placards. Il s'entretenait avec quelqu'un au téléphone.

— ... En êtes-vous certaine ? N'y aurait-il rien avant ? ... D'accord, je vais le prendre. Merci.

Pour ne pas lui donner l'impression d'être espionné, Mellie recula discrètement puis gagna la salle d'hospitalisation, où elle alluma les lumières. Elle repéra alors un nouveau pensionnaire, un chat à moitié endormi qui la fixait d'un œil doré plutôt méfiant.

Elle était en train de lire son dossier – le pauvre avait été blessé lors d'une bagarre – quand elle entendit Delano se rapprocher dans le couloir. À un moment, il s'arrêta, et elle songea qu'il allait peut-être partir sans venir la voir. Puis, finalement, il la rejoignit.

Le coup de fil de Milo l'avait rendue paranoïaque. Comme si Delano allait la snober, sachant qu'elle se trouvait dans les locaux ! Il n'avait aucune raison de l'ignorer...

Mais très vite, le sourire mourut sur ses lèvres. Pourquoi Delano restait-il planté sur le seuil, le regard perdu et l'air hagard ? Jamais elle ne lui avait vu cette expression figée !

— Je suis content que tu sois repassée, lâcha-t-il d'un ton froid. J'ai quelque chose à te dire. Je m'en vais mardi.

De stupeur, elle le fixa. Les questions se bousculaient dans sa tête, mais elle était si choquée qu'elle ne pouvait plus parler. Elle avait la nausée, ses mains tremblaient...

Au prix d'un énorme effort, elle se reprit.

— Pourquoi ? Que s'est-il passé ?

— Rien, répondit-il avec un sourire qui ressemblait plutôt à une grimace. Je dois retourner au travail. Papa va mieux, tante Eddie maîtrise la situation. Il est temps pour moi de partir.

— D'accord.

Et nous, tu y as pensé ?

Les mots résonnaient dans sa tête, et pourtant elle les retint. Elle ne pouvait même pas protester. Elle était trop malheureuse.

— Je te rejoindrai à Grand Harbour demain matin, reprit-il. J'y serai pour 8 heures.

Repoussant le chagrin au plus profond d'elle-même, elle s'obligea à garder la tête haute.

— D'accord, répéta-t-elle. C'est parfait. Je t'attendrai là-bas.

Quand il se détourna, puis s'éloigna dans le couloir, elle crispa les poings pour s'empêcher de courir derrière lui.

La fierté l'avait aidée maintes fois à tenir debout. Ce soir-là encore, c'était tout ce qui lui restait.

19

Delano avait traversé le début du week-end comme un zombie.

Revoir Janice Gopaul après toutes ces années lui avait brisé le cœur. Il avait reçu un énorme choc lorsqu'elle était entrée dans son cabinet, la tête haute et sans sourire. Il avait dû déployer des efforts surhumains pour ausculter son chien et gérer la consultation.

Personne ne lui avait dit que Janice était revenue à St Eustace. Après le décès d'Everard, elle était retournée en Guyane d'où elle était originaire. Mais à présent, elle habitait de nouveau Port Michael, et d'après ce qu'il avait compris, elle avait intégré l'équipe du refuge en tant que bénévole.

Il n'avait fallu qu'une poignée de secondes pour que la colère supplante le chagrin dans son cerveau tourmenté.

Pourquoi Mellie ne lui avait-elle jamais parlé de Janice ? Elle devait bien connaître son histoire. Elle avait sans nul doute fait le rapprochement. Le fait qu'elle lui ait caché une information aussi capitale le rendait fou. Elle l'avait trahi !

Quand il était rentré, le vendredi soir, il avait prétexté la fatigue pour aller se coucher sans dîner. Il avait lu l'inquiétude dans les regards de son père et d'Eddie, mais fidèles à leurs habitudes ils n'avaient pas posé la moindre question, à son grand soulagement.

Il s'était allongé, la tête pleine de souvenirs douloureux.

Jamais il n'oublierait les propos accusateurs de Mme Gopaul, entendus derrière une porte close la veille de l'enterrement.

« Quelqu'un aurait dû retenir Everard, Delano ou vous-même, docteur Logan. Il aurait fallu l'empêcher de courir dans les vagues… »

Son père avait répondu oui d'une voix triste. Il s'était abstenu de dire qu'il n'était pas présent sur la plage à ce moment-là. Il s'était absenté, et du haut de ses douze ans Delano n'avait rien pu faire pour empêcher le drame.

Il l'avait payé cher. Il le payait encore. Ce cauchemar ne s'arrêterait jamais…

Le samedi, il avait participé à la journée de stérilisation comme prévu.

Mellie s'était montrée calme, concentrée, professionnelle. Il avait retrouvé la collègue froide et distante des premiers jours. Il aurait dû en souffrir, mais au contraire il s'en était félicité, car il ne voulait plus éprouver la moindre émotion. Ni pour elle ni pour quiconque. Cela faisait trop mal.

Il préférait se replier sur lui-même, quitte à paraître insensible.

Ce dimanche matin-là, l'aube se leva sur un ciel gris et pluvieux.

Delano se réveilla, morose, sous l'œil perplexe de Baldur. Son chien ne l'avait pas quitté d'une semelle depuis le vendredi soir. Il s'était même couché au pied du lit, chose qu'il ne faisait jamais. Cet animal méritait une médaille pour supporter tant de mélancolie. Et il ne méritait surtout pas d'être privé de jogging, malgré la météo peu engageante !

Une bonne heure et dix kilomètres plus tard, Delano revint trempé avec la certitude d'avoir fait un heureux. Pour lui, en revanche, rien n'avait changé. Il avait hâte que le mardi arrive pour en finir avec cette épreuve…

Il sortait tout juste de la douche quand on frappa à la porte de la salle de bains.

— Delano, ton téléphone n'arrête pas de sonner ! cria Eddie. C'est peut-être important.

— Merci !

Il se sécha rapidement. Son mobile sonna de nouveau alors qu'il entrait dans sa chambre. Il courut le chercher et fronça les sourcils en voyant un numéro inconnu.

— Allô ! dit-il d'un ton brusque, contrarié d'être dérangé.

— Docteur Delano Logan ?

— Oui.

— C'est Chappie Robinson, de Preacher's Mount, doc. Je suis content de vous joindre ! On a eu un glissement de terrain, et mon âne est coincé dans un trou. On essaye de le sortir, là, tous ensemble. Le Dr Mellie a dit de vous appeler parce que vous êtes le meilleur vétérinaire équin de la région.

Delano eut l'impression de recevoir une décharge électrique, comme s'il revenait à la vie après un long sommeil.

— J'arrive. Donnez-moi la localisation GPS.

Après avoir entré les coordonnées dans son téléphone, il s'habilla à toute vitesse et se précipita hors de la maison, ordonnant à Baldur de rester avec Eddie.

— Mais où cours-tu si vite ? s'exclama sa tante depuis le porche. Et ton petit déjeuner ? Et tu sors en T-shirt ! Tu vas tomber malade...

— J'ai un imper dans la voiture, cria-t-il par-dessus son épaule.

Une immense vague d'angoisse l'avait submergé d'un coup. Il devait faire vite. Mellie était peut-être en danger. Si quelqu'un était descendu dans le trou pour sauver l'âne, il imaginait bien qui ce pouvait être !

En arrivant sur place, il découvrit sur-le-champ que ses craintes étaient fondées. Mellie était bien là, dans le trou, un creux profond d'un mètre quatre-vingts sur trois mètres de largeur. Et elle avait beau être couverte de terre, il la trouva magnifique...

Sans réfléchir, il se laissa glisser et se réceptionna près d'elle. L'âne, effrayé par ce mouvement, eut un soubresaut nerveux.

— Oh là ! dit doucement Mellie. Delano... Tu as pu venir. C'est bien.

Elle avait parlé avec un calme souverain alors qu'il bouillonnait intérieurement. Il eut conscience d'avoir les mains moites et la bouche sèche.

— Je vais te relayer, dit-il. Si tu remontais ? ajouta-t-il, en désignant la corde qui pendait au bord du trou. Comme cela, tu pourras dire aux gars ce qu'il faut faire.

Elle lui lança un regard moqueur.

— Tu devrais me connaître mieux que ça. Je les ai déjà envoyés chercher des sangles. Un gars va revenir avec son bulldozer. Ils ne vont pas tarder.

— Mais... on n'a pas besoin de rester là tous les deux. Je peux me débrouiller seul.

— Jette un coup d'œil à son antérieur gauche. J'ai l'impression qu'il s'est fait mal.

Mellie ne bougerait pas. Delano aurait dû s'en douter...

— Je préfère attendre qu'on l'ait sorti de là, répondit-il en soupirant. Si je touche une zone sensible, il risque de nous envoyer un coup de sabot.

— Ou de mordre, renchérit Mellie. Mais je ne m'inquiète pas trop. J'ai rarement vu un âne aussi calme. Enfin... il peut changer d'humeur en trois secondes.

Delano se sentit inspecté par une paire de grands yeux méfiants. Les naseaux de l'âne frémissaient, ce qui n'était pas bon signe. Mieux valait le laisser tranquille.

Soudain, la terre se mit à vibrer au-dessus d'eux.

— Shorty a apporté le bulldozer, docteur Mellie ! cria un des hommes. Et on a les sangles.

Après quelques minutes de remue-ménage, un autre fermier se pencha au bord de la crevasse.

— Docteur Mellie, qu'voulez-vous qu'je fasse ?

— Si l'âne est bien sanglé, pouvez-vous le soulever, Shorty ?

— Tant que le sol tient, ça devrait le faire.

— Génial. Attachez les sangles au bulldozer, et allons-y !

— Mellie, tu as entendu ? protesta Delano.

Il se rendit compte qu'il lui avait agrippé le bras trop fort. Il s'obligea à la lâcher, puis inspira à fond.

— Shorty a dit : « Tant que le sol tient. » Il n'en est pas sûr.

Elle secoua la tête.

— Il connaît son métier. Il aurait refusé en cas de risque trop important. C'est l'un des meilleurs chefs de chantier de l'île.

L'âne commença à s'agiter, effrayé par les vibrations et les bruits de moteur qui s'intensifiaient. Et soudain, ils virent apparaître le bulldozer avec deux sangles fixées à la pelle.

Delano tendit les mains pour attraper les lanières, conscient des braiements de l'âne affolé.

— Là, là..., dit Mellie. Tout va bien. Ne commence pas à faire ton cinéma, mon pépère.

Sachant qu'il devait agir vite, Delano passa la première sangle sous le ventre de l'âne, derrière les jambes antérieures. Mais il manquait d'allonge et dut faire signe au conducteur de d'approcher le bulldozer plus près.

Après quelques minutes qui lui semblèrent une éternité, il réussit à positionner les cordes sans l'aide de Mellie, laquelle faisait de son mieux pour calmer l'animal terrorisé.

— C'est bon, levez ! cria-t-il.

Mellie et lui reculèrent au maximum afin de se protéger des ruades. Pourvu que l'âne ne se débatte pas au point de se détacher ! Le pauvre animal brayait à fendre l'âme, mais pour le moment il se tenait relativement tranquille...

Delano commençait juste à respirer quand un cri résonna.

— Attention ! Attention !

Le moteur du bulldozer rugit. Delano eut le temps de voir la pelle basculer vers la droite, et l'âne se balancer dans les airs tel un fétu de paille.

Puis soudain, le bord du trou céda, entraînant une coulée de boue.

Mellie avait senti la terre bouger derrière elle.

Les chevilles prises dans l'argile gluante, elle avait eu le réflexe d'avancer la jambe droite. Elle avait atterri assez brutalement sur le genou, mais au moins elle n'avait pas été ensevelie. Sauf qu'à voir la réaction de Delano, on aurait pu croire qu'elle courait un danger mortel. Il écartait la terre à deux mains comme un possédé. Rien ne semblait pouvoir calmer sa frénésie, pas même la présence de deux hommes descendus avec des pelles !

Enfin, au bout de quelques minutes, leurs sauveteurs installèrent une grande échelle, et ils se retrouvèrent hors du trou.

Chappie se précipita vers eux, tout sourire.

— Quel idiot, cet âne ! Dès qu'on l'a détaché, il a couru vers son pré. M'est avis qu'il est en pleine forme.

— Tant mieux, répondit Mellie. N'hésitez pas à me téléphoner s'il a un comportement bizarre. Et en attendant, réparez cette clôture. On se passe bien de ce genre d'exercice !

— Compris, doc. Merci beaucoup. Vous êtes des as.

Pendant qu'ils discutaient, Shorty avait reculé le bulldozer sur une portion de terre ferme. Les hommes bavardaient et riaient, commentant cet incroyable sauvetage. Et quand Chappie s'éloigna, Mellie, restée seule avec Delano, hésita sur la conduite à tenir.

Elle n'avait toujours pas digéré son attitude du vendredi soir, pas plus que la froideur qu'il lui avait témoignée la veille, pendant la journée de stérilisation à Grand Harbour. En l'espace de quelques heures, ils étaient redevenus des étrangers. La fin de leur histoire lui laissait un trou béant dans le cœur, qu'elle n'était pas certaine de pouvoir combler un jour.

Inutile de se voiler la face : elle l'aimait. Elle l'aimait, et il l'avait laissée tomber sans la moindre explication.

Le bon sens aurait voulu qu'elle s'éloigne, mais c'était impossible. Il était venu l'aider. Il lui avait témoigné de la sollicitude. Il s'était inquiété pour elle au fond de ce trou. Alors même s'il n'était pas prêt à admettre ses sentiments, elle devait faire l'effort de le remercier. C'était la moindre des choses.

Quand elle pivota vers lui, son air choqué la stupéfia.

— Delano.

Il battit des paupières comme s'il cherchait à revenir à la réalité. De plus en plus soucieuse, elle lui posa la main sur le bras. Alors, elle se rendit compte qu'il tremblait.

De toute évidence, il n'était pas en état de conduire. Elle ne pouvait pas l'abandonner là, tout seul. Elle s'en voudrait trop s'il avait un accident.

Il ne résista pas lorsque, d'un coude glissé sous le sien, elle l'entraîna vers sa voiture. Trop occupés à discuter, les hommes ne s'étaient heureusement rendu compte de rien. Elle reviendrait chercher le 4x4 de Delano plus tard, avec lui, quand il aurait recouvré ses esprits.

Elle le fit monter dans sa berline, s'installa et démarra sur-le-champ. Mais où devait-elle aller ? Si elle le conduisait chez lui, Milo et Eddie allaient se faire un sang d'encre. Et pour être honnête, elle avait besoin de s'occuper de lui. Elle voulait comprendre pourquoi il s'était mis dans cet état. Peut-être, dans la foulée, lui donnerait-il une explication sur son brusque revirement. Elle voulait bien admettre que leur relation soit terminée. Elle n'avait pas le choix. Mais elle se sentirait mieux si, au moins, elle savait pourquoi...

Quand elle se gara devant son cottage, elle fut soulagée de le voir descendre tout seul de voiture. Il eut même le réflexe d'enlever ses chaussures boueuses avant d'entrer dans la cuisine.

Il se laissa tomber sans un mot sur une chaise. Elle s'assit face à lui et ne résista pas lorsqu'il allongea le bras pour prendre sa main.

— Tu m'as fait peur, Mellie, dit-il d'une voix méconnaissable. Quand j'ai vu la terre tomber...

Il lui serrait les doigts à lui faire mal, mais elle ne se dégagea pas. De même, elle s'abstint de dire qu'elle trouvait sa réaction excessive. Elle ne voulait pas lui donner le sentiment d'être incompris.

— Tout va bien, Delano. Il ne s'est rien passé de grave. Respire, détends-toi.

Il secoua la tête, l'air farouche.

— Tu as failli être blessée par ma faute. J'aurais dû te protéger. J'aurais dû te faire remonter tout de suite.

— Arrête tes bêtises. Tu n'aurais « rien dû », parce que j'aurais fait la sourde oreille. C'est mon métier d'aider les animaux. Je suis comme je suis. Personne ne me dicte ma conduite. Et quand j'ai une mission, je n'écoute personne !

— Même pas quelqu'un qui t'aime ?

20

L'angoisse de Delano et sa question inattendue avaient bouleversé Mellie. Elle ne pouvait que le dévisager, le cœur battant, envahie par des émotions si confuses qu'elle ne savait pas quoi dire.

— J'ai tout gâché vendredi, reprit-il. Mais aujourd'hui, face au danger, je n'ai pas réfléchi. Je t'ai rejointe dès qu'on m'a prévenu pour le sauvetage. Je t'aime tellement...

Une joie immense déferla sur elle. Delano venait de lui déclarer sa flamme pour la seconde fois en deux minutes. Elle savait bien, pourtant, que les choses n'étaient pas aussi simples.

— Que s'est-il passé vendredi soir ?

Quand il lui lâcha la main, elle sut qu'elle avait touché juste. Il se mit debout, commença à arpenter la cuisine et, finalement, s'arrêta devant l'évier.

— Sais-tu comment ma mère est morte ?

— Je... Oui.

— Elle essayait de sauver mon meilleur ami, Everard.

— J'en ai... entendu parler.

— Mes parents nous avaient emmenés à la plage, dit-il avec difficulté, comme si on lui arrachait les mots. Ma mère était en train d'installer le pique-nique. Mon père était retourné à la voiture chercher la glacière. En partant, il nous a dit de l'attendre pour aller nous baigner. La houle était forte ce jour-là.

Mellie crispa les poings. Elle aurait voulu lui conseiller de se taire pour ne pas revivre cette douleur, mais elle ne dit rien. Il avait visiblement besoin de se confier.

— Everard… n'avait peur de rien, enchaîna-t-il. Mon père avait à peine tourné les talons qu'il a couru vers les vagues en me mettant au défi de le suivre. J'ai refusé. Je lui ai rappelé que papa nous avait donné un ordre, qu'il fallait obéir. Je lui ai dit qu'il pouvait bien patienter trois minutes, mais il a éclaté de rire. Et il s'est jeté à l'eau.

— Je suis désolée.

Elle n'avait rien trouvé de mieux à répondre. C'était tellement dur…

— Quand Everard a appelé au secours, j'ai cru à une blague. Maman, elle, a compris tout de suite. Elle s'est jetée à l'eau. Ils ont disparu tous les deux.

Mellie le fixa, les larmes aux yeux. Quoi de pire, pour un jeune garçon, que de perdre deux êtres chers dans de telles circonstances ? Elle imaginait la peur, la détresse, la culpabilité qu'il avait ressenties…

Il recommença à faire les cent pas, puis se laissa de nouveau tomber sur sa chaise.

— Tu voulais savoir ce qui s'est passé vendredi… Eh bien, la mère d'Everard est venue au cabinet. Je ne l'avais pas revue depuis l'enterrement. Ce jour-là, il y a dix-huit ans, j'ai surpris une conversation, caché derrière une porte. Je l'ai entendue m'accuser du décès de son fils.

Il secoua la tête. Elle vit alors la détermination supplanter le chagrin dans son regard.

— Tu sais maintenant pourquoi je dois partir. À St Eustace, mes souvenirs me hantent. De plus, ma présence rappelle trop de mauvaises choses à mon père. Il ne le dit pas, mais j'en suis convaincu.

Elle détestait le voir ainsi, tourmenté et malheureux. Mais elle savait aussi que tourner en boucle ne donnait rien de bon.

Comment le lui faire comprendre ? Comment trouver les mots justes ?

— Delano... Quoi que Janice ait pu dire à l'époque, elle n'était pas dans son état normal. Elle venait de perdre son fils. Ses propos ont sans doute largement dépassé sa pensée. Ne crois-tu pas qu'il serait temps de lui pardonner... et de te pardonner toi-même ?

— Oh ! mais je ne lui en veux pas. Elle avait raison sur toute la ligne. Personne ne serait mort si j'avais empêché Everard d'aller se baigner. Si j'avais...

— Comment aurais-tu pu l'arrêter ? Tu m'as dit qu'il n'avait peur de rien. Était-il du genre à renoncer quand il avait une idée en tête ?

Delano eut un petit sourire.

— Oh que non ! Il avait le goût du risque et était têtu. Sa mère le disait toujours quand nous faisions des bêtises plus grosses que nous.

Bouleversée, elle se leva, se posta près de lui et le regarda droit dans les yeux.

— Tu es resté prisonnier du passé trop longtemps, Delano. Tu as culpabilisé des années pour un drame dont tu n'étais pas responsable. Tu as dit ce qu'il fallait, fait ce qu'il fallait. Ce qui est arrivé n'était pas ta faute. Et tu sais ce qui me chagrine le plus, dans cette histoire ? C'est de me dire que ce jour-là tu aurais pu mourir aussi. Et que je n'aurais jamais eu la chance de te connaître et de tomber amoureuse de toi.

— Mellie...

Soudain, il se leva et l'attira dans ses bras.

— Viens à Trinidad avec moi, chuchota-t-il. Tu pourras monter un refuge là-bas. Il y a autant d'animaux à sauver qu'ici, tu peux me croire.

Le chant d'allégresse qui lui faisait battre le cœur se tut d'un coup. Elle avait flotté sur un petit nuage, mais la chute était brutale...

Quand elle s'écarta, Delano dut lire la tristesse sur son visage, car il lui lança un regard navré.

— Je ne peux pas, répondit-elle doucement. Je suis chez moi à St Eustace. J'ai construit ma vie ici. J'ai enfin trouvé un endroit où je suis bien. Je sers la communauté. Je me sens intégrée, appréciée...

— Tu pourrais t'intégrer de la même façon à Trinidad. Et tu construirais quelque chose avec moi, répondit-il d'un ton presque désespéré.

— Tu me demandes de tirer un trait sur ma vie. Il faudrait que j'abandonne mon père et surtout le tien, au moment où il a le plus besoin d'être soutenu. Je ne crois pas qu'une histoire démarrée sur ces bases-là marcherait.

Delano fit un pas en arrière.

— Je ne comprends pas. Explique-moi, s'il te plaît.

Elle détestait l'idée de lui faire du mal, mais elle n'avait pas le choix. Elle devait aller au bout de son raisonnement.

— Tu as vécu un drame horrible, dit-elle d'un ton calme. On ne se relève jamais complètement de ces choses-là. Mais toi, tu as passé près de vingt ans à culpabiliser et à fuir tes souvenirs. Tu ne supportes rien qui puisse te rappeler ta mère ou Everard. Et là, tu t'obstines à fuir un père qui t'adore et qui a besoin de toi. Il a toujours eu besoin de toi, Delano, même quand il était en bonne santé. Mais tu ne pouvais pas le savoir, puisque tu n'étais pas là.

La mâchoire de Delano se contracta. Il la fixait à travers ses paupières mi-closes, visiblement contrarié. Néanmoins, elle ne pouvait pas se taire. L'enjeu était trop important.

— Que se passera-t-il si, un jour, notre couple rencontre un gros problème ? Par exemple, si je tombe malade ou si on perd un enfant ? Prendras-tu la fuite aussi ?

Il recula comme si elle lui avait porté un coup.

— Je... n'en sais rien.

Sous le choc de cette réponse, elle agrippa le dossier d'une chaise. Son cœur cognait dans sa poitrine, ses tempes bourdonnaient. Encore un peu, et elle allait être malade...

Au prix d'un effort surhumain, elle rassembla son courage. Elle s'avança vers Delano et lui pressa l'épaule. Il était tendu à l'extrême, mais elle tint bon.

— Réfléchis-y, conclut-elle avec un calme qui la surprit elle-même. Et si un jour tu as la réponse, reviens me voir.

Elle n'essaya pas de le retenir quand il se dirigea vers la porte.

Delano resta longtemps immobile au bord de la route.

Quand il se mit à marcher, les poings enfoncés dans les poches, il eut conscience d'être furieux comme jamais. Mellie n'avait rien compris. De quel droit lui avait-elle posé cet ultimatum ?

Elle était la seule personne à qui il s'était confié. Elle aurait dû savoir, mieux que quiconque, pourquoi il ne pouvait pas rester sur cette île qui lui rappelait tant de souvenirs douloureux. Il avait hâte d'échapper à cette souffrance pour retrouver un climat plus serein, chez lui, à Trinidad.

La rage qui bouillonnait en lui occultait tout autre sentiment. Au fond, cela valait mieux. Il n'était pas en état de réfléchir. Il allait rentrer chez son père et...

Il se rappela soudain l'endroit où se trouvait sa voiture. Il devait aller la chercher, faute de quoi il y aurait trop d'explications à donner. Mais pour cela, il devait appeler un taxi !

Sa colère ne céda pas durant le trajet jusqu'à Preacher's Mount. Elle monta même d'un cran lorsque, après avoir récupéré son 4x4, il effectua le chemin en sens inverse. Néanmoins, cette fureur retomba au moment où, arrivé chez lui, il se gara devant la vieille demeure familiale.

Assis derrière le volant, moteur éteint, il repensa aux propos de Mellie.

Elle avait eu raison sur toute la ligne. Il avait passé des années à fuir. Il n'avait pas su réagir autrement quand son univers s'était écroulé. Serait-il capable de reconstruire quelque chose sur ces ruines ? Le voulait-il ? La solution de facilité serait, sans nul doute, de reprendre la vie calme et sans accroc qu'il menait à Trinidad…

Quand il descendit enfin de voiture, il se dirigea vers la maison à pas lents. Puis, une fois à l'intérieur, il pénétra dans le grand salon, une pièce cossue qui ne servait presque jamais.

« Il faut la garder propre pour recevoir du monde », disait toujours sa mère. Sa tante n'avait pas dérogé à cette coutume. Elle n'y entrait que pour faire la poussière…

Les bibelots de sa mère s'alignaient sur les étagères des vitrines. Les tableaux qu'elle avait achetés à des peintres locaux ornaient les murs. Il ne savait pas si le tapis avait été remplacé, mais il supposait que non.

Il était parti, alors que son père était resté figé dans le même décor et les mêmes habitudes. Comment avait-il pu le supporter ? Égoïstement, Delano n'avait jamais posé la question, mais il n'était pas trop tard…

Résolument, il traversa la terrasse donnant sur le jardin. Son père était là, assis sous un arbre de Judée, les yeux fermés. Pouvait-il le déranger pendant qu'il se reposait ?

Comme il hésitait, son père ouvrit les paupières.

— Coucou ! Tu me cherchais ?

Delano trouva son regard circonspect plus éloquent que des mots. Même s'ils n'avaient pas beaucoup échangé depuis le vendredi soir, son père et Eddie avaient remarqué son changement d'attitude. Ils avaient dû s'inquiéter. Et encore une fois, il n'avait pensé qu'à ses propres états d'âme.

Submergé par une vague d'amour et de gratitude, il s'avança en souriant. Cet homme merveilleux était son père, celui qui l'avait éduqué avec bienveillance et respect, qui avait toujours fait de son mieux. Quelle tristesse d'avoir perdu toutes ces années avec lui !

Il traversa la pelouse et s'assit à ses pieds, sur le gazon.

— Papa… Je voudrais te parler de maman… du jour où elle nous a quittés, déclara-t-il d'une voix rauque.

La main de son père se posa doucement sur son épaule.

— J'ai cru que tu ne le demanderais jamais.

21

Mellie ne savait pas si elle reverrait Delano un jour. À tout prendre, elle préférait d'ailleurs ne pas se poser la question.

Il était parti depuis une bonne demi-heure quand elle s'était souvenue qu'il était piéton. Elle était alors retournée à la ferme en toute hâte… pour découvrir que le 4x4 avait disparu.

Boueuse et épuisée, elle avait rejoint le cottage. Et à présent, sous la douche, elle repensait à leur discussion tendue.

Elle avait beau chercher, elle ne voyait pas ce qu'elle aurait pu dire d'autre.

Elle l'aimait plus que tout au monde, mais elle ne voulait pas d'un amour aveugle et irréfléchi. L'ancienne Mellie aurait tout fait pour gagner l'approbation de son partenaire, y compris se renier. La nouvelle Mellie avait appris à dire non.

Comment pourrait-elle abandonner Milo, la clinique, le refuge ? Cette décision reviendrait à lâcher la proie pour l'ombre tant Delano lui paraissait instable sur le plan émotionnel.

Il prétendait l'aimer, mais lui demandait de tout laisser derrière elle. Ou aurait dit que, pour lui, la vie qu'elle s'était construite à St Eustace ne comptait pas. Il n'avait même pas l'air de voir où était le problème !

Le suivre à Trinidad sans réfléchir serait une grave erreur, non seulement pour elle, mais aussi pour lui. S'ils « fuyaient » ensemble, il n'aurait jamais l'occasion de régler les problèmes qui lui plombaient la vie depuis des années. Or, il devait affronter ses vieux démons s'il espérait, un jour, pouvoir s'engager dans une relation durable.

Il avait fallu qu'elle se retrouve en danger pour qu'enfin il ose lui avouer ses sentiments. Et lorsqu'il avait parlé du passé, elle avait bien senti qu'il n'était pas prêt à s'ouvrir complètement. Elle voyait mal une histoire d'amour s'épanouir dans ces conditions...

Parce qu'elle refusait de tourner en boucle, elle se secoua pour s'atteler à ses tâches habituelles. Pourtant, les jeux de Sheba et des chatons dans la buanderie ne suffirent pas à la distraire. Elle avait envie de pleurer, de crier. Elle se sentait glacée de l'intérieur.

Quand son téléphone vibra, sa première réaction fut l'agacement. Et si, pour une fois, elle ne le regardait pas ? Ses réflexes professionnels prirent tout de même le dessus : on la contactait peut-être pour une urgence.

Son cœur bondit dans sa poitrine lorsqu'elle découvrit que Delano lui avait envoyé un SMS. Elle inspira à fond avant de l'ouvrir.

Peux-tu venir me rejoindre à Ludlow Beach, s'il te plaît ?

Ludlow Beach. C'était sur cette plage que le drame avait eu lieu, qu'il avait perdu sa mère et Everard.

Elle ne prit pas le temps de retirer ses vêtements de travail. Elle se hâta de faire rentrer les chiens, verrouilla sa porte et courut vers sa voiture.

Jamais trajet d'un quart d'heure ne lui avait paru si long. Quand elle arriva enfin, le soleil descendait déjà sur la mer. Ludlow Beach n'était pas une plage très fréquentée, et elle repéra tout de suite le 4x4 de Delano au bord de la promenade.

Sitôt garée, elle descendit le chemin sableux bordé de palmiers. Delano était là, immobile, debout face à l'océan. Et alors qu'elle hésitait à s'approcher, il pivota vers elle comme s'il avait senti sa présence.

Mais dès qu'elle l'eut rejoint, il recommença à fixer les vagues.

— Je ne me suis pas baigné dans l'océan une seule fois depuis dix-huit ans, dit-il d'un ton calme. Papa non plus. Il me l'a dit.

Il secoua la tête, puis reprit :

— Avant, on était tout le temps au bord de la mer. On pêchait, on nageait, on faisait du bateau. C'était notre vie. Je réalise à quel point cela m'a manqué.

— Je ne suis pas surprise que tu aies arrêté, répondit-elle doucement. Tu as été traumatisé ce jour-là.

— C'est vrai, mais après quelques années, j'aurais pu dépasser ce trauma, ou du moins essayer. Sauf que j'ai laissé le chagrin et la peur gouverner mes actes. Et je ne parle pas que de l'océan.

Mellie se retint de le prendre dans ses bras. Sans doute avait-il besoin de parler pour avancer, que ce soit avec ou sans elle.

— J'ai tenu tout le monde à distance. Papa, ma tante… C'était encore pire avec mon ex-femme. Quand tu laisses les gens se rapprocher, tu leur donnes le pouvoir de te faire du mal. Tu risques d'avoir le cœur brisé. Voilà ce que je pensais.

— Je comprends. Je comprends très bien.

Il avait perdu deux êtres chers très jeune. Il avait voulu se protéger à sa façon…

— Je n'avais pas réalisé que les gens peuvent aussi t'aider à guérir, Mellie. J'ai parlé à mon père. On a évoqué le souvenir de maman, d'Everard. On a parlé des jours et des semaines qui ont suivi l'accident. Cela… nous a fait du bien.

— Je suis contente pour vous deux. C'était la meilleure chose qui puisse vous arriver. Je l'espérais depuis longtemps.

Soudain, il se tourna vers elle et lui prit le visage à deux mains.

— Pour la première fois de ma vie, j'ai l'impression que le bonheur est à ma portée. Mais je n'y arriverai pas sans toi. Acceptes-tu de me donner une autre chance ? S'il te plaît, laisse-moi te prouver mes sentiments. Je t'admire, je te respecte et surtout… je t'aime. Je n'aurais jamais dû te demander de faire un choix. Je n'aurai pas trop d'une vie pour me faire pardonner, si tu veux bien qu'on essaye.

Comment résister à un plaidoyer aussi vibrant ? Elle lui sourit, puis se dressa sur la pointe des pieds et l'embrassa tendrement sur la joue.

— D'accord, répondit-elle.

Le visage de Delano s'illumina d'un sourire radieux.

— J'ai plein de choses à te dire. Alors voilà... Papa nous propose de diriger la clinique tous les deux, à parts égales, et de l'embaucher comme salarié pour quelques jours par semaine. Mais si tu préfères exercer à mi-temps et te consacrer au refuge l'autre moitié du temps, c'est tout à fait possible. On pourrait même...

Mellie le fit taire d'un baiser passionné. Quand ils se séparèrent, ils étaient tous les deux hors d'haleine.

— On aura bien le temps d'en parler plus tard ! déclara-t-elle.

Delano éclata d'un rire joyeux, la souleva et la fit tournoyer dans les airs. Puis, à sa grande surprise, il commença à se déchausser.

— Viens, dit-il. Allons nous baigner.

Elle le dévisagea, les yeux embués.

— Rien ne pourrait me faire plus plaisir, mon amour.

[illegible] puis au dessus de la pointe [illegible]

[illegible]

— [illegible]

Le visage de Pedro [illegible]

[illegible]

[illegible] son départ en [illegible]

[illegible]

Delahaye [illegible]

épaule. Puis jusqu'à [illegible]

couche [illegible]

la délivrance [illegible]

— C'est une question d'habitude, [illegible]

Le père de [illegible]

énervé(e).

— [illegible] !

Tandis que [illegible]

[illegible]

le bébé [illegible] bien [illegible]

conditions optimales.

— Il est [illegible]

— Et [illegible]

Épilogue

Assise sur un tabouret au milieu de l'étable, Mellie admirait son époux en plein effort.

— J'ai vraiment bien fait de me spécialiser dans les petits animaux, dit-elle, malicieuse.

Delano s'esclaffa et lui jeta un coup d'œil par-dessus son épaule. Puis il retira le gant de latex qui lui montait jusqu'au coude. Il avait dû repositionner un poulain dans un utérus avant la délivrance, une manœuvre délicate.

— C'est une question d'habitude, répliqua-t-il, taquin.

Le père de Mellie, qui avait assisté à la naissance, semblait émerveillé.

— Le résultat en vaut la peine, en tout cas !

Tandis que la jument, Marmelade, reniflait son petit, Delano commença à frictionner le poulain avec de la paille. La mère et le bébé se portaient bien. La naissance s'était déroulée dans des conditions optimales.

— Il est très mignon, je l'admets, approuva Mellie.

— Et heureusement que ton père m'a appelé, moi, pour le mettre au monde, déclara Delano d'un ton moqueur. Tu pouvais faire concurrence à Marmelade avec ton *baby bump*, mais tu n'aurais pas eu le bras assez long.

Elle lui tira la langue, l'air faussement outrée. Il avait raison, bien sûr. Elle était enceinte de neuf mois, et son gros ventre était devenu un obstacle !

— Puisqu'on en parle, n'es-tu pas censée te reposer ? demanda son père.

Quand Delano poussa un grognement moqueur, Mellie le fusilla du regard.

— Je suis en congé maternité, mais le docteur ne m'a pas dit de rester au lit ! Je me demande combien de fois je vais devoir le répéter. Et je ne me suis pas beaucoup fatiguée, là, sur mon tabouret.

— Tante Eddie m'a déjà envoyé trois textos ce matin, et mon père, deux, intervint Delano. Je n'ose pas leur répondre qu'elle m'a accompagné au lieu de rester tranquille à la maison.

Submergée par une vague de tendresse, Mellie protesta pour la forme.

Après deux ans de vie commune, Delano et elle connaissaient toujours un bonheur sans nuages.

Ils avaient repris la clinique ensemble. Ils avaient organisé des vols d'adoption au Canada pour un nombre impressionnant de chiens. Le refuge avait doublé de volume. Ils avaient ri, travaillé, partagé leurs joies, leurs inquiétudes et leurs réussites.

Et surtout, ils s'étaient aimés chaque jour un peu plus.

Pour la première fois de sa vie, Mellie se sentait en paix avec le monde et avec elle-même. Choyée par Delano et entourée d'êtres chers, qu'aurait-elle pu espérer de mieux ?

— Allez viens, mon cœur. On va rentrer.

Quand Delano lui tendit la main pour l'aider à se lever, elle la prit en souriant.

— Aurai-je droit à une petite glace en chemin ?

Il éclata de rire.

— Tes désirs sont des ordres, comme toujours !

Elle se jeta dans ses bras. Elle avait enfin trouvé son port d'attache et, cette fois, pour la vie.

LOUISA HEATON

Une périlleuse passion

Traduction française de
CAROLINE JUNG

BLANCHE

HARLEQUIN

Titre original :
FINDING FOREVER WITH THE FIREFIGHTER

1

C'était l'endroit idéal. Pour se reposer. Pour recharger ses batteries après une mission difficile. Là, sur la colline d'Abraham, il y avait une clairière d'où elle pouvait voir les gens dans le parc. Des familles en train de pique-niquer. Des enfants qui jouaient et se couraient après en riant. De jeunes couples assis dans l'herbe. Des couples plus âgés qui se tenaient par la main ou donnaient à manger aux oiseaux venant picorer à leurs pieds. C'était l'endroit idéal pour arrêter de penser aux situations affreuses dans lesquelles les gens se trouvaient parfois, et contempler la sérénité et la joie de ceux qui étaient heureux, contents et surtout *en sécurité*.

Addalyn Snow était urgentiste dans l'équipe d'intervention en zones dangereuses et aspirait à la sérénité et à la joie, elle aussi, mais elle avait le sentiment que c'était une chimère qui était et serait toujours hors de portée. Elle n'en était pas aigrie pour autant. Plutôt résignée. Les drames se succédaient dans son travail mais aussi, malheureusement, depuis quelques années, dans sa vie privée.

Elle mordit dans son sandwich poulet-salade en observant deux enfants qui se couraient après en riant, et ne vit la grosse goutte de mayonnaise s'en échapper qu'une fois qu'elle eut atterri sur son uniforme. Elle jura en silence et la récupéra, se lécha le doigt et alla chercher un mouchoir en papier dans la boîte à gants de sa voiture. Elle était en train de frotter la tache en espérant qu'elle partirait au lavage quand elle reçut un appel.

— 314, ici le centre de contrôle. On vient de nous signaler un incident à Finnegan's Hole, près de Bakewell. Probablement un effondrement de galerie avec plusieurs blessés. Les secouristes spéléologues et les pompiers sont en route. Est-ce que vous êtes disponible ?

— Centre de contrôle, ici 314. J'y vais. Temps d'attente estimé…

Elle jeta un coup d'œil à sa montre.

— Quinze minutes. À vous.

— Merci, 314.

Addalyn chercha du regard une poubelle mais celle qui se trouvait près de sa voiture débordait déjà. Elle fourra le reste de son sandwich dans sa bouche et démarra en activant son gyrophare bleu. Elle mettrait la sirène en marche quand la circulation serait plus intense et qu'elle traverserait des zones construites.

Elle éprouva de l'appréhension en pensant à Finnegan's Hole. C'était un site de spéléologie populaire dont l'entrée était un goulot étroit. Elle avait déjà été appelée là-bas, au début de sa carrière parce qu'un spéléologue s'était lacéré la jambe sur une formation rocheuse tranchante. Elle s'était retrouvée devant l'entrée de la grotte et s'était demandé ce qui poussait les gens à faire de la spéléologie comme passe-temps. Elle n'avait jamais vraiment été à l'aise dans les endroits clos. Elle avait compris pourquoi lorsqu'elle avait suivi un cours de trois jours en espace confiné, dans le cadre de sa formation d'urgentiste en zones dangereuses.

Travailler en zones dangereuses nécessitait effectivement une formation supplémentaire. Elle était donc désormais capable d'apporter des soins médicaux d'urgence dans des endroits considérés comme particulièrement dangereux et était généralement amenée à travailler avec d'autres services d'urgence.

Elle avait travaillé d'arrache-pied pour devenir urgentiste en zone dangereuse et adorait son travail. Il fallait bien réfléchir avant de prendre la moindre décision. Chaque mission était très différente, et il n'y avait pas deux journées identiques. Elle travaillait souvent de longues heures d'affilée, mais au moins lorsqu'elle rentrait chez elle, épuisée, elle n'avait qu'à se coucher et dormir. Et elle se réveillait le lendemain, prête à recommencer. Elle n'avait pas vraiment le temps de trop réfléchir à la manière de remplir le vide, entre le moment où elle rentrait chez elle et le moment où elle repartait travailler. Ce qui lui évitait de constater à quel point elle était seule. Et de penser à ceux qui lui manquaient. Et à toutes les raisons pour lesquelles ils lui manquaient.

Et si ces pensées survenaient malgré tout, elle se divertissait en mangeant, en regardant la télévision ou en faisant du sport, de la musique à plein volume dans les oreilles.

Elle n'avait pas peur de repousser ses limites. C'était ce qu'elle avait toujours fait, même quand elle était petite. Repousser ses limites, ne pas laisser la vie la réduire en bouillie comme elle essayait de le faire depuis quelques années... C'était ce qui lui donnait la force de continuer.

Lorsque la circulation s'intensifia, Addalyn mit la sirène en marche. Il y avait toujours beaucoup de monde sur les routes du Derbyshire, y compris dans les zones rurales autour de Bakewell ou de Matlock. Son travail couvrait la zone de Peak District, une région montagneuse qui attirait beaucoup de touristes et de randonneurs. Et de spéléologues, comme c'était le cas ce jour-là. Peak District possédait beaucoup de grottes : Nettle Pot, à plus de cent cinquante mètres de profondeur, Poole's Cavern, une grotte formée dans le calcaire il y avait plus de deux millions d'années et l'incroyable Titan Cave, près de Castleton, qui était la grotte la plus grande de Grande-Bretagne.

En se rendant sur les lieux d'un accident, il fallait redoubler de prudence. Tous les piétons ne voyaient pas les gyrophares ni n'entendaient les sirènes. Les automobilistes non plus, d'ailleurs. Il fallait être constamment en alerte pour éviter les dangers susceptibles de se présenter à tout moment. C'était devenu une habitude pour elle. Dans sa vie privée comme dans son métier.

— Toi, ne bouge pas..., murmura-t-elle en voyant une voiture débouler sur la gauche au croisement, priant pour que le conducteur la voie et lui cède le passage.

Par chance, c'est ce qui se produisit. Elle le remercia d'un geste de la main et poursuivit la route.

À en croire son GPS, Finnegan's Hole se trouvait à mi-hauteur d'une montagne, à l'opposé de Bakewell, sur la face est de Mitcham's Steps, autre attraction touristique. La colline avait la forme d'une pyramide à degrés surmontée d'une plate-forme panoramique. Finnegan's Hole n'avait été découvert qu'en 1999 et, d'après ce qu'Addalyn avait lu, les spécialistes n'avaient pas fini de cartographier ses nombreuses grottes et galeries qui s'enfonçaient sous terre dans toutes les directions.

Un hélicoptère passa au-dessus de sa voiture, et elle prit conscience du son d'autres sirènes qui la précédaient. Elle aperçut, au loin devant elle, l'arrière d'un camion de pompiers. De toute évidence, ils arriveraient tous au même moment.

Elle lança un appel radio au centre de contrôle.

— Vous avez du nouveau sur l'incident de Finnegan's Hole ? Sait-on combien il y a de blessés ? À vous.

— Oui, l'effondrement de la galerie a été confirmé. Il y aurait au moins quatre blessés. Des blessures mineures. Mais l'un des spéléologues est probablement coincé derrière les décombres. À vous.

— On ne sait rien de plus sur lui ? À vous.

— C'est un homme, et il est coincé à environ six mètres sous terre. À vous.

Addalyn frissonna en imaginant la scène. Être coincé sous terre, dans un espace réduit, dans le noir, la boue et la poussière, et, qui sait, dans l'eau aussi... Et peut-être blessé, incapable de bouger.

— Merci.

Elle repensa aussitôt à sa formation de secourisme en espaces confinés. Il fallait connaître la topographie de la zone, trouver, si possible, un expert des galeries. Il fallait aussi penser au risque que d'autres galeries s'effondrent à leur tour, ainsi qu'au danger de potentielles émissions de gaz, de la montée du niveau de l'eau ou du détachement de blocs des parois. Tout cela avant même de pouvoir réfléchir aux soins à apporter à l'homme blessé. Elle ne savait rien de lui. Il pourrait avoir des problèmes de santé qui risqueraient de compliquer les choses. Et, s'il était prisonnier à six mètres sous terre, la grande question était de savoir si elle aurait à descendre, elle aussi.

Elle prit la route qui montait en serpentant sur le flanc de la colline. Quelques marcheurs qui redescendaient s'écartèrent sur le bas-côté à son passage, intrigués de voir autant de véhicules de secours se diriger vers le sommet.

« Finnegan's Hole : 1,6 km », indiqua le GPS.

Le soleil était enfin sorti, après des heures de grisaille et de bruine. Au moins auraient-ils un peu de lumière et de chaleur sur les lieux.

Lorsqu'elle arriva, elle se gara et ouvrit le coffre pour prendre sa veste de haute visibilité, son casque et son matériel. Un capitaine des pompiers s'approcha d'elle. C'était Paolo, le meilleur ami de son père. En le voyant marcher dans sa direction dans son uniforme, son casque blanc sur la tête, la ressemblance avec son père et son frère la frappa, au point de la faire chanceler, une fois encore.

— Addy. Ça me fait plaisir de te voir. Ça va ?

Elle hocha la tête, pas certaine d'être capable de parler. Cela faisait plus d'un an mais elle avait l'impression que c'était la veille. Par chance, Paolo parut comprendre et enchaîna.

— Il y a en tout sept personnes qui ont été prises au piège par l'éboulement de la galerie. Six vont bien – des blessures mineures, des coupures, des éraflures, des hématomes. Mais un homme est resté coincé sous les décombres. Les secours ont tenté de soulever des pierres mais le risque d'éboulement est trop grand.

Et il semble que le blessé ait la jambe coincée sous un gros bloc, probablement écrasée. Ils disent que ce n'est pas beau à voir. Les secours spéléo sont arrivés, et nous avons maintenant le matériel nécessaire pour sécuriser le plafond de la grotte.

— D'accord. Et dans quel environnement se trouvent-ils ?

— Ils sont à l'étroit mais au sec – il n'y a pas beaucoup d'eau, un filet tout au plus. Pas d'émissions de gaz non plus, par chance, ce qui réduit le risque d'explosion ou d'incendie. Mais ils paniquent.

— Je les comprends. As-tu quelqu'un, dans ton équipe, qui soit doué dans les espaces réduits ?

Paolo sourit.

— Tu sais bien qu'ils sont tous doués.

— Charlie est là ?

Elle avait eu l'occasion de travailler avec Charlie dans un cas similaire.

— Non, il est en maladie. Mais nous avons Ryan Baker. C'est un nouveau mais extrêmement bon dans ce genre de circonstances. Il était dans l'armée. Il a beaucoup travaillé dans des souterrains.

— Dans ce cas, c'est mon homme. Donnez-lui un harnais et de la corde. Il faut qu'il vienne avec moi, dès que j'aurai procédé à l'évaluation des risques.

Un nouveau. C'était parfait. Quelqu'un qui n'aurait pas de lien avec son passé. Un spécialiste des souterrains. Ancien militaire. Cela s'annonçait bien.

Addalyn rejoignit l'équipe des secouristes en montagne dont le chef était en train de se coordonner avec les pompiers et les sauveteurs.

— Alors ? Comment cela se présente-t-il ? lui demanda-t-elle.

— Ils ont pratiquement terminé de stabiliser la galerie. Ils sont en train d'y installer la lumière.

— À quoi ressemble l'endroit ?

— Comme on peut s'y attendre, c'est très exigu. Principalement du calcaire. On trouve des grottes plus grandes plus bas. Et il y a beaucoup d'humidité.

— Des obstacles ?

— Il y a des roches saillantes. Des stalagmites et des stalactites.

— Et sur le plan biologique ?

— Rien dont tu doives te préoccuper.

— Que de bonnes nouvelles tu me donnes là ! dit-elle sur un ton ironique.

Il sourit.

— Je sais, c'est ce que j'aime, dans mon métier.

— C'est moi qui vais guider le sauvetage. J'emmène un pompier.

— D'accord. On reste en contact. Tiens, tu vas en avoir besoin, dit-il en lui tendant une radio portable qu'elle fixa à sa veste tandis qu'il l'accrochait au câble de guidage.

— Où est le pompier qui t'accompagne ?

— Je suis là.

Elle se retourna pour lui dire bonjour. Lui faire un sourire. Un signe de tête. Pour se présenter. Après tout, ils allaient passer du temps ensemble dans un espace réduit. Elle aimait les pompiers. Elle avait de la sympathie pour eux. Son père et son frère avaient été pompiers. Elle avait même pensé devenir pompier, elle aussi.

Le problème, c'était que Ryan Baker n'était pas le genre d'homme qu'on salue en lui jetant un simple coup d'œil avant de retourner vaquer à ses occupations.

Cet homme était... différent. Troublant. Beau.

Trois sources de danger qui provoquèrent une accélération de son rythme cardiaque. Lequel s'intensifia encore quand Ryan plongea ses magnifiques yeux noirs dans les siens.

— Ryan ? Je suis Addalyn Snow, parvint-elle à dire en tendant la main.

Elle éprouva un picotement inhabituel au contact de sa main.

— Enchanté, répondit-il en s'accrochant à son tour au câble de guidage.

Ancien militaire. Spécialiste des souterrains.

Pompier.

Non, il ne fallait pas penser à cela.

Le secouriste en montagne leva le pouce.

— Ça y est. Ils ont éclairé la zone. Deux de mes hommes vous attendent dans la deuxième grotte. La galerie s'est effondrée juste un peu plus loin.

— D'accord.

— Vous n'avez qu'à suivre le câble. Il y a des appareils photo que vous pourrez utiliser quand vous approcherez de l'éboulement. Entrez, les pieds devant. Il y a une petite grotte à trois mètres de profondeur, à peu près, où vous pourrez vous étirer avant de repartir dans les boyaux.

— Parfait, merci.

Elle regarda le petit trou dans la terre, qui ressemblait pratiquement à l'entrée d'un terrier de blaireau. Difficile d'imaginer que des humains puissent y pénétrer, et pourtant c'est ce que Ryan et elle s'apprêtaient à faire. Un trou sombre, profond, pas très engageant. Elle frissonna avant de se convaincre qu'elle y arriverait.

Elle fit un pas en avant et sentit une main se poser fermement sur son bras.

— Je passe devant, dit Ryan.

Elle le regarda et hocha la tête. Son cœur battait à tout rompre. À cause de sa claustrophobie, vraisemblablement. Cela n'avait rien à voir avec la présence de cet homme.

— Je vous montrerai où poser les mains, dit-il.

Elle hocha la tête.

— Merci.

Elle le regarda descendre dans le trou, qui l'avala en quelques secondes. L'idée de s'enfoncer sous terre dans un terrier ne suscitait manifestement aucune appréhension chez lui.

Elle le regarda disparaître en pensant à tous les gens qui disaient vouloir que la terre les engloutisse, vraisemblablement sans savoir l'effet que cela faisait réellement. Elle descendit à son tour. Ses yeux mirent quelques instants à s'acclimater à l'obscurité. Il y avait des lanternes, comme l'avait expliqué le secouriste de montagne, mais elles étaient relativement espacées et, sur certains tronçons, la seule lumière dont ils disposaient provenait de leurs lampes frontales.

La galerie était étroite, et son corps frottait contre les parois quand elle se rétrécissait. Ses pieds trouvaient appui sur des affleurements. Elle essaya de chasser les images de catastrophes qui lui venaient à l'esprit et se rappela qu'il valait mieux penser à ce qu'on lui avait dit : la galerie avait été étayée.

Des sons commencèrent à lui parvenir des profondeurs. Des voix. Certaines criaient. D'autres cherchaient à apaiser et à calmer. Des gouttes d'eau. Et l'écho de tous ces sons.

Elle sentit un frôlement sur le dos de sa main et poussa un cri.

— Ça va ? demanda Ryan en levant la tête.

Sa prévenance la toucha.

— Ça va.

Il fit un bref signe de tête, comme s'il avait décidé de la croire.

— Franchement, tout va bien. C'est juste que je ne suis pas fan des araignées.

Et, de toute façon, elle était là pour aider des gens, pas pour qu'on vienne la secourir.

— Restez près de moi.

Elle n'avait aucune intention de faire quoi que ce soit d'autre.

Lorsque Ryan arriva dans la grotte, il lui tendit la main pour l'aider à descendre, jusqu'à ce qu'elle pose le pied par terre. La grotte était petite, à peu près de la taille de sa salle de bains, mais suffisamment haute pour qu'ils y tiennent debout. Face à eux se trouvait un passage étroit, éclairé par des lampes.

Va-t-il falloir que je m'engage là-dedans ?

— Nous ne sommes plus très loin. Il a dit que les secouristes de montagne étaient dans la deuxième grotte. Nous y sommes presque.

Elle hocha la tête. Elle avait la bouche sèche, transpirait par tous les pores, et son cœur battait la chamade. Elle se sentait oppressée. C'était sans doute la pression de tous ces murs de pierre. Du sol. Du plafond. Et si elle se glissait dans ce passage…

— Addalyn ?

Elle tourna la tête vers lui.

— Vous pouvez remonter, si vous préférez, dit-il comme s'il avait lu dans ses pensées.

C'était très tentant. Et si simple ! Il suffirait de retourner d'où elle venait, de remonter la galerie jusqu'à la surface de la Terre. Jusqu'à l'air frais, la lumière, le soleil. Jusqu'à la liberté, la paix, l'espace.

Mais un homme blessé avait besoin de ses soins et de son expertise médicale. Elle ne pouvait pas lui tourner le dos. Quoi qu'il arrive.

— Non, je continue.

Il hocha la tête et sourit. Un sourire qui disait : « Je vous crois. Je suis fier de vous. » Cela lui suffit.

Elle pensa à son père. À son frère. Elle ne mourrait pas comme eux.

— Allons-y.

Le sourire de Ryan s'élargit.

— D'accord.

Il se mit à quatre pattes puis entra dans le passage en rampant. Quand ses pieds disparurent dans l'obscurité, elle prit une profonde inspiration pour se donner du courage et le suivit en s'efforçant d'ignorer tout ce qu'elle sentait s'enfoncer dans la chair tendre de son ventre ou la manière dont son casque heurtait la pierre au-dessus de sa tête. Ses vêtements étaient sales et trempés. Elle n'osait imaginer dans quel état se trouvait le sac qu'elle traînait derrière elle.

Ils rampèrent pendant ce qui lui parut être une éternité en direction des sons et de la lumière, puis elle vit Ryan se mettre à quatre pattes puis debout. Il se retourna pour l'aider à sortir du passage. Ils étaient arrivés dans la deuxième grotte, où se trouvaient deux des secouristes de montagne.

— Addalyn, Ryan, dit Ryan en guise de présentations.

— Raj et Max, répondit l'un des hommes. Et cet homme charmant, là-bas, qui a besoin de vous, c'est John. John Faraday.

John était allongé sur le sol, la jambe coincée sous un énorme bloc de pierre et des décombres. Autour de lui étaient assis trois autres spéléologues, deux hommes et une femme. Ils étaient couverts d'éraflures et de boue, et avaient l'air terrorisés. John était pâle mais conscient. Il leva même la main pour les saluer.

— On n'a pas voulu le laisser ici, dit la femme. On descend ensemble, on remonte ensemble. C'est notre devise.

— Vous avez raison, dit Addalyn. Bon, voyons comment nous allons pouvoir gérer cela. Ryan ? Est-ce que vous voulez bien vérifier que ces trois personnes vont bien pendant que je m'occupe de John ?

— Bien sûr.

Elle s'agenouilla auprès de John et lui prit la main.

— Comment ça va ?

— J'ai connu des jours meilleurs.

— Je m'en doute. Sur une échelle de 1 à « horrible », pouvez-vous m'indiquer à quel point vous avez mal ?

— Curieusement, pas autant qu'on pourrait s'y attendre.

Il était probablement anesthésié par l'adrénaline.

— Je vais tout de même vous poser une perfusion d'antalgiques, au cas où. Avez-vous des allergies connues, John ?

Elle était contente de pouvoir porter son attention sur autre chose que l'environnement réduit et oppressant.

— À mon ex-femme, c'est tout.

Elle sourit. John était sympathique. Il fallait du courage pour garder le sens de l'humour en de telles circonstances.

— Cela devrait vous faire du bien, dit-elle en lui administrant l'antalgique avant de suspendre la poche de perfusion.

Ryan vint s'accroupir à côté d'elle.

— Ils ont seulement des coupures et des ecchymoses, rapporta-t-il. Ils ont été épargnés parce que John les a poussés.

— Un héros ! En attendant, il faut les faire remonter.

— D'accord. Qu'est-ce qu'on sait de ceux qui sont coincés derrière l'éboulement ?

L'un des secouristes prit la parole :

— Ils vont bien. En fait, John est le seul qui ait été blessé grièvement.

Addalyn se leva et s'étira.

— Je sais qu'ils veulent rester pour John mais mieux vaut qu'ils remontent. Nous aurons plus de place pour nous occuper de John et de ceux coincés derrière l'éboulement. De plus…

Elle baissa la voix.

— … la suite ne va pas être jolie à voir.

Le secouriste hocha la tête.

— Je vais les faire remonter.

Addy s'agenouilla de nouveau à côté de John et examina sa position, sa jambe écrasée, son pied qui ressortait de l'autre côté.

— Est-ce que vous pouvez bouger les orteils ?

— Je vais essayer.

Il se concentra puis la regarda, plein d'espoir.

— Ils ont bougé ? demanda-t-il.

— Non, désolée.

Elle se leva et alla lui toucher le pied.

— Et là, vous sentez mes doigts ? demanda-t-elle en le touchant juste au-dessus de la cheville.

— Non.

Le bloc de pierre était énorme. Il était peu probable qu'on sauve sa jambe.

Elle défit les lacets de sa chaussure et chercha le pouls pédieux, mais le pied de John était froid, et elle ne le trouva pas.

— John, est-ce que vous vivez seul ?

— Non, je vis avec ma compagne. Elle est infirmière. Elle va être furieuse quand elle va apprendre ça.

Addalyn lui fit un sourire compatissant avant de se tourner vers Ryan.

— Est-ce qu'on a un moyen de soulever ce bloc de pierre rapidement ?

— Il faut faire venir le matériel, pour soit le soulever soit le casser en blocs plus petits et transportables mais, dans les deux cas, cela va prendre du temps.

— Combien de temps ?

Ryan haussa les épaule.

— Le temps d'apporter le matériel, ce qui, vu l'étroitesse des galeries, ne sera pas sans difficulté. De toute façon, même si l'on parvenait à soulever le bloc, cela n'empêche pas le syndrome des loges, si ?

Le syndrome des loges était le résultat de l'augmentation excessive de la pression dans les muscles qui pouvait empêcher le sang de circuler correctement et d'alimenter les tissus en oxygène. Ce qui, par suite, provoquait l'accumulation de toxines qui, une fois que la pression diminuait, se répandaient dans le cœur et provoquaient un arrêt cardiaque.

— Je pourrais faire une fasciotomie, mais cela ne ferait que prolonger le problème à long terme.

La fasciotomie était une procédure d'urgence visant à éviter le syndrome des loges. Elle consistait à faire une incision dans le fascia afin de soulager la tension et la pression dans les tissus.

— Addalyn ? Ce n'est pas la peine de chuchoter, dit John. Dites-moi les choses telles qu'elles sont.

— Votre jambe est dans un sale état, John. Beaucoup de tissus mous ont certainement été écrasés, et le risque de contamination est élevé. Il n'y a pas de pouls dans votre pied, qui est froid et ne peut pas bouger. Votre pression artérielle est basse, et vous avez plus de cinquante ans.

John déglutit.

— Cela n'a pas l'air très positif.

— Ça ne l'est pas. Je suis désolée, mais je pense qu'il va falloir procéder à une opération d'urgence.

Elle scruta son visage. Elle avait évité d'employer le mot

« amputation », mais il flottait dans l'air. Aucun médecin n'aimait annoncer les mauvaises nouvelles aux patients. Mais l'expérience l'avait endurcie. De toute façon, elle avait déjà suffisamment de préoccupations en tête. Alors mieux valait savoir comment procéder en de telles circonstances.

— Ce sera douloureux ?

— Non. Le médecin va vous anesthésier. Vous ne sentirez rien. Et Ryan et moi serons là pour prendre soin de vous et vous aider à remonter ensuite.

John regarda Ryan puis de nouveau Addy.

— Vous avez déjà eu affaire à des cas similaires ?

— Oui.

Il était inutile d'entrer dans les détails. Il avait simplement besoin de savoir que ce n'était pas la première fois.

— Nous ferons tout notre possible pour que tout se passe bien.

John hocha la tête.

— Avant qu'ils m'endorment... Est-ce que je peux vous laisser un message pour ma compagne ? Au cas où... On ne sait jamais.

— Vous aurez tout le loisir de lui dire vous-même à votre réveil à l'hôpital. Mais oui, bien sûr. Au cas où.

Elle se pencha vers lui.

— Dites-lui que je l'aime et que ma vie est merveilleuse depuis qu'elle y est entrée.

Elle le regarda dans les yeux.

— Je le lui dirai. Mais on va bien s'occuper de vous, vous savez ?

— Oui.

D'autres pompiers arrivèrent avec un médecin. Addalyn expliqua la situation au Dr Barrow qui confirma la nécessité d'une intervention chirurgicale et se mit aussitôt au travail. Après avoir amputé John de sa jambe, il le banda et le stabilisa de sorte qu'on puisse l'évacuer.

Le médecin sortit le premier, suivi de Ryan, portant l'avant de la civière et de son collègue Tom, à l'arrière. Derrière eux, Addalyn gardait un œil sur les moniteurs en priant pour que John n'ait pas un autre problème médical en chemin. Par chance, son état resta stable jusqu'à ce qu'ils émergent à l'air libre, fatigués, sales mais soulagés. Des ambulanciers prirent le relais et installèrent John dans l'ambulance qui l'emmènerait à l'hôpital.

Addalyn se retourna. Ryan s'apprêtait à redescendre dans Finnegan's Hole.

— Où allez-vous ?

— Il reste des gens, là-bas.

— Je sais. Mais il n'y a pas d'autres personnes pour y aller ?

— Cela ne fonctionne pas comme ça, dit-il avant de disparaître de nouveau dans le trou.

Addalyn appela le centre de contrôle pour les informer de la situation.

— Le patient grièvement blessé a été évacué, mais il reste trois personnes coincées derrière l'éboulement. Ils ne sont pas grièvement blessés, mais je peux rester sur les lieux, au cas où l'on ait encore besoin de mes services. À vous.

— Merci 314. Reçu. À vous.

— Parfait. Terminé.

2

Il fallut trois heures pour excaver la dernière galerie et libérer les trois derniers spéléologues, soulagés de voir les secours arriver de l'autre côté de l'éboulement.

Ils avaient surtout des coupures et des ecchymoses, à part la femme, qui s'était probablement fracturé l'avant-bras. Ryan lui mit une attelle avant de la faire remonter à l'air libre, là où le ciel était bleu et la brise, tiède et bienvenue.

— Addy ? Je pense que cette femme s'est fracturé l'avant-bras. Je lui ai posé une attelle.

— Je vais jeter un coup d'œil.

Il était content de voir qu'Addalyn était toujours là. Elle n'avait aucune raison de rester, mais elle était là. Et, pour être honnête, cela lui avait fait du bien de voir le soulagement sur son visage quand elle l'avait vu émerger de la galerie sain et sauf.

Il ne pouvait pas dire qu'il la connaissait. Ils venaient juste de se rencontrer. Mais ils avaient traversé ensemble une épreuve dangereuse, ce qui créait toujours des liens que les gens qui n'avaient jamais vécu cela ne pouvaient pas comprendre. Il se réjouissait d'avoir d'autres missions avec elle à l'avenir.

Finnegan's Hole allait rester fermé au public jusqu'à ce que les galeries et les grottes soient remises en sécurité. Après avoir fait le point avec son capitaine, il alla voir Addy pour la remercier.

Elle était en train d'aider la femme au bras cassé à monter dans l'ambulance.

— Merci d'être restée, dit-il.

Elle se tourna vers lui et lui sourit. Un sourire enchanteur.

— Je n'ai fait que mon travail.

— Certes, mais tout de même… Je suis content que vous soyez toujours là, maintenant que tout le monde a été évacué.

— On descend ensemble, on remonte ensemble, dit-elle d'un air entendu. Et, de toute façon, je garde toujours un œil sur les pompiers. C'est une habitude, chez moi.

— Ah bon ? dit-il d'un air interrogateur.

Elle lui sourit de nouveau.

— C'est une longue histoire.

— Ce sont les meilleures. Mais le capitaine vient de me dire qu'on allait tous boire un verre et faire des quiz au Castle and Crow pour décompresser. Vous pouvez venir, avec votre équipe. Vous êtes les bienvenus.

Il eut le sentiment qu'elle allait refuser. En disant qu'elle y réfléchirait ou qu'elle essayerait de passer – ce genre de choses. Encore qu'il ne lui avait pas proposé un rendez-vous galant. C'était une soirée de détente entre collègues après une journée longue et éprouvante. Une part de lui rêvait de rentrer prendre une douche, de manger un morceau et d'aller se coucher, mais il connaissait aussi les bénéfices d'une soirée entre collègues. Quand on exerçait ce genre de métier, il était crucial de décompresser, de se détendre, de dire des bêtises et de rire en bonne compagnie. Et ce soir-là était un soir idéal pour le faire, puisque Carys passait la nuit chez ses grands-parents.

Addy sourit.

— Super, je vais le dire aux autres, dit-elle, à sa grande surprise.

— Parfait. Alors à tout à l'heure !

Elle acquiesça d'un signe de tête et regagna son véhicule. Elle portait toujours la tenue avec laquelle elle était descendue dans la galerie, sur laquelle les traces de boue avaient séché.

— Addy ! s'entendit-il dire, presque indépendamment de sa volonté.

Elle se retourna.

Maintenant, il fallait dire quelque chose.

— Bravo pour ce que vous avez fait aujourd'hui. J'ai cru comprendre que vous n'aimiez pas beaucoup les espaces très confinés.

— C'est vrai mais… Merci.

Il se demanda comment terminer la conversation. Par un signe de tête ? En lui disant de nouveau au revoir ? En faisant un signe de la main ?

Non, ce serait bizarre. Mais est-ce important ? Qu'est-ce que tu en as à faire ? Va-t'en, c'est tout.

Pourquoi ne parvenait-il pas à dire quelque chose ? Cela faisait des années qu'il ne s'était pas trouvé à court de mots. À quand cela remontait-il, d'ailleurs ?

Le souvenir lui revint en mémoire. Il s'était trouvé à cours de mots en regardant sa femme, Angharad, avancer vers lui dans l'allée centrale de l'église. Elle était magnifique dans sa robe blanche, avec son bouquet de fleurs d'été. Tellement belle qu'il en avait perdu l'usage de la parole. Il s'était retrouvé la bouche sèche et le cerveau incapable de penser à quoi que ce soit. Il était néanmoins parvenu à reprendre son souffle et à ne pas éclater en sanglots.

Addy n'avait rien à voir avec Angharad en robe de mariée. Ses vêtements étaient fripés et couverts de boue, et des mèches encadraient son visage fatigué, mais il y avait en elle quelque chose qui ne le laissait pas indifférent. Mais quoi ?

Peu importe. C'est juste une collègue. Après ce soir, tu ne la reverras sans doute pas avant un moment. Mieux vaut profiter de sa compagnie et ne pas trop réfléchir.

— Alors, à ce soir ?

Un autre signe de tête. Un autre sourire. Elle avait des yeux incroyables.

— Vous pouvez compter sur moi.

— Super ! Je… Euh…

Il montra le camion de pompiers du doigt et vit l'amusement dans le regard d'Addy. Il se retourna et regagna le camion en riant de sa propre gaucherie.

Addy ouvrit la porte du pub. Le Castle and Crow était l'un des pubs les plus petits du Derbyshire, situé dans ce qui avait été la maison de gardien d'un château désormais tombé en ruine. Elle avait été vraiment contente de l'invitation de Ryan – elle aurait donné n'importe quoi pour ne pas avoir à supporter le vide et le silence de sa maison.

Un silence pesant, plombant, qui donnait la sensation que le logement était sans vie. Et elle, seul être vivant qui y habitait, se faisait l'effet d'un fantôme hantant les pièces vides en cherchant un peu de vie à laquelle s'accrocher. Son père lui manquait. Ricky lui manquait. C'était dur de voir tous ces endroits sans eux. Son père, dans le fauteuil qu'il aimait tant, près de la fenêtre ; Ricky, affalé sur le canapé en train de jouer à ses jeux vidéo.

Ils n'étaient plus là, ni l'un ni l'autre.

Ils étaient partis si vite !

Son père et son frère représentaient tout pour elle, c'était auprès d'eux qu'elle avait trouvé du réconfort après cette histoire horrible avec Nathan. Et, juste au moment où elle avait commencé à remonter la pente, juste au moment où elle avait recommencé à sourire et à rire… la vie lui avait pris les deux êtres qu'elle aimait le plus au monde.

Depuis, se retrouver seule à la maison lui était insupportable.

Le pub était bondé, et la musique couvrait à peine le brouhaha des clients. Les pompiers et les ambulanciers l'accueillirent avec des cris de joie et des sourires, et insistèrent pour qu'elle s'asseye à leur table. D'un geste de la main, elle leur fit comprendre qu'elle allait chercher à boire et leur demanda si quelqu'un voulait quelque chose au bar.

Lorsqu'elle revint avec son verre, elle alla s'asseoir sur la chaise libre, à côté de Chrissie et de Jools. Les pompiers occupaient la table voisine. Paolo, Brewster, Tom et – son cœur se mit à battre un peu plus vite – Ryan. Elle leva son verre à la santé de tous.

— Alors, qu'est-ce qu'on fait ?

— Un quiz, répondit Chrissie. Les ambulanciers contre les pompiers, contre tous les autres, je présume. Thatch est aux toilettes mais avec lui, on sera quatre.

Thatch était l'une des personnes qui prenaient les appels au centre de contrôle.

— Super, dit Addy en buvant une gorgée de son gin tonic. Je savais bien que toutes les histoires que me racontait mon père me serviraient un jour.

C'était la marotte de son père. Quand ils étaient petits, tous les soirs, au dîner, il leur racontait, à Ricky et à elle, une anecdote insolite. Et il le faisait encore, quand elle était revenue vivre avec eux après sa rupture avec Nathan. Les histoires étaient tantôt drôles, tantôt insolites, mais elles lançaient toujours la conversation et faisaient souvent des dîners en famille chez les Snow le meilleur moment de la journée.

À présent, le dîner d'Addy consistait à réchauffer un plat préparé au micro-ondes et à le manger en silence devant la télé. Elle essayait de trouver un quiz télévisé à regarder en mangeant, mais cela ne changeait rien au fait qu'elle était seule et que les sièges normalement occupés par deux hommes costauds et joviaux étaient vides.

Paolo hocha la tête.

— C'est vrai que Vic connaissait des tas de choses. Je ne sais pas où il trouvait toutes ces histoires, dit-il en souriant avant de lever son verre en l'honneur des disparus.

— Partout, répondit-elle.

— Vic ? Vous parlez de Victor Snow ? demanda Ryan.

Elle confirma d'un hochement de tête.

— J'ai vu sa photo à la caserne. Et celle de Ricky. Je ne savais pas que vous étiez parents. Toutes mes condoléances.

— Merci.

L'ambiance autour de la table changea. Tout le monde se demanda quoi dire pour changer de sujet ou même s'il était opportun de changer de sujet. Tout le monde savait ce qui s'était passé. Tout le monde savait ce qu'elle avait vécu. À part Ryan, peut-être.

Le silence fut interrompu par le retour de Thatch et par l'annonce du barman qui prit le micro pour dire que le quiz commencerait dix minutes plus tard et que Natalie passerait bientôt leur distribuer stylos et papiers.

Addy en profita pour bavarder avec Chrissie et Jools.

— Vous avez eu d'autres appels ?

— Un homme persuadé qu'il était sur le point de faire un coma diabétique.

— Vous êtes arrivés à temps ?

— Il n'était même pas diabétique, Addy ! Le diabète n'a jamais été diagnostiqué chez lui. Son taux de glycémie était bon, mais on a compris, en lisant son dossier sur la tablette, qu'il allait chez le médecin pratiquement tous les jours.

— Un hypocondriaque ?

— Oui. Nous l'avons tout de même examiné, bien sûr, et la seule chose que nous ayons trouvée était un rythme cardiaque un peu élevé, mais c'était probablement dû au stress.

— Le pauvre ! Ce doit être dur de vivre avec cette angoisse.

— Je pense qu'il est aussi très seul, et ce depuis des années. Son appartement était un peu négligé.

Addy compatit. Quand elle avait perdu son père et son frère, elle avait eu du mal à s'occuper de la maison. Elle s'était réfugiée dans le travail pour avoir à y passer le moins de temps possible. Plus elle voyait le désordre s'amonceler, plus elle se sentait mal. Jusqu'au nouvel an, où elle avait pris une résolution : chaque jour, pendant un quart d'heure, elle mettrait de la musique, un podcast ou un livre audio, et s'attaquerait au désordre de la maison.

Aujourd'hui, je vais ranger ce coin, près du fauteuil de papa.

Cette fois-ci, je vais trier tout le bazar qui se trouve dans ce placard.

C'était faisable, à condition que cela ne dure pas trop longtemps chaque fois. Était arrivé le moment où la maison avait commencé à avoir meilleure mine, à être plus lumineuse. Elle s'était sentie fière de ce qu'elle avait fait. La dépression et le chagrin s'étaient suffisamment allégés pour qu'elle se remette à voir ce que la vie avait de beau.

Cela ne rendait pas la solitude plus agréable, cela dit. Elle doutait de parvenir à recouvrer sa joie de vivre dans cette maison vide.

— Bienvenue à tous à la soirée quiz du Castle and Crow, dit soudain Natalie, la propriétaire du pub, au micro. Nous avons de super prix ce soir. L'équipe qui arrivera en deuxième position repartira avec six bouteilles de vin offertes par le domaine Tutbury, ainsi que des billets pour une soirée dégustation. Et pour nos vainqueurs… roulement de tambour, s'il vous plaît !

Tous les clients du pub se mirent à tambouriner sur les tables, de plus en plus fort, jusqu'à ce que Natalie lève la main en riant.

— L'équipe qui gagnera le quiz remportera des entrées au zoo, pour s'occuper des animaux avec les gardiens, et un repas gratuit au restaurant du zoo pour quatre personnes.

Chrissie se pencha vers Addy.

— Une demi-journée au zoo ? Non merci, murmura-t-elle. Rien que de penser à une fourrure, j'ai envie de me gratter.

Addy sourit.

— Alors, que les meilleurs gagnent ! dit Natalie au micro.

Addy prit son stylo et jeta un coup d'œil à la table des pompiers. Elle croisa le regard de Ryan et lui sourit. Elle aurait bien aimé s'asseoir à leur table. Ils étaient pratiquement sa famille. Et Ryan avait l'air sympa. Dangereusement sympa. Mais il était pompier, autant dire que tout rapprochement autre que purement professionnel et amical était exclu.

— Première question ! reprit Natalie avec sérieux. Quel est l'oiseau le plus dangereux au monde ?

L'oiseau le plus dangereux au monde ?

— C'est sûrement un oiseau de proie, murmura Chrissie à son oreille.

Mais Addy en doutait.

— Un émeu ? suggéra Jools.

Elle secoua la tête. Il lui semblait connaître la réponse mais elle lui échappait, malheureusement. Lorsque, tout à coup, elle lui revint en mémoire.

— C'est le casoar, murmura-t-elle à ses coéquipiers.

— Le quoi ?

— Le casoar. J'en suis sûre. C'est ça.

— D'accord, mais si tu te trompes, tu me payes un verre, dit Chrissie en riant.

Elle ne se trompait pas. Elle se souvenait de la discussion qu'elle avait eue avec son père et Ricky au sujet des oiseaux qui ne volaient pas. Ricky et elle avaient pensé aux pingouins et aux kiwis. Et leur père leur avait parlé des autres, notamment du casoar, le plus gros, le plus fort et aussi le plus dangereux pour les humains.

— Question n° 2, dit Natalie. Quelle planète a un ciel rose ?

Addy regarda ses coéquipiers.

— Mars est la planète rouge, dit Thatch. C'est peut-être ça.

— On n'a pas d'autre réponse, alors écris ça.

Les questions s'enchaînèrent puis Natalie annonça une pause, à mi-questionnaire, pour que les gens aillent aux toilettes et commander d'autres verres. Addy attendait au bar lorsque Ryan s'approcha d'elle.

— Ça va ?

— Ça va. Et vous ? Vous vous en sortez ? dit-elle en désignant la table des pompiers d'un signe de tête.

— Pas mal, je crois. Il y a des chances qu'on gagne.

— Quelle confiance !

Il se mit à rire.

— Confiance ou arrogance ? À vous de décider.

— Je vais dire confiance, parce que vous avez l'air sympa.

— Et vous, vous avez une bonne équipe ?

— Oui, mais Chrissie doit partir dans dix minutes pour libérer sa baby-sitter, et Thatch m'a l'air conquis par la fille à la robe verte, près du billard, si bien que je risque de ne faire la seconde partie du quiz qu'avec Jools.

— L'idée de gagner des entrées pour le zoo ne suffit pas à les faire rester ? dit-il en souriant.

Elle se mit à rire.

— Apparemment pas. Moi, j'adorerais passer une journée au zoo. J'adore les animaux.

— Moi aussi.

Il tourna la tête vers elle et lui sourit, les yeux brillants de joie. Et elle eut la même sensation que l'après-midi. Le cœur qui s'emballe. Une attirance. C'était troublant. Alors elle s'efforça de regarder ailleurs et essaya d'attirer l'attention du barman pour lui demander un autre paquet de chips.

— Bonne chance pour la deuxième partie ! lança-t-elle ensuite.

Elle coinça le paquet de chips entre ses dents, prit ses boissons et retourna à sa table en espérant que son cœur se calme.

Ryan était avenant, accessible. Là était le problème. Vu l'état dans lequel sa présence la mettait, il faudrait qu'elle soit vigilante. Car il allait être impossible de ne pas le croiser, maintenant qu'il faisait partie de l'équipe des Blue Watch.

— Vous êtes prêts ? demanda Natalie. Alors, question n° 16. Que donne un pingouin mâle à un pingouin femelle pour la séduire ?

Des plaisanteries plus ou moins douteuses et des rires fusèrent dans l'assistance. Addy sourit et écrivit la réponse sur son papier : un petit caillou.

— Combien de temps dure la gestation des éléphants ?

Les questions s'enchaînèrent jusqu'au moment où Natalie ramassa les feuilles pour procéder au décompte des points.

Jools prit son manteau et se leva.

— Il faut que j'y aille.

— Mais on n'a pas encore les résultats. Tu ne peux pas me laisser seule ! s'exclama Addy, surprise.

— Tu n'es pas seule. Toute l'équipe des Blue Watch est là, dit Jools. Ils sont tous et toutes très sympas.

— Mais ce sont nos concurrents ! dit Addy en riant.

— Ils t'adorent ! Regarde, il y a une place à côté de Ryan. Ryan, est-ce que cela vous dérange qu'Addy s'asseye à côté de vous ?

Ryan la regarda et lui sourit.

— Bien sûr que non.

Quel sourire ! Un sourire auquel il était difficile de résister. Jusqu'à ce que son anxiété lui fasse ériger une barrière de protection autour d'elle.

— Et si on gagne ? demanda-t-elle désespérément.

— Eh bien tu iras passer une journée au zoo. Moi, les zoos me dépriment. Par contre, si nous sommes deuxièmes, je veux bien une bouteille de vin.

Sur ce, elle déposa un baiser sur sa joue, salua l'équipe des pompiers d'un geste de la main et sortit.

Addy se tourna vers les Blue Watch qui firent de grands gestes pour l'inviter à les rejoindre. Elle prit son verre et alla s'asseoir à côté de Ryan.

— Vous êtes des nôtres, de toute façon. En tant que membre honoraire de la brigade des pompiers.

Addy rougit, mais Ryan avait raison. Les pompiers étaient sa famille. Paolo, le capitaine, était proche de la retraite, mais il avait travaillé de longues années avec son père, puis avec Ricky. Ils avaient toujours été proches. Et elle ne manquait pas une occasion d'aller lui dire bonjour, quand elle passait près de la caserne.

Elle jeta un coup d'œil à Ryan – qui la regardait. Il fallait qu'elle dise quelque chose.

— Depuis combien de temps êtes-vous pompier ? demanda-t-elle, faute de mieux.

— Quatre ans, à peu près.

— Vous étiez dans l'armée, avant, c'est ça ?

Il hocha la tête.

— Qu'est-ce qui vous a fait quitter l'armée, si ce n'est pas indiscret ?

— J'étais marié, et ma femme n'aimait pas cette vie. Elle se sentait seule. Elle avait l'impression d'être célibataire. Et quand elle a appris qu'elle était enceinte, elle n'a pas eu envie de passer ses journées seule avec le bébé.

— Vous avez des enfants ? demanda-t-elle, presque soulagée.

Elle se détendit à l'idée qu'il ait femme et enfants. Cela le rendait intouchable et réglait le problème, d'une certaine manière.

— J'ai une fille de cinq ans, Carys, dit-il en lui tendant une photo d'elle sur son portable.

C'était le portrait craché de son père. Mêmes cheveux bruns, mêmes yeux noirs, même sourire.

— Elle est belle !

— Je trouve aussi, mais je ne suis pas objectif, dit-il en souriant.

— C'est sa mère qui la garde ce soir ?

Les yeux de Ryan s'assombrirent légèrement.

— Non, elle passe la nuit chez ses grands-parents.

— Oh ! Et votre femme n'a pas eu envie de venir au pub ?

Il secoua la tête.

— Ce n'est plus ma femme.

Célibataire ?

— Oh ! désolée, je ne voulais pas être indiscrète.

— Vous ne l'êtes pas. C'est juste que la maternité ne lui a pas convenu. Elle pensait vouloir des enfants, mais quand Carys est arrivée, elle s'est rendu compte qu'élever un enfant exigeait des sacrifices qu'elle n'avait pas envie de faire. Alors elle est partie.

Addy le regarda, interloquée. Elle comprenait qu'on n'ait pas envie d'avoir des enfants, mais avait du mal à imaginer qu'on puisse laisser un enfant qu'on avait mis au monde. Elle-même rêvait d'être mère, mais elle n'avait pas réussi à tomber enceinte quand elle était avec Nathan. Curieusement, les examens médicaux auxquels ils s'étaient soumis n'avaient pas pu expliquer pourquoi. Cette infertilité inexpliquée avait pesé lourd sur leur relation, et Nathan était allé trouver du réconfort dans les bras d'une autre femme qui lui donnerait l'enfant qu'il désirait tant. Addy s'était retrouvée seule et déprimée, et elle était retournée vivre avec son père et son frère.

— Je suis désolée. Quel âge avait Carys quand sa mère...

Elle n'osa pas terminer sa phrase.

— Elle avait seize mois.

— Ça n'a pas dû être facile pour vous.

— Non, c'est vrai. Mais j'ai fait de mon mieux. Carys va bien, et moi aussi.

— Elle ne réclame pas sa mère ?

— Si, parfois. Je sais qu'elle a besoin d'une mère et que j'ai beau faire mon possible pour lui donner tout ce dont elle a besoin... ce ne sera jamais la même chose.

Elle eut envie de poser la main sur la sienne, en guise de réconfort, mais n'osa pas. C'est le moment que choisit Natalie pour reprendre le micro et annoncer les résultats du quiz.

Addy but une gorgée.

— La partie a été serrée, dit Natalie, puisqu'un seul petit point sépare les vainqueurs des deuxièmes.

La foule se mit à pousser des cris de joie, et Natalie attendit quelques instants avant de poursuivre.

— Alors... En troisième position, nous avons l'équipe Eclipse, avec vingt et un points.

La salle applaudit et félicita l'équipe.

— L'équipe qui arrive en deuxième position, avec vingt-cinq points, et qui repartira avec la caisse de vin et une dégustation au vignoble Tutbury est... l'équipe des Blue Watch !

Addy applaudit et regarda les pompiers en souriant.

— Enfin, l'équipe qui arrive en première position, avec vingt-six points, et qui remporte les entrées pour une journée au zoo et un repas au restaurant pour quatre, est l'équipe 999 !

Addy s'étrangla presque de surprise. Elle était la seule personne présente de son équipe et se leva, fit une petite révérence aux clients du pub qui applaudissaient à tout rompre. Natalie s'approcha d'elle et lui tendit une enveloppe.

— Vous avez un mois pour l'utiliser, dit-elle en souriant avant de retourner vers le bar.

— Bien joué, Addy ! s'exclama Paolo.

— C'était un travail d'équipe, dit-elle en se demandant ce qu'elle allait faire de quatre entrées au zoo alors qu'elle était seule. Elle pourrait toujours les donner à l'un des Blue Watch. Mais Paolo avait quatre enfants adultes, et les autres étaient célibataires et sans enfants. À l'exception de... Ryan.

Elle se tourna vers lui et lui tendit l'enveloppe.

— Tenez, vous pourrez emmener Carys.

Ryan la regarda, surpris.

— Mais c'est vous qui avez remporté le prix.

— Je n'ai pas de famille à emmener au zoo. Vous, si.

Il hésita puis prit l'enveloppe.

— D'accord, mais à une condition.

Elle le regarda d'un air interrogateur.

— Que vous veniez avec nous.

3

Avait-il bien fait de demander à Addalyn de venir avec eux au zoo ? Il l'espérait. La question l'avait taraudé toute la journée, la veille, et il se demandait à présent si Addy serait sur les lieux de l'accident où il se rendait. Un carambolage impliquant plusieurs véhicules sur l'autoroute, provoqué après qu'un arbre s'était abattu sur la route en raison des vents violents soufflant dans la région.

Il ne l'avait pas vue depuis le soir du quiz au Castle and Crow, où elle lui avait gentiment offert ses entrées au zoo.

Carys avait sauté de joie quand il lui avait annoncé qu'ils iraient passer une journée là-bas. Elle adorait les animaux. Elle avait notamment un faible pour les tigres, dont elle avait deux versions en peluche, Tigger et Joey, avec lesquelles elle dormait la nuit. Elle préférait regarder des documentaires animaliers que des dessins animés à la télévision. Ryan adorait son assurance et sa soif de connaissance, qu'il ne manquait pas une occasion d'assouvir. Alors quand il s'était vu proposer de passer la journée avec un gardien de zoo, il n'avait pas hésité longtemps. Mais il voulait qu'Addy soit de la partie. Elle n'avait pas de famille, mais d'après ce qu'il avait compris, elle était membre honoraire des Blue Watch, à cause de son père et de son frère.

Ils iraient en amis, même s'il devait avouer que cette femme l'attirait. C'était une belle personne, intérieurement et extérieurement. Elle avait des cheveux bruns, presque noirs, et lisses, et de grands yeux bruns cernés, signe évident d'un manque de sommeil. Ses lèvres roses se détachaient à peine sur son visage très pâle qui donnait l'impression de ne jamais voir la lumière du jour. Alors que son métier lui faisait passer beaucoup de temps dehors. Pour le peu qu'il avait vu d'elle, il l'avait trouvée forte, bienveillante et drôle. Généreuse – c'était évident. Chaleureuse. Et intelligente.

Il était persuadé qu'une journée de congé au zoo ne lui ferait pas de mal. Et il savait que Carys était suffisamment à l'aise avec les gens qu'elle ne connaissait pas pour que la situation ne soit pas bizarre.

— Addalyn ? avait répété Carys quand il lui avait dit son prénom. C'est un nom de princesse.

— C'est vrai.

— Elle est belle ?

Oui, très.

— C'est ton amoureuse ?

Il avait souri puis secoué la tête.

— Tu aimerais bien qu'elle soit ton amoureuse ?

Carys s'était ensuite blottie contre lui sur le canapé, laissant la question flotter entre eux.

Quand Angharad était partie, il s'était juré de rester célibataire jusqu'à la fin de ses jours. De toute façon, il lui aurait fallu une femme qui n'ait pas peur de l'engagement, et qui aime Carys autant que lui. En laquelle il puisse avoir confiance. Il s'était déjà brûlé les ailes, c'était une expérience qu'il n'avait pas envie de revivre.

— On arrive, dit Paolo dans le camion.

Devant eux, la police était déjà présente sur le lieu de l'accident et s'efforçait de fluidifier l'embouteillage qui s'était formé à cause du carambolage, en réorientant les véhicules vers le couloir extérieur. Il entendit des sirènes se rapprocher derrière eux, mais ne prit pas le temps de jeter un coup d'œil. Il accrocha son casque et descendit du camion, prêt à écouter les instructions du capitaine.

Ce dernier l'envoya sécuriser une camionnette blanche qui s'était renversée et bougeait sous l'effet des rafales de vent. De la vapeur s'échappait d'un radiateur probablement endommagé, et le conducteur se trouvait toujours à l'intérieur.

Il prit des cales pendant que son collègue Matt fixait des vérins. Le vent était violent, et il fallait éviter que le véhicule bouge pendant qu'ils essayeraient d'en extraire le conducteur.

C'est à ce moment-là qu'il entendit sa voix.

Addalyn.

Il se retourna. Elle était en train de parler avec Paolo et d'organiser le tri des blessés. Puis elle s'approcha de la camionnette blanche et s'agenouilla près du conducteur inconscient. Il était retenu par sa ceinture de sécurité, et du sang gouttait de sa tête sur le toit renversé du véhicule. Addy prit son pouls et demanda à un ambulancier qu'il lui apporte une minerve. Ryan la regarda la mettre au patient sans cesser de lui parler, en lui expliquant tout ce qu'elle faisait, bien qu'il ait perdu connaissance.

— Ryan ? Il faudrait que tu sécurises les bouteilles de gaz dans ce camping-car.

Ryan salua Paolo et se dirigea vers sa prochaine mission. Le camping-car était couché sur un côté. Tous les passagers et le conducteur en étaient sortis, mais la cuisine était équipée d'un fourneau dont il était urgent de couper l'alimentation en gaz.

Addy leva la tête et vit Ryan essayer d'endiguer la fuite de gaz. Elle eut envie de le retenir.

Non, pas vous. Vous avez une fille. Laissez quelqu'un d'autre prendre votre place. Je ne veux pas qu'il vous arrive quelque chose.

Ses propres pensées la choquèrent. En fait, elle aurait voulu qu'aucun pompier n'ait à aller endiguer une fuite de gaz, ni Ryan ni personne.

Je ne pourrai pas perdre un autre être cher.

Elle chassa cette pensée de son esprit et fit un premier examen du patient qui se trouvait devant elle, toujours coincé dans sa camionnette. Il avait une grande entaille sur le crâne ainsi que des coupures sur le visage et les mains, dans lesquelles étaient insérés des bris de verre. À voir la position de son avant-bras, il devait avoir une ou deux fractures. Mais son bras gauche n'était pas accessible de là où elle se trouvait. En attendant que les pompiers le sortent du véhicule, elle demanda à Chrissie de lui bander le crâne pour endiguer l'hémorragie, pendant qu'elle examinerait le reste de son corps.

Son cœur battait trop lentement, mais ses poumons émettaient un son égal. Elle ne décela aucune fracture du crâne. Mais il était impossible de demander au patient où il avait mal.

Elle se leva, tandis que Chrissie plaçait un masque à oxygène sur le visage du patient, et appela Paolo.

— Il faut sortir cet homme rapidement pour que je puisse l'examiner correctement.

— On y va, répondit Paolo en demandant à deux de ses hommes de couper le véhicule, après avoir posé une couverture protectrice sur le conducteur.

Il était difficile de rester les bras ballants en regardant les autres travailler. Addy avait toujours envie d'agir, mais elle devait le faire correctement. L'avenir des victimes reposait souvent sur la capacité des secouristes à discerner quand intervenir et quand rester en retrait. Quand ralentir et quand agir vite.

Elle jeta un coup d'œil vers le camping-car et éprouva un pincement au cœur en ne voyant plus Ryan. Puis un grand soulagement quand il réapparut de l'autre côté du véhicule.

Pourquoi éprouvait-elle ce genre de sensations pour une personne qu'elle connaissait à peine ?

Parce qu'il m'a protégée quand nous étions sous terre.

Et parce qu'il avait été de bonne compagnie, le soir du quiz. Et quand elle avait décidé de rentrer chez elle, il l'avait accompagnée jusqu'à sa voiture. Ils avaient marché en silence, côte à côte, et elle avait eu peur de dire des bêtises, alors elle s'était tue jusqu'à ce qu'elle voie sa voiture.

— Je suis garée là, avait-elle dit en pointant la télécommande pour la déverrouiller.

— J'ai passé une très bonne soirée. Merci pour les entrées au zoo. C'est très généreux de votre part.

— Je suis contente que cela vous fasse plaisir.

C'était sincère. Elle était contente qu'il emmène sa fille au zoo.

Ryan lui avait galamment ouvert la portière, et elle s'était assise au volant.

— Bonne nuit, Ryan.

— Bonne nuit, Addy. Rentrez bien.

Elle avait mis le contact puis avait baissé la vitre.

— On se voit bientôt, de toute façon.

— Oui, au travail ou, au plus tard, samedi, au zoo.

— On se retrouve là-bas à 10 heures.

Elle se réjouissait de cette visite au zoo et, surtout, de pouvoir y aller avec quelqu'un. Et que ce quelqu'un soit Ryan. Et sa fille. Elle n'aurait pas à passer son samedi seule à la maison, à attendre sa prochaine mission de secourisme, à remplir le vide avec n'importe quoi pour ne plus entendre ce silence assourdissant.

Les pompiers déposèrent le conducteur de la camionnette sur un brancard. Elle demanda à un ambulancier de poser une attelle sur son bras puis l'examina avant d'aller s'occuper d'autres victimes. Notamment d'un motard dont la main était brûlée parce qu'il portait un blouson et un casque mais pas de gants. Elle l'examina rapidement. Il faudrait certainement l'opérer. Elle jeta un coup d'œil à la moto, qui était cabossée à l'avant.

— Vous avez renversé quelqu'un ? demanda-t-elle.

— Non, j'ai foncé dans la voiture rouge et j'ai fait un vol plané.

— Vous avez fait un vol plané ? Alors ne bougez pas, dit-elle en soutenant sa nuque tout en appelant de l'aide.

Ryan accourut.

— Que se passe-t-il ?

— Ce motard a fait un vol plané par-dessus une voiture. Il s'est relevé et a réussi à marcher jusqu'ici, mais je veux l'examiner. Est-ce que vous pouvez aller me chercher une minerve et des ambulanciers ?

Ryan s'exécuta sans attendre.

— Ça va, je n'ai rien de cassé. C'est juste ma main…

— On ne sait jamais. Vous avez réussi à marcher, mais votre nuque et votre dos ont encaissé le choc. Ne bougez pas la tête. Comment vous appelez-vous ?

— Miguel. Miguel Aguila.

— Où est votre casque ?

— Le voici, dit une femme en le lui apportant.

Les égratignures sur le casque montraient que l'homme avait glissé sur la tête. Il y avait même une fissure. Le risque de traumatisme crânien était important.

— Pouvez-vous me dire quel jour nous sommes, Miguel ?

— Vendredi.

— Et qui est notre roi ou notre reine ?

Il hésita.

— Charles ?

— C'est une question ou une affirmation ?

— Une affirmation.

— Qui est notre premier ministre ?

— Je ne sais pas, répondit-il après un court silence. Mais je ne suis pas la politique de près.

— Qu'est-ce que vous avez mangé à midi ?

— Facile. J'ai mangé…

Sa voix s'affaiblit soudain. Addy perçut le changement dans son état. Il était en train de perdre connaissance. Il s'affaissa. Addy l'aida tant bien que mal à s'allonger.

Ryan arriva avec deux ambulancières, Cindy et Emma, poussant un brancard, une minerve à la main.

— Il vient de perdre connaissance, dit Addy. Il a peut-être

un traumatisme crânien. Il faut le mettre sous oxygène. Je vais lui poser la minerve.

Miguel respirait. Il avait simplement perdu connaissance. La question restait de savoir pourquoi.

Addy palpa son crâne et sentit l'os bouger sous ses doigts.

— Il faut l'emmener à l'hôpital immédiatement, dit-elle.

Emma et Cindy poussèrent le brancard vers l'ambulance. Addy alla voir les badauds effrayés qui s'étaient rassemblés sur le bord de la route.

— Est-ce qu'il y a des blessés parmi vous ?

Ils secouèrent la tête, à la fois choqués par ce à quoi ils venaient d'assister et soulagés de s'en être sortis indemnes. L'arbre aurait pu tomber non pas sur la route mais sur une voiture.

— Ça va ? lui demanda Ryan.

— Oui, et vous ?

— Ça va.

Elle lui fit un bref sourire.

— Je vais demander à Paolo s'il y a d'autres blessés à examiner.

— Je crois que nous avons eu de la chance et que les autres s'en sortiront simplement avec des blessures superficielles.

— Ils le sentiront demain.

— On a commencé à nettoyer la zone, et la police va bientôt rétablir la circulation. La vie continue.

— Oui, mais pour certains elle ne sera plus jamais la même.

Le temps s'était arrêté quand elle avait perdu son père et son frère d'un seul coup. Une minute auparavant, ils étaient vivants. Ces deux personnes qui l'aimaient et prenaient soin d'elle. Qui se fichaient bien de son incapacité à avoir des enfants. Une minute plus tard, ils n'étaient plus là. Elle s'était retrouvée seule, dans la salle d'attente de l'hôpital, avec deux sachets contenant, l'un, l'alliance de son père, l'autre, le médaillon de saint Christophe de son frère.

C'était tout ce qui restait de leur présence sur Terre – deux bouts de métal à la valeur sentimentale.

Et des souvenirs.

Et la conscience qu'elle ne leur parlerait plus jamais.

Elle ne se souvenait plus des derniers mots qu'ils avaient échangés…

— On se voit demain ? dit Ryan en posant la main sur son bras jusqu'à ce qu'elle prenne conscience du réconfort de son geste.

Elle se sentit reconnue, vue, appréciée. Et eut envie que cela ne s'arrête jamais.

Elle hocha la tête et le regarda rejoindre son équipe et dégager les débris de la route, sans ménager ses efforts.

C'est un type bien.

Mais ils étaient collègues, et leur relation ne pouvait pas aller plus loin, elle le savait. Et, le lendemain, au zoo, il faudrait qu'elle soit prudente. Qu'elle garde ses distances. Peut-être pourrait-elle tourner son attention sur Carys et tout faire pour qu'elle passe une bonne journée.

Cela lui permettrait de ne pas approcher de trop près l'homme qui faisait déjà battre son cœur trop fort.

4

Carys avait décidé de mettre sa plus jolie robe pour plaire à Addalyn.

— Tu sais, elle t'aimera quoi que tu portes, ma chérie, lui avait dit Ryan.

— Je sais, mais j'ai quand même envie de mettre ma jolie robe.

— On va passer la journée au zoo, tu serais certainement mieux en jean et en T-shirt.

Mais Carys avait insisté, si bien qu'ils se trouvaient à présent devant l'entrée du zoo, lui, en jean et T-shirt, elle vêtue de sa robe vert pâle à pois blancs et de sandales. Il remarqua qu'elle avait même du vernis à ongles aux pieds. Rose bonbon.

Il sourit et se pencha pour l'embrasser.

— Bonjour, dit une voix enjouée derrière lui. Tu dois être Carys.

Il se retourna et vit Addalyn s'accroupir pour se mettre à la hauteur de sa fille et lui serrer la main, un grand sourire sur les lèvres.

Addalyn avait décidé de mettre une robe, elle aussi. Une robe en jean resserrée à la taille par une ceinture en cuir rouge. C'était la première fois aussi qu'il la voyait avec les cheveux détachés. Une cascade de cheveux presque noirs, sur lequel le soleil faisait miroiter des reflets indigo. Elle était magnifique.

— Bonjour, Addalyn, dit Carys en souriant à son tour. Merci d'avoir gagné le quiz et de partager ton cadeau avec nous.

Ryan sourit. Il lui avait fait répéter cette phrase dans la voiture en lui rappelant quelques règles de politesse.

— C'est un plaisir. Tu peux m'appeler Addy, comme le font tous mes amis.

Elle se releva et adressa un sourire à Ryan, qui lui réchauffa le cœur.

— On y va ? dit-elle.

Il acquiesça d'un signe de tête. Ils entrèrent et présentèrent leurs billets à la jeune fille assise derrière le guichet, qui leur sourit et les invita à se rendre à l'enclos des girafes, où un gardien les rejoindrait un quart d'heure plus tard. Elle leur tendit un dépliant et leur indiqua sur la carte du zoo le chemin pour y arriver.

— Merci.

Ils sortirent du bâtiment d'accueil. Il faisait une journée magnifique. Le ciel était bleu, sans un nuage. Le soleil brillait, mais une légère brise rafraîchissait l'air.

— Vous êtes venue en voiture ?

— Non, j'ai pris le bus. J'ai amené ma voiture au garage pour une révision.

— Ils ne vous ont pas proposé une voiture de courtoisie ?

— Si, mais c'est moi qui ai refusé. J'aime bien le bus.

Carys se mit à courir vers un enclos. Ils la suivirent et découvrirent des suricates, dont certains, perchés sur un tronc d'arbre renversé, regardaient les badauds.

Ryan prit sa fille dans ses bras pour qu'elle voie mieux les animaux. Elle était aux anges. Mais ce n'était que le début. Elle se mit à pousser des cris de joie devant l'enclos suivant, où des chimpanzés se balançaient sur des cordes.

— Elle adore les animaux, dit-il à Addy.

— Moi aussi.

— Quels sont vos préférés ?

— J'adore les tigres.

— Carys aussi.

— C'est vrai ? Nous allons bien nous entendre, alors.

Elle rejoignit Carys qui lui parla comme si elle la connaissait depuis toujours. Carys était ainsi : sociable, loquace, enthousiaste. Quand elle était allée à la crèche, ses éducateurs avaient dit à Ryan que c'était une petite fille intelligente, joyeuse et sûre d'elle, qui allait volontiers vers les autres. Puis, en moyenne section de maternelle, elle avait remporté un badge la désignant comme l'un des enfants vers qui les autres pouvaient aller quand ils se sentaient seuls ou n'avaient personne à qui parler. Carys devenait leur amie et les aidait à s'en faire d'autres.

Elle tenait cela de sa mère. Angharad était une personne enjouée, extravertie, qui adorait sortir et voir du monde. Ce à quoi la maternité avait mis un frein. Elle n'avait pas apprécié de devoir passer autant de temps à la maison. Elle avait l'impression de passer à côté de la vie pour s'occuper d'un bébé dont elle ne parvenait pas à faire cesser les pleurs et les cris. Alors qu'il suffisait que Ryan la prenne dans ses bras, quand il rentrait du travail, pour que Carys s'apaise instantanément. Il avait essayé de faire comprendre à Angharad que les bébés captaient toutes les émotions, les peurs et les frustrations des parents, et que la première chose à faire était de trouver un moyen de se détendre. Mais cela ne faisait qu'attiser l'anxiété d'Angharad.

C'était d'autant plus étrange qu'Angharad avait beaucoup aimé être enceinte. La grossesse l'avait épanouie. Mais tout avait changé à la naissance de Carys. Elle n'avait pas su ou pas pu être la mère que Ryan aurait aimé qu'elle soit.

Cela lui faisait du bien de voir Addy communiquer aussi naturellement avec Carys.

Lorsqu'ils arrivèrent à l'enclos des girafes, quelques personnes s'étaient déjà réunies autour d'un gardien qui tenait une pancarte. Ils les rejoignirent.

— Tu as déjà vu des girafes en vrai, Carys ? demanda Addy.

— Non. Mais je crois qu'elles sont très très très grandes, répondit Carys avant de glisser sa petite main dans celle d'Addy.

Cette vision émut Ryan.

Une jeune femme s'approcha du groupe.

— Bonjour à tous ! Je m'appelle Macy et je vais avoir besoin de vous pour m'aider à donner à manger aux girafes aujourd'hui. Qui veut venir avec moi ?

— Moi ! s'écria Carys en levant la main et en sautillant sur place.

— Comment t'appelles-tu ?

— Carys.

— Carys, il va falloir faire attention à ne pas salir ta jolie robe. On va demander à ton papa et à ta maman de venir avec nous.

Addy le regarda d'un air interrogateur. Il se contenta de hausser les épaules. Quel intérêt de rétablir la vérité à tout prix auprès de la gardienne ? Ce n'était pas très important.

À vrai dire, le sentiment de former une famille était même plutôt agréable. S'il pouvait faire semblant, pendant quelques minutes, pourquoi pas ? Il ne faisait de mal à personne. Cela ne semblait pas déranger Carys, qui s'accrochait à Addy comme à une bouée de sauvetage.

Ils gravirent quelques marches métalliques les conduisant à une plate-forme. À sa grande surprise, ils se trouvèrent à la hauteur de trois girafes qui les regardaient, attendant sans doute qu'on leur distribue des branches.

Macy expliqua la provenance des girafes, ainsi que leur alimentation.

— Ce sont des ruminants. Sais-tu ce que cela signifie, Carys ?

Carys secoua la tête.

— Cela signifie qu'elles mangent de l'herbe et des feuilles d'arbres, et qu'elles ont un estomac spécial pour les digérer. Regarde, je te présente Mabel et sa sœur, Ethel, et celle-là, qui est légèrement plus petite, c'est la fille d'Ethel, et elle s'appelle Clara.

— Est-ce que je peux les toucher ? demanda Carys, émerveillée.

— Si tu veux, tu peux prendre une branche ici pour la donner à manger à une girafe. Tu pourras la caresser quand elle s'approchera.

Carys tendit une branche à Clara et lâcha la main d'Addy pour la caresser.

— Elle est toute douce ! s'écria-t-elle, aussi enjouée que surprise.

Macy invita Ryan et Addy à nourrir les autres. Ethel, Mabel et Clara étaient manifestement habituées à la présence des humains.

— Pourquoi ont-elles des cornes ? demanda Addy.

— C'est ce qui nous permet de différencier les mâles des femelles, répondit Macy. Si elles sont fines, avec des touffes de poils, c'est une femelle. Les mâles ont des cornes sans poils. Ils s'en servent quand ils se battent pour de la nourriture ou pour une femelle.

— Combien y a-t-il de girafes en tout ? demanda Ryan.

— Nous en avons sept au zoo de Tutbury mais Clara va bientôt déménager dans le Devon, pour former un couple.

— Elle va être triste, sans sa maman ?

Ryan sentit son cœur se serrer. Carys posait souvent des questions sur les mamans – comment elles se comportaient ? pourquoi elle n'en avait pas ? –, et il ne pouvait pas s'empêcher d'éprouver un sentiment d'échec.

Comment expliquer à une enfant que sa mère n'avait pas envie d'être mère ? Que la maternité lui donnait le sentiment d'avoir perdu sa liberté ? C'était impossible à comprendre. Il ne voulait surtout pas que Carys se sente coupable de quoi que ce soit, alors que la décision d'Angharad n'avait pas grand-chose à voir avec elle.

Alors il faisait de son mieux et expliquait à sa fille que sa mère n'avait pas pu rester, que certains parents n'arrivaient pas à assumer leurs responsabilités, malgré toute leur bonne volonté.

— On va l'emmener dans un grand camion, dit Macy. Et une fois dans son nouveau zoo, elle retrouvera d'autres girafes et pourra former un couple et avoir ses propres enfants.

Carys n'eut pas l'air convaincue.

Addy s'agenouilla.

— Sa maman sera peut-être un peu triste de la voir partir,

mais c'est ce qui se passe quand les enfants grandissent, tu sais. Ils partent de chez leurs parents pour habiter ailleurs et fonder leur propre famille. C'est sûrement ce que tu feras aussi quand tu seras grande.

— Et mon papa sera triste quand je partirai ?

Addy hocha la tête.

— Un peu, mais il sera content pour toi. Et puis, tu reviendras le voir, et lui ira te voir dans ta nouvelle maison.

Addy semblait aimer les enfants mais avait-elle envie d'en avoir ? Il n'avait pas l'impression qu'elle soit en couple. Mais cela ne le regardait pas, et il n'avait pas envie de lui poser la question directement. Peut-être avait-il peur d'entendre une réponse qui ne lui plairait pas.

— Carys, veux-tu m'aider à les emmener dans le grand enclos ? demanda Macy, le tirant de ses réflexions.

Carys hocha vigoureusement la tête.

Ils redescendirent les marches, et Macy leur fit franchir une série de portails puis montra à Carys comment ouvrir l'enclos des girafes. Elle abaissa un levier, et une porte coulissa. Ethel, Mabel et Clara tournèrent la tête puis se mirent à avancer lentement dans leur direction.

— Je vais vous conduire à l'enclos des grands singes, où je crois que vous allez aider le gardien, Ian, à préparer leur repas et à nettoyer leur enclos.

— Et on va voir les tigres ? demanda Carys.

— Oui, mais à la fin de la visite, répondit Macy.

— Toi aussi, tu aimes les tigres ? demanda Addy.

— J'adooore les tigres !

— Moi aussi, j'adooore les tigres, répéta Addy avant que Carys pousse un cri de joie et se jette à son cou.

Addy la serra dans ses bras. Ryan se doutait qu'ils passeraient un bon moment au zoo, mais il ne pensait pas qu'Addy et Carys s'entendraient aussi bien. Addy accordait toute son attention à sa fille. Elle lui parlait, l'écoutait, lui donnait la main, lui montrait des choses intéressantes. De toute évidence, Addy s'amusait bien, elle aussi.

Macy les conduisit dans une sorte de cuisine jouxtant l'enclos des grands singes, dans laquelle étaient entreposées de grandes quantités de nourriture attendant d'être préparée. Ils passèrent une bonne demi-heure à émincer des fruits, des feuilles, des graines, des écorces et des œufs, qu'ils mélangèrent à de la nourriture ressemblant à de petits biscuits puis à un mélange d'insectes.

— On fait en sorte que leur alimentation se rapproche le plus possible de ce qu'ils mangeraient dans la nature, expliqua Ian.

— Moi qui pensais qu'ils ne mangeaient que des bananes ! dit Ryan en souriant.

— Ils mangent effectivement des fruits, mais nous ne leur en donnons pas trop, afin de préserver la santé de leurs dents et leur forme physique. Les fruits cultivés pour l'alimentation humaine ne sont pas les mêmes que ceux qu'ils trouvent dans la nature.

Une fois le repas préparé, Ian les invita à aller cacher de petites quantités de nourriture dans l'enclos pour que les singes les trouvent. Carys exécuta cette tâche avec autant de passion que les précédentes. Puis ils regardèrent Ian ouvrir la porte et des orangs-outans entrer et se mettre en quête de nourriture.

— Addy, regarde ! Ils ont trouvé ma cachette ! s'exclama Carys.

— Ils sont malins !

Ryan prit quelques photos de Carys montrant les singes du doigt, d'Addy accroupie à côté d'elle, des deux riant aux éclats de manière si naturelle qu'on aurait presque dit une mère et sa fille. Il regarda la photo, ému par la joie qui se dégageait de sa fille.

Était-ce ce qui manquait à Carys ? Un lien avec une figure maternelle ?

Il rangea son portable et les rejoignit.

— Ça va ? Vous passez un bon moment ?

— Oui, répondit Addy avec enthousiasme. Je ne savais pas à quoi m'attendre mais, en fait, c'est vraiment intéressant. Et Carys est une super petite fille.

— Merci.

— Ce ne doit pas être simple de l'élever seul tout en travaillant.

— C'est le défi à relever pour beaucoup de parents aujourd'hui. Il faut jongler. Mais c'est plus facile, maintenant qu'elle va à l'école. Cela dit, j'adore chaque minute que je passe avec elle. Vous avez l'air d'aimer les enfants, vous aussi. En tout cas, le courant passe bien.

Elle hocha la tête, puis il vit un voile de tristesse passer dans son regard. Il eut envie de lui demander si tout allait bien, mais elle s'adressa à Carys.

— Tu as vu le singe, là-haut, sur la plate-forme ? Il est énorme !

De toute évidence, Addy avait sciemment fait diversion. Le sujet des enfants n'était pas une évidence pour tout le monde. Et il n'avait pas envie de lui gâcher la journée alors que, pour l'instant, elle semblait contente d'être venue.

Après les grands singes, ce fut le tour des pingouins, à qui ils donnèrent des seaux de petits poissons, puis des éléphants, qu'ils nettoyèrent à l'aide de tuyaux d'arrosage et de grands balais. Ils s'efforcèrent de rester au sec, mais les deux éléphants, Achilles et Bindu, adoraient leur bain et étaient très joueurs, si bien qu'Addy et Carys ne tardèrent pas à se retrouver trempées. Après la toilette vint l'heure du repas, pendant lequel Bindu sembla se prendre d'affection pour Carys, qu'il renifla constamment du bout de la trompe, provoquant chez elle de grands éclats de rire.

Enfin arriva le moment qu'Addy et Carys attendaient tant. Celui des gros chats. Ils ne purent pas les approcher d'aussi près que les autres animaux, évidemment, mais on leur fit faire un tour des « coulisses » et participer au nettoyage de deux enclos.

— Sierra est un tigre de Sumatra femelle, dit Sally, la gardienne. C'est une espèce en voie d'extinction. Nous sommes donc d'autant plus fiers du fait qu'elle attend deux petits, qu'elle devrait mettre au monde d'ici un mois.

— Elle va avoir des bébés ? demanda Carys.

— Oui, confirma Sally. Les tigres de Sumatra sont généralement plus petits que les autres tigres. Vous voyez ces taches blanches, derrière leurs oreilles ?

Ils hochèrent la tête.

— Elles ressemblent à des yeux. Ainsi le tigre fait croire aux animaux qui se trouvent derrière lui qu'il les a repérés.

— La nature est incroyablement astucieuse ! dit Addy.

— Regardez leur pelage. Chaque pelage est unique. En général, les tigres de Sumatra ont des rayures plus serrées et plus orangées que les autres tigres. Ils ont aussi des pattes palmées, ce qui en fait d'excellents nageurs.

— Alors que les chats, ils n'aiment pas l'eau ! dit Carys.

— Les tigres, si. Sierra adore se baigner dans son bassin.

— Et le papa, il n'est pas là ?

— Il s'appelle Loki, et vous ne pourrez pas le voir aujourd'hui parce qu'il est chez le dentiste.

— Il a des caries ?

Sally sourit.

— En fait, il s'est cassé une dent, et un petit abcès s'est formé. Mais le dentiste l'a soigné. Tout va bien.

Elle s'agenouilla devant Carys.

— Tu veux voir une dent de tigre ? demanda-t-elle.

— Oui ! dit Carys en hochant la tête.

La gardienne sortit une énorme canine de sa poche.

— C'est la dent d'un tigre de Sibérie mâle, qui s'appelle Colossus. Ce sont des tigres qui vivent en Russie.

— Oui, je sais. J'en ai vu à la télévision.

— C'est vrai ? Et sais-tu combien il en reste ?

— Pas beaucoup, répondit-elle d'un air triste.

— C'est pourquoi on prend soin de Sierra et de ses compagnons. Et nous essayons d'informer les gens au sujet des tigres, de leur habitat et de la manière dont les humains peuvent les protéger.

— Comment ?

— Nous travaillons avec des populations qui vivent dans les régions où il y a des tigres. Elles nous aident à les surveiller et à les compter. Et comme ces personnes s'occupent activement d'eux, il y a moins de braconnage. Tu sais ce qu'est le braconnage ?

Carys haussa les épaules.

— C'est quand quelqu'un chasse illégalement les animaux et les tue.

— Pourquoi ils les tuent ? demanda-t-elle avec sa candeur d'enfant.

— Certains les tuent pour prendre leur fourrure. D'autres, parce qu'ils pensent que certaines parties du tigre peuvent servir de médicaments.

— Je veux pas qu'on tue les tigres ! s'exclama Carys, outrée.

— Par chance, beaucoup de gens comprennent ce qui se passe, et on protège les tigres. On peut même en adopter un, si on veut. Tu demanderas à ton papa et à ta maman de te montrer, sur le site du zoo.

C'était la deuxième fois qu'on les prenait pour un couple. Cette fois, il lui sembla qu'Addy rougissait.

— Moi, je serai vétérinaire, quand je serai grande.

— C'est un très beau métier, dit Sally. Viens, je vais te montrer les ocelots.

Ils poursuivirent leur visite et quand vint l'heure du déjeuner, se dirigèrent vers La Réserve, le restaurant du zoo. C'était un établissement très élégant. Des nappes d'un blanc immaculé se détachaient sur des murs gris pâle dont certains étaient décorés de dessins d'animaux hyperréalistes au fusain. Des appliques alternaient avec des paniers débordant de plantes.

Ryan, Addy et Carys prirent place à une table près d'une baie donnant sur l'enclos des flamants roses.

— Veux-tu que je te lise le menu ? demanda Addy, assise à côté de Carys, face à lui.

— Qu'est-ce que c'est, ça ? demanda Carys en désignant une ligne du menu.

— Des lasagnes aux légumes.

— J'adore les lasagnes. Papa, je peux avoir des lasagnes ?

— Bien sûr ! Qu'est-ce que vous voulez, Addy ?

— Je ne sais pas. Après avoir vu tous ces animaux, je suis contente que le restaurant soit végétarien, finalement.

— Je ressens la même chose, dit-il en examinant le menu.

Ils passèrent commande auprès de la serveuse qui donna une tablette à Carys pour qu'elle joue en attendant ses lasagnes.

— Je ne sais pas depuis combien de temps je ne suis pas allée au restaurant, dit Addy. Je crois que mon père et mon frère étaient encore là.

— Vous n'avez personne dans votre vie pour vous inviter en amoureux ?

— Non, pas depuis Nathan. Mais c'était il y a longtemps. Et au début de notre relation. Petit à petit nous nous sommes laissé déborder par des tas d'autres choses, au point d'en oublier que nous étions un couple.

Il comprenait, pour avoir vécu la même chose avec Angharad. Idylle et nuits blanches quand ils s'étaient rencontrés. Puis ils avaient vécu ensemble, s'étaient mariés et, progressivement, son travail était devenu sa priorité, notamment quand il avait commencé à percevoir la frustration de sa femme. Angharad n'avait jamais l'air contente, quoi qu'il dise et quoi qu'il fasse. Jusqu'au moment où elle était tombée enceinte. Une grossesse imprévue mais qui avait semblé la réjouir. Il s'était dit que tout allait rentrer dans l'ordre. Mais ce n'avait pas été le cas.

— Je vois, la vie prend parfois cette tournure, dit-il.

— Mais je m'en veux, parfois.

— De quoi ?

Elle jeta un coup d'œil à Carys, qui semblait absorbée par une chasse aux papillons virtuelle sur sa tablette.

— Je me dis que je l'ai peut-être négligé.

— C'est lui qui vous l'a dit ?

— Non, pas directement. Mais parfois, les actes sont plus éloquents que les mots.

Ryan attendit qu'elle poursuive.

— En fait, il a rencontré quelqu'un, dit-elle à voix basse.

— Je suis désolé, s'empressa-t-il de dire. Je ne voulais pas être indiscret.

— Ce n'est rien. C'est du passé.

— Mais cela vous a fait mal.

Il lui sembla que les larmes lui montaient aux yeux. Il avait des mouchoirs en papier. Il en avait toujours sur lui, pour Carys. Il lui en tendit un paquet et sentit son cœur fondre en voyant la reconnaissance dans son regard quand elle en prit un et se tapota le coin des yeux.

Il eut envie de prendre sa main dans la sienne. De lui dire des paroles réconfortantes. Mais il n'osa pas, à cause de Carys. Il n'avait pas envie qu'elle se fasse des idées. Face à son insistance à vouloir qu'Addy soit son amoureuse, il lui avait expliqué qu'ils étaient simplement collègues de travail et amis.

Il regarda Addy d'un air compatissant.

— Je sais ce que c'est de perdre quelqu'un qu'on aime. De le voir choisir une autre vie que celle que vous lui proposez.

Addy le regarda dans les yeux. Puis elle jeta un autre coup d'œil à Carys et acquiesça d'un signe de tête.

5

Elle n'avait pas eu l'intention de parler de Nathan. C'était une période de sa vie révolue depuis longtemps. Un épisode douloureux qu'elle avait enfoui au plus profond de son cœur en espérant ne jamais plus avoir à y penser. À l'époque, elle avait pensé que c'était l'épreuve la plus difficile qui lui ait été donné d'affronter. Mais il y avait ensuite eu la mort de son père et de son frère, qui l'avait anéantie.

Tant de souffrance s'était accumulée dans les recoins de son âme qu'elle s'était juré de ne plus jamais s'y frotter. Elle essayait de reprendre confiance et de recouvrer sa joie de vivre. De s'investir dans son travail, dans le fait de sauver des vies et d'améliorer la santé des gens. De leur donner un avenir. Cela donnait du sens à sa vie. Une raison d'être là.

Elle se concentrait sur son travail parce que c'était le seul domaine dans lequel elle avait un peu de contrôle sur les événements. En dehors, elle essayait de savourer les choses simples de la vie en espérant que cela suffirait.

Cette journée au zoo lui offrait un changement bienvenu. Elle se sentait bien avec Ryan et Carys, sa petite fille adorable, enthousiaste et intelligente. Qui n'avait pas lâché sa main, où qu'elles aillent. Elles avaient partagé de bons moments, comme celui où l'éléphant les avait aspergées. Ils avaient tous éclaté de rire et, l'espace d'un instant, elle s'était surprise à imaginer qu'ils formaient une famille. Que Ryan était son compagnon et Carys, leur fille, comme l'avait cru le personnel du zoo.

Depuis combien de temps n'avait-elle pas ri comme cela ? Depuis combien de temps n'avait-elle pas eu l'impression de faire partie d'une famille ?

Ces instants de joie fugaces s'étaient suivis d'un sentiment de profonde tristesse. Ryan et Carys n'étaient pas sa famille, et imaginer le contraire ne ferait que rendre plus difficile le retour dans sa grande maison vide.

Elle avait voulu fonder sa propre famille. À l'époque, avoir un enfant de Nathan avait été son objectif majeur.

— Ce n'était que mon compagnon, en un sens. Vous, vous avez perdu non seulement votre femme mais aussi la mère de votre enfant, dit-elle.

— Certes, mais cela ne signifie pas que j'aie plus souffert que vous. Chacun gère la souffrance, le chagrin et le deuil à sa manière. Des circonstances similaires peuvent anéantir une personne et à peine en contrarier une autre.

— C'est vrai, acquiesça-t-elle en regardant Carys, toujours passionnée par son jeu. Comment était-elle, bébé ?

— Je peux vous montrer des photos, si vous voulez.

Il sortit son portable et le lui tendit après avoir ouvert un album photo. Addy s'efforça d'ignorer la chaleur qui s'empara d'elle quand leurs doigts s'effleurèrent et se concentra sur les photos. Sur l'une d'elles, Carys était dans les bras de sa mère, une belle femme, de celles qui n'ont pas besoin de maquillage, blonde, avec de jolies mains aux longs doigts, et une bague de fiançailles qui avait dû coûter une fortune. Carys était toute petite et serrait les poings, comme le font les bébés. Elle était magnifique. Elles l'étaient toutes les deux.

— Qu'elle était belle !

— Trois kilos six de perfection, dit Ryan en souriant avant de tourner la tête vers Carys, le regard empli d'amour.

Elle fit défiler les photos. Carys dans son berceau. Carys dans son bain. Carys sur la table à langer…

Une photo retint son attention et lui donna envie de zoomer. C'était une photo de Ryan, torse nu, avec Carys, peau contre peau. Un bébé parfait dans les bras d'un homme parfait. Mince et musclé, le ventre plat, un petit tatouage sur le deltoïde.

Elle serait volontiers restée là, à le contempler pendant des heures. Mais elle ne voulait pas être prise en flagrant délit de reluquage et continua à faire défiler les clichés, remarquant qu'Angharad y était de moins en moins présente et que, quand elle y figurait, elle avait l'air ailleurs.

Avait-elle conscience de la chance qu'elle avait d'avoir ces êtres merveilleux dans sa vie ? Comment avait-elle pu les quitter ?

— Carys a l'air tranquille, sur les photos.

— Elle était adorable. C'était le genre de bébé qui vous donne l'impression d'être un parent parfait et l'envie d'en faire plein d'autres.

— Vous vouliez en avoir d'autres ?

— Oh oui ! J'avais envie d'avoir une grande famille.

Encore une raison pour laquelle elle ne pourrait pas être en couple avec lui.

— Vous avez changé d'avis ?

Il haussa les épaules.

— Non, j'ai toujours envie d'avoir d'autres enfants. J'adore être père. Mais il faut trouver la personne avec qui les faire. Ce n'est pas simple.

— Je sais…

— Et, dans mon cas, il faut que je trouve une personne qui me convienne mais aussi qui accepte Carys. Et que Carys accepte. Et je ne sais pas si elle a envie d'avoir un petit frère ou une petite sœur un jour.

— Je veux une petite sœur, dit Carys qui suivait manifestement la conversation.

— Vous avez la réponse, dit Addy en souriant.

— Si j'ai une petite sœur, j'aurai une nouvelle maman ?

— Pas tout à fait. Ce sera ta belle-mère, répondit Ryan.

— Ah ? Et je pourrai la choisir avec toi ?

— Euh... Oui, on verra. Le jour venu, dit Ryan sans grande conviction.

— Il va falloir une femme courageuse, si ton père est pompier.

— Courageuse comme moi ?

— Oui, comme toi.

Carys eut l'air satisfaite de la réponse et se remit à jouer sur la tablette.

La serveuse apporta leurs entrées – un gaspacho rafraîchissant qu'ils dégustèrent en silence –, puis leur plat de résistance – un *chana masala* pour Addy, un chili aux haricots noirs du Brésil pour Ryan et les lasagnes de Carys.

— Qu'est-ce qu'on va faire, cet après-midi ? demanda Carys après avoir mangé de bon cœur.

— Je crois qu'on peut visiter le reste du zoo à notre rythme, dit Addy. Vous avez envie de voir des animaux en particulier ?

Carys secoua la tête.

— Je veux bien déambuler dans les allées du zoo que nous n'avons pas vues, dit Ryan. Mais, dites-moi, qu'est-ce que vous faites de votre temps libre, en général ?

La question la surprit.

Pas grand-chose. J'essaye autant que possible de ne pas rester chez moi. Je perds mon temps dans des cafés ou des librairies...

— Cela dépend... Je... J'aime bien aller flâner dans les librairies. Et faire de la couture, à l'occasion.

— Vous savez coudre ?

— J'ai fait la robe que je porte aujourd'hui, répondit-elle.

Elle rougit en sentant Ryan la balayer du regard.

— Je suis impressionné. Cela m'a l'air complexe.

— Cela dépend des modèles. Mais je couds depuis tellement longtemps que je m'en sors toujours.

— Un jour, j'ai essayé de faire un déguisement à Carys pour

le spectacle de Noël. C'était un ange, donc tout ce que j'avais à faire était de couper un drap et de coudre une sorte de guirlande à la taille, mais même cela je n'y suis pas arrivé, dit-il en riant.

— Addy, tu pourras me faire mon costume de Halloween ! s'écria Carys, que le sujet semblait intéresser.

Ryan grimaça.

— Elle veut se déguiser en un personnage de son livre préféré, mais je ne trouve nulle part le déguisement tout fait. J'ai dit que je ferais de mon mieux, malgré tout.

— Quel personnage ? demanda Addy.

Elle ne verrait pas d'inconvénient à faire le déguisement de Carys. Cela l'occuperait, quand elle serait chez elle. Et – petit plus non négligeable – il lui faudrait voir Carys régulièrement pour les essayages, ce qui signifiait, par la force des choses, voir aussi son père. Qu'elle appréciait décidément beaucoup. En dépit du fait qu'il soit pompier et figure en première place sur sa liste d'hommes à ne surtout pas fréquenter dans la vie.

— C'est une princesse, répondit Carys. Elle est commandante d'un vaisseau spatial. Elle s'appelle Hattie.

— Une princesse commandante de vaisseau spatial ? Intéressant. Tu pourras me la montrer ?

Carys hocha la tête avec enthousiasme.

— Ne vous sentez pas obligée. C'est du travail, dit Ryan.

— Je serai contente de vous aider. De combien de temps disposons-nous ? Un mois et demi ? Ce devrait être faisable.

— Carys ? Tu peux dire merci à Addy !

— Merci, Addy ! dit Carys, ravie, avant de se jeter à son cou et de la serrer dans ses petits bras.

Addy se mit à rire et la serra à son tour.

— Avec plaisir !

Honnêtement… Que pouvait-elle espérer de mieux ?

En sortant du restaurant, ils se mirent à déambuler dans les allées du zoo. Au bout d'un moment, ils se retrouvèrent au-dessus de l'enclos des gorilles, qu'ils pouvaient observer en contrebas. Beaucoup de visiteurs prenaient des photos du grand gorille à dos argenté, notamment quand il ouvrait la bouche pour bâiller en montrant ses crocs pointus et acérés. Il était très impressionnant et semblait simplement savoir qu'il était le plus fort et qu'il dominait son territoire et tous ceux qui s'y trouvaient, qu'il protégeait envers et contre tout.

Aussi Addy fut-elle choquée en entendant quelqu'un hurler dans la foule, à sa gauche. Elle se pencha pour voir ce qui se passait et comprit que quelqu'un était tombé. Un enfant était passé par-dessus la barrière de sécurité.

Elle jeta un rapide coup d'œil au gorille. Il s'était levé et passait lentement devant les femelles éparpillées dans l'herbe de l'enclos avec leurs petits, pour se rendre du côté où était tombé l'enfant.

La mère de l'enfant hurlait, et tous les visiteurs présents s'efforçaient d'attirer ailleurs l'attention du grand singe.

Addy jeta ensuite un coup d'œil à Ryan, mais n'eut pas besoin de mots pour qu'il comprenne. Ils étaient sur la même longueur d'onde.

Il faut intervenir. Il faut y aller.

— Carys ? Viens, ma chérie.

Ils se dirigèrent promptement vers l'accueil, où Addy s'adressa à la femme derrière le guichet.

— Est-ce que vous pourriez la garder quelques minutes, s'il vous plaît ?

Elle s'accroupit devant Carys.

— Ton papa et moi avons du travail. Mais nous allons revenir très vite. C'est cette dame qui va te garder, d'accord ?

Carys hocha la tête, l'air effrayée.

Addy vit un groupe d'employés pousser une porte avec l'inscription Réservé au personnel et les suivit, Ryan sur les talons. Ils se retrouvèrent dans une pièce de surveillance et virent le gorille sur l'un des écrans. Il s'était approché de l'enfant et tendait le bras pour le toucher.

Addy et Ryan se présentèrent rapidement.

— Nous attendons l'unité d'intervention auprès des animaux dangereux, dit une femme.

— Combien de temps cela va-t-il prendre ? demanda Addy. Il faut examiner cet enfant au plus vite. Et disperser la foule, dont les cris risquent d'affoler le gorille.

— Merci mais nous savons ce que nous avons à faire, s'entendit-elle répondre.

— Ah bon ? Je n'ai pourtant pas l'impression que la situation soit sous contrôle. Y a-t-il un moyen de faire rentrer le gorille dans l'enclos intérieur ?

— Il faut demander à Garrett.

— Où est-il ?

— Je suis là, répondit un jeune homme à la barbe hirsute.

— Il faut éloigner le gorille pour pouvoir examiner l'enfant. Et appeler une ambulance.

— C'est fait, dit la femme.

Ils sortirent de la salle, et Addy regarda le personnel ouvrir les portes afin que les gorilles retournent dans leur enclos. Les femelles, leurs petits dans les bras, s'y précipitèrent. Garrett essaya d'attirer le mâle pour l'éloigner de l'enfant gisant dans l'herbe. Il était assis à côté de lui mais ne faisait aucun geste agressif. Peut-être comprenait-il que l'enfant inanimé ne lui ferait aucun mal. Il tourna la tête vers Garrett puis regarda de nouveau l'enfant.

— Allez, Kitana, viens te coucher. C'est l'heure.

Le gorille à dos argenté se leva lentement, se pencha par-dessus l'enfant et émit un grognement puis se dirigea, tout aussi lentement, vers les portes de l'enclos intérieur.

Addy poussa un soupir de soulagement. Mais la partie n'était pas gagnée pour autant. Il restait à s'occuper d'un enfant inanimé et probablement blessé. Il semblait respirer, mais c'était tout ce qu'elle pouvait dire à distance sur son état de santé.

Garrett referma la porte derrière le gorille. Addy prit la trousse de premiers secours, et Ryan et elle entrèrent dans l'enclos.

Cela faisait un drôle d'effet de se trouver à l'endroit où un animal aussi imposant et potentiellement dangereux se trouvait quelques instants plus tôt. Mais elle connaissait la règle n° 1 dans le secourisme : s'assurer qu'on sera en sécurité sur les lieux d'un accident avant de s'y précipiter.

— Évacuez les visiteurs, demanda Ryan au personnel du zoo avant de suivre Addy dans l'enclos.

Elle s'accroupit auprès du petit garçon et fit une première évaluation de son état. Il avait des coupures et des égratignures, et sa jambe gauche semblait plus longue que la droite, ce qui suggérait une fracture ou une luxation. Son bras droit avait une inclinaison anormale, et il était encore impossible de savoir s'il avait des côtes cassées et, par suite, des organes perforés. Une hémorragie interne n'était pas à exclure. Chaque seconde comptait.

Addy leva la tête et croisa le regard de la mère de l'enfant.

— Comment s'appelle-t-il ?

— Leo, répondit-elle.

— Leo, est-ce que tu m'entends ? Tout va bien. Nous allons nous occuper de toi. Si tu m'entends, ouvre les yeux.

Leo battit des cils mais n'ouvrit pas les yeux. Il n'était donc pas totalement inconscient.

Elle palpa son crâne. L'enfant ne vomissait pas et ne saignait ni du nez ni des oreilles. Il n'avait pas non plus de meurtrissure derrière les oreilles ni sous les yeux : il n'avait peut-être qu'une commotion cérébrale. Impossible de le savoir tant qu'on ne lui aurait pas fait une tomodensitométrie à l'hôpital.

Ses voies respiratoires étaient dégagées, et il se mit à gémir et à pleurer. Ce qui était bon signe. Il devait avoir cinq ans, peut-être six. Il était plutôt maigre, sans trop de graisse qui aurait pu amortir sa chute.

— Qu'est-ce qu'on fait ? demanda Ryan.

— Rien tant que l'ambulance n'est pas là. Ils auront une minerve et une civière. Et ils pourront le mettre sous oxygène et le perfuser. Tout ce que nous pouvons faire, c'est lui parler et le maintenir éveillé, et nous tenir prêt à le tourner s'il cesse de respirer.

— Cela risque d'arriver ?

— Les enfants sont forts et résilients. Ils sont capables de supporter des blessures plus longtemps que les adultes. Leo ? Leo ? Je m'appelle Addy et je suis urgentiste. Lui, c'est Ryan. Il est pompier. Tu es tombé, et je sais que tu as mal mais essaye de ne pas bouger, d'accord ? C'est très important.

Leo hocha doucement la tête.

— Ne bouge pas, mon chéri. Pas même la tête. Essaye de parler, de dire oui ou non, d'accord ?

— Oui, dit Leo dans un filet de voix.

Il avait l'air effrayé.

— Ne t'inquiète pas. Tu es en sécurité, et on s'occupe de toi. Il faut juste attendre l'ambulance.

À peine eut-elle prononcé ces mots qu'ils entendirent une sirène s'approcher. Elle regarda Ryan avec soulagement. C'était dans ce genre de situation qu'elle se rendait compte à quel point elle était dépendante du matériel qu'elle avait généralement avec elle quand elle partait en mission. Les quelques pansements et lingettes antiseptiques de la trousse de premiers secours étaient parfaits pour une égratignure au genou, pas pour une chute de plusieurs mètres. Par chance, la présence de Ryan à côté d'elle était apaisante.

— L'ambulance arrive, dit-elle doucement. Dis-moi, Leo, quel est ton animal préféré ?

— Les go… les gorilles.

— Tu sais, quand tu es tombé, les gorilles ont veillé sur toi. Ils sont venus te voir, par curiosité. Même le gros à dos argenté s'est approché et est resté assis ici, jusqu'à ce que nous arrivions pour nous occuper de toi.

Le petit garçon sourit faiblement. Elle lui caressa le front pour le réconforter, tout en continuant à lui parler jusqu'à ce que l'ambulance arrive.

Elle expliqua aux ambulanciers, Mikey et Jones, ce qui s'était passé ainsi que ce qu'elle avait pu observer chez son petit patient. Elle les regarda poser des attelles sur son bras et sa jambe, ainsi qu'un cathéter, un masque à oxygène et une minerve, avant de l'installer sur la civière et de l'emmener dans l'ambulance.

La mère du petit garçon les suivait, en larmes.

— Je m'en veux tellement ! J'étais en train de filmer le gorille, je n'ai pas vu Leo grimper sur la barrière. Je ne l'ai pas vu ! Je suis désolée !

Addy ne dit rien. Elle comprenait l'attitude de cette mère et savait qu'elle s'en voudrait encore longtemps. D'autant que l'accident risquait de faire la une du journal local et que les gens ne se gêneraient pas pour faire des commentaires et émettre des jugements. Elle n'avait pas besoin d'un sermon. Addy se réjouissait simplement que Ryan et elle se soient trouvés là au bon moment, pour donner un coup de main.

Une fois l'ambulance partie, le personnel du zoo les remercia et leur proposa un thé qu'ils refusèrent. Carys les attendait et avait dû, elle aussi, être choquée par les événements.

Ils la retrouvèrent dans la salle de repos du personnel, en train de jouer sur un portable en mangeant un biscuit.

— Papa ! s'écria-t-elle avant de se lever pour se jeter dans les bras de Ryan. Il est où, le petit garçon ?

— À l'hôpital. L'ambulance est venue le chercher. Ils vont s'occuper de lui.

Carys sourit puis se tourna vers Addy.

— Tu l'as remis d'aplomb ? Papa m'a dit que tu remettais les gens d'aplomb.

— Oui, je n'ai pas eu grand-chose à faire, en fait. Il allait bien.

Inutile de rentrer dans les détails. Carys avait dû être suffisamment inquiète.

— On peut rentrer à la maison ?

Addy croisa le regard de Ryan, qui acquiesça d'un léger signe de tête.

— Je crois que nous avons eu assez d'aventures pour aujourd'hui.

Ryan vérifia que Carys était bien attachée dans son siège auto et ferma la portière. Addy se tenait là, à côté de la voiture, attendant pour lui dire au revoir.

— Nous nous souviendrons longtemps de cette journée, dit-elle avec un immense sourire.

— C'est vrai. Je peux vous déposer chez vous, si vous voulez. Je suis sûre que Carys sera ravie.

Elle hésita puis le gratifia d'un autre de ses sourires magnifiques.

— Si cela fait plaisir à Carys, alors d'accord.

Elle ouvrit la portière arrière.

— Vous pouvez vous asseoir devant, avec moi.

— Je suis contente de veiller sur Carys.

— Très bien.

Il s'assit au volant et démarra. Il jeta un coup d'œil dans le rétroviseur et sentit son cœur se serrer en voyant Carys se pencher vers Addy et poser la tête sur son bras. Addy souriait. Elle semblait heureuse et posa à son tour la tête sur celle de Carys.

Elles avaient visiblement créé un lien fort. Il se demanda s'il n'avait pas entravé le bonheur de sa fille en ne laissant aucune femme entrer dans leur vie. Il avait toujours redouté la réaction de sa fille. Mais cela n'avait-il pas été une excuse pour ne pas s'investir dans une nouvelle relation ? Était-il prêt à franchir le pas ?

Le jour où il avait juré à Angharad de passer le restant de ses jours avec elle, il avait sincère été. Et il s'était battu pour son couple jusqu'à la fin. Il s'était battu pour qu'Angharad reste.

Carys avait besoin de sa mère. Lui avait besoin de sa femme. Et quand elle était partie malgré tout, il avait souffert comme jamais. Mais il avait un bébé, dont il avait fallu s'occuper. En un sens, il n'avait pas vraiment eu le temps de s'effondrer, de s'apitoyer sur son sort. Sa fille avait eu besoin de lui, plus que jamais alors que sa mère avait renoncé à la maternité.

L'idée de rencontrer d'autres femmes alors qu'il avait clairement échoué dans son couple avec Angharad l'emplissait de doutes. Il se demandait ce qu'il avait à offrir à une partenaire. Ce n'était pas simple. Il n'était pas seul. Il y avait, avec lui, l'enfant d'un autre lit à prendre en compte si les choses devenaient sérieuses avec une femme.

— Ça va ? demanda Addy dans le rétroviseur.

Il hocha la tête.

— Je me disais simplement que vous avez l'air heureuses, toutes les deux.

— Ce n'est pas difficile, avec une petite fille comme ça. Vous pouvez être fier de vous. Vous avez bien travaillé.

Ses paroles lui mirent du baume au cœur.

— Vous le pensez vraiment ? Certains jours, j'en doute.

— Ne doutez plus.

Il sourit, apaisé par ce qu'elle venait de dire et sortit du parking.

— Où habitez-vous ?

— Union Road. Vous connaissez ?

— Il se trouve que oui. C'est à deux rues de chez nous.

— C'est vrai ? Dans quelle rue habitez-vous ?

— Thatcher Lane.

— Incroyable ! C'est vous qui avez emménagé dans la petite maison au coin de la rue ? Celle qui a un gros hortensia ?

— C'est ça ! Nous sommes voisins, en fait !

Ils se mirent à rire.

— Alors je pourrai venir jouer chez toi ? demanda Carys.

— Carys ! s'exclama Ryan. On ne s'invite pas chez les gens. On attend d'être invité.

— Ne vous inquiétez pas. Oui, tu pourras venir chez moi, un jour. Mais je n'ai pas de jouets, tu sais.

— J'apporterai les miens. À quoi tu aimes jouer ? Tu aimes les puzzles ?

— J'adore les puzzles. Mais cela fait longtemps que je n'en ai pas fait. Je ne suis pas sûre d'être bonne.

— Je te montrerai. Papa m'a acheté un puzzle de cinq cents pièces, avec des tigres. On pourra le faire ensemble.

— Avec plaisir.

Ryan sourit.

— Méfiez-vous. Cinq cents pièces, cela peut durer longtemps.

— Cela me va. Vous voulez venir le week-end prochain ? Samedi ?

Carys sourit jusqu'aux oreilles.

— Ce n'est pas tombé dans l'oreille d'une sourde, dit Ryan.

— Tant mieux, répondit Addy avant de déposer un baiser sur la main de Carys.

Il y avait longtemps qu'il ne s'était pas senti aussi joyeux. La façon dont Addy se comportait avec Carys et le plaisir qu'ils avaient manifestement à être ensemble lui rappelait que les choses auraient peut-être pu fonctionner avec Angharad. Il en avait rêvé. Il avait tout fait pour que cela arrive. Il avait imaginé ces moments heureux avec elle.

Mais ces moments ne s'étaient jamais produits. Et c'était avec une collègue de travail qu'il les vivait à présent. Une femme qui n'était pas la mère de sa fille.

Était-il prêt à assumer ces sentiments ? Cette avalanche d'émotions ?

Il jeta un autre coup d'œil dans le rétroviseur. Carys avait les yeux fermés. S'était-elle endormie, blottie contre Addy ?

— Quel numéro d'Union Road ? demanda-t-il doucement.

— J'habite au 4.

Le sourire qu'elle lui adressa provoqua d'autres sensations bizarres en lui. Il avait passé une journée extraordinaire. Pas de tout repos, certes, mais, après tout, il serait prêt à affronter n'importe quel gorille en colère plutôt que d'essayer d'identifier ce qu'il éprouvait en la présence d'Addy.

Et si c'était sérieux ?

Il avait l'impression de se tenir au bord d'un précipice, d'être sur le point de tomber dans le vide.

Ressentait-elle la même chose ? Il n'en était pas certain. Elle avait l'air tellement sûre d'elle, tellement épanouie ! Peut-être avait-elle simplement passé une bonne journée. Et elle avait créé plus de liens avec Carys qu'avec lui. À part ses sourires renversants, elle ne lui avait pas vraiment envoyé de signaux.

N'interprète pas la situation comme cela t'arrange. Tu te trompes certainement.

6

Le trajet parut trop court à Addy. Quand Ryan se gara devant la maison, celle-ci semblait la regarder de toute sa hauteur en ricanant.

Tu seras de nouveau seule une fois que tu seras rentrée. Toute seule.

La journée avec Ryan et Carys touchait à sa fin. Une journée aussi incroyable qu'inattendue. À part l'accident du petit Leo, cela avait été une journée de rêve, celle qu'elle avait toujours rêvé de vivre un jour, quand elle aurait un compagnon et un enfant.

Il ne serait pas difficile d'imaginer que Ryan soit son compagnon et Carys, sa fille. Mais ce n'était pas la réalité.

De toute façon, Ryan était pompier, et elle ne voulait pas s'attacher de nouveau à un homme qui mettait sa vie en danger tous les jours. Elle s'était suffisamment inquiétée pour son père et son frère, à juste titre, tous deux morts dans l'effondrement d'un immeuble. Elle n'imaginait pas éprouver la même angoisse et encore moins le même chagrin pour quelqu'un d'autre.

De plus, Ryan lui avait dit clairement qu'il voulait d'autres enfants. C'était une chose qu'il ne pourrait pas avoir avec elle. Cela n'avait pas fonctionné avec Nathan, qui était allé chercher ailleurs ce qu'elle n'avait pas pu lui donner.

Et elle ne pouvait pas priver Carys d'un petit frère ou d'une petite sœur. Elle pouvait seulement faire comme si elle venait de passer une journée au zoo en famille.

— Vous voilà arrivée, dit Ryan en serrant le frein à main.

— Merci de m'avoir ramenée.

— Quand devez-vous récupérer votre voiture chez le garagiste ?

— Lundi.

— Voulez-vous que je vous y emmène ?

— C'est gentil, mais je peux y aller en marchant.

Carys s'était endormie sur son bras. Elle hésita puis lui caressa les cheveux.

— Carys, il faut que j'y aille, dit-elle en retirant doucement le bras.

Carys bougea et s'étira, mais ne se réveilla pas. Addy détacha sa ceinture de sécurité. Lentement. Chaque mouvement la rapprochait du moment où elle se retrouverait seule dans cette grande maison vide. En un sens, c'était bien que Carys ne se réveille pas, devoir lui dire au revoir rendrait le retour plus difficile encore. Même si elle la revoyait le samedi suivant pour faire un puzzle.

Addy sortit de la voiture et referma doucement la portière. Carys ne se réveilla pas.

— Vous avez une belle maison ! dit Ryan.

Elle s'efforça de sourire.

— Je vous ferai visiter samedi.

— Ne vous sentez pas obligée de nous recevoir, dit-il. D'autant qu'un puzzle de cinq cents pièces ne se termine pas en une journée.

— Carys peut venir autant qu'elle veut. Elle est adorable. J'aime bien sa compagnie.

— Et la mienne ? demanda soudain Ryan.

Addy le regarda, le cœur tambourinant dans sa poitrine. Pouvait-elle lui dire la vérité ? Lui avouer qu'il lui plaisait beaucoup, qu'elle avait envie de passer plus de temps avec lui ? Mais que, en même temps, cela la terrifiait ?

— Je l'aime bien aussi. Pas autant que celle de Carys, certes, mais…

Ils se mirent à rire.

— Non, sérieusement, je suis contente qu'elle vienne faire

un puzzle avec moi. De plus, je lui ai promis et je tiens mes promesses. À plus forte raison avec les enfants.

— C'est merveilleux, dit Ryan en la dévisageant. Vous êtes merveilleuse.

Elle rit nerveusement.

— Merci.

Ils se regardèrent un moment qui lui parut durer une éternité. Comme s'ils ne savaient que dire ou que faire ni l'un ni l'autre.

Ryan allait-il se pencher pour déposer un baiser sur sa joue ? Ou s'éloigner en la saluant d'un geste de la main ?

Que préférerait-elle ? Le danger qu'il se rapproche ou la déception qu'il s'éloigne ? La réponse était évidente.

— Je… Je vais y aller, finit-il par dire. Merci pour cette belle journée. Vous travaillez lundi ?

— Oui.

— Moi aussi.

— Super. On se verra peut-être, alors.

— Peut-être. Sinon, à quelle heure voulez-vous qu'on vienne, samedi ?

— Dans la matinée ? Nous pourrons déjeuner ensemble, si vous voulez.

— Avec plaisir.

Il y eut un autre moment de tension, puis il s'approcha, posa la main sur son bras et déposa un baiser sur sa joue. Elle retint son souffle et ferma les yeux pour mieux savourer ce contact impromptu. Ryan se tenait tout près d'elle, suffisamment près pour qu'elle tourne la tête et l'embrasse à son tour.

Mais elle n'en eut pas le courage. Elle avait trop peur que ce simple baiser se transforme en quelque chose de plus grand, qui échappe à leur contrôle. Elle redoutait que Ryan devienne autre chose qu'un collègue pompier.

Il s'écarta d'elle et retourna vers la voiture. C'est alors qu'Addy vit que Carys était réveillée. Elle les regardait.

Et elle souriait.

7

— C'est ton amoureuse, maintenant ? demanda Carys quand Ryan monta dans la voiture.

Il sursauta, surpris autant par le fait qu'elle ne dorme pas que par la question elle-même. Gêné, il se mit à rire bêtement.

— Non, bien sûr que non ! dit-il avec un peu trop d'emphase. C'est mon amie, c'est tout.

Carys ne répondit rien, et il décida de faire comme s'il l'avait convaincue.

Il démarra et jeta un coup d'œil à Addy. Elle était restée au même endroit, attendant probablement qu'ils s'en aillent pour rentrer chez elle.

Il avait hésité avant de l'embrasser sur la joue. La journée qu'ils venaient de passer les avait rapprochés, sans aucun doute. Alors il avait décidé de lui dire au revoir comme il disait au revoir à ses amies et de l'embrasser poliment sur la joue, de la remercier pour les bons moments passés ensemble, et de s'en aller.

Mais cela lui avait paru bizarre. Et il lui avait semblé qu'Addy n'avait pas plus envie que lui qu'ils en restent là.

La douceur de sa peau, son parfum envoûtant et ses longs cheveux bruns lui effleurant la joue quand il s'était penché pour l'embrasser avaient affolé ses sens. Le temps s'était arrêté. Et, juste avant qu'il se détache d'elle, la tentation de tourner légèrement la tête pour l'embrasser sur la bouche avait été grande, avant que la logique et la raison reprennent le dessus et le protègent en l'entraînant vers la voiture où l'attendait sa fille. Qui ne dormait pas.

Je ne suis pas prêt. De toute façon, Addy n'en a peut-être pas envie. Et je ne suis pas sûr d'être suffisamment bien pour elle.

Et le voilà, au volant de sa voiture, sur le point de ramener à la maison sa fille et ses questions embarrassantes.

Mais pourquoi Addy ne rentre-t-elle pas chez elle ?

Toujours debout, devant le portail, elle continuait à les regarder, une main levée pour les saluer. Avec ses cheveux foncés et son teint pâle, elle avait presque l'air d'un fantôme. Il mit son clignotant et tourna dans une rue, simplement pour ne plus voir son image dans le rétroviseur. Pour ne plus regretter d'avoir été lâche et de ne pas l'avoir embrassée.

— Papa ? dit Carys, le tirant de sa réflexion.

— Oui, ma chérie.

— Qu'est-ce que tu as ?

Il freina et s'arrêta sur le côté, puis se retourna. Jamais elle ne lui avait posé cette question.

— Rien, pourquoi ?

— Tu es triste ?

Il s'efforça de rire.

— Non, je ne suis pas triste.

— Madison, à l'école, elle a une maman et pas de papa, et elle dit que sa maman est triste parfois parce qu'elle est toute seule.

— Je ne suis pas tout seul. Je t'ai, toi.

— Mais tu n'aimerais pas que j'aie une maman ? Moi, parfois, j'aimerais avoir une maman.

— Je sais, ma chérie, dit-il, ému.

— Et j'aime bien Addy.

— Moi aussi, je l'aime bien.

Quand Addy se décida à rentrer enfin, la maison lui parut plus vide que jamais. Elle posa son sac en soupirant et avança jusque dans le salon, ouvrit la grande baie vitrée qui donnait sur le jardin, pour pouvoir rester dehors encore un peu. Être à l'intérieur l'oppressait.

Elle regarda les feuilles des arbres que la brise agitait doucement et les fleurs, tournées vers le soleil qui commençait à décliner. George, le chat des voisins, était perché sur la clôture.

La vie était belle. Elle pouvait l'être. Pourquoi ne s'autorisait-elle à en profiter pleinement qu'en compagnie d'autres personnes ? Pourquoi n'était-elle pas capable de l'apprécier quand elle était seule ? Dans cette maison ?

Serait-elle plus heureuse si elle déménageait ?

Non. C'est ici que sont tous mes souvenirs. Si je déménageais, j'aurais l'impression de les perdre encore une fois.

Il fallait qu'elle trouve un moyen d'apprécier la solitude, elle en était consciente. De se sentir de nouveau bien dans cette maison. Peut-être pourrait-elle l'aménager autrement. La redécorer à son goût, maintenant que ce n'était plus la maison de son père.

Elle se tourna et regarda la maison. La cuisine n'avait pas été repeinte depuis plus de dix ans. Peut-être s'y sentirait-elle mieux si elle lui insufflait un peu de fraîcheur. Si elle travaillait sur la maison autant qu'elle travaillait sur elle, peut-être recouvrerait-elle le plaisir d'y habiter.

Elle rentra et regarda le papier peint du salon. Il était beige, avec des motifs d'arbre. Pas très gai. Elle s'approcha du mur et le scruta. Près de la plinthe, le coin d'un lé s'était décollé. Elle le pinça entre le pouce et l'index et tira, arrachant une grande bande de papier.

Elle éprouva un mélange d'excitation et de soulagement en tirant un deuxième morceau, comme si chaque centimètre carré de papier contenait un peu des souffrances de son passé.

Un incendie s'était déclaré dans un petit port de plaisance. Le feu était parti d'un réchaud, sur un bateau, puis s'était étendu à trois autres embarcations. Depuis son véhicule d'intervention d'urgence, Addy vit la grosse colonne de fumée noire qui s'élevait dans le ciel.

À sa connaissance, il y avait deux blessés, qui avaient inhalé de la fumée et souffraient de brûlures. Elle alla les examiner dès son arrivée, en attendant que les ambulanciers les emmènent dans le service des grands brûlés de l'hôpital. Puis elle alla voir Paolo. Si les Blue Watch étaient sur place, elle avait des chances de voir Ryan.

— Il y a d'autres blessés ? demanda-t-elle.

— Mes gars sont en train de nettoyer les bateaux.

— Il y a des matériaux dangereux ?

— Des bombonnes de gaz. Le fuel des bateaux. Tout a été mis en sécurité.

— Vous avez délimité un périmètre de sécurité ?

— Ils sont en train de le faire.

— Bien. Tiens-moi au courant.

Elle eut envie de demander si Ryan faisait partie des pompiers qu'elle voyait lutter contre les flammes qui ravageaient les bateaux. Elle savait que ce port était un port historique et abritait plusieurs bateaux anciens en bois dont certains servaient désormais à promener les touristes sur les canaux. Elle en avait pris un, une fois, avec son père et Ricky, et avait tellement aimé cela qu'elle y était retournée avec Nathan. Mais il n'avait pas apprécié ce qu'il appelait la « galère » des écluses et la lenteur du voyage. Il ne comprenait pas l'intérêt de mettre une journée pour parcourir une distance qu'il pouvait faire en un quart d'heure de voiture.

Les pompiers étaient en train de dompter les flammes à l'aide de leurs lances à eau lorsqu'elle entendit une grosse explosion et se recroquevilla instinctivement. Lorsqu'elle se redressa, ils avaient tous l'air indemnes et poursuivaient leur tâche. Mais Addy était sous le choc.

Et si les pompiers s'étaient trouvés plus près de l'explosion ? S'ils avaient été touchés ? Et si Ryan avait été l'un d'entre eux ?

Ce genre d'incident lui rappelait systématiquement la mort de son père et de son frère, et son impuissance de spectatrice ne pouvant intervenir d'aucune manière pour les sauver.

Il serait facile de demander à Paolo le nom des hommes combattant les flammes. Mais elle ne voulait pas le faire. Ce serait lui révéler que le sort de Ryan l'intéressait tout particulièrement. Or, c'était une chose qu'elle avait du mal à admettre elle-même.

Alors elle demeura là, à regarder ces soldats du feu aux prises avec l'incendie, en se mordillant la lèvre, et garda pour elle ses pensées angoissées.

Les flammes enfin domptées, Ryan retira son casque et se dirigea vers Paolo, derrière lequel se tenait Addy.

— Il n'y a pas d'autres blessés ? demanda Paolo.

— Non. Les autres bateaux étaient vides, par chance.

— Bien. Dans ce cas, nous pouvons nettoyer la zone.

Addy le regarda et lui sourit.

— Ça va ? lui demanda-t-il.

— Moi ? Oui. C'est à vous qu'il faut demander ça.

— J'ai un peu chaud mais ça va.

Il retira un gant et examina son poignet. Il avait senti le souffle de l'explosion quand elle s'était produite, tout près de lui, mais l'adrénaline l'avait incité à continuer. À présent, les douleurs se réveillaient, et il se demanda s'il avait été touché par un objet projeté lors de l'explosion.

Addy lui prit la main.

— Montrez-moi ça, dit-elle en lui soutenant le poignet. Vous sentez quand j'appuie ici ? Et ici ?

— Oui. Cela me fait mal. Mais ce n'est pas une brûlure, si ?

— Non. Plutôt une contusion. Vous n'avez rien senti, sur le moment ?

— Non. J'étais concentré.

— Il faut vous faire examiner. Votre poignet est mobile, mais il y a beaucoup de petits os, et vous vous en êtes peut-être fracturé un. Je peux vous poser une attelle, en attendant que vous alliez chez le médecin.

— Non, ça va aller.

Il fallait qu'il s'éloigne d'elle. Le contact de ses mains sur la sienne le déconcentrait. Depuis combien de temps personne ne s'était occupé de lui ? Angharad n'était pas du genre à s'intéresser à ses blessures. Tant qu'il n'était pas ensanglanté ou n'avait pas un membre fracturé, elle ne s'inquiétait pas. Et n'imaginait pas que lui puisse s'inquiéter. C'était un pompier, pas une mauviette. Il faisait du sport, s'occupait de lui, comme l'exigeait son métier.

À l'armée, les médecins n'étaient pas plus tendres. À moins que vous soyez gravement blessé, ils vous pansaient et vous renvoyaient sur le terrain.

La sollicitude d'Addy était déstabilisante.

— Mais il faut voir un médecin rapidement.

— Je vais y aller.

— Quand ?

— Tout à l'heure.

— Vous ne pouvez pas travailler avec un poignet cassé. Cela risque de compromettre soit votre guérison, s'il est vraiment cassé, soit votre mission, s'il cède pendant que vous travaillez.

Elle avait raison. C'en était d'autant plus agaçant.

— Je vais le mentionner à Paolo, insista-t-elle.

Mais elle souriait, comme pour lui montrer qu'elle était de son côté et faisait cela pour son bien et pas seulement pour le contrarier.

Il finit par pouffer.

— D'accord, j'y vais. Merci de m'avoir examiné.

— Avec plaisir. On se voit toujours samedi ? J'en profiterai pour prendre les mensurations de Carys, pour son déguisement.

— Vous êtes sûre d'avoir envie de le faire ?

— Sûre et certaine. Pourquoi ?

Il n'avait pas de réponse à cette question. En fait, il était enchanté d'aller chez elle et de passer du temps avec elle. Et il savait que Carys en avait aussi très envie. Mais, en même temps, cela lui faisait peur.

À quoi joues-tu ? Qu'est-ce que tu veux, dans le fond ? Une amitié ? Autre chose ?

Il espérait ne pas rester célibataire toute sa vie, notamment une fois que Carys quitterait la maison. Il savait depuis longtemps qu'il rencontrerait une autre femme, un jour.

Mais jamais il ne s'était imaginé que cela arriverait si vite.

Il était troublé, perdu. La seule chose qui était claire dans son esprit était qu'Addalyn Snow l'attirait comme aucune femme ne l'avait attiré depuis le départ d'Angharad.

Addy mit quatre jours à rénover le salon. Elle avait fini de retirer le papier peint à l'aide d'une machine à vapeur de location. Elle avait ensuite poncé les murs, bouché les trous à l'aide d'un enduit, puis remis un nouveau papier peint bleu canard, après avoir regardé quelques tutos sur Internet. De fait, elle s'en était plutôt bien sortie.

Elle avait également poncé et repeint les portes et les plinthes dans un blanc brillant, et le plafond en blanc mat. La veille, elle avait reçu des rideaux par la poste. Elle avait donc retiré les vieux rideaux marron de son père et accroché les nouveaux à la place. Elle s'était procuré quelques cadres pour les photos, des bougeoirs, ainsi qu'un tapis pour réchauffer le parquet. Elle était aussi allée acheter des fougères en pot à la jardinerie. Le salon était méconnaissable.

Elle était contente du résultat et ravie d'avoir des invités à qui le montrer.

— C'est vous qui avez tout fait toute seule ? demanda Ryan en admirant son travail.

— Oui. Mais ce n'est que le début. Je crois que je vais bientôt m'attaquer aux chambres.

— Je n'en reviens pas que vous ayez fait tout cela en une semaine.

— C'est fou ce dont on est capable quand on est décidé.

Elle n'ajouta pas que c'était aussi parce qu'elle n'avait rien de mieux à faire de sa vie ni trouvé d'excuses pour l'aider à procrastiner.

— En tout cas, c'est très réussi.

— Merci.

Cela faisait un drôle d'effet d'être fière de sa maison. Pendant des mois, elle l'avait vécue comme un fardeau. Elle la voyait désormais d'un œil neuf et se sentait déjà mieux dans ses murs. Forte de ce premier succès, elle était bien décidée à rénover toute la maison, de sorte à avoir envie d'y rester plutôt que de la fuir constamment.

— Si vous voulez, vous pouvez installer le puzzle ici, sur cette table, pendant que je vais chercher des boissons. Qu'est-ce que vous voulez boire ?

— Est-ce que je peux avoir du jus de fruits ? demanda Carys.

— J'ai du jus d'orange et mangue.

— J'adore le jus d'orange et mangue !

— Parfait. Je vais chercher ça.

Ryan la suivit dans la cuisine.

— Elle n'a pas arrêté de parler d'aujourd'hui toute la semaine, dit-il en s'adossant au plan de travail. Elle était impatiente de vous revoir.

Et lui ? Était-il impatient de la revoir ?

Sa présence dans cette maison avait quelque chose d'inhabituel et d'excitant. Elle sortit deux tasses et se mit à faire du thé puis remplit un verre de jus de fruits.

— Moi aussi, j'étais contente que vous veniez.

— Je ne connais pas beaucoup de personnes qui sont contentes de passer du temps avec une petite de cinq ans tout excitée.

— Son enthousiasme est stimulant. Et j'aime bien les enfants, en général. Ils me rappellent ce que j'étais, avant d'avoir des responsabilités d'adulte.

— Je n'ai pas le souvenir d'avoir été un enfant insouciant.

— C'est vrai ? Moi je passais mon temps avec mon frère dehors, à construire des cabanes, à tirer à l'arc ou à patauger dans un ruisseau en essayant d'attraper des poissons. Ou à faire des balançoires dans les arbres, avec des cordes. Dans mon souvenir, c'est comme un été qui ne se termine jamais… Avec une ou deux journées de neige.

— Vous faisiez des batailles de boules de neige ? Des bonshommes de neige ? demanda-t-il en souriant.

Elle sourit à l'évocation de ces moments heureux. À l'époque, elle baignait dans l'amour. Elle n'était jamais seule. Même si elle n'avait pas de mère, elle n'avait jamais eu l'impression qu'il lui manquait quoi que ce soit, parce que son père et son frère faisaient tout pour que cela n'arrive pas. Ils l'incluaient dans tout ce qu'ils faisaient. Et chaque Noël, chacun de ses anniversaires était une grande fête.

La seule fois où elle aurait souhaité que sa mère soit là était le jour où elle avait eu ses règles pour la première fois. Elle avait pris peur. Mais, une fois encore, son père était venu à la rescousse, lui avait parlé, acheté tout ce dont elle avait besoin et expliqué tout ce qui se passait. Pas un instant elle ne s'était sentie mal à l'aise. Et elle avait ses amies du collège.

Ce n'est qu'à partir de ce moment-là que sa mère lui avait manqué. Quand elle avait pris conscience qu'elle franchirait toutes ces étapes importantes de la vie d'une femme – la puberté, la découverte de la sexualité, la grossesse, l'accouchement – sans elle. Quand elle avait fait toutes ces fécondations in vitro, avec Nathan, elle aurait bien aimé avoir une mère avec qui partager ses craintes et ses espoirs.

C'était sans doute la raison pour laquelle elle avait autant de compassion pour Carys. Et autant envie de passer du temps avec elle. Car elle savait que même si la petite fille n'en disait rien à son père, sa mère lui manquait, d'une manière ou d'une autre. Peut-être pas trop, pour le moment, mais il arriverait un âge où le manque se ferait sentir. Et Carys n'avait pas de grand frère à ses côtés. Elle n'avait que son père. Un pompier.

— Avec Ricky, nous faisions des bonshommes de neige incroyables ! On empruntait un chapeau à papa, une pipe de mon grand-père. Des bâtons pour les bras. Une carotte pour le nez. Une écharpe.

Ryan se mit à rire.

— Est-ce que Carys fait des bonshommes de neige ?

— Il n'est pas tombé assez de neige, jusque-là. Mais cela viendra. J'espère que je pourrai l'emmener faire du ski un jour. Ou en Laponie, à Noël, qui sait ?

— Il faut en profiter avant qu'elle ait passé l'âge de faire des bonshommes de neige.

— Y a-t-il un âge à partir duquel on ne fait plus de bonshommes de neige ?

Elle réfléchit et éclata de rire.

— Probablement pas, vous avez raison.

Elle n'était jamais allée skier. Ni en Laponie. Elle avait rêvé de faire toutes ces belles choses quand Nathan et elle auraient un bébé. La Laponie à Noël. L'Amérique pour les parcs à thème. Les Caraïbes pour les plages. Ils espéraient vivre pleinement une fois que la période des piqûres, des traitements et des procédures de FIV serait terminée.

Peut-être n'auraient-ils pas dû attendre. Peut-être auraient-ils dû prendre plus de bon temps ensemble. Est-ce que Nathan serait resté si la vie avait été plus légère ?

Elle servit le thé, mit les tasses et le verre de jus de fruits sur un plateau, impatiente de rejoindre Carys dans le salon. Celle-ci s'était assise à la table et les attendait sagement avec la boîte du puzzle.

— Montre-moi, dit-elle en s'asseyant.

— C'est mon puzzle de tigres, dit Carys, très fière.

C'était un très joli puzzle, représentant trois tigres allongés dans les herbes hautes et jaunes de la savane. Toute la scène était dans un camaïeu de bruns. Ce ne serait pas facile d'en venir à bout.

— Vous n'avez pas choisi la facilité, dit-elle à Ryan.

— Si c'est trop facile, on le finit trop vite, dit Carys avec aplomb.

— Cela ne risque pas d'arriver avec celui-là, dit Ryan en riant.

Carys ouvrit la boîte et étala les pièces sur la table.

— On commence par les bords et les coins ?

— C'est parti !

Il leur fallut plus d'une demi-heure pour trier les pièces et mettre de côté celles qui avaient un bord plat. Puis ils commencèrent le puzzle.

Addy ne cessait de regarder les mains de Ryan, aux doigts fins. Il leur arrivait de vouloir prendre une même pièce sur la table, alors ils se mettaient à rire, gênés.

— Je n'avais pas fait de puzzle depuis des années. Je me demande pourquoi on arrête de jouer en grandissant.

— Je pense que c'est à cause des pressions de la vie d'adulte. Le travail, les factures, les sorties, les relations…

— Tu as un amoureux ? demanda Carys de but en blanc en observant attentivement sa réaction.

— Un amoureux ? Euh… non. Non, je n'ai pas d'amoureux, répondit-elle en se sentant rougir.

— Tu en veux un ?

Addy se mit à rire nerveusement.

— Un jour, peut-être. En fait, j'en avais un mais nous nous sommes séparés.

— Pourquoi ?

— Carys, cela ne nous regarde pas. C'est la vie privée d'Addy.

— Parce que nous avons arrêté de nous aimer.

— Oh !

La réponse parut satisfaire Carys qui se remit à chercher les pièces de son puzzle.

— Regarde, j'ai un bout de patte ! s'écria-t-elle, manifestement passée à autre chose.

Addy et Ryan échangèrent un regard à la fois amusé et gêné. Addy remercia intérieurement la petite fille d'être là, de faire distraction, de lui permettre de se concentrer sur autre chose que sur les belles mains de Ryan.

— Vous voulez encore du thé ou du jus de fruits ? demanda-t-elle en se levant.

— Non, merci. Mais nous pourrions aller faire un tour pour nous dégourdir les jambes, suggéra Ryan. Il fait un temps magnifique.

Le soleil brillait, mais l'air de septembre commençait à être plus frais.

— Oui ! On peut aller au parc ? demanda Carys en sautant de sa chaise.

— Avec plaisir. Et quand on reviendra, je prendrai tes mensurations, et on regardera les tissus que j'ai pour ton déguisement.

— Vous me direz combien je vous dois, d'ailleurs, intervint Ryan.

— Certainement pas. Je suis très contente de me remettre à la couture.

— Peut-être, mais je vous payerai au moins le matériel.

Elle sourit, sachant qu'elle n'accepterait pas un centime de sa part. Elle aimait coudre et était contente de rendre service. Et d'avoir un petit objectif à atteindre qui l'occuperait quelques semaines.

— En fait, je ne veux plus être cette princesse de l'espace, dit Carys en faisant la moue.

— Ah bon ? En quoi veux-tu te déguiser ?

— En tigre !

— Je ne crois pas avoir le tissu adéquat, mais...

— Allons en acheter, dit Ryan.

Aussitôt dit, aussitôt fait. Ils traversèrent le parc pour se rendre dans la rue commerçante qui menait au centre-ville. Addy connaissait un magasin de tissus et d'articles de mercerie dans lequel elle se servait régulièrement. Le visage de Carys s'illumina quand ils entrèrent dans la boutique.

— C'est beau ! s'exclama-t-elle devant un rouleau de tulle brodé de fleurs.

Addy acquiesça et déroula le tissu pour voir comment le motif se répétait. Les idées fusaient dans son esprit, comme chaque fois qu'elle entrait dans ce magasin.

— Cela ne ressemble pas tellement au pelage d'un tigre, fit remarquer Ryan.

Carys chercha du regard les motifs d'animaux et se précipita dans le fond du magasin.

— Alors, dit Addy en réfléchissant, du coton, de la flanelle ou de la fourrure ? C'est pour fin octobre, il risque de faire plus froid.

Carys regardait la fourrure avec des étoiles dans les yeux.

Addy la prit entre ses doigts pour en tester l'épaisseur.

— Celle-ci me paraît bien, conclut-elle.

— Combien de mètres faut-il ?

— Deux, pour être tranquille. Et... Oh ! regardez ça ! Ce serait parfait pour faire les crocs.

— Prenez tout ce dont vous avez besoin, dit Ryan.

Une fois les tissus achetés, ils sortirent du magasin.

— Ensuite ? demanda Ryan.

— Papa, on peut aller m'acheter mon magazine ?

— Ton magazine ? répéta Addy, intriguée.

— C'est une collection de fascicules sur les oiseaux, qui paraît toutes les semaines.

— Tu aimes aussi les oiseaux ?

— Oui. Surtout les rouges-gorges.

— Ce sont de jolis oiseaux. Et qui se laissent approcher assez facilement. Avec un peu de patience, tu peux même leur donner à manger dans ta main.

— C'est vrai ? dit Carys, manifestement fascinée par cette information.

Ils marchèrent jusqu'au marchand de journaux, et Carys glissa la main dans la sienne. Une fois le magazine acheté, ils repassèrent par le parc.

— On pourrait pique-niquer dans le jardin, suggéra Addy. Il fait tellement beau !

— Je ne veux pas vous déranger, dit Ryan.

— Vous ne me dérangez pas du tout. Sans quoi je ne l'aurais pas proposé.

Elle ne comprenait pas ce qui lui arrivait. Elle savait qu'il fallait qu'elle garde ses distances, mais plus elle passait du temps avec Ryan et sa fille, moins elle avait envie de se séparer d'eux. Elle se sentait bien en leur compagnie. Et elle aimait le sentiment de faire partie de quelque chose.

Une fois rentrés, ils se rassirent à la table du puzzle puis, lorsqu'ils décidèrent de faire une pause, Addy alla préparer de quoi pique-niquer dans la cuisine. Seule Carys avait encore l'énergie de chercher des pièces.

— Ne vous donnez pas trop de mal, dit Ryan. Un sandwich fera parfaitement l'affaire.

— Au contraire, cela me fait du bien. Cela fait tellement longtemps que je n'ai pas préparé quelque chose pour quelqu'un.

Voyant que sa fille était toujours occupée par le puzzle, Ryan s'approcha d'elle.

— Ils doivent vous manquer. Votre père et votre frère.

— C'est le moins qu'on puisse dire, répondit-elle en sentant la tristesse s'emparer d'elle.

— Vous avez envie d'en parler ?

Cela lui ferait peut-être du bien. Et Ryan risquait de la comprendre, étant lui-même pompier...

— Vous savez ce qui leur est arrivé, j'imagine.

— On m'a parlé de l'effondrement d'un immeuble.

Elle hocha la tête.

— Un immeuble de vingt étages, dans lequel une batterie de

vélo électrique défectueuse en charge a pris feu. C'est du moins ce qu'a prouvé l'enquête après coup.

Elle arrêta de couper les fraises et se tourna vers lui.

— J'étais sur place pour aider à coordonner les secours avec Paolo, qui venait de prendre le commandement des Blue Watch.

— Paolo… Mon capitaine ?

— Oui. C'était le meilleur ami de mon père. Ils avaient postulé tous les deux, et c'est Paolo qui a eu le poste. Mais mon père était content pour lui.

Ryan hocha doucement la tête.

— Mon père et Ricky étaient censés évacuer l'immeuble par les escaliers parce qu'ils étaient en béton et donc ininflammables. Ils ont pu sauver quarante et une personnes, ce soir-là, puis les flammes et la chaleur sont devenues insoutenables. Ils étaient dans l'appartement 23 quand un toit s'est effondré. Ils se sont retrouvés pris au piège. Papa a essayé de dégager Ricky, dont la jambe était coincée sous des décombres, mais la partie haute de l'immeuble s'est effondrée sur eux. Ils ont brûlé avant qu'on puisse leur venir en aide.

Ryan la regarda.

— Vous étiez là ? Vous avez tout vu ?

Elle hocha la tête et sentit une larme perler.

Ryan s'approcha alors d'elle et la prit dans ses bras. C'était soudain, inattendu au point qu'elle en oublia de respirer pendant quelques secondes. Puis elle se laissa aller et expira l'air qu'elle avait retenu, acceptant d'être soutenue et réconfortée.

C'était tellement bon d'être là, contre son torse musclé. Elle prit conscience que, pour la première fois depuis des années, elle se sentait en sécurité. Protégée. On prenait soin d'elle.

C'était un moment à la fois enivrant et apaisant, dont elle aurait voulu qu'il ne s'arrête jamais.

— Je peux avoir encore du jus de fruits ?

Ryan s'écarta d'elle. Addy essuya promptement ses larmes.

— Bien sûr, répondit-elle. Après, si tu veux, tu pourras aller étaler cette couverture dans le jardin, pour qu'on pique-nique.

— Oui ! dit Carys en sautillant.

Puis elle s'arrêta net et les regarda.

— Qu'est-ce que vous faites ?

Addy se figea, mais Ryan vint à sa rescousse.

— Addy était un peu triste parce que son papa et son frère ne sont plus là. Alors je l'ai consolée.

Carys hocha la tête, prit la couverture et sortit avec son entrain habituel.

— Merci, dit Addy, reconnaissante.

— C'était la vérité.

— Je veux dire : merci de m'avoir prise dans vos bras. C'est exactement ce dont j'avais besoin.

— Avec grand plaisir, dit-il avec un grand sourire.

8

Il avait évidemment entendu parler de l'incendie qui avait coûté la vie à Victor et Ricky Snow, dont les portraits étaient accrochés au mur de la caserne où figuraient les photos de tous les pompiers qui avaient perdu la vie en service au cours des dernières décennies.

Mais entendre ce qui s'était passé de la bouche d'Addy, leur fille et sœur qui, de surcroît, avait été témoin direct de l'accident, lui avait brisé le cœur.

Addalyn Snow était une femme remarquable. Forte comme personne. Il était content de l'avoir prise dans ses bras pour la réconforter. À vrai dire, il n'avait pas vraiment réfléchi. Cela lui était venu comme la chose la plus naturelle du monde. Depuis qu'il la connaissait, il avait envie d'être là pour elle, de la soulager un peu de son chagrin. Mais maintenant qu'il l'avait serrée dans ses bras, il rêvait d'autre chose. De l'embrasser, de lui dire à quel point elle était précieuse, de l'enlacer et de ne plus jamais la laisser partir.

Ce qui était impossible.

Il l'aida à installer le pique-nique dans le jardin. Il avait envie de lui faire retrouver le sourire. De la voir heureuse. Il avait remué le couteau dans la plaie de son passé douloureux et se sentait responsable des larmes qu'elle avait versées.

Perdre un collègue pompier faisait partie des risques du

métier. Ils le savaient tous. Ils connaissaient le danger mais ils l'affrontaient. Et ils honoraient la mémoire de ceux qu'ils avaient perdus en service. Le père et le frère d'Addy étaient des héros.

— J'ai faim ! s'exclama Carys une fois assise sur la couverture.

— Veux-tu goûter ceci ? demanda Addy en lui tendant un morceau de fromage enveloppé dans du jambon.

— Merci.

Carys goûta et sourit.

Ryan était aux anges. Le moment était parfait. Il faisait beau, ils pique-niquaient dans le jardin. C'étaient ces plaisirs simples qui faisaient le sel de la vie. Partager de bons moments avec des personnes dont on apprécie la compagnie.

— Vous avez déjà pensé à avoir des enfants ? demanda-t-il en pensant qu'elle avait tout pour faire une mère merveilleuse. Et il se sentait de plus en plus à l'aise avec elle.

Mais il vit une ombre passer sur son visage.

— J'ai toujours voulu être mère. Mais… Je ne peux pas avoir d'enfants.

La surprise, mêlée de culpabilité, le submergea alors qu'il prenait conscience de son erreur. Trop tard.

— Je suis désolé, dit-il, regrettant de s'être montré indiscret.

— Ne le soyez pas, dit-elle en s'efforçant de sourire. Vous n'y êtes pour rien.

— Est-ce que vous êtes… Je veux dire… Vous avez vu des médecins ?

— Nathan et moi avons essayé pendant longtemps. Mais comme je ne tombais pas enceinte, nous avons passé des examens. Les médecins n'ont rien trouvé, alors nous nous sommes tournés vers la FIV. J'en ai eu quatre. Les trois premières remboursées par les services de santé, la quatrième de notre poche. Toutes nos économies y sont passées. Mais cela n'a pas fonctionné.

— Je suis désolé.

— Là encore, vous n'y êtes pour rien.

— Je sais, mais c'est la deuxième fois que je mets sur le tapis un sujet douloureux, et je m'en veux.

— Ne vous inquiétez pas. Cela me fait du bien d'en parler, même si ce n'est pas facile. On devrait parler plus ouvertement d'infertilité pour que cela paraisse plus naturel.

— Cela n'a pas dû être facile.

— Non. D'autant que nous avons eu de faux espoirs à la deuxième FIV. Mais j'ai fait une fausse couche. En fait, le plus dur, c'est qu'entre les médicaments, les injections, les rendez-vous qui s'enchaînent, on a l'impression d'être un animal de laboratoire. Toute la vie tourne autour de cela. Et à chaque échec, soit le couple se soude, soit on va chercher du réconfort ailleurs. C'est ce qu'a fini par faire Nathan.

— Cela fait longtemps que vous êtes séparés ?

— Quatre ans, quatre ans et demi, même. Je suis revenue vivre ici avec mon père et mon frère. Puis ils ont disparu de ma vie, eux aussi. Ça a été des années difficiles.

— Je suis désolé. Je sais que je me répète mais je suis sincère.

— Je sais. Et merci. Mais c'est la vie. Tout le monde traverse des moments difficiles.

— Vous avez eu largement votre part. Maintenant, la vie ne devrait vous apporter que des bonnes choses.

— Espérons-le ! dit-elle en souriant à son tour.

Ils finirent de manger et se détendirent au soleil. Puis Addy se rappela qu'elle avait des glaces dans le congélateur, pour la plus grande joie de tous.

Ryan aimait la regarder parler, sourire et rire. Et il adorait sa façon de s'adresser à Carys. Ils s'entendaient vraiment bien, tous les trois. Il se serait bien vu construire quelque chose avec elle.

Mais elle ne pouvait pas avoir d'enfants, et lui en voulait d'autres – avec la compagne adéquate.

Mais il n'y a pas qu'une manière de fonder une famille.

Addy le regarda, et il sentit, en son for intérieur, qu'il serait prêt à envisager toutes les possibilités, si elle était à ses côtés. Il sentit les battements de son cœur accélérer en imaginant être en couple avec elle. Et fonder une famille.

Cela lui fit peur. Et prendre conscience qu'elle occupait déjà beaucoup de place dans sa vie. Mais que faire ? Il n'avait aucune envie de mettre de la distance entre eux. Au contraire, plus il la voyait, plus il avait envie de passer du temps avec elle.

Et il avait le sentiment que cette attirance était réciproque.

Ryan, tu t'es mis dans de beaux draps !

9

Addy actionna la sirène de son véhicule d'intervention d'urgence et appuya sur l'accélérateur. On venait de l'appeler pour un accident industriel. Tout ce qu'elle savait, c'était qu'il y avait plusieurs blessés à la suite d'un déversement de produits toxiques dans une usine.

En entrant sur le site, elle passa mentalement en revue tout ce à quoi elle devait être attentive. Demander des détails aux personnes compétentes, établir des protocoles de sécurité, assurer la sécurité des secouristes, elle comprise, afin de ne pas augmenter le nombre de victimes.

C'était la priorité des premiers intervenants sur les lieux d'un accident : veiller à être en sécurité, avant d'aller assister les autres.

C'était une idée qui lui était souvent venue à l'esprit, ces derniers temps. Être en sécurité. La sécurité de son cœur, notamment. Car elle adorait passer du temps avec Ryan et Carys, et elle n'avait pas envie de gâcher ces moments d'une manière ou d'une autre. Cela faisait tellement longtemps qu'elle ne s'était pas sentie aussi bien ! Et les dernières fois qu'elle avait été heureuse, la vie avait mis des grains de sable dans l'engrenage et lui avait pris tout ce qui faisait son bonheur.

Et si Ryan avait raison ? Et si le moment était venu de vivre enfin des bonnes choses ?

Elle avait envie de le croire mais tout aussi peur de se laisser aller. Ne pas s'ouvrir totalement à ce qui pouvait lui arriver de bien était la seule défense qu'elle possédait. Si elle gardait à l'esprit qu'elle risquait de perdre également Ryan et Carys à un moment donné, peut-être serait-elle mieux préparée pour le moment où cela se produirait.

La seule pensée qu'ils puissent sortir de sa vie lui retourna l'estomac.

Elle ne les connaissait que depuis peu, et pourtant ils occupaient déjà une place importante dans sa vie.

Elle rêvait d'embrasser Ryan. Cela avait failli se produire, quand il l'avait embrassée sur la joue au moment de lui dire au revoir – elle aurait alors donné n'importe quoi pour qu'il l'embrasse sur la bouche.

Mais cela ne s'était pas produit parce que Carys était là.

C'était du moins la raison à laquelle elle voulait croire. Depuis, peut-être ne l'avait-il pas embrassée, en réalité, parce qu'elle lui avait dit qu'elle ne pouvait pas avoir d'enfants. Alors qu'il voulait donner à Carys un petit frère ou une petite sœur.

Cela ne l'empêchait pas de penser constamment à lui. À ses lèvres, à ses mains. Elle aimait l'écouter parler. Il était gentil et drôle. Empathique et honnête. C'était peut-être ce qu'elle préférait chez lui. Il était sans fard. Sans faux-semblants. Elle aimait aussi la manière dont il la regardait. Avec intérêt. Enthousiasme. Il avait l'air aussi content d'être en sa compagnie qu'elle en la sienne.

Mais – et ce n'était pas le moindre des obstacles – il était pompier. Aurait-elle préféré qu'il soit encore militaire ? Ou commercial, toujours sur les routes ? Ou facteur, ou boulanger ?

Pourquoi faut-il qu'il soit pompier ?

Elle aperçut les gyrophares et entendit les sirènes des autres véhicules d'urgence qui venaient d'arriver sur les lieux de l'accident. Elle s'approcha prudemment. Des hommes portant casques et gilets de visibilité sortaient du bâtiment, dans lequel retentissait une sirène d'alarme signifiant qu'il fallait évacuer les lieux. Un camion de pompiers était déjà là, deux autres arrivaient derrière elle.

Elle se gara et se dirigea vers un homme qui paraissait faire partie de l'entreprise sinistrée.

— Que s'est-il passé ? demanda-t-elle.

— Un incendie s'est déclaré dans le bloc B de l'usine de production d'acétone. Nous avons procédé à l'évacuation du personnel et sommes encore en train de compter les employés.

— Donnez ces chiffres au capitaine des pompiers, s'il vous plaît. Y a-t-il des blessés ?

— Deux. Ils sont là-bas. Robert et Wendy.

Elle vit deux personnes assises dans l'herbe, sur le bas-côté, les mains bandées. Elle appela le centre de contrôle, leur transmit les informations qu'elle venait de recevoir et demanda qu'on fasse venir plus d'ambulances. La situation était critique et pouvait dégénérer à tout instant.

Elle raccrocha et se dirigea vers Paolo.

— C'est de l'acétone qui a pris feu, dit-elle.

— C'est ce que je viens d'apprendre. J'ai ordonné à mes hommes de porter les masques à gaz. On a des chiffres ?

— Ils sont en train de compter le personnel. Je vais voir ces deux victimes et vais mettre en place une tente de tri. Envoie-moi tous les blessés une fois que les procédures de décontamination auront été effectuées, d'accord ?

Elle n'avait pas le temps de chercher Ryan. Il fallait qu'elle s'occupe des deux blessés. Robert regardait ses mains ; Wendy, au loin. Par chance, ils étaient l'un et l'autre conscients et respiraient normalement.

— Bonjour, je suis Addy. Pouvez-vous me dire ce qui s'est passé ?

Au premier abord, ils ne semblaient avoir ni saignements ni fractures. Les faire parler lui donnerait une première idée de l'état de leurs voies respiratoires.

Certains produits toxiques provoquaient des brûlures de la gorge et des voies respiratoires quand on les inhalait. Elle ne connaissait pas en détail les effets de l'acétone, mais savait qu'en grande quantité elle pouvait irriter les muqueuses.

— On ne sait pas, répondit Robert. L'une des machines a fait des bruits bizarres toute la matinée et on attendait que les ingénieurs viennent jeter un coup d'œil. On voulait l'arrêter, mais Gregori, notre chef, nous a dit de la laisser fonctionner. Soudain, il y a eu un éclair aveuglant, puis une explosion. Quelques secondes plus tard, la salle était en feu.

— Vous êtes blessés ? demanda Addy en enfilant ses gants.

— Nous sommes brûlés. Wendy dit qu'elle n'a pas mal, mais la douleur est atroce pour moi.

Quand une brûlure n'était pas douloureuse, cela pouvait signifier qu'elle était tellement profonde qu'elle avait endommagé les terminaisons nerveuses.

— Comment vous êtes-vous brûlés ?

— Nous avons essayé d'arrêter le feu, avec les extincteurs. Mais nous étions trop près. Mes vêtements ont pris feu, Wendy m'a fait rouler sur le sol pour les éteindre.

— Mais j'ai glissé et je suis tombée dans les flammes, ajouta la jeune femme.

Addy se tourna vers elle et s'efforça de garder une expression neutre en voyant l'état de son visage, brûlé, rouge, à vif sur plus de la moitié. Une partie de ses cheveux avait également brûlé, ainsi que ses sourcils et ses cils. Il était probable qu'elle ait besoin d'une greffe de peau.

— Avez-vous été décontaminés ? demanda-t-elle en cherchant un cathéter pour la perfuser.

— Je ne crois pas…

Il fallait qu'on les débarrasse de l'acétone susceptible d'avoir imprégné leur peau et d'aggraver leurs brûlures. Le meilleur moyen aurait été l'eau et le savon, mais elle ne voulait pas frotter leurs plaies. Tout ce qu'elle pouvait faire, c'était rincer à l'eau, afin de diluer l'acétone autant que possible.

Une fois cette tâche effectuée, elle demanda à ses collègues

Chrissie et Jake de panser Robert et Wendy avant qu'on les transfère à l'hôpital. Wendy était en état de choc.

— Comment vous sentez-vous ? lui demanda-t-elle.

— Ça va. Dans quel état est mon visage ?

En mauvais état. Mais cela s'arrangerait. Un jour.

— Vous êtes brûlée, mais les médecins de l'hôpital vont s'occuper de vous.

— Je me marie dans deux mois.

Addy sentit son cœur se serrer.

— C'est vrai ? Félicitations !

— Merci. J'ai de la chance. Brian est mon âme sœur. Nous nous sommes connus à l'école, mais la vie nous a séparés. Il s'est marié de son côté, moi aussi, puis nous avons divorcé, pour des raisons différentes. Nous sommes retombés l'un sur l'autre l'année dernière. C'était comme si la vie me disait : « C'est le moment ou jamais d'être heureuse ! »

Elle essaya de sourire.

— Est-ce que vous auriez un miroir ? Je veux voir.

— Non. Et je pense qu'il vaut mieux ne pas vous regarder pour l'instant.

— C'est grave ?

Que répondre ?

— C'est à vif.

— Brian me dit tous les jours que je suis belle. Vous croyez qu'il me trouvera encore belle ?

Addy l'espérait. Elle espérait que Brian saurait voir la beauté de sa fiancée au-delà des cicatrices qui mettraient sans doute des mois à s'atténuer, et qu'il épouserait la femme dont il était tombé amoureux.

— Évidemment !

— C'est comme une deuxième chance, pour nous. Mais s'il ne veut pas...

Addy vit ses yeux devenir vitreux et comprit qu'elle était en train de perdre connaissance. Elle appela Chrissie pour qu'elle l'aide à l'allonger en position latérale de sécurité et approcha le masque à oxygène de son visage. Elle était en train de vérifier que les fluides s'écoulent correctement dans la perfusion quand il se produisit une explosion assourdissante. Instinctivement, elle se pencha au-dessus de Wendy pour la protéger.

Une épaisse fumée et une odeur nauséabonde emplirent l'air. Addy cligna des yeux et jeta un coup d'œil à ses collègues qui se tournaient vers l'origine de l'explosion, sous le choc de voir qu'une partie de l'usine était partie en fumée. Les pompiers étaient déjà en place pour dompter les flammes.

Ryan.

Mais elle n'avait pas le temps de s'inquiéter pour lui, de le chercher pour s'assurer qu'il allait bien. Wendy revenait à elle, inconsciente de ce qui venait de se passer.

— J'ai envie de vomir…

— Vous avez perdu connaissance mais tout va bien, maintenant. On va vous emmener à l'hôpital.

— Pourriez-vous appeler Brian ?

— Bien sûr. Dès que vous serez en sécurité dans l'ambulance.

— Il travaille dans l'administration.

— Dans quel secteur ? demanda-t-elle dans le but de la faire parler, ce qui était toujours un bon moyen de surveiller son état.

— Ici. Dans les bureaux de l'usine.

Addy se figea. Elle jeta un coup d'œil à la partie du bâtiment qui n'était plus qu'une ruine noircie et fumante, dont des flammes s'échappaient par les fenêtres et léchaient ce qu'il restait de la façade. Où se trouvaient les bureaux de l'administration ?

— Donnez-moi son numéro, l'hôpital le contactera.

— Merci, murmura Wendy, l'air ailleurs.

Les antalgiques commençaient à faire effet. Ils retardaient le moment où elle serait confrontée à la réalité, qui viendrait bien assez tôt.

Avec de la chance, Brian serait sain et sauf, et il irait voir Wendy à l'hôpital pour lui tenir la main pendant toutes les étapes du débridement et de la reconstruction de son visage. Avec de la chance, il resterait à ses côtés, l'épouserait et continuerait à lui dire qu'il la trouvait belle, comme il l'avait toujours fait.

Elle vit un groupe s'agiter dans son champ de vision périphérique. Elle tourna la tête. Paolo était flanqué de deux de ses hommes, qui en portaient un troisième, inanimé.

Son sang ne fit qu'un tour.

10

Le pompier inconscient portait un masque à oxygène, qui empêchait Addy de voir son visage. Elle se précipita vers le groupe en priant pour que ce ne soit pas Ryan.

Elle s'agenouilla et souleva le masque, le cœur tambourinant dans sa poitrine.

Ce n'était pas Ryan. Elle éprouva un immense soulagement – ainsi qu'une immense culpabilité. Elle reconnut Hank Couzens, qui faisait partie des Blue Watch. Elle ne le connaissait pas très bien, mais savait qu'il était marié et qu'il avait trois enfants. Deux garçons et une petite fille qui venait de naître.

Elle replaça le masque à oxygène et fit une première évaluation de son état.

— Que s'est-il passé ?

— Le souffle de l'explosion l'a projeté contre un mur, que sa tête a heurté fortement.

Elle palpa son crâne et son cou. Sous ses doigts, rien n'indiquait une fracture, et Hank, inconscient, n'était pas en mesure de lui dire où il avait mal. Le risque de lésions internes était élevé. Elle immobilisa sa tête à l'aide d'une minerve. Puis examina ses membres. Pas de fracture. Son abdomen était souple. Avec un peu de chance, il s'en sortirait avec une commotion cérébrale.

Elle appela une ambulance pour qu'on l'emmène à l'hôpital. Une fois l'ambulance partie, toutes sirènes hurlantes, elle regarda l'usine et les pompiers qui essayaient d'éteindre le feu et se demanda lequel d'entre eux était Ryan.

Combien de fois devrait-elle encore regarder un bâtiment en flammes en se demandant s'il allait en réchapper ? Elle s'était juré de ne plus jamais revivre cette torture. Ryan était censé être un collègue et ami. Mais elle était déjà profondément attachée à lui.

Peut-être vaudrait-il mieux que je prenne mes distances.

Peut-être vaudrait-il mieux que je rompe complètement le contact.

L'incendie avait été violent, mais ils avaient fini par en venir à bout. Ryan s'éloigna du bâtiment, en nage. Il retira doucement son casque et offrit son visage à la brise fraîche de cette fin d'après-midi. Puis il rejoignit Paolo et le reste de l'équipe.

Addy était là aussi, les traits tirés.

Il n'osait pas imaginer ce qu'elle avait enduré. Affronter les flammes n'était pas une partie de plaisir, mais assister à la destruction d'un bâtiment par le feu, après ce qu'elle avait vécu, avait dû être une torture.

— Ça va ? lui demanda Paolo.

— Oui. Je suis content que ce soit terminé. Il paraît que le feu a démarré dans l'aile ouest du bâtiment. On en saura plus après l'enquête.

En cas d'incendie majeur, comme celui-là, une enquête était systématiquement ouverte pour en déterminer la cause et l'origine, ce qui s'avérait particulièrement utile au cas où il soit d'origine criminelle.

— Il y a de l'eau, là-bas, dit Paolo. Buvez, après quoi nous rentrerons à la caserne.

— À votre santé, dit Ryan en levant sa bouteille d'eau vers le capitaine.

Assoiffé, il en but la moitié puis s'approcha d'Addy qui tourna la tête vers lui.

— Ça va ? demanda-t-elle.

Elle était tendue.

— J'ai chaud et je sens un peu la fumée, dit-il sur un ton léger, en souriant, pour alléger l'atmosphère. Mais, à part ça, ça va. Quoiqu'une douche serait la bienvenue. Et vous ?

— J'ai envoyé Hank Couzens à l'hôpital. Mais, à part ça, ça va.

— Hank ? Qu'est-ce qui lui est arrivé ?

— Il avait perdu connaissance. Il s'est fait projeter par l'explosion.

— Je ne savais pas, dit-il en s'en voulant un peu d'avoir plaisanté.

Jusqu'à deux minutes auparavant, il lui tardait de prendre une douche ; à présent, il lui tardait d'aller voir son collègue à l'hôpital.

Addy le regarda d'un air dur.

— J'ai d'abord cru que c'était vous, dit-elle d'une voix chevrotante. Jusqu'à ce que je soulève son masque à oxygène, j'ai cru que c'était vous...

Il la regarda et prit conscience qu'elle s'était inquiétée pour lui. Mais qu'y pouvait-il ? Il était pompier et mettait sa vie en danger tous les jours. Il ne pouvait pas changer de métier simplement pour que les autres se sentent mieux. Il n'était pas du genre à travailler dans un bureau. Il aimait les métiers à risque. Il n'imaginait pas vivre sans montées d'adrénaline. Il était ainsi fait.

— Mais ce n'était pas moi. Je vais bien.

Elle hocha la tête en évitant son regard. Il comprit qu'elle était au bord des larmes et s'efforçait de retenir un torrent d'émotions.

— Je vous aime beaucoup, Ryan. Et j'aime beaucoup votre fille. Mais je ne peux pas m'exposer à cela. Je ne peux pas rester là et me ronger les sangs en attendant qu'on vous ramène sur une civière ou dans une housse mortuaire. C'est au-dessus de mes forces.

— Addy...

— Non, je suis désolée, Ryan, mais il faut que je me protège.

Il la regarda s'éloigner, sous le choc. Ils se connaissaient à peine, ils étaient à peine en train de se lier d'amitié.

Et elle aussi avait un métier à risque. Elle aussi pouvait perdre la vie du jour au lendemain en exerçant le métier qu'elle aimait. Et c'est lui qui se retrouverait seul, sans elle.

Avait-elle déjà réfléchi à cela ?

Lui y pensait tout le temps. Et l'idée de se retrouver sans elle lui était de plus en plus insupportable.

11

La vie était plus simple sans Ryan.

C'est du moins ce dont Addy essayait de se convaincre chaque fois qu'elle se surprenait à penser à lui. Peut-être qu'à force de se le répéter, cela deviendrait une réalité.

Je n'ai pas besoin de Ryan et je suis mieux sans lui.

Pourquoi, dans ce cas, était-elle assise derrière sa machine à coudre pour confectionner le déguisement de Carys, en pensant à lui constamment ?

Elle avait fait une capuche sur laquelle elle essayait de fixer des oreilles, des yeux et des dents, mais elle n'y parvenait pas.

Il faut que Carys l'essaye pour que je sache à quelle hauteur les placer.

Mais elle avait décidé de mettre de la distance entre Ryan et elle, avant que les choses deviennent trop compliquées. Elle sentait bien qu'ils étaient attirés l'un par l'autre. Elle avait du mal à ne le considérer que comme un collègue de travail. Carys et Ryan étaient la petite famille dont elle avait toujours rêvé. Un homme parfait et une enfant parfaite. Elle était en train de tomber amoureuse de lui. Comment cesser d'éprouver de tels sentiments ? La solution, c'était de s'éloigner d'eux. De se rendre compte qu'elle n'avait pas besoin d'eux.

Mais où dois-je placer ces maudites oreilles ?

Elle se leva et se mit à marcher en long et en large.

Peut-être pourrait-elle les croiser au parc. Ils y allaient souvent. Mais comment faire en sorte que cela ait l'air naturel ?

Peut-être pourrait-elle ne pas faire le déguisement.

Non. Une promesse était une promesse. Le fait qu'elle ne veuille plus voir Ryan ne l'autorisait pas à punir sa fille.

Dans ce cas, autant aller directement chez eux, frapper à la porte et demander à prendre les mesures sur Carys.

Ryan était en train de faire des crêpes, pour la plus grande joie de Carys qui, chaque fois qu'il mettait la pâte dans la poêle, attendait fébrilement que la crêpe soit cuite d'un côté et comptait jusqu'à trois pour qu'il la fasse sauter. Jusqu'à présent, il avait fait tomber la première par terre, la deuxième avait atterri sur le bord de la poêle et s'était déchirée. Il en était à la troisième.

— Prête ? Un… Deux… Trois !

On sonna à la porte.

Il lança la crêpe, qui se retourna et retomba parfaitement dans la poêle. Carys applaudit en poussant des cris de joie. Il posa la poêle, éteignit le feu.

— Ne touche à rien. Je vais ouvrir et je reviens.

Il attendait un colis. Il avait commandé une trottinette pour Carys. Cela l'inciterait à sortir de la maison au lieu de se morfondre sur le fait qu'Addy soit partie en emportant leur amitié avec elle.

Pour être honnête, leur relation était plus qu'une amitié. Même s'il ne s'était rien passé d'autre entre eux. Mais les pensées et les sentiments étaient bien là. L'attirance. Le désir.

Le départ d'Addy, après l'incendie de l'usine, l'avait contrarié. Il comprenait pourquoi elle disait ne pas pouvoir être amie avec lui mais avait du mal à l'accepter. Grâce à elle, il était enfin sorti de sa coquille. Il y avait longtemps qu'il n'avait pas été aussi heureux.

Il était certain qu'il y avait quelque chose entre eux, quelque chose de fort qui lui donnait envie de passer plus de temps avec elle. Plusieurs fois il avait été tenté de l'embrasser, mais s'était contenté de lui donner un baiser chaste sur la joue. Il ne voulait pas risquer de perdre cette ébauche de relation. Ils étaient aussi prudents l'un que l'autre, désireux d'essayer mais redoutant d'échouer.

Il ouvrit la porte. Et resta bouche bée.

Addy était là, aussi magnifique que dans l'image qu'il passait et repassait en boucle dans son esprit.

— Il faut que je vous emprunte Carys.

— Addy..., dit-il, comme pour se convaincre que cette vision était bien réelle.

— J'aimerais qu'elle essaye son déguisement.

— Oh ! vous avez continué ?

— Je lui avais promis.

— Entrez, elle est dans la cuisine.

Addy avança et s'arrêta à la porte de la cuisine. Elle semblait mal à l'aise.

— Bonjour, Carys, dit-elle.

Carys se leva d'un bond et se jeta dans ses bras en souriant de toutes ses dents. La posture et l'expression d'Addy changèrent alors du tout au tout.

— J'ai apporté ton déguisement de tigre pour que tu l'essayes. Je veux voir où coudre les yeux, les oreilles et les crocs, pour que tout soit à la bonne place.

Elles allèrent ouvrir le sac d'Addy dans le salon. Ryan les suivit en se demandant ce qu'il devait faire ou dire.

— Voulez-vous boire quelque chose ? demanda-t-il, faute de mieux.

Elle le regarda, et son sourire s'évanouit.

— Non, merci, je ne vais pas rester.

Il hocha la tête. De toute évidence, on n'avait pas besoin de lui dans le salon. Il retourna dans la cuisine. Mais Addy lui avait manqué. Les deux jours pendant lesquels ils ne s'étaient pas vus lui avaient paru trop longs. D'autant que Carys passait son temps à lui demander quand ils pourraient retourner chez elle pour continuer le puzzle.

Il n'avait pas voulu entrer dans les détails et était resté évasif.

Il n'en revenait pas qu'Addy ait pris autant de place dans leur vie en si peu de temps. Mais, pas plus qu'Angharad, il n'avait réussi à la retenir. Pour différentes raisons, bien sûr. Le départ de sa femme lui avait laissé un goût d'échec dans la bouche. Il s'était toujours considéré comme un relativement bon parti. Un homme honnête, loyal. Mais peut-être avait-il accordé trop d'attention à son travail et à sa fille, et pas assez à sa femme. Angharad s'était-elle sentie négligée ?

L'idée qu'il soit pompier ne la réjouissait pas. Au début de leur relation, elle avait trouvé cela plutôt sympa. Peut-être n'avait-elle pas supporté que la vraie vie remplace l'image de l'homme sexy, torse nu, avec un chiot dans les bras, du calendrier.

Comme Addy.

À la différence près qu'Addy connaissait la réalité du métier dès le départ. Elle avait toujours su qu'il était pompier. Était-ce la raison pour laquelle elle s'efforçait de garder ses distances ?

Il rangea et nettoya la cuisine et s'assit à la table, la tête entre les mains.

Il entendit les rires de Carys et d'Addy. Il eut envie d'être avec elles.

Après tout, je suis chez moi. Pourquoi est-ce que je me cache dans la cuisine ?

Il se leva et décida de se montrer.

Addy avait bien fait de venir faire essayer le costume à Carys. Il fallait qu'elle reprenne deux coutures parce qu'il était trop grand. On voyait à peine Carys sous ces mètres et ces plis de fourrure à rayures.

Elle se réjouissait aussi de la simple présence de la petite fille, dont la joie et l'enthousiasme étaient communicatifs. Elle n'en revenait pas de se sentir aussi bien et de rire autant en compagnie d'une petite fille de cinq ans.

Elle était en train de noter une mesure quand la porte s'ouvrit.

— Tout va bien ? demanda Ryan.

Elle lui adressa un sourire poli tout en essayant de maîtriser sa respiration et son rythme cardiaque. Les deux jours passés sans le voir n'avaient rien amélioré à cet égard.

— J'ai presque fini, dit-elle.

— Super.

Il s'assit sur le canapé et prit un magazine. C'était un magazine pour enfants. La scène était bizarre. Avait-il vraiment envie de lire ce magazine ou essayait-il de se donner une contenance ?

— Ne bouge pas, dit Addy à Carys en plaçant des épingles.

— Quand est-ce que je pourrai venir chez toi pour faire le puzzle ?

— Euh… Je ne sais pas.

— Ce week-end ?

— Euh…

Ryan posa son magazine.

— Tu vas chez tes grands-parents, ce week-end, dit-il. Tu te rappelles que vous irez voir tes cousins, Lara et Jacob ?

Carys fit une moue déçue qui la toucha.

— Je suis sûre que tu vas bien t'amuser avec tes grands-parents et tes cousins, dit Addy. Je me rappelle, quand j'allais chez mes grands-parents, ma grand-mère faisait des tartes encore meilleures qu'à la pâtisserie. Il y avait une boîte à musique, dans leur véranda, avec de petits tiroirs. Chaque fois que j'y allais, elle y avait mis un petit cadeau pour moi – une petite pièce ou un bonbon.

Carys sourit.

— Et ils avaient un adorable petit caniche blanc, Toby. Il sentait un peu mauvais, mais je l'aimais beaucoup. Tes grands-parents ont des animaux ?

— Ils ont un chat. Il est noir et marron. Il s'appelle Munchkin.

— C'est un chat écaille de tortue, précisa Ryan. Ce qui est

rare, apparemment. La plupart d'entre eux sont des femelles, dit-il. Ce qui signifie probablement que...

Il s'interrompit.

— Que quoi ? demanda Addy.

— Qu'il est stérile.

— Ça veut dire quoi, stérile ? demanda Carys.

— Cela veut dire qu'il ne pourra pas faire de bébés.

— Ah... Hé ! papa, on peut avoir un chat ?

Le changement de sujet fut aussi rapide que cela. Mais il sembla prendre Ryan de court.

— Euh... Non, pas maintenant. Les animaux, il faut s'en occuper. Or, moi je travaille toute la journée, et toi, tu es à l'école. Je n'ai pas envie qu'il reste tout seul à la maison à longueur de temps.

Addy s'était fait la même réflexion. Elle avait souvent pensé adopter un animal pour se sentir moins seule, mais elle aussi était absente la majeure partie du temps. Elle s'était dit, récemment, qu'elle pourrait aller chercher un vieux chat au refuge, de ceux dont personne ne voulait et qui serait tout content de passer ses vieux jours avec elle.

— Tu sais, Carys, je pensais aller chercher un chat au refuge, quand j'aurai des vacances. Comme ça, je pourrai rester avec lui, le temps qu'il s'habitue. Et puis ensuite, il ferait sa vie. Mais je ne suis pas encore sûre de moi.

— Je pourrai venir le voir ?

Elle jeta un coup d'œil à Ryan, qui était impassible.

— Oui. Mais, je te l'ai dit, ce n'est pas sûr.

Elle l'aida à sortir du déguisement sans se piquer avec les épingles.

— Je vais y aller. Maintenant que j'ai corrigé les mesures, je vais pouvoir le finir, dit-elle en le rangeant dans le sac.

— Je vous accompagne, dit Ryan en se levant.

— Merci, dit-elle, avant de le suivre jusqu'à la porte.

Elle se retourna et vérifia que Carys ne les avait pas suivis.

— Je suis désolée de m'être montrée un peu abrupte, dit-elle en baissant la voix. Je ne voulais pas… J'étais stressée. Stressée et épuisée. Mais j'espère sincèrement que nous continuerons à bien nous entendre dans le travail. Je l'espère vraiment…

Elle s'interrompit. Pourquoi répétait-elle tout ce qu'elle disait ? Elle parlait trop.

Elle espérait qu'avec le temps leur relation serait plus simple. Mais pour l'heure, en se retrouvant face à lui, à quelques centimètres de sa bouche sensuelle, de ses magnifiques yeux noirs, de sa mâchoire ombrée par une barbe naissante, elle se demanda si elle n'était pas en train de commettre une grossière erreur. Il était tellement beau, en jean et en T-shirt ! Ces bras… Ce torse… Même ses cheveux étaient parfaits. Elle avait juste envie d'y glisser les doigts, de les caresser, de se rapprocher de lui…

Ryan représentait tout ce qui risquait de compromettre sa santé émotionnelle et psychique. Il était pompier et avait un enfant. Il avait besoin de quelqu'un de stable dans sa vie. Stable et capable de lui donner d'autres enfants.

— Nous serons toujours amis, dit-il. Quoi qu'il arrive.

Et sa voix… grave et douce à la fois.

J'ai très envie de l'embrasser. Comment résister ?

— C'est pratiquement impossible !

— Pardon ?

Elle se sentit rougir en comprenant qu'elle avait dit tout haut ce qu'elle pensait tout bas.

— Je veux dire : « Merci. » Désolée, je pensais… J'avais deux conversations en tête. Vous savez, quand notre esprit se met à divaguer.

Elle rit nerveusement.

— Cela m'arrive tout le temps, dit-il avec sincérité, en la regardant droit dans les yeux.

— Il faut que j'y aille. Un bisou à Carys.

— Je n'y manquerai pas.

Il ouvrit la porte et s'écarta pour la laisser sortir.

— Et dites-lui qu'elle peut venir faire son puzzle quand elle veut.

— Je pourrai venir, moi aussi ?

Elle hésita. Ryan reprit aussitôt la parole.

— Je peux aussi la déposer chez vous un moment et revenir la chercher quand vous voudrez.

Elle regretta d'avoir hésité. En dépit de ses bonnes résolutions, l'idée de ne pas passer de temps avec lui était difficilement supportable.

— Je pourrai aussi la raccompagner chez vous, dit-elle. Nous sommes vraiment voisins.

— C'est vrai. Elle ne sera pas là ce week-end. Le suivant, peut-être ?

— Super ! J'en profiterai pour faire un autre essayage.

— Et vous pourrez l'emmener chercher votre chat, si vous décidez d'en avoir un. Encore que je prends des risques en la laissant aller voir tous ces animaux au refuge qui n'attendent que de trouver un foyer accueillant, dit-il en riant.

— C'est vrai.

Elle lui sourit. Puis elle se tourna et indiqua la rue du pouce.

— Je vais y aller, répéta-t-elle, consciente que son cerveau ne fonctionnait pas à pleine capacité quand Ryan se trouvait près d'elle.

— D'accord. On se voit bientôt.

— Absolument. Oui. Au travail.

— Au travail. Pas en dehors.

— Mmm...

Elle le regarda encore quelques secondes, s'accrochant à l'idée qu'il lui suffirait de faire deux pas pour l'embrasser une fois pour toutes sur la bouche. Après tout, qu'est-ce qui se passerait si elle osait le faire ?

Lui ferait-elle peur ? Honte ? Se mettrait-elle dans une situation qu'elle regretterait par la suite ?

C'est surtout cette dernière raison qui la retint. Elle ne voulait plus avoir à regretter quoi que ce soit dans sa vie. Elle avait perdu son petit ami parce qu'elle ne pouvait pas lui donner d'enfants.

Elle avait perdu son père et son frère dans un accident tragique. Avait-elle envie de perdre définitivement Ryan ?

Résister, ne pas l'embrasser, ne pas laisser cette attirance mener le jeu signifiait ne pas se créer de futurs regrets. Ryan et elle pourraient rester amis. C'était déjà beaucoup, non ?

— Au revoir, Ryan, finit-elle par dire avec un soupir.

Puis elle rassembla tout son courage et s'éloigna.

12

Ryan grimaça en regardant les murs noirs de suie et les rideaux qui paraissaient danser tandis que le feu les consumait, et s'efforça de maintenir le puissant jet d'eau sur les flammes. Certaines décorations des fenêtres avaient déjà explosé ou fondu.

L'incendie était parti du canapé. Personne n'avait fait attention à la cigarette qui était tombée du cendrier posé en équilibre sur l'accoudoir et avait embrasé le rembourrage de l'assise.

Par chance, les habitants des lieux avaient rapidement senti une odeur de fumée et avaient pu évacuer la maison avant que tout le monde s'intoxique. Mais il faudrait tout de même qu'ils voient un médecin.

Leur tâche consistait faire en sorte que le feu ne se répande pas aux maisons mitoyennes que Paolo avait également fait évacuer, par mesure de sécurité.

La chaleur était insoutenable. La fumée tourbillonnait en tous sens, et une autre fenêtre explosa, ce qui laissa pénétrer encore plus d'oxygène susceptible d'attiser les braises. Les taches de suie formaient un kaléidoscope lugubre sur le plafond, et les flammes atteignaient maintenant une partie du toit, sur laquelle Ryan gardait un œil, depuis l'autre bout de la pièce, conscient du risque d'effondrement.

Lorsque l'incendie fut enfin maîtrisé, il poussa un grand soupir et alla couper l'eau de la lance que son collègue Jonno l'avait aidé à diriger. Et ils sortirent de la maison sinistrée.

— Le feu est effectivement parti du canapé, dit-il à Paolo.

— Au moins n'a-t-il pas fait de victimes. On peut remplacer des meubles, une maison, pas des gens.

Paolo avait raison. Les êtres chers étaient irremplaçables. Quand Angharad était partie, il avait trop souffert pour songer à la remplacer, de toute façon. En revanche, cela faisait quelque temps qu'il se surprenait à imaginer rencontrer une autre femme.

Une femme comme Addy.

Addy, elle, ne pourrait jamais remplacer son père ou son frère. Ni ce type avec qui elle avait voulu avoir des enfants. En fait, elle n'avait pas l'air d'avoir envie de trouver quelqu'un d'autre. Elle semblait avoir peur – ce qu'il comprenait. La peur était une phase qui, comme tout, finissait par passer. Il espérait être encore près d'elle quand cela se produirait. Car il était persuadé que leur vie pourrait être merveilleuse s'ils la passaient ensemble.

Mais elle hésitait, elle mettait de la distance entre eux, et cela l'inquiétait. Parce qu'il avait besoin d'une personne stable et forte, pas de quelqu'un qui s'enfuie à la première difficulté. Il ne pouvait pas se le permettre. Carys avait besoin de stabilité et de sécurité.

Ryan jeta un coup d'œil aux deux ambulances venues prendre en charge les éventuels blessés, espérant voir Addy. Mais elle n'était pas là. On ne la sollicitait que dans des accidents dans lesquels des vies humaines étaient en péril.

Peut-être avait-elle été appelée pour un autre accident. Peut-être ne travaillait-elle pas ce jour-là. Peut-être avait-elle pris les vacances dont elle avait parlé l'autre jour.

Où qu'elle soit et quoi qu'elle fasse, elle me manque.

Il s'était habitué à la voir au travail. À la fin d'un sauvetage, il n'avait qu'à tourner la tête pour la voir. Cela lui faisait du bien de la savoir près de lui, prenant soin de ses patients, en sécurité. Et de savoir qu'elle gardait toujours un œil sur lui. Sur les pompiers de Blue Watch – sa famille.

Le refuge de Tutbury grouillait de chats. Des chatons, des femelles enceintes, des chats sauvages capturés pour qu'ils s'habituent à la présence humaine. Et de vieux chats, à qui l'on avait attribué un autre bâtiment, plus tranquille. Une sorte de maison de retraite pour chats.

Addy avait dû passer un entretien préliminaire lors duquel on lui avait posé des questions relatives à son style de vie, à son logement et au genre de chat qu'elle cherchait. Après avoir raconté ce qu'elle faisait comme métier, elle s'attendait presque qu'on lui refuse l'adoption d'un animal. Elle avait expliqué qu'elle comptait prendre deux semaines de vacances pour passer du temps avec le chat et l'aider à prendre ses marques. Après quoi elle passerait huit ou neuf heures par jour au travail, parfois plus. Personne ne pouvait prévoir quand les accidents et les urgences survenaient.

— Mais j'ai grandi avec des chats, avait-elle dit. Mes parents en ont toujours eu. Des chats de gouttière, surtout, et, une fois, un bleu russe.

— Je pense que vous allez trouver le chat qu'il vous faut, avait dit Letty, la directrice du refuge.

On l'avait alors escortée jusqu'au bâtiment des vieux chats, où elle put déambuler entre les cages au son de la musique classique douce diffusée par les enceintes. La majorité d'entre eux dormait, roulés en boule. Il n'y avait qu'un chat par cage, sauf dans le cas d'une fratrie ou d'un couple qu'on ne pouvait pas séparer. Des chats de toutes les races, de toutes les couleurs. Elle en vit un qui n'avait qu'un œil. Elle s'approcha de la cage, une petite note y disait qu'il avait été blessé dans une bagarre avec un autre chat. Beaucoup avaient des histoires tristes. L'un avait le virus de l'immunodéficience féline. Un autre avait perdu une patte dans un accident. Un autre, au pelage noir, souffrait d'hypoplasie cérébelleuse qui provoquait des problèmes d'équilibre.

— Les gens choisissent rarement des chats noirs, expliqua Letty, comme pour s'excuser pour la quantité de chats noirs qu'elle allait voir. Par superstition.

Addy n'était pas superstitieuse. Elle continua à lire les fiches en cherchant quel chat était resté au refuge le plus longtemps.

Elle finit par le trouver. Curly, treize ans, tout noir. Assis sur sa couche, dans la dernière cage, il était en train de faire sa toilette. Il était né avec une anophtalmie, c'est-à-dire qu'il n'avait pas d'yeux. C'est lui qui avait passé le plus de temps au refuge. Il était arrivé là à la mort de son propriétaire.

Sept ans passés dans une cage, à écouter de la musique classique. Sept ans à entendre les gens défiler sans jamais être choisi.

Elle éprouva une affinité immédiate avec lui. Elle aussi avait perdu des êtres chers et s'était retrouvée seule, sans personne avec qui partager son affection.

— Nous sommes faits pour nous entendre, murmura-t-elle en grattant le grillage de la cage pour l'attirer vers elle.

Curly s'approcha d'elle. Puisqu'il n'avait pas la vue, ses autres sens devaient être plus développés encore. Il vint renifler ses doigts puis se frotta contre sa main et le grillage.

Elle sourit. Elle avait trouvé son chat.

— Tu veux venir habiter avec moi, Curly ?

Il se mit à ronronner.

Letty emmena Addy et son nouvel ami dans une salle à part pour qu'ils fassent connaissance.

— Ce n'est pas un chat comme les autres, et nous nous sommes tous attachés à lui. Il va nous manquer. Mais je suis ravie qu'il ait enfin trouvé un foyer.

— Est-ce que je pourrai ne venir le chercher que la semaine prochaine, quand je serai en vacances ? demanda Addy.

— Bien sûr. Et, en attendant, venez le voir autant que vous voudrez.

— C'est vrai ? J'essayerai de passer tous les jours, si mon emploi du temps le permet.

— Parfait. Nous pouvons aller remplir les papiers, si vous voulez.

— Avec plaisir.

Ce n'était qu'une simple formalité. Addy promit à Letty d'envoyer des photos de Curly dans sa nouvelle maison, et Letty lui demanda que si, pour une raison ou pour une autre, elle ne pouvait plus s'occuper de Curly, elle le ramène au refuge.

— Cela m'étonnerait que ça arrive, dit-elle. J'ai déjà l'impression que c'est mon chat. J'ai même du mal à partir sans lui.

— Je sais, mais comme cela se produit parfois, je le précise à tout le monde.

— Je vais aller préparer sa venue à la maison. Il faut que j'achète des écuelles, une litière...

— Oui, il faut être prêt pour faire entrer une nouvelle personne dans sa vie.

Addy la regarda. Letty parlait du chat, bien sûr, mais c'était tout aussi valable avec les humains. Laisser entrer quelqu'un dans sa vie sans y être préparé fragilisait la relation, qui risquait de se terminer au moindre obstacle.

Il n'était pas facile non plus d'être séparé d'une personne que vous aimiez et qui, de surcroît, habitait à deux rues de chez vous. Littéralement. Carys et Ryan lui manquaient terriblement.

Elle fit encore quelques caresses à Curly, salua Letty et se dirigea vers la sortie. Au moment où elle ouvrait la porte pour sortir, un homme était en train d'entrer. Il la heurta.

— Pardon, je suis vraiment dés...

— Ryan ? Qu'est-ce que vous faites là ?

Il avait l'air gêné et aussi surpris qu'elle qu'ils se croisent.

— La même chose que vous, je présume.

— Vous venez chercher un chat ?

— Carys et moi en avons longuement parlé, le jour où vous

êtes passée à la maison, et nous avons pris la décision d'accueillir un chat. De lui offrir une meilleure vie que celle du refuge.

— Vous avez beaucoup d'amour à donner, dit-elle en souriant, contente qu'ils partagent la même expérience.

Il la regarda dans les yeux.

— C'est vrai, nous avons beaucoup d'amour à partager.

Elle plongea les yeux dans son regard noir, profond et intense, le cœur tambourinant dans sa poitrine. Au bout de quelques instants, il détourna le regard et indiqua le refuge d'un signe de tête.

— Vous en avez trouvé un ?

— Oui. Il s'appelle Curly. Il est dans la dernière cage, au fond, à gauche.

— Je peux aller le voir ?

— Bien sûr ! Je vais vous le montrer, répondit-elle, réjouie de retourner voir celui qui serait bientôt son chat.

Et tous les prétextes pour passer quelques minutes de plus avec Ryan étaient bons.

— Il a l'air adorable. Je suis sûr que vous allez bien vous entendre. Je vais faire un tour et voir les autres.

Il passa devant les cages en s'arrêtant pour lire les fiches de chaque chat, comme l'avait fait Addy avant lui. Elle était heureuse de ne pas avoir quitté le refuge cinq minutes plus tôt, sans quoi elle ne serait pas tombée sur lui.

— Comment s'appelle celui-là ?

— Molly. C'est une femelle, répondit-elle en consultant sa fiche.

C'était une chatte tigrée de douze ans.

— Ils disent qu'elle a six orteils à une patte antérieure.

— Je ne vois pas...

Molly était pelotonnée sur sa couche et les regardait paresseusement, comme si elle était blasée de voir les gens défiler devant sa cage.

— C'est sans doute qu'elle ne les montre qu'à certaines personnes spéciales, dit Addy en plaisantant.

Elle éclata de rire quand Molly se leva et s'étira devant elle, exhibant sa patte à six orteils. Ryan passa le doigt à travers le grillage. Molly vint le renifler.

— Qu'est-ce que vous en dites ? Vous pensez qu'elle plairait à Carys ?

— J'en suis certaine. On dirait un petit tigre.

— Avec de grosses pattes.

Addy se remit à rire.

— Il se trouve que Molly s'entend très bien avec Curly, dit Letty en s'approchant d'eux. Au point que nous nous demandons s'ils ne seraient pas amoureux l'un de l'autre. Chaque fois qu'on les sort pour qu'ils prennent l'air, ils se blottissent l'un contre l'autre.

Le regard que Ryan posa sur elle déstabilisa Addy.

— Est-ce qu'on peut la sortir pour que je voie comment elle réagit à ma présence ? demanda Ryan.

— Bien sûr.

Ils s'assirent par terre et laissèrent Molly les approcher. Elle prit son temps, s'intéressant d'abord aux autres cages. Puis elle se rapprocha, se laissa caresser et se mit à ronronner.

— Elle vous va bien, dit Addy, émue.

Elle était contente que Ryan et Carys aient trouvé un chat. Mais sa joie était légèrement ternie par un léger sentiment d'envie à l'égard de Molly qui passerait désormais tout son temps avec les deux personnes auxquelles elle était le plus attachée. Les deux personnes avec lesquelles elle s'efforçait de maintenir des distances, pour protéger son cœur.

Ryan expliqua à Letty qu'il lui ferait savoir le jour où il serait le plus à même de venir chercher Molly. Comme Addy, il voulait prendre le temps de l'acclimater à son nouvel environnement.

Lorsqu'ils sortirent du refuge, Ryan marcha à côté d'Addy sur le parking.

— C'est ma voiture, dit-elle en sortant les clés de son sac. Où vous êtes-vous garé ?

— Je suis venu à pied.

— À pied ?

Il confirma d'un hochement de tête.

— Cela va vous paraître bizarre, mais sans Carys la maison me paraît étrangement calme. Je n'ai plus l'habitude d'être seul. Je trouve le temps long.

— Je comprends.

— Je me suis dit que marcher ferait passer le temps.

Elle sourit. Elle connaissait ce sentiment. Cela faisait des années qu'elle l'éprouvait.

— Ça vous dirait d'aller manger une glace ? s'entendit-elle demander avant même d'avoir réfléchi aux implications de sa proposition.

Mais que risquait-elle, dans le fond ? Ils seraient en public. Et, de toute façon, ils étaient amis. Rien de plus.

— Oh ! dit-il. Ne vous sentez pas obligée de...

— Non, cela me fait plaisir. Cela ne nous engage à rien, n'est-ce pas ? Nous sommes amis, et bientôt de la même famille.

— De la même famille ?

— Nos chats sont amoureux, lui rappela-t-elle.

Elle se sentit rougir. Elle n'en revenait pas d'avoir dit une chose pareille. Elle le regarda en haussant les épaules, comme pour dire : « Enfin, vous voyez ce que je veux dire. »

Ils montèrent dans sa voiture, et elle conduisit jusqu'à la grand-rue, où elle avait repéré un glacier depuis longtemps. Chaque fois qu'elle passait devant et quelle que soit la saison, les gens faisaient la queue jusque sur le trottoir. Elle n'en avait entendu dire que du bien. La boutique avait été fondée par un Napolitain et avait eu tellement de succès qu'il avait ouvert un deuxième magasin, puis un troisième, puis un quatrième.

Cela faisait des années qu'elle n'était pas allée s'acheter une glace. Et elle avait envie de passer du temps avec Ryan. Ils pourraient aller la manger dans le parc. Elle se réjouissait d'être tombée sur lui et avait envie de prolonger ce moment.

Ils consultèrent l'ardoise qui, outre les parfums classiques, proposait également de la glace au caramel au beurre salé, au biscuit, au matcha, au sirop d'érable, à la pastèque et au chewing-gum.

— Restons-nous fidèles à nos habitudes ou osons-nous nous aventurer hors des sentiers battus ? demanda Ryan en se tournant vers elle.

Son sourire lui donna le sentiment d'être spéciale.

— Prenez ce qui vous fait envie, dit-elle.

La manière dont il la regarda la fit rougir. Ryan commanda une boule au matcha et une boule au sirop d'érable. Addy opta pour le biscuit et le caramel au beurre salé.

— Voulez-vous goûter les miennes ? demanda Ryan en lui tendant son cône.

Elle se laissa tenter et ne le regretta pas. Le matcha était incroyable. Son amertume était équilibrée par une juste dose de sucre. Les parfums étaient aussi bons les uns que les autres, ni trop prononcés ni trop sucrés, ce qui aurait rendu la glace écœurante.

À son tour, elle tendit son cône à Ryan qui le goûta en la regardant dans les yeux. Un moment très érotique. Elle fut incapable de détourner le regard du sien. Jusqu'à ce que, lorsqu'il déclara préférer la glace au biscuit à celle au caramel, elle se rappelle qu'ils se trouvaient dans un espace public.

— Elles sont bonnes, n'est-ce pas ? demanda-t-elle.

— Très, répondit-il. Souvent, on a peur de l'inconnu alors que c'est aussi là qu'on fait des découvertes dont on se demande ensuite comment on a pu vivre sans jusque-là.

Elle hocha la tête, ô combien d'accord ! C'était valable pour les glaces. Les expériences. Les relations. Était-ce ce qu'il voulait dire, dans le fond ?

Elle ne connaissait Ryan que depuis peu mais se sentait déjà accro. Elle avait envie de passer du temps avec lui. Beaucoup plus de temps. Ce qui était dangereux pour son équilibre psychologique et émotionnel. Il pourrait la faire souffrir. Pas intentionnellement, bien sûr, mais le risque était là, et elle n'avait pas envie d'en subir les conséquences.

Était-il possible de fréquenter un homme comme lui sans perdre la tête, de le savourer avec modération ?

Dans le parc, les gens profitaient du beau temps. Des familles, des couples, des joggers, des gens qui promenaient leur chien, venus chercher, dans cette bulle verte, de l'air frais et de la paix.

Ici, elle pouvait oublier. Faire comme si la ville autour n'existait pas. Comme si tout allait bien et qu'être là avec Ryan était normal. Or, c'était une parenthèse, un cadeau qu'elle devrait chérir parce qu'il ne durerait pas. Bientôt, ils rentreraient, chacun de son côté, et elle se retrouverait seule, une fois de plus. Mais, pour l'heure, tout était parfait – parce que Ryan était à côté d'elle.

— J'adore cet endroit, dit-elle alors que leurs pas les menaient au lac.

— C'est très paisible.

— Cela nous change de notre travail, de l'urgence, des montées d'adrénaline, des décisions à prendre au pied levé pour sauver la vie des gens...

— C'est vrai. Ici, nous pouvons être comme tout le monde. Avoir une vie normale.

— Mmm...

Un chien passa près d'eux en courant et se jeta dans le lac, éparpillant un groupe de canards. Sa maîtresse lui courut après et se mit à râler parce qu'il était trempé et qu'il allait empuantir la voiture. Ils sourirent en voyant le chien sortir de l'eau et s'ébrouer, manifestement inconscient des problèmes qu'il posait à sa maîtresse.

— Quand rentre Carys ? demanda Addy.

— Demain soir. Je suis persuadé que cela lui fait du bien de passer du temps avec d'autres gens que moi, mais dès qu'elle n'est plus là, je me sens désœuvré.

— Elle voit aussi ses grands-parents maternels ?

Ryan secoua la tête.

— Elle est allée quelques fois chez eux, au début. Mais cela ne fonctionnait pas. Ils disaient qu'ils étaient trop vieux pour s'occuper d'un tout-petit. En fait, ils n'avaient qu'une soixantaine d'années et étaient en parfaite santé. Peut-être était-ce Angharad qui ne supportait pas que l'enfant qu'elle avait abandonnée passe du temps avec ses parents. Je ne sais pas.

— Je suis désolée pour Carys.

— On ne peut pas prendre des décisions à la place des autres. Si quelqu'un ne veut plus faire partie de votre vie, vous ne pouvez pas le forcer.

Elle réfléchit. Elle-même avait décidé de ne plus fréquenter Ryan à cause des sentiments qu'elle éprouvait pour lui. Mais elle se retrouvait pourtant là, à manger une glace avec lui au parc, pensant déjà avec regret au moment où ils devraient se dire au revoir.

Je m'imagine chaque fois que me séparer de lui ne me fera rien. Mais c'est faux. Cela me fait souffrir, chaque fois.

— Vous croyez qu'elle se dit parfois qu'elle a commis une erreur ?

— Angharad ? Je ne pense pas, non. Sans quoi elle se serait manifestée. Mais je n'ai jamais reçu un appel ou un courrier de sa part. Je n'ai pas l'impression qu'elle ait eu quelque remords que ce soit.

D'une certaine manière, elle admirait les gens qui ne doutaient pas. Elle-même avait des doutes tout le temps. Quand elle cherchait à se protéger tout en mourant d'envie de passer du temps avec Ryan, par exemple.

Qu'est-ce que je fabrique ?

— Regardez ! La location de barques est ouverte. Cela vous dit de faire un tour ? proposa Ryan.

Elle n'avait pas envie que ce moment se termine. Pas encore. Elle donnerait n'importe quoi pour le prolonger.

Ils se dirigèrent vers le ponton et louèrent une barque. Une fois qu'ils furent installés, Ryan se mit à ramer pour s'éloigner du ponton. Addy ne put s'empêcher de regarder les muscles de ses bras et de ses épaules se tendre sous sa chemise.

— Je crois que c'est la première fois que je fais un tour en barque. J'ai déjà fait une croisière, mais je ne suis jamais montée à bord d'une autre embarcation.

— Le commandant et son équipage vous souhaitent la bienvenue à bord, dit-il en souriant. Nous venons de quitter le port et nous apprêtons à faire le tour du lac. Les conditions climatiques sont excellentes. Le vent souffle à une vitesse de deux nœuds, et les activités prévues à bord sont… moi.

Ils éclatèrent de rire.

— Que vous êtes bête !

— Je sais. C'est mon problème.

— Vous me plaisez, Ryan Baker.

Il la regarda en silence quelques secondes.

— Vous me plaisez aussi, Addy. Vous me plaisez beaucoup.

Elle sentit son cœur battre plus vite et ses joues rougir, et détourna le regard, troublée par son aveu. Si Ryan l'aimait bien, cela signifiait que l'attirance qu'elle avait perçue entre eux était bien réelle. Elle n'avait pas rêvé. C'était une force contre laquelle ils luttaient l'un et l'autre, probablement pour se protéger et ne pas souffrir.

Ils avaient peur de souffrir parce qu'ils avaient déjà souffert. Et qu'ils étaient conscients, l'un comme l'autre, qu'il fallait du temps pour s'en remettre. Elle n'était pas sûre que son cœur puisse supporter beaucoup d'autres blessures. Raison pour laquelle elle s'efforçait de faire durer les petits moments de bonheur quand ils se présentaient.

Comme celui qu'elle était en train de vivre avec Ryan.

Au centre du lac se trouvait une petite île, couverte d'arbres et de broussaille.

— Il paraît qu'il y a une folie sur cette île, dit Ryan. Ça vous tente qu'on aille voir ?

— Pourquoi pas.

Il trouva une petite anse et s'approcha lentement de la plage en veillant à éviter les branches d'un saule pleureur qui retombaient sur le rivage. Ryan descendit pour tirer la barque sur la grève et lui tendit la main pour l'aider à débarquer. Addy eut l'impression d'être transportée dans un autre monde. À part la sensation électrique qui lui parcourut le bras au contact de la main de Ryan, tout était immobile et silencieux.

— On a le droit d'être là ?

— Probablement pas.

— Comment savez-vous qu'il y a une folie ?

— Je l'ai lu quelque part, quand j'ai déménagé ici. Ce lac, ainsi que les terres qui l'entourent, appartenait à un duc, je crois.

— Je ne savais pas. Alors que cela fait des années que je vis ici.

Il lui sourit et la prit par la main avant d'emprunter un sentier au milieu des herbes hautes et des buissons.

— Il a fait construire cette folie en souvenir de sa femme, morte assez jeune, je crois.

— Il devait l'aimer beaucoup.

— Sans doute. Il est resté endeuillé toute sa vie.

Addy sentit son cœur se serrer.

— C'est quelque chose que j'ai du mal à imaginer, dit Ryan.

— Quoi ?

— Être malheureux au point de ne plus jamais profiter de ce que la vie a à nous offrir.

Elle le regarda.

— Peut-être ne savait-il pas comment s'y prendre.

— Peut-être n'a-t-il jamais rencontré la personne qui aurait pu lui redonner le goût à la vie.

Addy ne sut que répondre. Elle pensa à son père et à son frère. Elle ne leur avait pas construit de folie, mais il y avait bien une sorte de sanctuaire, à la caserne des pompiers. Elle réfléchit à la tristesse du duc attaché à cette femme qui n'était plus là. Elle n'avait pas envie de suivre son exemple et de se languir toute sa vie des êtres qu'elle avait aimés et perdus.

Elle devait trouver son bonheur, cultiver les choses qui la rendaient heureuse, fréquenter les gens qui lui faisaient du bien. Or, les gens qui lui faisaient du bien en cette période étaient Ryan et Carys.

Que dirait son père s'il la voyait hésiter à longueur de journée ? « Saisis les opportunités, ma chérie. Tu ne peux pas passer le restant de tes jours toute seule, à te morfondre dans une maison vide ! »

— Ryan, je...

Sa voix faiblit.

Elle avait envie de lui dire qu'il n'y était pour rien si elle avait pris ses distances. Elle avait envie de lui dire qu'il était important à ses yeux, qu'elle éprouvait des sentiments pour lui et qu'elle voudrait vraiment être la femme dont il avait besoin.

— Je sais, dit-il en lui souriant. J'éprouve la même chose, moi aussi.

Ses paroles lui coupèrent le souffle. Était-il en train de reconnaître que leur relation allait au-delà d'une simple amitié ? C'était un terrain risqué sur lequel elle avait peur de s'aventurer. Mais elle était prête à rassembler son courage et à essayer malgré tout. Avec lui.

Soudain la folie apparut derrière les feuillages. Un bâtiment en pierre qui avait dû être blanc à sa construction et qui était désormais couvert de mousse, de lichen et de lierre. Une partie s'était effondrée. Le temps n'était pas tendre avec les souvenirs.

Addy comptait-elle rester endeuillée toute sa vie ? Allait-elle, au contraire, avoir le courage de créer quelque chose de nouveau, quelque chose de joyeux à célébrer ?

Ryan l'aida à monter les marches du perron et se tourna vers elle. Elle retint son souffle, terrorisée par ce qu'il s'apprêtait à dire ou à faire. Terrorisée mais aussi impatiente qu'il se passe quelque chose. Cet endroit était magique, elle le sentait jusqu'au tréfonds de son cœur.

— Addalyn... Vous êtes quelqu'un de très important pour

moi. Et je suis persuadé que nous pourrions construire quelque chose de fabuleux si nous nous l'autorisions.

Elle hocha la tête en silence. Ryan disait tout ce qu'elle rêvait d'entendre de sa bouche. Mais la peur l'empêchait de prononcer un mot.

— Est-ce que vous seriez prête à vous l'autoriser ? demanda-t-il. Je veux faire cela avec vous et ne ferai rien que vous ne veuillez pas.

Elle avait essayé de prendre ses distances, mais cela l'avait fait souffrir. Que se passerait-il si elle s'autorisait à être heureuse avec lui ? L'univers serait-il cruel au point de lui reprendre un être cher, un pompier, pour la troisième fois de sa vie ?

Elle plongea le regard dans ses yeux noirs. Ryan et elle étaient cachés du reste du monde, sur cette île qui symbolisait un amour perdu. Pouvaient-ils, au contraire, y faire éclore un nouvel amour ? Changer la symbolique de cet endroit, transformer le deuil en nouveau chapitre ?

— Embrasse-moi, Ryan. Embrasse-moi.

Une expression de joie émue passa sur son visage, et il déposa les lèvres sur les siennes. Alors, tout le reste, autour d'eux, disparut.

13

Il n'avait pas prévu de tomber sur Addy au refuge. Lorsque c'était arrivé, il s'était simplement dit qu'il avait de la chance de se trouver au bon endroit au bon moment. Et maintenant, chacun se réjouissait d'avoir trouvé un chat à adopter.

Et il avait pu passer du temps avec Addy. Aller manger une glace, faire un tour en barque sur le lac et, à présent, échanger un baiser. Il n'avait pas prémédité d'emmener Addy sur cette île.

Il savait qu'elle avait peur, aussi n'avait-il pas voulu l'embrasser sans son consentement. Pour rien au monde il ne ferait quoi que ce soit qu'elle puisse trouver menaçant. Il ne voulait pas qu'elle le considère comme un risque, un danger pour son intégrité.

Il voulait qu'elle le voie tel qu'il était. Ryan Baker. Un homme qui pouvait lui apporter de l'amour et du bonheur, si elle l'y autorisait.

Le baiser s'approfondit. Il sentit le corps d'Addy se plaquer contre le sien et l'entendit émettre un gémissement de plaisir qui suffit à l'embraser.

Il y avait longtemps qu'il n'avait pas embrassé une femme avec une telle passion. Il n'avait fréquenté personne depuis le départ d'Angharad, et leur relation s'était détériorée de manière irréversible après la naissance de Carys. Elle n'avait plus voulu qu'il s'approche d'elle. Il s'était senti dérouté, rejeté. Tout ce qu'il avait désiré, c'était l'aimer, la protéger, élever avec elle le petit être qu'ils avaient conçu ensemble. Mais elle l'avait repoussé. Il s'était longtemps senti indigne d'être aimé. Indigne d'être désiré.

Jusqu'à ce qu'Addalyn Snow entre dans sa vie.

Addy avait beaucoup d'affection pour Carys, c'était évident. Mais il devait veiller à ne pas laisser ce fait influencer les sentiments qu'il éprouvait pour elle. C'était difficile. Addy était intelligente, sexy, courageuse, belle, drôle, tendre... Son désir pour elle était irrépressible. Il avait beaucoup souffert quand elle avait pris ses distances avec lui. Alors qu'il commençait à peine à accepter l'idée que la désertion d'Angharad ne dépendait pas tant de ce qu'il avait fait ou pas fait que de l'histoire personnelle de sa femme.

Ce n'était pas ma faute.

Il avait mis longtemps à comprendre que ce n'était pas forcément en lui que quelque chose clochait. Il avait fait de son mieux, et il lui semblait qu'il avait beaucoup à offrir dans une relation. Encore fallait-il tomber sur la femme qui était disposée à le recevoir.

Il avait le sentiment qu'Addy pourrait être cette femme.

Il fallait qu'il lui dise à quel point elle comptait pour lui. Il ne s'agissait pas seulement d'attirance physique. Ryan était une personne sérieuse. Il l'avait toujours été. Professionnellement et dans sa vie privée. Il lui semblait qu'Addy le comprenait. Elle aussi avait été sérieuse toute sa vie.

Il se détacha légèrement d'elle pour reprendre son souffle et plongea le regard dans le sien.

— Ça va ? demanda-t-il.

Elle secoua la tête.

— Non.

Quelque chose en lui se figea. Avait-il mal interprété les signaux ? Ne lui avait-elle pas demandé de l'embrasser ?

— Je ne comprends pas...

Elle sourit.

— Un baiser ne me suffit pas. Je veux aller plus loin, ici, maintenant.

— Je n'ai pas de préservatif.

— Je n'ai pas eu de rapports depuis Nathan. De plus, je ne peux pas tomber enceinte.

— Je n'ai pas eu de rapports non plus depuis Angharad. Mais tu es sûre que c'est ce que tu veux ?

— Je n'en ai jamais été aussi sûre. C'est toi qui me donnes cette assurance.

Il la regarda dans les yeux puis se remit à l'embrasser avec une fougue qu'il décida de ne plus contenir. Ses doigts trouvèrent les boutons de son chemisier et se mirent à les défaire, un par un. Jusqu'à ce qu'ils entrent en contact avec sa peau, douce et chaude.

Et ensuite ?

Il ne fut plus capable de penser de façon rationnelle.

Addy eut l'impression d'avoir reçu une décharge électrique. Tout son être vibrait de désir et d'extase. Ryan était à la fois doux et fort. Un mélange hautement excitant.

Elle n'avait jamais fait l'amour en extérieur. Jamais elle n'aurait imaginé qu'être dehors, en pleine journée, au milieu d'un parc ouvert public, sans lit ni lumière tamisée puisse être aussi exaltant. Être avec Ryan lui donnait le sentiment d'être à sa place, où qu'elle soit.

Après avoir fait l'amour, elle resta un moment allongé dans ses bras, détendue, comblée. Elle se demanda pourquoi elle s'était inquiétée autant. Le besoin qu'elle pensait rationnel de garder ses distances vis-à-vis de Ryan ne se fondait que sur des peurs irrationnelles.

— Je resterais bien ici pour toujours, dit-elle en se blottissant contre lui.

Elle sentit qu'il sourit.

— Moi aussi. Mais nous avons loué la barque pour une heure. Ils vont se demander où nous sommes passés.

— Ils y gagneront si nous la gardons toute la journée.

— Tu as raison. On pourrait rester sur notre île toute la journée.

Il la serra contre lui et l'embrassa sur la tête. Un geste tendre qui la toucha. Ils demeurèrent enlacés un moment.

Elle frissonna.

— Tu as froid ?

— Un peu.

Ils convinrent de rentrer. Ils se levèrent et se rhabillèrent. Ils se mirent à rire en lissant leurs vêtements pour avoir l'air présentables. Puis Ryan lui donna la main, et ils reprirent le sentier en sens inverse, jusqu'à la barque, dans laquelle il l'aida à monter.

Il éloigna la barque du rivage et du saule pleureur. Addy tendit son visage vers le soleil, et ses frissons se dissipèrent. Lorsqu'ils arrivèrent au ponton, le loueur accepta sans problème leurs excuses pour le retard. Ryan régla la location, et ils se remirent à marcher dans le parc en direction du parking.

Une fois assis dans la voiture d'Addy, ils fermèrent les portières puis se regardèrent.

— Je te dépose chez toi ? demanda-t-elle.

Ryan pencha la tête.

— J'ai une autre idée, dit-il en souriant. Tu pourrais rester et passer la nuit chez moi. Carys n'est pas là.

Elle hésita.

— L'idée de prendre une douche chaude avec toi m'excite assez, ajouta-t-il.

Une douche chaude avec Ryan. Nu. Mouillé.

— Alors allons chez toi.

Ryan vit Addy descendre les marches à pas feutrés. Elle était pieds nus, enveloppée dans son peignoir, une serviette sur la tête. Jamais il n'avait trouvé son peignoir sexy jusque-là.

Il posa le couteau avec lequel il était en train de couper des poivrons et s'approcha d'elle pour l'accueillir, la prit dans ses bras et l'embrassa tendrement. Il lui était tout simplement impossible de résister.

Ils avaient fait l'amour toute la journée. Sous la douche. Dans sa chambre – une fois contre le mur, une autre dans son lit, où il avait pris tout son temps pour savourer sa manière de répondre à ses caresses et à ses baisers. Il en avait presque oublié son propre plaisir. Il voulait la voir prendre le sien, ce qu'il avait fait longuement, jusqu'à ce qu'elle l'oblige à s'allonger sur le dos et parcoure son corps à coups de langue et de baisers irrésistibles.

— J'ai l'impression d'être dans une bulle de bonheur, dit-elle.

— Rien ne nous oblige à en sortir, au moins jusqu'au retour de Carys. Elle revient demain soir.

— Je partirai avant qu'elle arrive.

— Est-ce que je pourrai lui dire que je t'ai vue ?

— Bien sûr. Tu n'es pas obligé de rentrer dans les détails, dit-elle en souriant.

— Je lui dirai que nous avons choisi les chats ensemble. C'est une belle histoire.

— Je passerais l'épisode sur l'île.

— Et celui sous la douche ? Et dans la chambre ?

Elle pouffa.

— Hum ! Ça sent bon. Qu'est-ce que tu fais ?

— Je prépare la sauce pour les pâtes.

— Tu ne te contentes pas d'ouvrir un bocal ?

— J'aime bien faire mes propres sauces.

— Est-ce que je peux me rendre utile ?

Ils passèrent un moment joyeux dans la cuisine. Ils faillirent laisser la situation dégénérer quand il lui fit goûter la sauce à la cuillère et que son imagination s'envola. Mais ils avaient tellement faim qu'ils se calmèrent et finirent par s'asseoir sur le canapé, avec chacun une assiette de pâtes, pour regarder un film. Une histoire de cambriolage et de trafiquants d'art.

Il se demanda à quand remontait la dernière fois qu'il avait regardé un film avec une femme magnifique dans les bras. Depuis quand n'avait-il pas été aussi heureux ? Il ne s'en souvenait pas. Même avec Angharad, il y avait toujours eu une certaine tension. Une légère nervosité. L'impression de ne jamais être totalement détendu.

Avec Addy, en revanche, il avait le sentiment de pouvoir être lui-même. Totalement. Sans retenue.

Comment cela se faisait-il ?

Peu importait. Il savait. Ses sentiments pour Addy étaient profonds. Il l'appréciait beaucoup. En fait, il l'adorait.

Pouvait-il dire qu'il l'*aimait* ?

Sans doute, mais il ne voulait pas le lui dire. Pas encore. Il ne voulait pas lui faire peur, alors qu'ils venaient de passer une journée et une soirée merveilleuses dans les bras l'un de l'autre. Une déclaration d'amour était peut-être superflue.

Il sourit intérieurement et pencha la tête contre la sienne.

— Ça va ? demanda-t-il.

— Cela pourrait difficilement aller mieux.

Que demander de plus ?

14

Addy était en train de ranger ses affaires dans la voiture et de vérifier qu'elle avait tout l'équipement nécessaire pour sa prochaine mission quand elle reçut un appel du centre de contrôle au sujet d'un incendie dans un immeuble de quatre étages, appelé Nelson House, dans les quartiers Ouest de la ville. Des résidents étaient pris au piège, et il y avait déjà de nombreux blessés.

Son sang ne fit qu'un tour, comme chaque fois qu'elle recevait des informations du centre de contrôle. Elle se rappela s'être déjà rendue dans cet immeuble surpeuplé, au tout début de sa carrière. La vie de beaucoup de personnes était probablement en jeu.

— Bien reçu. Heure prévue d'arrivée, six minutes.

Elle jeta un coup d'œil vers l'ouest et vit un nuage de fumée grise s'élever dans le ciel. C'était l'heure de pointe, les rues allaient être encombrées. Elle avait déjà calculé le trajet le plus rapide et pensé aux raccourcis qu'elle pourrait prendre pour se rendre sur place au plus vite.

Elle repensa au moment où elle était arrivée au travail, le matin même, flottant sur un petit nuage. Le week-end qu'elle avait passé avec Ryan avait été merveilleux. Pour la première fois depuis longtemps, elle était rentrée chez elle le cœur léger, sans appréhension ni le sentiment vertigineux de solitude qu'elle éprouvait d'habitude.

Elle avait pris une douche, avancé un peu sur le déguisement de Carys puis avait passé la soirée à recarreler la crédence de la cuisine. Grâce aux travaux dans lesquels elle s'était lancée, elle avait vraiment l'impression de vivre dans un nouveau logement. Elle avait le sentiment d'être chez elle. C'était comme si elle avait commencé un nouveau chapitre de sa vie. Et comme si elle était une nouvelle version d'elle-même, que Ryan l'aidait à devenir.

Elle se faufila entre les véhicules qui, au son de sa sirène et à la vue de son gyrophare, s'écartaient et s'arrêtaient pour la laisser passer. Elle pila seulement lorsqu'une vieille dame se lança sur la chaussée, pensant sans doute que les voitures s'étaient arrêtées pour qu'elle traverse la route.

La vieille dame, qui n'avait probablement pas une bonne vue ni une bonne audition, sursauta en voyant son véhicule d'intervention d'urgence arrêté au beau milieu du carrefour, pour la laisser passer, toutes sirènes hurlantes.

Addy reprit sa course, toujours sur le qui-vive, anticipant tous les dangers potentiels qui pourraient se présenter. Elle ne pouvait pas se permettre d'avoir elle-même un accident.

Le centre de contrôle la rappela.

— Les pompiers sont arrivés, et la police a bouclé Bart Road.

Elle savait que Ryan travaillait ce jour-là. Il était probablement déjà sur place, avec Paolo et les autres.

Elle essaya de ne pas l'imaginer dans l'immeuble en flammes. Mais c'était son métier. Il savait ce qu'il faisait, comme tous les intervenants en urgence. Ils étaient formés pour affronter toutes ces situations à risques. Et bien entraînés. Ils gardaient leur calme et savaient comment procéder.

« La méthode la plus connue est ce qu'on appelle l'attaque directe, lui avait expliqué un jour son frère. Le but est d'étouffer les flammes à la base. Pour ce faire, il faut avoir une bonne visibilité sur le feu. Puis il y a la technique du crayonnage, dans laquelle on emploie à la fois l'attaque directe et l'attaque indirecte, afin de refroidir les fumées en plus d'éteindre les flammes. Il existe aussi la méthode à deux lignes, en cas de vents forts. Dans ce cas, les lances à jet bâton et les lances à jet brouillard sont les plus efficaces. »

Elle le revit, à la table du petit déjeuner, en train d'illustrer son propos en plaçant la salière et le poivrier face à la boîte de céréales, qui représentait un bâtiment en feu.

C'était le matin même de leur mort, avant qu'ils soient tous appelés par le centre de contrôle.

« Ils savaient ce qu'ils faisaient, c'était un accident », lui avait-on dit et répété.

À présent, les vents étaient violents. Peut-être les pompiers allaient-ils employer la technique à deux lignes.

Elle parvint enfin sur les lieux de l'incendie. Une épaisse fumée noire s'échappait de pratiquement toutes les fenêtres de l'immeuble. Les murs extérieurs étaient noirs de suie, et des flammes orange consumaient les appartements du rez-de-chaussée et du premier étage.

Elle se gara, le cœur battant.

Elle vit deux pompiers sortir du bâtiment en escortant deux autres personnes, probablement des résidents, qui toussaient et dont l'un avait une main brûlée. D'autres pompiers pointaient leurs lances vers les fenêtres sans vitres. Des tas de gens choqués, à la peau noircie, avaient été réunis un peu plus loin. Mais combien en restait-il encore à l'intérieur, pris au piège, terrifiés ?

Elle s'approcha de Paolo qui la mit au courant de la situation. Il avait envoyé des hommes secourir des personnes qui, effectivement, se trouvaient toujours prisonnières des flammes.

Comment faisaient ces hommes pour pénétrer dans un immeuble en feu ? Comment avaient fait son père et son frère ? Comment faisait Ryan ?

— Qui as-tu envoyé ?

— Ryan et George. White Watch en a envoyé deux aussi.

Ryan était dans l'immeuble. Elle s'efforça de ne pas s'attarder outre mesure sur cette information.

Paolo ignorait combien de personnes se trouvaient encore à l'intérieur.

— Comment savent-ils quand il faut s'arrêter de chercher, dans ce cas ? demanda-t-elle.

Paolo la regarda, l'air intrigué.

De fait, c'était la première fois qu'elle posait cette question, la première fois sans doute qu'il la voyait inquiète. En mission, elle était généralement professionnelle, calme et stoïque. Il avait dû percevoir la peur dans sa voix.

— Quand l'incendie est trop important ou que le bâtiment devient instable.

Instable.

Les images de l'immeuble qui s'était effondré sous ses yeux, tuant sur le coup son père et son frère, lui vinrent immédiatement à l'esprit. Elle eut un haut-le-cœur.

— Addy ? Si c'est trop dur, tu devrais peut-être...

— Ça va. Il faut que je fasse mon travail, dit-elle en s'éloignant vers un groupe de personnes qui attendaient d'être triées.

Elle procéda au triage afin que les ambulanciers sachent de qui ils devaient s'occuper en priorité, qui était blessé et qui ne l'avait pas été.

Elle n'en revenait pas que certaines personnes réchappent d'une telle catastrophe sans une égratignure. Cela avait été le cas, le jour où son père et Ricky étaient morts. Certains avaient perdu la vie, des pompiers comme des résidents. D'autres s'en étaient sortis sans même une quinte de toux.

Elle s'efforça de rester concentrée, de faire son travail. Mais chaque fois que quelqu'un appelait ou criait, elle tournait la tête vers l'immeuble, et il lui fallait faire preuve d'une détermination farouche pour ne pas se précipiter pour aller chercher Ryan.

Plusieurs patients souffraient de brûlures et d'intoxication par la fumée. Une personne s'était cassé le poignet en tombant. Une autre s'était fracturé le col du fémur en sautant par une fenêtre du premier étage.

Elle entendit soudain un fracas énorme et vit le toit de l'immeuble s'effondrer pratiquement sous ses yeux.

Ryan !

La chaleur était insupportable. La fumée empêchait Ryan de voir clairement si quelqu'un se trouvait à l'étage supérieur. Des rescapés lui avaient dit qu'il y avait encore des gens au-dessus, qu'ils les avaient entendus crier.

La cage d'escalier en béton était l'endroit le plus sûr de l'immeuble, contrairement au reste du bâtiment qui s'était embrasé comme du petit bois. C'était un vieil immeuble des années 1960, fabriqué avec des matériaux bon marché et dont la construction avait été sous-traitée pour en réduire les coûts. Voilà le résultat. Un bâtiment hautement inflammable grouillant de familles, d'enfants, d'animaux domestiques qui se retrouvaient piégés.

Il avait déjà évacué trois familles. Sauvé la vie de plus de vingt personnes.

« Il faut aller chercher Mustafa ! Il habite dans l'appartement 42. Il est alité et aveugle ! » lui avaient dit ces personnes.

Le feu se répandait rapidement d'un étage à l'autre. George était derrière lui. C'était un pompier chevronné avec lequel il aimait bien travailler et en qui il avait une confiance absolue.

Quand Ryan arriva sur le palier du quatrième étage, les flammes s'infiltraient déjà sous les portes de plusieurs appartements. Ils iraient chercher l'homme de l'appartement 42, certes, mais il faudrait vérifier dans *tous* les appartements qu'il n'y avait plus personne. On ne savait jamais.

Il ouvrit une porte d'un coup de pied et appela. Il parcourut rapidement les pièces en évitant les trous qui s'étaient déjà formés dans le plancher. Il savait que, dans de telles circonstances, beaucoup de personnes se réfugiaient dans la baignoire ou sous la douche, où elles s'aspergeaient d'eau. Mais l'appartement était vide.

Lorsqu'ils gagnèrent l'appartement 42, quelqu'un répondit à son appel d'une voix faible depuis la chambre.

— Ne bougez pas ! Nous allons venir vous chercher ! cria Ryan en se demandant si le vieil homme l'entendait.

Dans l'entrée, le feu léchait le plancher depuis l'étage inférieur, par un trou d'où montait de la fumée, épaisse et noire, telle la vapeur s'échappant d'une bouilloire.

George trouva des serviettes et alla les tremper dans la salle de bains en espérant arriver à temps pour sauver Mustafa. Ils entendirent un bruit violent et s'immobilisèrent, le temps de s'assurer que rien ne s'était écroulé à proximité immédiate, puis avancèrent vers la chambre, située au bout du petit appartement. L'entrée était encombrée de journaux et de revues scientifiques qui s'embraseraient dès que le feu entrerait et leur barreraient la route quand ils voudraient ressortir. Il fallait faire vite.

Ryan ouvrit la porte et aperçut le vieil homme recroquevillé dans son lit, qui toussait.

— Mustafa ? Je suis Ryan, et voici mon collègue George. Nous allons vous sortir de là.

— Ce serait merveilleux, mon ami, répondit l'homme avant de se remettre à tousser. C'est ma BPCO, crut-il bon d'ajouter. Ou peut-être juste trop de fumée.

Ryan sourit et l'enveloppa dans les serviettes trempées en s'excusant de le malmener.

— Je préfère être mouillé et froid que sec et carbonisé, dit le vieil homme.

— Vous avez raison. Est-ce que vous pouvez marcher ?

— Non.

— Alors nous allons vous porter mais il faut faire vite.

— Faites ce que vous avez à faire.

Ryan le prit dans ses bras en ayant l'impression de soulever une plume. Les serviettes pesaient certainement plus lourd que lui, qui n'avait que la peau sur les os. L'entrée était encore praticable, et il la traversa pour rejoindre le couloir. Il entendit un autre fracas et se retourna. George était juste derrière lui, mais les flammes avaient traversé le plancher commençaient à s'attaquer à la pile de journaux.

C'est alors qu'il aperçut, au pied de la pile, appuyée contre le mur, une cartouche d'oxygène. Mustafa avait une broncho-pneumopathie chronique obstructive. Le risque d'explosion était grand.

Son sang ne fit qu'un tour.

— Vite, sortons de là !

Il sortit pratiquement en courant de l'appartement 42 et se précipita vers la cage d'escalier, dont il dévala les marches aussi vite qu'il put.

Une énorme explosion fit vaciller l'immeuble. Ryan tomba à genoux et s'enroula pour protéger Mustafa dans sa chute. Sa tête heurta le sol. Puis tout devint noir.

15

Addy ne put s'empêcher de hurler en comprenant que le dernier étage s'était effondré.

— Ryan ! Ryan !

Elle s'était levée et s'apprêtait à courir vers l'immeuble, mais Paolo la retint fermement.

— Ne bouge pas, Addy !

— Mais Ryan est à l'intérieur ! Il faut que j'y aille !

Paolo la força à le regarder.

— On s'en occupe. Toi, tu restes ici.

Addy se mit à trembler puis éclata en sanglots. C'était plus fort qu'elle. Elle ne pourrait pas supporter de revivre cela. C'était horrible. Ryan était peut-être écrasé par une poutre, gisant sans connaissance au milieu des flammes. Asphyxié par la fumée.

Elle cessa de se débattre et tomba à genoux, impuissante. Elle ne pouvait pas lui venir en aide. Tout ce qu'elle pouvait faire, c'était regarder l'immeuble s'effondrer, et souffrir au point de...

Elle plissa les yeux en voyant, à travers ses larmes, des silhouettes sortir des flammes. Deux personnes.

À mesure qu'elles avançaient, elle comprit qu'il s'agissait de deux pompiers, dont un portait un corps enveloppé de serviettes. Une fois en sécurité, loin du bâtiment, il le déposa sur le sol puis retira son casque.

Ryan !

Elle se releva et courut vers lui.

— Ryan !

Du sang s'écoulant de son crâne avait séché sur son visage sali par la sueur et la suie.

— Il faut s'occuper de Mustafa, dit-il. Il est aveugle et souffre de BPCO.

Il s'écarta en chancelant pour la laisser examiner Mustafa, et elle dut faire un effort surhumain pour retrouver ses réflexes d'urgentiste. Elle n'avait pas envie de s'occuper de ses patients. Elle voulait seulement s'assurer que Ryan allait bien. Il était blême, comme s'il était sur le point de s'évanouir.

— Ryan, ça va ?

— Ça va, c'est juste que...

Il tomba à genoux puis ses yeux se révulsèrent, et il tomba à la renverse. Des ambulanciers se précipitèrent vers lui tandis qu'elle s'occupait de Mustafa. Mais elle avait du mal à se concentrer. Toute son attention se portait sur Ryan.

Elle appela un ambulancier pour qu'il prenne Mustafa en charge. Chaque patient méritait des soins attentifs, dispensés avec sérieux. Or, elle était distraite. Elle ne parvenait pas à réfléchir. Elle paniquait. Ses émotions l'empêchaient de faire son travail correctement. Ce qui faisait d'elle une piètre urgentiste.

Addy se laissa tomber sur l'une des affreuses chaises en plastique qu'on trouvait dans les salles d'attente de nombreux hôpitaux. Il fallait qu'elle se calme. Elle avait une décision à prendre.

Devait-elle poursuivre sa relation avec Ryan ou tout arrêter ? Certes, elle l'aimait – elle en avait à présent le cœur net –, mais elle n'était pas sûre de pouvoir survivre émotionnellement à d'autres journées comme celle-là.

Peut-être valait-il mieux le quitter, mettre de la distance entre eux. Redevenir sa collègue et garder ces quelques jours de bonheur dans sa mémoire. Peut-être était-il plus sage de les considérer comme un cadeau, un souvenir qu'elle chérirait toute sa vie. De s'éloigner de lui pour préserver sa santé mentale et ce qui restait de son cœur.

Quoi qu'il en soit, la priorité était de savoir s'il allait bien. Il avait été emmené aux urgences où on lui avait certainement suturé ou recollé la plaie qu'il avait sur le crâne et peut-être fait passer une radio pour vérifier qu'il n'avait pas de fracture.

Il avait eu de la chance.

Ils avaient eu de la chance.

Mais était-ce une chance, pour elle, de subir ce qu'elle venait de vivre ? En voyant l'étage supérieur de l'immeuble s'effondrer, comme au ralenti, elle avait revécu exactement la scène dans laquelle son père et son frère avaient perdu la vie. Et éprouvé les mêmes émotions atroces – la panique, la terreur, l'impuissance.

Un médecin entra dans la salle d'attente, un dossier entre les mains.

— Addalyn Snow ?

Elle se leva, la bouche soudain sèche.

— Je suis le Dr Barclay. Suivez-moi, je vous prie. Ryan vous demande.

S'il la demandait, c'est qu'il était vivant. Et conscient. Capable de former des phrases. Soulagée et impatiente, elle suivit le médecin jusqu'à un box dans lequel était allongé Ryan, noir de suie, à qui une infirmière nettoyait sa plaie sur le crâne.

— Huit points de suture mais pas de fracture, expliqua-t-elle pour apaiser l'inquiétude d'Addy. Il a la tête dure.

Ryan grimaça. Mais ses yeux s'étaient éclairés quand elle était entrée dans le box. Il ignorait encore tout de la décision qu'elle venait de prendre et qu'elle s'apprêtait à lui communiquer.

— Je suis désolé de t'avoir fait paniquer, dit-il.

Il était désolé, alors qu'il n'avait fait qu'exercer son métier pour sauver des vies. Risqué la sienne pour sortir des familles et un vieil homme invalide et aveugle d'un brasier. Il n'avait pas à lui présenter ses excuses. Contrairement à elle.

Elle se tourna vers le médecin et l'infirmière.

— Est-ce que vous pourriez nous laisser seuls quelques instants, s'il vous plaît ?

— Il est à vous, répondit le médecin. Il peut rentrer chez lui.

Puis, se tournant vers Ryan pour lui serrer la main, il ajouta :

— Bravo ! vous êtes un héros.

Une fois seule avec lui dans le box, Addy sentit la peur revenir.

— Je suis contente que tu ailles bien.

— Moi aussi, dit-il en souriant.

Il tendit la main vers elle. Il voulait être près d'elle, la tenir, la toucher.

C'était ce qu'elle voulait, elle aussi. Mais c'était impossible.

Au lieu de se rapprocher, elle s'éloigna d'un pas.

— Jamais je n'ai eu aussi peur de ma vie.

Elle hésita puis reprit.

— Je ne peux pas, Ryan...

— Addy, ne fais pas cela, dit-il, comme s'il avait lu dans ses pensées.

— Ne fais pas quoi ? J'étais là, une fois encore, à regarder un immeuble s'écrouler sans pouvoir rien faire d'autre que perdre la tête.

Les larmes lui montèrent aux yeux.

— Perdre un être cher dans un incendie, c'est tragique. En perdre deux c'est inimaginable. Mais en perdre trois ? Sais-tu quel effet cela fait d'être le spectateur impuissant d'une tragédie ?

— Cela a dû être atroce.

— Il n'y a pas de mots pour décrire ce que j'ai ressenti quand il m'a traversé l'esprit que tu pouvais être mort, toi aussi. Paolo m'a retenue. Je crois que j'étais en train de devenir folle.

— J'en ai réchappé, Addy. Je suis là, bien vivant.

— Je sais, mais je ne peux pas continuer à m'infliger cela. Je ne peux pas continuer à me mettre dans cet état. Je ne pouvais même plus m'occuper de mon patient !

— Comment ça ?

— Je ne pouvais plus faire correctement mon travail. J'étais censée m'occuper de Mustafa, mais je ne pouvais pas. Je t'ai vu perdre connaissance et, à partir de ce moment-là, je n'ai plus été capable de me concentrer sur ce qui est pourtant la seule chose que je sache faire correctement dans cette vie.

Elle s'interrompit et prit une profonde inspiration.

— Je suis amoureuse de toi, Ryan. Mais cet amour me fait souffrir. Or, j'ai suffisamment souffert comme cela. Je n'en ai plus l'énergie.

— Je suis désolé, dit-il, l'air sincèrement navré.

— Tu n'y es pour rien. C'est ton métier. Le docteur a raison, tu es un héros. Et je suis contente que tu puisses rentrer chez toi ce soir même.

— J'aimerais beaucoup que tu rentres avec moi.

Elle sentit une larme couler sur sa joue et l'essuya.

— Moi aussi, Ryan. Mais je ne peux pas.

Elle sortit du box, le cœur en miettes, laissant derrière elle l'homme qu'elle aimait.

Mais qu'elle ne pouvait plus laisser faire partie de sa vie.

16

La vie n'eut plus le même goût après le départ d'Addy. Une fois le choc initial passé, il éprouva de la colère. Il ne pouvait pas être quelqu'un d'autre ! Il était pompier et aimait son métier. Cette colère lui avait fait dire que Carys et lui étaient peut-être mieux sans elle. Carys avait eu une mère inconsistante, elle n'avait pas besoin que la petite amie de son père disparaisse aussi du jour au lendemain dès que ses émotions deviendraient impossibles à gérer.

Carys avait besoin de stabilité et de fiabilité. Lui aussi avait besoin de quelqu'un sur qui compter, quelqu'un qui l'aimerait tel qu'il était. Jamais il ne lui serait venu à l'idée de demander à Addy qu'elle change de métier. Mieux valait trouver quelqu'un qui reste à ses côtés quoi qu'il arrive.

Mais il ne parvint pas vraiment à se convaincre qu'il était mieux sans Addy. Il sentait son cœur se serrer chaque fois qu'il la croisait dans son travail. Il s'efforçait de garder ses distances, alors qu'il ne rêvait que de la prendre dans ses bras et de la regarder lui sourire.

Ce qui se produisit à cet instant-là. Addy s'approcha de lui en esquissant un sourire un peu forcé.

— Ryan ! Je ne savais pas que tu travaillais aujourd'hui.

Ils avaient été appelés dans un petit village dans lequel la rivière était sortie de son lit après des pluies violentes. L'eau avait inondé les rues, et il avait fallu évacuer beaucoup d'habitants de leurs logements.

— J'ai l'impression que nous sommes tous là.

Elle hocha la tête, l'air gênée.

— Ça va ? Tu n'as pas eu de séquelles, après le traumatisme crânien ?

— Non.

— Tant mieux. Mais je ne veux pas te retenir. Je me doute que tu as beaucoup à faire.

— Nous avons fini d'évacuer les gens. Je crois que nous allons aller pomper l'eau dans l'école maternelle.

Elle hocha la tête et se tourna pour parler à Paolo, comme elle le faisait chaque fois en arrivant sur les lieux d'un sinistre. La sensation de ne plus faire partie de la vie d'Addy était douloureuse. Le sentiment d'être inexistant à ses yeux, insupportable.

Il s'avança d'un pas.

— C'est tout ? s'entendit-il dire.

Addy jeta un bref coup d'œil nerveux à Paolo puis se tourna vers lui.

— Pardon ?

— C'est tout ce que tu as à me dire ?

— Je ne suis pas sûre qu'il y ait autre chose à ajouter, Ryan.

Paolo s'interposa.

— Baker. On vous attend à l'école maternelle, dit-il, comme pour lui faire comprendre qu'il pouvait leur épargner une scène.

Il aurait pu, certes, mais Ryan ne put s'empêcher de poursuivre.

— Est-ce que tu as pensé une seconde à *moi* ? dit-il. À ce que *moi*, je pouvais éprouver ? Toi aussi, tu as un métier à risque. Toi aussi tu te mets en danger en permanence. Toi aussi tu peux mourir d'un jour à l'autre. Et nous laisser seuls, Carys et moi. Je ne peux pas infliger cela à ma fille. Elle a déjà été abandonnée une fois. Et c'est déjà trop.

Il tourna les talons et s'éloigna d'un pas lourd. Il lui fallut du temps pour calmer ce feu qui le consumait de l'intérieur. Il se concentra sur sa tâche et pompa consciencieusement l'eau qui avait inondé l'école maternelle. Quand il eut terminé, Addy était partie.

Il savait qu'il aurait pu mieux s'y prendre. La situation était tendue entre eux, et il avait exprimé maladroitement ce qu'il avait à dire. Au moins avait-il dit le fond de sa pensée.

Il alla chercher Carys qui parlait gaiement d'un projet qu'elle faisait à l'école avec sa camarade Tiffany. Mais il eut du mal à rester concentré sur ce qu'elle racontait.

— Papa ?

— Hmm ?

— Tu me réponds ? Je t'ai posé une question !

— Pardon, ma chérie. J'étais dans mes pensées. Je t'écoute. Quelle est ta question ?

— Quand est-ce qu'on pourra aller chez Addy ? Pour fini le puzzle ?

— Euh… Je ne sais pas. Je crois qu'elle est assez occupée, en ce moment.

— On peut aller chez elle pour lui demander ? C'est juste à côté.

— Euh… Peut-être. Mais pas ce soir.

— Ben non ! Je suis en pyjama, papa ! s'exclama-t-elle avant d'éclater de son rire spontané et joyeux.

Puis elle se remit à jouer avec sa poupée qui, apparemment, prenait le thé avec des ours en peluche.

— Mais on pourra aller la voir quand elle aura son chat, hein, papa ? dit-elle au bout d'un moment.

— Il faudra que je lui demande. Elle voulait passer du temps chez elle avec lui avant d'inviter des gens. Pour qu'il s'habitue à elle.

— Comme on fera avec Molly, quand on ira la chercher ?

— C'est ça. Molly aussi aura besoin de temps pour s'habituer à nous et à sa nouvelle maison.

Il repensa à ce qui s'était passé dans la matinée et imagina Addy, impuissante devant l'immeuble en flammes dans lequel elle savait qu'il se trouvait. C'était comme cela qu'elle avait perdu son père et son frère. Pas étonnant qu'elle ait paniqué. Il n'osait pas imaginer ce qu'elle avait dû éprouver.

Il se sentit honteux de s'être laissé déborder par sa colère. Peut-être pourrait-il l'appeler pour en parler, pour mettre les choses à plat. Et pour lui dire que, quoi qu'il arrive, il serait là pour elle quand elle aurait besoin de lui.

Il sortit son portable mais n'eut pas le temps de composer son numéro. On sonnait à la porte.

Addy prit une profonde inspiration en espérant calmer ses nerfs en pelote. Elle avait hésité avant de venir, mais le costume de tigre de Carys était terminé, et elle voulait le lui donner. De plus, il fallait qu'elle parle à Ryan. Qu'ils mettent les choses à plat.

Il y avait de la lumière dans la maison, et la télévision était allumée. Elle leva la main et appuya sur la sonnette.

Ai-je raison de faire ce que je suis en train de faire ?

Elle entendit des pas s'approcher et eut l'impression que son cœur allait se décrocher dans sa poitrine.

La porte s'ouvrit, et Ryan apparut, plus beau que jamais, pieds nus, dans son jean et son pull noir ras-du-cou. Il ne put cacher sa surprise.

— Addy… Nous étions justement en train de parler de toi.

— En bien, j'espère ? dit-elle d'une voix trop aiguë à son goût.

Ryan se pencha vers elle et baissa la voix.

— Carys demandait quand elle pourrait aller finir le puzzle et voir ton chat mais, ne t'inquiète pas, je lui ai dit que tu étais occupée et que Curly avait besoin de temps pour s'habituer à son nouveau logement.

— Ah ! très bien.

Ils se regardèrent pendant quelques secondes.

— Tiens, c'est le déguisement de Carys.

— Tu veux que je l'appelle ?

— Oui, je veux bien. Je serai contente de la voir.

Carys déboula et se jeta dans ses bras.

— Addy ! Addy ! Je pourrai venir chez toi ?

Addy la serra à son tour.

— Bien sûr que tu peux venir chez moi.

— On va avoir un chat, qui s'appelle Molly.

— Je sais. Et, tiens, je t'ai apporté ça.

Elle regarda Carys ouvrir le sac et sauter de joie à la vue du costume.

— Regarde, papa ! Il a une queue ! Et des dents !

— Je vois ça. Tu peux aller l'essayer, si tu veux.

Carys ne se fit pas prier et monta dans sa chambre.

— Viens, entre, dit Ryan en s'écartant pour la laisser passer.

Elle avança jusque dans le salon, emplie d'appréhension.

— Je voulais te parler.

— Je n'étais pas sûr que tu aurais encore envie de m'adresser la parole après ce que je t'ai dit ce matin.

— Bien sûr que si. Je suis désolée de m'être laissé déborder par des émotions que je n'ai pas pu maîtriser.

Ils entendirent un grand bruit sourd provenant du premier étage.

— J'ai même pas mal ! s'écria Carys.

Ils se regardèrent en souriant.

Puis Addy reprit.

— J'ai paniqué puis, quand tu es sorti de l'immeuble, je me suis dit que je ne pourrais pas supporter de revivre cela chaque fois que tu irais sauver des gens dans des bâtiments en feu.

— Je comprends.

— Tu sais, je suis même allée voir une thérapeute, après l'incendie, pour trouver un moyen de surmonter ces émotions.

— Tu as bien fait. Tout le monde gagnerait à aller voir un thérapeute. Qu'est-ce que cela t'a appris ?

— Que je me sentais insignifiante.

— Insignifiante ?

— Toute ma vie, je me suis sentie impuissante. Toute ma vie, j'ai eu l'impression de ne pas maîtriser grand-chose. Même avoir des enfants, qui me semblait être la chose la plus naturelle du monde, ne l'a pas été. Et quand Nathan m'a quittée pour une autre, j'ai eu l'impression de n'avoir aucune valeur. De ne rien avoir à donner. C'est pour cela que mon travail a toujours été vital, pour moi. Parce que quand je travaille, je sers à quelque chose. Je sauve des vies. Et c'est ce que tu fais aussi. C'est pour cela que je ne te demanderai jamais de renoncer à ce que tu fais, à ce que tu es.

— Merci, dit Ryan.

— Quand mon père et mon frère sont morts, je me suis plongée à cœur perdu dans le travail. Je me suis convaincue que tous les gens que j'aimais me quittaient et qu'il valait mieux que je ne m'attache plus à personne. Et puis…

— Et puis je suis arrivé…

— Et puis tu es arrivé, répéta-t-elle en souriant. Notre relation m'a redonné vie. Je n'étais plus seule, j'ai recommencé à sourire, à rire – à vivre.

Il prit sa main et la serra dans les siennes.

— Alors quand j'ai cru que l'immeuble en flammes t'avait avalé, il m'a traversé l'esprit que c'était peut-être moi qui portais la poisse. Et quand je t'ai vu réapparaître, je me suis dit qu'il valait mieux que je me tienne loin de toi. Ta fille a besoin d'un père vivant.

— Mais cela n'a rien à voir. Tu n'es pas responsable de l'effondrement de tous les immeubles !

— C'est ce que ma thérapeute m'a dit. Elle m'a fait comprendre qu'il serait plus douloureux de vivre seule que de vivre avec ceux que j'aime, et que je ne pouvais pas contrôler ce qui leur arrivait. Et que je n'avais pas à me punir en m'isolant. Je mérite d'aimer et d'être aimée.

— Qu'est-ce que tu es en train de me dire, Addy ?

— Je suis en train de dire que je t'aime, Ryan. Et que cela me terrifie. Mais je suis persuadée que nous pourrions construire quelque chose de beau ensemble, Carys, toi et moi. Si tu voulais bien me pardonner.

Elle poussa un long soupir. Les mots n'étaient pas sortis exactement comme elle l'aurait voulu, mais au moins avait-elle parlé du fond du cœur. Elle espérait que Ryan y serait sensible, même s'il décidait de l'envoyer promener malgré tout. Elle était contente d'avoir essayé. D'avoir présenté ses excuses. D'avoir dit ce qu'elle avait sur le cœur.

— Merci, dit Ryan. Pour tout ce que tu as dit.

Il marqua une pause.

— Moi aussi je tiens à m'excuser pour la manière dont je t'ai parlé, tout à l'heure. Devant Paolo, de surcroît. J'ai eu le sentiment que chaque fois que j'aimais une femme, elle me quittait. Après Angharad, je me suis juré de ne pas faire entrer dans ma vie une femme sur qui je ne puisse pas compter pleinement, quelqu'un qui tourne les talons dès que la situation se corse. Mais... Tu es entrée dans ma vie. Et repartie. Or, je ne voulais pas que Carys se dise que, toi aussi, tu la laisserais tomber comme sa mère l'avait fait. Je ne lui ai pas dit que nous ne nous voyions plus.

— Tu as bien fait. Parce que même si nous nous séparions, j'aimerais ne pas couper les liens que j'ai avec elle.

— C'est vrai ?

— Oui, c'est vrai. Je suis très heureuse de l'avoir rencontrée, en plus de t'avoir rencontré, toi. J'ai perdu deux fois les gens que je considérais comme ma famille, mais avec Carys et toi j'ai l'impression de faire de nouveau partie d'un ensemble pour lequel j'ai envie de me battre. J'ai envie de passer mes journées avec vous. Et mes nuits. Je n'ai pas l'intention de fuir. Et même si un jour nous nous séparions, je resterais présente dans la vie de ta fille, si tu es d'accord. Parce que je l'ai presque considérée d'emblée comme la mienne.

Ryan vint s'asseoir à côté d'elle et essuya les larmes qui coulaient sur ses joues.

— Tu es une femme incroyable, dit-il. Incroyablement

courageuse. Et incroyablement résiliente. Malgré tout ce qui t'est arrivé, tu es encore prête à te battre, pour toi. Pour nous.

— Mais, Ryan, je ne peux pas te donner les enfants que tu désires.

— Il y a d'autres moyens de fonder une famille, dit-il avant de l'embrasser. C'est avec toi que je veux le faire. Je t'aime, Addy.

— Moi aussi, je t'aime, Ryan.

C'est le moment que Carys choisit pour revenir dans le salon en rugissant. Ils se regardèrent et sourirent.

— Il te va à merveille, dit Addy en scrutant le déguisement. C'est pile ta taille.

— Toi aussi, tu nous vas à merveille, dit Ryan avant de se pencher pour l'embrasser.

Carys se figea, les yeux comme des soucoupes.

— Vous vous êtes embrassés ! Est-ce que tu es l'amoureuse de papa, maintenant ?

— Oui, si tu veux bien.

Carys se mit à sautiller de joie, la queue du tigre se balançant derrière elle. Puis elle écarta les bras et les attira tous les deux pour les serrer contre elle.

Épilogue

C'était l'endroit idéal. Et le moment idéal.

Le jour où ils allaient se marier.

Addy fixa avec espoir et impatience le test posé sur le bord de la baignoire.

Jamais elle n'avait osé espérer. Elle n'imaginait pas qu'elle pouvait être encore plus heureuse qu'elle ne l'était déjà. Car la vie avec Ryan et Carys, sa nouvelle famille, était déjà en soi un miracle.

Bien entendu, il y avait des moments compliqués, notamment quand Ryan était appelé à sauver des vies dans des circonstances sur lesquelles elle n'avait aucun contrôle.

Mais elle faisait des progrès pour maîtriser la peur panique qui risquait de s'emparer d'elle à tout moment et qu'elle appelait sa « vieille amie ». Cette peur n'existait que parce que l'amour existait. Et elle ferait tout son possible pour que cet amour dure le plus longtemps possible. Elle avait confiance en Ryan et en ses capacités. Il avait survécu à l'armée, il survivrait à son métier de pompier. Et, quoi qu'il arrive, l'amour qu'elle portait à Ryan ne disparaîtrait pas – et même s'il lui arrivait quelque chose, il lui resterait Carys.

Et si, par miracle, ce test de grossesse confirmait ce qu'elle soupçonnait déjà, elle aurait un autre petit être à aimer et à chérir.

Les médecins n'avaient jamais trouvé de causes à son infertilité, mais elle s'était fait une raison. Pourtant, au cours des dernières semaines qui venaient de s'écouler, elle s'était sentie fatiguée par moments, et parfois nauséeuse. Elle avait mis cela sur le compte de la préparation du mariage et de la dégustation de gâteaux de toutes sortes – des cakes, des tartes, aux fruits rouges, au citron et pavot, au chocolat... Ils les avaient tous goûtés pour pouvoir choisir leurs préférés.

Mais ses règles n'étaient pas arrivées, la date venue. Le stress pouvait les retarder, elle le savait. Mais, la veille, quelque chose l'avait incitée à aller discrètement acheter un test de grossesse, dont elle attendait à présent le résultat.

Quel meilleur moment pour le faire que le matin même de son mariage ?

S'il était négatif, cela ne lui gâcherait pas la journée. Pendant des années, elle s'était crue stérile. Elle pouvait continuer à l'être.

Mais il fallait qu'elle en ait le cœur net.

Sa robe de mariée était accrochée sur un cintre, et ses cheveux étaient encore enveloppés dans une serviette. On viendrait bientôt la coiffer et la maquiller. En attendant, il fallait qu'elle sache.

Elle prit le test, ferma les yeux et pria pour qu'il soit positif. Pour qu'elle ait la chance, après avoir été amoureuse d'un homme merveilleux et belle-mère d'une petite fille tout aussi merveilleuse, de devenir mère à son tour. Carys n'était pas son enfant biologique, mais elle continuerait à la considérer comme sa fille, qu'elle lui donne ou non une petite sœur ou un petit frère.

Elle ouvrit les yeux.

ENCEINTE

Incrédule, elle leva les yeux et regarda son reflet dans le miroir. Elle était enceinte. Ryan et elle allaient avoir un bébé. Un petit frère ou une petite sœur pour Carys.

Les larmes lui montèrent aux yeux.

Elle prit une profonde inspiration.

Comment le dire à Ryan ? Et quand ?

Après la cérémonie ? Lors du dîner ? Lorsqu'ils ouvriraient le bal, seuls sur la piste de danse ?

Elle imagina la tête qu'il ferait quand elle le lui annoncerait.

Ils allaient pouvoir faire des tas de pique-niques dans le parc. Se poser sur une couverture, main dans la main, et regarder leurs enfants se courir après dans l'herbe.

La joie et le bonheur étaient entrés dans sa vie. Et allaient grandissant, jour après jour.

SCARLET WILSON

Quand le passé resurgit

Traduction française de
MICHELLE LECŒUR

BLANCHE

HARLEQUIN

Titre original :
THE DOCTOR SHE LEFT BEHIND

Ce roman a déjà été publié en 2020

1

— Tu crois vraiment que c'est une bonne idée ? demanda Nathan Banks avec une moue dubitative.

Lewis acquiesça vigoureusement.

— Une excellente idée ! J'ai besoin d'un médecin, et toi d'un travail.

Nathan fronça les sourcils.

— Mais j'en ai déjà un. À moins que… mon contrat ne soit pas renouvelé ?

Il se sentait vaguement nauséeux. La nuit précédente avait été particulièrement mouvementée aux urgences. Ses compétences n'avaient jamais été prises en défaut, mais il avait parfois eu les nerfs à fleur de peau.

Pour ne rien arranger, un incident s'était produit sur le chemin du retour. Alors qu'il rentrait chez lui à pied, un pot d'échappement avait pétaradé et il s'était jeté au sol comme s'il s'était agi d'un tir de mitraillette. Certes, il avait effectué sa dernière mission pour Médecins Sans Frontières dans une zone de guerre. Là-bas, il était normal de se jeter à terre quand on entendait une fusillade. Mais… dans les rues de Melbourne ?

Cela ne l'avait pas rendu particulièrement fier de lui, d'autant qu'un gamin en chemin pour l'école était venu lui demander ce qui n'allait pas.

Lewis sourit, signe qu'il voulait convaincre. Au fil des années, Nathan avait appris à le décrypter.

— Ces derniers jours aux urgences ont été difficiles, dit Lewis. Tu arrives directement de cinq ans de Médecins Sans Frontières pour travailler ici. Toi qui n'as jamais vraiment pris de vacances, considère que c'est ton jour de chance.

Nathan parcourut le dépliant.

— Sauf que c'est une forme de torture, pour moi. Mon idée des vacances, c'est plutôt les montagnes d'Écosse, ou le surf à Bondi Beach. Me retrouver bloqué sur une île avec neuf célébrités de deuxième catégorie ? Je suis probablement la personne de la planète la moins intéressée par les people.

— Justement, répondit Lewis, c'est ce qui fait de toi la personne idéale. Au moins, tu seras objectif. Tout ce que tu auras à faire pendant trois semaines, c'est superviser les prétendus défis de cette émission de télé-réalité, et contrôler la condition physique des candidats. Le reste du temps, tu te tourneras les pouces.

Il posa la main sur l'épaule de Nathan.

— Imagine une seconde... Les magnifiques îles Whitsunday, en pleine mer de Corail, un logement de luxe et un temps de rêve, le tout pour seulement deux ou trois heures de travail par jour.

Nathan ouvrit le dépliant en grand. Le principe même de cette pseudo-aventure était une mauvaise idée. Malheureusement, de nombreux téléspectateurs pensaient le contraire. *L'île des célébrités* était une des émissions les plus regardées au monde.

— Mais certains d'entre eux ne devraient même pas être autorisés à participer à ce jeu, et encore moins à des défis. Leur état de santé est loin d'être excellent.

Lewis écarta la remarque d'une geste de la main.

— Ils ont tous payé pour un million de dollars de visites médicales auprès de leur assurance. La chaîne de télévision a besoin de quelqu'un doté d'une bonne expérience des urgences, capable de réfléchir vite.

— Je doute que les épidémies, les catastrophes naturelles et les conflits armés soient au programme.

Lewis pointa un paragraphe sur le dépliant.

— Regarde. Morsures de serpents, d'araignées, animaux venimeux en tous genres… Le campement sera vérifié chaque soir, mais on n'est jamais trop prudent.

Il prit un air presque suppliant.

— S'il te plaît, Nathan. J'ai accepté cette proposition avant de savoir que Cara était enceinte. Je dois absolument trouver quelqu'un pour me remplacer sur l'île. Je ne tiens pas à être poursuivi pour rupture de contrat, et tu es la seule personne en qui j'ai suffisamment confiance.

Nathan poussa un long soupir. Travailler pour une société de télévision ne l'enchantait vraiment pas. Mais Lewis avait raison : le burn-out le guettait. D'une certaine façon, il avait même de la chance que son ami s'en soit aperçu. Après tout, passer trois semaines sur une île de la mer de Corail ne devait pas être si pénible. Les célébrités dormaient en plein air autour d'un feu de camp, mais l'équipe de production était censée être logée de façon luxueuse.

Il secoua la tête.

— Cara est enceinte ? Pourquoi ne le disais-tu pas ?

— Il y a eu… quelques complications. On n'avait pas vraiment envie d'en parler.

Lewis tendit un papier à Nathan.

— Voilà de quoi te mettre du baume au cœur. Regarde le montant du chèque.

Les yeux de Nathan s'écarquillèrent de surprise.

— Combien ?

Puis il secoua de nouveau la tête.

— Peu importe le chèque. Si tu m'avais dit qu'il s'agissait de Cara, j'aurais accepté tout de suite. Je l'aurais même fait pour rien. Parfois, tu devrais être plus direct, Lewis.

Son ami parut sur le point de dire quelque chose, puis esquissa un sourire.

— Merci, Nathan. Maintenant je suis rassuré. Un autre médecin arrivera en renfort de Canberra. L'année dernière, j'ai dû travailler une douzaine d'heures en trois semaines. Crois-moi, ce sera le job le plus facile que tu aies jamais eu à faire.

Nathan se contenta de hocher lentement la tête. Cette histoire ne l'inspirait toujours pas. Il était franchement allergique à l'univers des people. Mais trois semaines bien payées, en étant luxueusement logé ?

Il aurait été stupide de refuser, d'autant que Lewis l'avait vraiment aidé quand il avait atterri en Australie sans travail après ses missions pour Médecins Sans Frontières. La moindre des choses était de lui rendre la politesse.

— Que se passera-t-il à mon retour ?

Lewis soutint son regard.

— Tu es un excellent médecin, nous avons de la chance de t'avoir. Je te ferai un autre contrat de six mois aux urgences — si tu es d'accord, bien sûr.

Nathan n'hésita plus. Lewis était un de ses plus vieux amis, et avait attendu quatre ans que Cara tombe enceinte. Pas question de le lâcher, même si cette île était le dernier endroit sur terre où il avait envie d'aller.

— Bon, d'accord, dit-il en s'emparant du stylo. Où est-ce que je signe ?

Dans son transat au bord de la piscine, Rachel Johnson s'étira voluptueusement. Vraiment, on la payait pour ça ? Elle n'arrivait toujours pas à y croire.

Elle était là depuis deux jours et n'avait pas travaillé une seule seconde. Mais elle n'était pas si pressée de commencer. D'après ce qu'elle savait des neuf célébrités qui participaient à l'émission, certaines n'avaient pas un caractère facile et pouvaient se montrer pleurnichardes, voire odieuses.

Son vieux copain de faculté, Lewis Blake, l'avait persuadée de participer, et la rémunération était énorme. Mais ce n'était pas la véritable raison de sa présence ici.

Elle était venue pour honorer son serment d'Hippocrate. Son ex — le héros d'une série télé australienne — faisait partie des célébrités ; et elle était une des rares personnes à connaître son véritable passé médical. Lors des négociations, il avait apparemment accepté de participer à condition d'être suivi médicalement par un médecin en qui il pouvait avoir toute confiance. Et, même s'il n'y avait plus rien entre eux, elle s'était sentie obligée de l'aider.

— Etes-vous prête, docteur Johnson ? L'hydravion vient d'atterrir.

À regret, Rachel quitta son confortable transat et attrapa son sac à dos. Ces deux journées dans un hôtel cinq étoiles avaient été un vrai bonheur. Le matériel médical dont elle aurait besoin avait été expédié en avance, l'autre médecin était déjà sur l'île. Il ne leur serait pas possible de s'absenter pendant les trois prochaines semaines, elle espérait donc qu'elle n'aurait pas de mal à travailler avec lui.

À eux deux, ils devraient être de garde vingt-quatre heures sur vingt-quatre pendant trois semaines. Lewis lui avait assuré que, en dehors des défis à superviser, il n'y avait rien à faire. Mais, malgré son amitié pour lui, elle connaissait sa propension à enjoliver la réalité.

Elle monta dans l'hydravion qui tanguait doucement sur l'océan. C'était la première fois qu'elle faisait ce genre de vol, et elle trouva le trajet assez agité. Le paysage cependant valait le coup d'œil.

Avant d'amerrir, le pilote fit le tour de l'île, pour lui donner une vue d'ensemble.

— Voici la plage où les célébrités vont être déposées. Celle de l'autre côté est pour l'équipe. Il y a des parasols, des transats et un bar. Ne vous inquiétez pas, on s'occupera bien de vous.

Puis ils survolèrent le centre de l'île, où elle découvrit une jungle épaisse.

— C'est par là que se trouve le campement, poursuivit le pilote. Ne le dites à personne, mais il y a une grande bâche à étendre en cas de déluges saisonniers. La première année, nous n'étions pas équipés, et tout le camp s'est retrouvé sous un véritable torrent.

Elle s'agita sur son siège, mal à l'aise. Ce qui l'attendait semblait plus rude que ce qu'elle avait imaginé.

— Où serai-je logée ?

Il lui montra de grands rectangles gris un peu plus loin.

— Ces trois grands bâtiments sont réservés aux techniciens et à la production. Vous serez dans une hutte. Le cabinet médical se trouve juste à côté, dans un bungalow.

Il laissa échapper un rire auquel elle trouva une tonalité sardonique.

— C'est tout près des marécages et du pont de lianes. Les célébrités les adorent.

Cela la laissa sans voix. Avant même d'être arrivée, la version de Lewis différait nettement de la réalité. Une hutte et un hôtel n'étaient pas tout à fait la même chose. Ses rêves de luxe venaient de s'évanouir dans le vacarme des moteurs de l'hydravion.

Certes, la mer s'étendait bien à perte de vue, mais il n'y aurait pas de piscine ni d'installations tout confort, et encore moins de service de chambre.

Voilà qui ressemblait de moins en moins à trois semaines paradisiaques au soleil. Dès qu'elle en aurait l'occasion, elle tordrait le cou de Lewis.

L'hydravion ralentit, et heurta la surface de l'eau pour se poser près d'un ponton de bois. Un homme trapu en T-shirt gris trempé de sueur saisit le cordage. Rachel ouvrit la porte.

— Docteur Johnson ?

Elle hocha la tête.

— Je m'appelle Ron, dit l'homme. Bienvenue au paradis.

Le ponton se balança légèrement quand elle sauta dessus. Ils remontèrent la plage d'un pas rapide et empruntèrent un sentier qui les mena aux bâtiments gris en préfabriqué.

— Ce n'est pas exactement ainsi que je m'imaginais le paradis, dit-elle.

Ron éclata de rire.

— C'est comme ça qu'ils vous ont convaincue de venir ? L'autre médecin a eu droit à la même histoire, mais il a plutôt bien réagi. Il dit qu'il a l'habitude de dormir dans des campements et que ça ne fait pas une grosse différence, pour lui.

Un frisson d'appréhension parcourut Rachel. Elle avait passé cinq années à l'université de Londres avec Lewis et un groupe d'amis, avant de travailler deux ans dans les hôpitaux de la banlieue londonienne. Lewis savait tout d'elle, et de l'homme qu'elle fréquentait à cette époque, une relation qui avait duré cinq années. Il était leur dénominateur commun. Il n'avait tout de même pas été jusqu'à... ?

Ron lui montra trois grandes huttes installées sur une pente.

— Le reste de l'équipe loge le long de la plage. Vous et l'autre médecin, vous êtes installés ici, près du cabinet médical. À côté, c'est le bungalow le plus populaire de la plage.

— Les douches ? fit-elle avec espoir.

— Non. La cantine, répondit-il avec un large sourire.

— Bon. Merci, Ron, dit-elle en ouvrant la porte de la hutte.

Avant de pénétrer à l'intérieur, elle adressa une prière muette au ciel.

Il n'y avait personne dans la hutte. Un coin salon occupait la pièce centrale, avec un canapé, puis une salle de bains, et une chambre à chaque extrémité. Les lits avaient l'air un peu plus confortables que des lits de camp de l'armée. Mais les chambres étaient spartiates, meublées seulement d'une petite commode, avec des cintres suspendus au mur par des crochets.

Rachel laissa tomber son sac, se lava les mains et se rafraîchit le visage. Puis elle prit quelques minutes pour changer de T-shirt et appliquer un écran total et un spray anti-moustiques.

Depuis dix minutes, elle avait l'estomac noué. Certes, Ron avait simplement mentionné les campements auxquels l'autre médecin avait fait allusion, et des milliers de gens à travers le monde pouvaient employer ce mot. Mais elle avait un mauvais pressentiment.

Lewis avait été très persuasif au téléphone, il lui avait fait son couplet sur sa femme enceinte, et sur une des célébrités qui avait une exigence particulière. Elle n'avait pas été surprise d'apprendre de qui il s'agissait. Darius et elle s'étaient rencontrés dans des circonstances spéciales, à une époque où tous deux étaient particulièrement vulnérables. Sortir avec Darius Cornell, vedette de soap opera, avait été une expérience intéressante. Ils s'étaient fréquentés pendant un an, le temps de faire le tour de la question. Elle avait été soulagée lorsque l'attention des médias s'était détournée d'eux.

Une fois dehors, et la main sur la poignée de la porte du cabinet médical, son estomac se serra un peu plus. C'était étrange de se trouver ici à la demande de Darius. Mais lui, au moins, elle pouvait le gérer.

Sa plus grande crainte était de ne pas pouvoir en faire autant avec la personne qui se trouvait vraisemblablement de l'autre côté de la porte.

Ce devait être un rêve. Ou, plutôt, un cauchemar. Repoussant son chapeau en arrière, Nathan cligna les yeux.

Non. Elle était toujours là.

Rachel Johnson. Avec ses cheveux bruns attachés en queue-de-cheval, son teint légèrement hâlé et ses yeux marron qui lançaient des éclairs au-dessus de son T-shirt rose.

— Dire que je pensais que ça ne pouvait pas être pire, dit-il en retirant les pieds du bureau.

Rachel pinça les lèvres, et ses yeux se plissèrent.

— Je vais étrangler Lewis Blake de mes propres mains, répondit-elle. Pas question que je reste coincée trois semaines sur cette île avec toi, décréta-t-elle en croisant les bras sur sa poitrine.

Il pointa vers le ciel, et l'hydravion sur le point de disparaître à l'horizon.

— Trop tard. Tu viens juste de rater le vol retour.

Elle secoua la tête d'un air obstiné.

— Il doit y avoir un bateau, une autre île toute proche. Comment s'approvisionnent-ils ?

— Je l'ignore, répondit-il avec un haussement d'épaules. Je ne suis ici que depuis une journée. Rassure-toi, je suis aussi ravi que toi de te revoir. D'autant que je viens de parcourir les dossiers médicaux des participants, et de découvrir que ton ex-chéri fait partie des célébrités. Pas étonnant que tu sois là.

Il n'avait pas pu s'en empêcher. Lorsqu'ils s'étaient séparés, des années auparavant, Rachel était venue en Australie. Quelques mois plus tard, elle était apparue dans la presse au bras de son nouveau petit ami — cette vedette de soap opera. Se remettre de la séparation avait déjà été difficile pour Nathan, et voir Rachel s'afficher ainsi dans les journaux avec son remplaçant après l'avoir laissé s'occuper seul de son jeune frère avait retourné le couteau dans la plaie.

Elle était venue en Australie, l'endroit qu'ils avaient projeté de découvrir ensemble.

— Qu'est-ce que tu fabriques ici, Nathan ? Tu es la dernière personne que je m'attendais à voir accepter ce genre de job.

Il haussa les sourcils.

— Ce qui signifie ?

— J'avais entendu dire que tu travaillais pour Médecins Sans Frontières. *L'île des célébrités* est plutôt aux antipodes de ce que tu recherches, non ?

Ainsi, elle s'était intéressée à lui au point de se renseigner sur l'endroit où il travaillait. Curieusement, il ne put s'empêcher d'en éprouver de la satisfaction. De son côté, jamais il n'avait voulu demander ce qu'elle était devenue à leurs amis communs. Tout le monde savait qu'elle était partie en Australie sans lui, ils avaient eu le tact de ne jamais mentionner son prénom.

— Tu sais très bien pourquoi je suis là : je me suis fait avoir par Lewis, comme toi. Mais ne t'inquiète pas, j'ai trois semaines pour réfléchir à ce que je lui ferai quand je le reverrai, dit-il en se frottant les mains.

Elle fronça les sourcils, l'air intrigué.

— Comment t'a-t-il contacté ?

— Je travaillais avec lui.

— Aux urgences ?

— C'était l'endroit le plus adapté, après cinq missions avec Médecins Sans Frontières. Il m'a proposé un poste dès que j'ai posé le pied sur le sol australien.

Elle hocha lentement la tête, et il n'eut pas de mal à deviner ses pensées. Pour Lewis, il avait été le choix rationnel, elle était le choix émotionnel. Lewis avait dû se dire qu'ils se compléteraient l'un l'autre et travailleraient bien ensemble. Il s'était trompé.

— Et ne crois pas que je n'ai rien remarqué, dit-il.

Il vit le rouge lui monter aux joues.

— Remarqué quoi ? demanda-t-elle sèchement.

— Qu'il manquait des informations dans le dossier médical de ton petit ami. Qu'est-ce qu'il a à cacher ?

— Arrête de l'appeler comme ça, ce n'est plus mon petit ami depuis au moins sept ans. Cela t'a sans doute échappé, mais il est fiancé avec quelqu'un d'autre. Il n'y a absolument plus rien entre nous.

À mesure qu'elle parlait, l'irritation montait manifestement en elle. Il avait oublié avec quelle facilité elle prenait la mouche, surtout s'il s'agissait de quelque chose d'important pour elle.

Il prit une pile de documents sur le bureau et la souleva des deux mains.

— Voilà le dossier de Diamond Dazzle, 22 ans, mannequin.

Je suis au courant de tous les examens qu'elle a passés, j'ai les prises de sang, les radios, je sais combien d'opérations de chirurgie esthétique elle a subies et combien de fois elle a eu recours au Botox.

Il lui montra un autre dossier.

— À côté, le dossier de Darius est épais comme du papier à cigarette. Je sais qu'il a été opéré de l'appendicite à l'âge de huit ans. Point.

Elle releva le menton dans une attitude de défi.

— Et c'est tout ce que tu as besoin de savoir. Je connais le reste.

— Aucun médecin ne travaille comme ça, Rachel.

— Tu travailles pourtant comme ça tous les jours, Nathan. Tu connais rarement le passé médical de tes patients des urgences, et je suppose que, durant tes missions, tu as dû soigner toutes sortes de gens qui n'arrivaient pas avec leur dossier médical sous le bras.

Il se leva. Elle devenait vraiment insupportable. Plus elle s'énervait, plus elle s'entêtait, les mâchoires serrées, et plus son corps à lui réagissait. Rachel lui avait toujours fait cet effet-là. Il avait pourtant espéré que cela disparaîtrait avec le temps, avec une cohorte de mauvais souvenirs. L'afflux de sang lui parcourant le corps n'était décidément pas le bienvenu.

— Si je comprends bien, tu vas t'occuper d'un seul patient et moi des huit autres ?

Les yeux de Rachel lancèrent des éclairs, et elle secoua la tête. Elle avait toujours détesté qu'on laisse entendre qu'elle ne faisait pas sa part de travail. Après toutes ces années, il savait encore sur quels boutons appuyer.

— Non, monsieur. Je m'occuperai de tous les patients, comme toi.

Mais il ne s'avoua pas vaincu. Croisant les bras, il l'affronta du regard.

— Je ne vois pas comment cela pourrait être le cas si je n'ai pas toutes les données concernant les patients.

À présent, les joues de Rachel étaient pratiquement de la couleur de son T-shirt, et de fines gouttes de sueur perlaient à son front. Certes, il faisait très chaud sur l'île, mais ce n'était sans doute pas l'unique raison.

Discrètement, il détailla sa tenue. Il n'était pas habitué à la voir en short kaki, avec des chaussettes épaisses dans de grosses chaussures de marche. On avait dû l'avertir des dangers des sentiers de l'île.

Du temps où elle était étudiante et jeune médecin, il l'avait toujours vue bien habillée, en robe et escarpins. Son séjour en Australie avait peut-être modifié son style de vie ?

— Bien sûr que tu peux, Nathan. Cesse de faire des difficultés. C'est uniquement pour trois semaines. Je suppose que tu vas compter les jours, comme moi.

Elle tourna les talons et se dirigea vers la porte. À sa surprise, il n'avait pas envie qu'elle quitte la pièce. Pourtant, si on lui avait demandé, la veille encore, s'il aurait aimé se retrouver un jour face à Rachel Johnson, il aurait sans nul doute répondu : « Pas dans cette vie. » Mais la réalité dépassait parfois la fiction.

La main sur la poignée, elle s'arrêta.

— Comment va Charlie ?

Pris de court, il répondit sans réfléchir.

— Charlie va bien. Mais je ne vois pas en quoi cela t'intéresse.

— Ce n'est pas juste, dit-elle avec un soupir. Et tu le sais.

Il haussa les épaules.

— Tu n'as pas voulu rester lorsque j'ai dû m'occuper de lui pendant deux ans. Pourquoi t'en soucier maintenant ?

Elle se mordit la lèvre, sûrement incapable d'expliquer pourquoi elle les avait laissés tomber tous les deux.

— J'ai toujours adoré Charlie, il était super. Il a terminé ses études ?

— Il a eu son diplôme d'ingénieur et il a trouvé un travail avant que je parte pour ma dernière mission. Il est marié à présent, il a deux jeunes enfants.

Elle hocha lentement la tête.

— Contente de l'apprendre. Dis-lui que j'ai pris de ses nouvelles.

Cette fois, elle sortit. La porte claqua derrière elle.

Nathan prit la bouteille d'eau sur la table et la vida d'un trait, regrettant que ce ne soit pas de la bière. Malgré ses efforts, il n'avait pu s'empêcher de laisser son regard courir sur les fesses et les jambes de Rachel avant qu'elle ne disparaisse.

Huit ans plus tard, elle était plus sexy que jamais. Et elle le rendait toujours fou.

« J'ai toujours adoré Charlie. » Ses paroles résonnaient dans sa tête.

— Au moins, tu en auras aimé un des deux, fit-il pour lui-même.

Rachel avait trouvé qu'il faisait très chaud dans la hutte, mais, dehors, c'était pire encore. Le taux d'humidité extravaguant faisait couler la sueur dans son dos, ses cheveux devaient être tout frisés.

Coincée sur une île avec deux de ses ex. Il n'y avait pas de quoi se réjouir.

Nathan Banks. Malgré les huit années qui s'étaient écoulées, il lui faisait toujours de l'effet. Elle en avait encore les mains qui tremblaient. Jamais elle n'aurait pensé se retrouver un jour face à lui.

Ses cheveux blonds étaient plus courts, son corps un peu plus musclé. Mais ses yeux étaient toujours du même vert intense. Aucune femme n'aurait pu y rester insensible — pas plus elle qu'une autre.

Ils étaient censés être séparés par plusieurs continents. Que diable fabriquait-il en Australie ? Elle ne l'aurait avoué pour rien au monde, mais, durant les cinq années où il avait travaillé à Médecins Sans Frontières, elle avait souvent fait des recherches sur internet, le cœur serré, souhaitant ne pas apprendre de mauvaises nouvelles à son sujet.

C'était le problème avec les missions humanitaires : elles avaient parfois lieu dans des zones de conflit armé.

Elle avait passé à peine cinq minutes en compagnie de Nathan, et il l'avait rendue folle. Nul autre que lui n'avait la capacité de déclencher ce genre de réaction en elle.

Nathan et elle seuls dans une pièce faisaient toujours des étincelles. Parfois dans le bon sens, parfois non.

À l'évidence, il ne lui avait pas pardonné d'être partie, et elle ne pouvait pas lui en vouloir. Mais si elle lui avait avoué la véritable raison de son départ, il aurait mis sa vie — et celle de Charlie — de côté pour elle. Elle n'avait pas voulu leur faire cela alors qu'ils venaient de perdre leurs parents et qu'ils avaient besoin de se rapprocher l'un de l'autre.

Et si elle lui avouait maintenant pourquoi elle était partie, elle trahirait la confiance de Darius. Prise entre le marteau et l'enclume…

Elle contempla la mer de Corail, d'un bleu profond. Pas étonnant que les producteurs aient choisi les îles Whitsunday pour leur émission. À un autre moment, avec n'importe quelle autre personne, elle aurait vécu un moment idyllique.

Dommage que Nathan Banks soit là pour tout gâcher.

2

— Combien de temps cela prendra-t-il exactement ?

Le réalisateur regardait Nathan et Rachel d'un air renfrogné, mais Nathan s'en moquait bien.

— Le temps qu'il faudra, répondit-il avec un haussement d'épaules. Nous devons voir tous les participants, et discuter avec eux de leur passé médical. Ce n'est qu'après cela que nous serons en mesure de vous dire s'ils sont tous aptes pour le défi de demain.

Avec un soupir exaspéré, le réalisateur leur tourna le dos et sortit en claquant la porte.

Nathan sourit à Rachel.

— Où en étions-nous ?

Elle consulta la liste.

— Nous avons neuf célébrités et un remplaçant que nous devrons évaluer quand il arrivera. C'est bizarre, fit-elle en fronçant les sourcils. Ils ne sont pas censés débarquer en sautant d'un avion, puis ramer ou nager pour atteindre l'île ?

— C'est la magie de la télévision, dit-il, sarcastique. En fait, ils sont arrivés hier, en même temps que moi. À un moment dans la journée, ils vont être filmés comme s'ils venaient de poser le pied sur l'île. Mais ils n'ont pas encore vu le campement. Ils ont passé la nuit dans des cabanes, tu n'imagines pas la liste des réclamations.

Elle secoua la tête, l'air songeur.

— Je ne pensais pas que leur arrivée était truquée. On parie que l'un d'eux va bientôt craquer ?

Il leva la main droite en l'air. Les vieilles habitudes étaient difficiles à perdre. Autrefois, Rachel et lui jouaient constamment à faire des paris. Elle esquissa un léger sourire, comme si les souvenirs lui revenaient en même temps, puis leva la main à son tour et topa.

— Six jours, dit-elle.

— Oh ! tu es bien trop optimiste. Moi je leur donne quatre jours.

— Vraiment ? Mais ils sont là dans un but caritatif, pour aider des associations. Personne ne va renoncer aussi facilement, tout de même.

Il haussa les sourcils.

— Tu crois sérieusement que ces gens sont venus simplement pour faire acte de charité ?

— Bien sûr, répondit-elle d'une voix peu assurée.

Avec un soupir, il prit la liste.

— Voyons un peu. Darius Cornell, acteur — celui-là, mettons-le de côté pour l'instant. Diamond Dazzle, mannequin — elle cherche un contrat pour présenter de la lingerie. Frank Cairns, sportif — il voudrait être commentateur sur une chaîne. Molly Bates, comédienne de théâtre — elle doit se faire de la publicité pour sa prochaine tournée. Tallie Turner, actrice — elle a juste besoin de travailler. Pauline Wilding, politicienne — elle adore que l'on parle d'elle dans les journaux. Fox, ancienne star de *boys band* — il voudrait s'assurer que tout le monde ne l'a pas oublié. Billy X, rappeur — étant donné son passé, il finira probablement par se faire arrêter. Et Rainbow Blossom, vedette de la téléréalité — a besoin d'être en permanence sous les projecteurs. Ces personnes sont-elles vraiment des célébrités ? Sont-elles seulement connues sous leur vrai nom ?

Rachel pinça les lèvres. Il aurait pensé qu'elle prendrait les devants et défendrait son ex. Mais, à sa surprise, elle n'en fit rien.

— Je ne te savais pas cynique à ce point, dit-elle.

— Il faut croire que l'on ne se connaissait pas vraiment.

Ses paroles restèrent suspendues entre eux. Il semblait amer — et il l'était. Il fut lui-même surpris par la virulence de sa réaction. Ils n'avaient jamais eu ce genre de conversation auparavant. Lors de leur rupture, elle s'était contentée de lui annoncer qu'elle partait et s'était pratiquement enfuie de l'hôpital.

Quant à lui, cinq années de missions pour Médecins Sans Frontières lui avaient délié la langue. Avoir dû faire face à des conflits armés, des catastrophes naturelles et des épidémies, l'avait rendu moins enclin à l'indulgence et à la tolérance. La vie était trop courte — cela, il l'avait bien compris. Son frère et lui avaient perdu leurs parents dans un accident huit ans auparavant, et il avait trop vu de patients mourir à travers le monde.

Rachel se laissa tomber sur la chaise à côté de la sienne, et un parfum floral lui parvint. Voilà qui était nouveau. Autrefois, elle portait quelque chose de plus léger. Cette fragrance était plus forte, plus... sensuelle. C'était le parfum d'une vraie femme — qui avait huit ans de plus que la dernière fois qu'ils s'étaient vus. Pourquoi rien n'aurait-il changé ?

— Tu as sans doute raison, dit-elle comme pour elle. Darius est sans doute le plus connu de tous. Il y en a cinq que je ne reconnaîtrais pas si je les croisais dans la rue, et trois dont je n'ai jamais entendu parler.

Ainsi, et ce fut presque un soulagement, elle était capable d'être d'accord avec lui.

— Comment veux-tu procéder ? demanda-t-elle en montrant la pile de dossiers. On s'occupe ensemble de chaque patient, ou on se les répartit ?

Il aurait été plus simple et plus rapide de diviser la pile en deux. Mais il avait besoin de quelqu'un sur qui il pouvait compter. Rachel avait été un bon médecin, mais comment avait-elle évolué ?

— Occupons-nous-en ensemble. Comme ça, si l'un de nous

n'est pas disponible, l'autre sera au fait de tous les patients. Ils ne sont que neuf, cela ne devrait pas prendre trop longtemps.

Il saisit le dossier le plus proche et le parcourut.

— Diamond Dazzle — de son vrai nom, Mandy Brooks. Liposuccion, s'est fait refaire deux fois les seins. Biopsie de la peau et beaucoup de Botox. Elle s'est apparemment fait grossir les lèvres il y a une semaine. Il faudra surveiller les signes d'infection.

Rachel prit un air navré.

— Quel besoin une belle fille de vingt-deux ans a-t-elle de faire tout ça ?

Il reposa le dossier sur le bureau.

— Cela me dépasse. Tu crois que cela peut la rendre inapte au défi ? Que des araignées et des rats courent sur son corps — et aussi sans doute sur son visage — risque de la rendre plus vulnérable aux infections.

— À mon avis, le simple fait de se trouver seule dans la jungle lui fait courir davantage de risques, dit-elle. Qui pourrait avoir envie de faire une chose pareille ?

Il sourit.

— Quelqu'un qui a envie de passer à la télé.

Elle secoua la tête. Des mèches de cheveux s'étaient détachées et quelques boucles lui retombaient sur le visage. C'était étrange. Physiquement, elle avait moins changé que lui. Juste quelques légers traits au coin des yeux. Et elle avait pris quelques formes. Elle était aussi belle que dans son souvenir.

De son côté, il avait le visage buriné par ces cinq années à courir le monde. La dernière mission avait été la pire. Il avait eu l'impression que le sable s'était incrusté dans sa peau brûlée par le soleil, ridée.

— Est-ce qu'on lui demande de venir ?

Il devait se concentrer sur ce qu'ils étaient venus faire ici. Lewis n'avait pas menti sur tout. Ces trois semaines pouvaient être comme des vacances très bien payées. Superviser les défis ne prendrait que deux heures chaque soir. C'était tout à fait supportable.

— Je vais la chercher, dit Rachel en se levant. Ils doivent être sur la plage avec le réalisateur. Sans doute sont-ils en train de prétendre qu'ils sont arrivés en ramant...

Il ne leur fallut pas beaucoup de temps pour discuter avec chacun des participants et passer en revue leurs dossiers médicaux. Quelques-uns prendraient les médicaments dont ils avaient besoin au campement. D'autres n'en utilisaient que sporadiquement, pour des migraines ou de l'asthme. Rien de tout cela ne devait apparaître à l'écran.

Finalement, le moment arriva de parler avec Darius. Dès qu'il entra dans la pièce, Nathan sentit ses poils se hérisser. Ce type ne lui plaisait pas — il ne lui plairait jamais. L'image de Rachel et Darius ensemble était restée imprimée dans son cerveau.

Rachel esquissa un sourire nerveux.

— Darius, je te présente Nathan, l'autre médecin sur l'île. Nous voyons tous les candidats individuellement pour discuter de leur dossier médical et de leurs besoins éventuels.

Darius était une véritable caricature d'acteur de soap opera : très brun, le teint hâlé, des dents d'une blancheur éblouissante. Ce devait être un habitué des salles de musculation. Mais Nathan le trouvait un peu maigre.

— Il n'y a pas grand-chose dans votre dossier, Darius, lui dit Nathan. Si je dois m'occuper de vous, il faut que j'en sache un peu plus sur votre passé médical.

Darius jeta un coup d'œil à Rachel. À l'évidence, c'était quelqu'un de très sûr de lui, habitué à ce que les choses se passent comme il le voulait.

— Ce n'est pas nécessaire, répondit-il. Rachel le connaît déjà. C'est pourquoi elle est ici.

Nathan se pencha par-dessus le bureau.

— Mais Rachel ne sera pas toujours disponible. Elle ne pourra pas être d'astreinte vingt-quatre heures sur vingt-quatre pendant trois semaines. Et elle aura aussi d'autres patients à traiter. Les autres participants et l'équipe de tournage ont également besoin des services d'un médecin, vous savez.

Un sourire forcé sur les lèvres, Darius se tourna vers Rachel.

— Je suis certain qu'elle s'en sortira.

Nathan serra les poings.

— Souffrez-vous d'allergies ? demanda-t-il d'une voix un peu trop calme. Etes-vous en bonne santé ? Devez-vous prendre des médicaments ou suivez-vous un régime spécial ?

Darius prit quelques secondes pour répondre, comme s'il réfléchissait à ce qu'il allait dire.

— Je n'ai pas d'allergies. Je suis en excellente santé et je ne prends aucun médicament en ce moment.

Il avait parlé d'un ton mesuré. Rachel, en revanche, semblait sur des charbons ardents. Que s'était-il donc passé entre ces deux-là ?

Il y avait quelque chose dans l'air. Mais ce n'étaient pas les étincelles que Nathan avait senties entre Rachel et lui lorsqu'elle était entrée dans la pièce la première fois. Darius avait une attitude détendue et confiante envers Rachel.

Il se leva et posa la main sur l'épaule de Rachel.

— Merci, d'être ici, Rach.

Puis il regarda Nathan.

— J'espère que cette situation ne vous crée pas trop de problème.

L'instant d'après, il était reparti.

Nathan croisa les bras.

— Eh bien, voilà qui était instructif. Qu'y a-t-il entre vous, Rachel ? Est-ce qu'il aurait une emprise sur toi d'une façon ou d'une autre ?

L'expression de Rachel changea aussitôt. Il était lui-même étonné de la rapidité avec laquelle il pouvait la faire réagir.

— Que veux-tu dire ? Il n'a aucune emprise sur moi. D'où sors-tu une idée pareille ? Je t'ai déjà dit que je m'occuperais de Darius. C'est tout ce que tu as besoin de savoir. Autre chose ?

Sa voix grimpait dans les aigus. Il fit le tour du bureau pour s'y appuyer, à quelques centimètres de Rachel à peine. Et de nouveau, il sentit son parfum.

— Vraiment ? C'est tout ? Que voulait-il par : « Je ne prends pas de médicaments en ce moment ? » Quand en a-t-il pris et pour quelle raison ?

Plongeant dans ses yeux, il devina qu'une lutte se livrait en elle. Ses doutes étaient fondés : il se passait quelque chose, et c'était la raison de la présence de Rachel sur l'île. Mais qu'est-ce que cela pouvait bien être ? Trois semaines à ce régime et il allait devenir fou.

Elle soutint son regard.

— Tout ceci est parfaitement ridicule. Cela ne me plaît pas d'être ici, et à toi non plus. L'un de nous devrait partir.

Elle en avait profité pour éluder la question.

Cela faisait huit longues années qu'il ne s'était pas trouvé aussi près d'elle. Elle avait les lèvres pincées et s'était raidie, les poings sur les hanches. Il dut faire un effort pour ne pas baisser le regard vers l'endroit où le fin tissu rose de son T-shirt moulait ses seins. Il s'efforça aussi d'ignorer les fines ridules au coin de ses yeux d'un brun si chaud, et le léger hâle qui embellissait son teint.

Mais tout était là, juste devant lui. Quant à son parfum, il était une agression faite à ses sens. Les poils de ses bras se dressèrent, et il sentit son cœur s'emballer dans sa poitrine.

C'était complètement fou. Il n'était pas intéressé par cette femme. Il ne voulait pas l'être. Elle était partie. Ou plutôt elle s'était enfuie au moment où Charlie et lui avaient eu le plus besoin d'elle.

L'Australie n'avait pas été seulement le rêve de Rachel, mais leur rêve à tous les deux. Ils avaient projeté de s'y installer après une dernière année en Angleterre. C'était plus facile pour Rachel dont la mère était australienne et qui avait la double nationalité. Mais ils avaient fait la demande pour y travailler en leurs deux noms. Rien n'avait été plus douloureux que le moment où il s'était rendu compte qu'elle était partie sans lui.

Il avait la phrase sur le bout de la langue : « Tu n'as qu'à t'en aller. » Mais il était incapable de la prononcer, et cela le rendait fou. C'était pourtant simple, et elle l'aurait mérité. Pourquoi ne pouvait-il pas le dire ?

Lui tournant le dos, il retourna s'asseoir. Il fallait qu'il s'éloigne de ce parfum, de ce regard qui le troublait toujours. Et il se serait bien passé des souvenirs qui affluaient depuis qu'il l'avait revue.

— Moi, je ne peux pas partir, dit-il. Je travaille avec Lewis. Que tu le croies ou non, c'est une faveur que je lui accorde. Cara est presque au terme de sa grossesse, et il doit rester près d'elle. Quand je serai de retour, il renouvellera mon contrat avec l'hôpital pour six mois.

Elle fronça les sourcils, et son nez se plissa. Il l'avait toujours trouvée craquante quand elle faisait ça.

— J'ai plutôt l'impression qu'il te fait du chantage, dit-elle.

Il ne put retenir un sourire désabusé.

— Pas vraiment, répondit-il. Il m'a regardé comme il sait si bien le faire — tu le connais quand il a besoin de quelque chose. De toute façon, il fallait vraiment qu'il soit avec Cara, et, d'après lui, j'avais besoin de faire une pause, de prendre quelques vacances.

Elle eut soudain l'air inquiète.

— Pourquoi ? Ça ne va pas ? Il s'est passé quelque chose ?

Toi, répondit-il intérieurement. Il ne s'était pas rendu compte à quel point il avait été affecté par son départ — ou, plutôt, il n'avait pas voulu le reconnaître. En fait, il avait passé les huit années précédentes à rayer Rachel de sa vie. Il avait décidé de l'oublier, de la ranger dans une boîte fermée à double tour, avec les sentiments qu'il avait éprouvés pour elle.

Ce n'était plus aussi simple lorsqu'elle se dressait ainsi devant lui.

— Avec Médecins Sans Frontières, j'ai parcouru le monde pendant cinq ans sans jamais vraiment m'arrêter. En arrivant en Australie, je suis passé voir Lewis et j'ai commencé à travailler pour lui en CDD.

— Tu n'avais jamais parlé de Médecins Sans Frontières, dit-elle d'un ton hésitant. Qu'est-ce qui t'a amené à les rejoindre ?

— Il y avait manifestement beaucoup de choses dont on ne parlait pas, fit-il.

Elle tressaillit légèrement, comme si elle avait été piquée par une guêpe.

Il prit une profonde inspiration.

— J'ai revu un vieil ami qui avait travaillé avec eux. Quand il m'a raconté ses expériences dans plusieurs pays, j'ai été intéressé. La plupart des habitants n'y ont accès à aucun soin, Médecins Sans Frontières est leur seul espoir. Pour moi, c'était un devoir de participer. Charlie avait terminé ses études et trouvé un travail. Au départ, je devais seulement accomplir une mission de neuf mois en Afrique. Et puis les années ont passé.

Il la regarda. Elle l'écoutait attentivement, retenant presque sa respiration.

— Ce fut une bonne expérience, résuma-t-il.

Elle n'avait pas besoin de savoir tout ce qu'il avait vu, ni qu'il lui raconte ce à quoi il avait été confronté. Elle avait assez d'imagination pour cela. Il lui en avait déjà trop dit.

Mais il ne put retenir sa curiosité.

— Finalement, quelle spécialité as-tu choisie ? demanda-t-il.

Pendant quelques secondes, elle se figea. Puis elle se mordit la lèvre et fixa un point sur le mur en se pinçant le lobe de l'oreille. Chez elle, cela avait toujours été le signe d'un certain embarras. Il avait cru la connaître si bien… Mais il s'était trompé. C'était probablement ce qui lui faisait le plus mal.

— En arrivant en Australie, j'ai pris un peu de temps pour moi, dit-elle.

Ses yeux regardèrent vers la gauche.

— Puis j'ai travaillé comme généraliste pendant quelque

temps, auprès de patients souffrant de diabètes, de problèmes cardiaques ou respiratoires, et de cancers.

Elle leva les yeux vers lui en pinçant son oreille, et il sut qu'elle allait changer de sujet.

Après toutes ces années, il n'avait pas oublié son mode de fonctionnement.

— Je pensais que tu te serais orienté vers la chirurgie, dit-elle. C'était ce qui t'avait toujours intéressé.

Elle avait raison. Il avait bien eu l'intention de choisir la chirurgie. Et, au cours de ses missions à travers le monde, il avait acquis une expérience indéniable dans ce domaine.

Mais Rachel était partie. Elle avait perdu le droit de tout savoir de lui et de sa vie.

— Un internat en chirurgie aurait nécessité un trop grand nombre d'heures. Au moins, avec les urgences, on pouvait intégrer une équipe régulière sans être trop d'astreinte.

Le sous-entendu était clair. Il avait dû changer son plan de carrière pour s'occuper de son frère. C'était quelque chose auquel il n'aimait pas penser, et surtout pas le reconnaître implicitement devant quelqu'un qui leur avait tourné le dos. Si Rachel était restée, peut-être aurait-il pu choisir la chirurgie ? À deux, la charge aurait été moins lourde à supporter.

Mais elle ne parut pas saisir l'allusion.

— Tu as dû acquérir beaucoup d'expérience avec Médecins Sans Frontières, notamment en chirurgie, dit-elle.

— En effet. Là-bas, il faut savoir mettre la main à la pâte, même en plein désert.

À son tour, il fixa le mur. S'il fermait les yeux, il pouvait entendre le vrombissement des hélicoptères sanitaires, sentir ses cheveux se dresser d'appréhension sur sa nuque. Il ne savait jamais ce qu'il allait trouver à l'intérieur. C'étaient parfois des civils — hommes, femmes et enfants — parfois du personnel de l'armée, de la marine ou de l'aviation qu'ils avaient à soigner.

Certes, les services médicaux de MSF étaient parmi les meilleurs du monde, mais, par moments, les compétences chirurgicales de Nathan avaient été mises à rude épreuve.

Le tic-tac de la pendule murale le ramena à la réalité. Un frisson le parcourut. Il tressaillit en sentant la chaleur d'une main sur son bras.

— Nathan ? Ça va ?

L'expression inquiète de Rachel l'irrita. Comment osait-elle faire preuve de sollicitude envers lui ?

Il repoussa son bras.

— Évidemment, répondit-il en parcourant de nouveau les dossiers. Je vais prendre quelques notes et parler au réalisateur. Et si tu allais faire un tour sur la plage ?

C'était une façon de la congédier, sans doute un peu désobligeante. Mais il ne pouvait plus supporter qu'elle soit près de lui.

Elle lui jeta un coup d'œil blessé avant de serrer les mâchoires d'un air indigné. La Rachel qu'il avait connue aurait fait face, elle lui aurait dit sa façon de penser.

Mais celle-ci était différente. Elle avait changé. Avec un hochement de tête, elle esquissa un sourire sarcastique.

— C'est exactement ce que je vais faire.

Elle prit un des bipers sur le bureau et disparut sans accorder un regard à Nathan.

Il attendit quelques secondes avant de s'abandonner contre le dossier de sa chaise. Une foule de souvenirs lui revenaient à la mémoire alors que, quelques secondes auparavant, il ne pouvait plus la supporter.

Une chose était certaine : cette île n'était pas assez grande pour eux deux.

3

Rachel avait hâte de mettre le plus de distance possible entre Nathan et elle.

Elle frotta la paume de sa main, presque brûlante, contre son short. Toucher la peau de cet homme, sentir les poils de ses bras sous sa main — elle n'y avait pas été préparée.

Qu'il était difficile de se retrouver de nouveau aussi proche de lui, catapultée dans une situation complètement inattendue. Pourtant, elle avait été persuadée que, si elle devait revoir Nathan un jour, elle aurait été prête, mentalement et physiquement.

Elle aurait mis ses plus beaux vêtements — quelque chose d'élégant et de professionnel à la fois — se serait lavé les cheveux et soigneusement maquillée. Elle se serait entraînée à lui dire bonjour d'un air décontracté, lui aurait parlé avec aisance et nonchalance. Ou du moins, elle aurait répété assez longtemps pour paraître ainsi.

Elle aurait discuté cinq minutes avec lui, puis lui aurait adressé tous ses vœux de réussite avant de s'éloigner avec un léger balancement des hanches… Elle aurait gardé son sang-froid, et il ne se serait jamais douté que son cœur se brisait de nouveau. Il n'en aurait eu aucune idée.

Mais surtout — surtout — il n'y aurait eu aucun contact physique entre eux. Ils ne se seraient pas touchés du tout. Parce qu'elle savait que c'était la chose qui la ferait craquer.

Et elle avait eu raison.

Sa main se mit à trembler. La frotter n'avait servi à rien.

La plage n'était qu'à quelques minutes de là. Des membres de l'équipe de tournage étaient déjà sur place, assis sur des chaises. Mais elle ne pouvait pas rester là longtemps. D'ici à une heure, les célébrités seraient divisées en deux équipes et lâchées au-dessus de l'océan.

Le premier défi consistait à ramer jusqu'à l'île. L'équipe gagnante aurait droit à plus de confort pour la nuit et à une meilleure nourriture. Les autres dormiraient dans la jungle, à même le sol.

Rien que d'y penser, elle frissonna d'appréhension. Les gardes forestiers avaient déjà retiré plusieurs araignées grosses comme la main du campement, ainsi que quelques serpents qu'elle n'avait pas l'intention d'identifier. Lewis lui avait donné un livre sur les animaux venimeux, avec photos, indications de traitements, antidotes et autres anti-venins. À ne pas lire avant de s'endormir…

Elle se percha sur un des hauts tabourets du bar et inspecta prudemment le sol sablonneux autour d'elle.

— Qu'est-ce que ce sera ? lui demanda le garçon derrière le comptoir.

Il n'avait pas l'air d'un barman traditionnel, plutôt de quelqu'un d'habitué à faire plusieurs jobs à la fois. Ce qui semblait être le cas de la plupart des membres de l'équipe.

— Rappelez-moi de ne pas trop boire, fit-elle d'un ton léger. Je n'ai aucune envie de tomber de ce tabouret.

Le garçon sourit.

— Ne vous inquiétez pas, je connais un charmant médecin qui saura vous remettre sur pied.

Elle secoua la tête.

— Pas question. Rachel Johnson, dit-elle en lui tendant la main. Je suis l'autre médecin. Il est la dernière personne à qui je ferais appel pour me soigner.

— Len Kennedy. Vous n'aimez pas Nathan ? Cela m'étonne.

Il posa un verre devant elle.

— Laissez-moi deviner. Jus de fruits ou soda diététique ?

Elle hocha la tête, l'air désabusé.

— Bien vu. Je ne vais pas tarder à être de garde. Un cola diététique sera parfait.

Il la regarda siroter sa boisson agrémentée de quelques glaçons, d'une tranche d'orange et de deux pailles.

— Nathan a l'air d'être quelqu'un de bien. Où est le problème ? demanda-t-il avec une évidente curiosité.

Super. Elle ne pouvait même pas se rendre tranquillement au bar pour boire un verre.

Elle haussa les épaules avec une apparente désinvolture.

— Disons que c'est de l'histoire ancienne.

Elle étudia plus attentivement le garçon qui se trouvait face à elle. Il était assez beau, mais un peu marqué. Une cicatrice ondulait entre son poignet et son coude, il avait la tête presque rasée, une barbe de plusieurs jours et les yeux de quelqu'un qui avait vu des choses qu'il n'aurait pas dû voir. Quel était son passé ?

Il lui adressa un sourire complice.

— Ici, c'est peut-être le meilleur endroit pour la raconter. Parfois, une histoire ne devrait être rien de plus qu'une histoire.

Elle s'était trompée. Ce garçon n'était pas comme le reste des membres de l'équipe de tournage. C'était un garçon de bar comme elle les aimait — de ceux qui sont capables de lire dans les pensées et de dire précisément ce que vous ne voulez pas entendre.

Elle contempla un moment l'océan. Si cet endroit ne disposait pas de l'équipement luxueux qu'on lui avait promis, le cadre n'en était pas moins incroyablement beau. On avait envie de s'y détendre, de lâcher prise. Les couchers de soleil devaient y être les plus beaux du monde.

Elle poussa un soupir.

— Parfois, l'histoire est trop difficile à raconter.

Len remplit un verre de limonade et le leva dans sa direction. Elle hésita une seconde avant de choquer son verre contre le sien.

— Vous devriez voir les choses différemment, dit-il en souriant. C'est peut-être le destin qui vous a remis en présence l'un de l'autre sur cette île.

Le destin. Machinalement, sa main se dirigea vers son flanc et caressa sa cicatrice. Son sac à dos contenait deux bikinis qu'elle ne pourrait jamais porter devant Nathan. Elle ne voulait pas avoir à affronter ses questions. Sa cicatrice était en rapport avec Darius, et il n'avait rien à savoir là-dessus.

Et elle n'avait pas envie de croire au destin. Il ne lui semblait pas bien intentionné.

— En quoi consistent vos tâches, ici ? demanda-t-elle, souriant à son tour. Je n'ai pas encore eu le temps de faire le tour des installations.

— Tenir le bar, remplir les verres, veiller à l'approvisionnement en glaçons, et aider l'équipe dans certaines tâches, répondit-il. J'ai aussi de l'expérience en varappe. Il paraît que ce sera utile pour l'un des défis.

Elle écarquilla les yeux.

— Je ne crois pas qu'aucune des célébrités sache escalader des parois. Ce n'est pas dangereux, de leur faire faire une chose pareille ?

Len secoua la tête.

— Je n'en ai aucune idée. Moi, je ne suis là que pour donner un coup de main. Je suppose que tout le monde aura droit à des instructions de sécurité avant de commencer. Du moins, je l'espère.

Elle soupira, admirant le bleu parfait de la mer de Corail. Cet endroit pouvait être un vrai paradis.

Elle se prit la tête dans les mains.

— Dans quelle galère me suis-je fourrée ?

Len rit, et leva de nouveau son verre.

— Probablement dans de gros ennuis.

Elle choqua de nouveau son verre. Il pourrait bien avoir raison.

4

Rachel regardait les célébrités ramer en direction de l'île. Du moins était-ce qu'elles essayaient de faire.

— Il va falloir de sérieuses coupes au montage, dit une voix tranquille derrière elle. C'est d'un ennui mortel.

Elle ne se retourna pas, c'était inutile. Elle pouvait presque sentir la présence de Nathan derrière elle.

Il avait raison. Les candidats avaient été répartis dans deux barques, et on leur avait demandé de prétendre qu'ils avaient ramé depuis le continent. En réalité, ils étaient à quelques centaines de mètres à peine du rivage.

La barque dans laquelle se trouvait Frank Cairns, le sportif, était déjà loin devant l'autre. Par cette très chaude journée, il avait sans doute envie d'en finir rapidement et avait produit presque tous les efforts seul. Ses compagnons de voyage arrivèrent sur l'île en arborant de larges sourires.

Les candidats de la seconde barque, en revanche, se plaignirent tous, faisant triste mine.

— Mon agent m'avait dit que je n'aurais pas à faire ce genre de chose, marmonna Diamond Dazzle.

— Ton agent t'a menti, répondit Pauline Wilding, la politicienne. Tu n'as pas encore compris ?

Les deux animateurs de la télévision, un homme et une

femme, apparurent, s'efforçant d'apaiser les célébrités et d'alléger l'atmosphère.

Rachel les passa en revue. Une des femmes les plus âgées boitillait déjà. La marche à travers la forêt jusqu'au camp n'allait rien arranger.

Darius avait l'air à l'aise. L'épisode de la barque ne semblait pas l'avoir le moins du monde affecté. Cela la rassura un peu. Pour le reste, partout où elle posait les yeux, elle ne voyait qu'ennuis potentiels : les égratignures et les morsures qui pouvaient s'infecter ; les problèmes d'hygiène alimentaire ; les risques de contamination par les horribles toilettes que les célébrités allaient devoir utiliser. Si Darius lui avait demandé son avis en temps voulu, elle lui aurait dit de s'enfuir à des milliers de kilomètres.

D'ailleurs, n'importe quel patient sortant tout juste d'une nouvelle chimiothérapie aurait obtenu le même non catégorique, s'il lui avait posé la question. Des vacances de détente sur les îles Whitsunday, dans un complexe luxueux, c'était une chose. Être débarqué en pleine jungle pour passer trois semaines dans un confort très rudimentaire en était une autre.

Pour sa part, elle avait eu de la chance : elle n'avait eu à mettre sa carrière entre parenthèses que pendant un an. Une année longue et difficile, entre l'opération pour retirer son rein cancéreux, puis la chimiothérapie et la radiothérapie. Depuis cinq ans, elle avait des check-up annuels.

Darius n'avait pas eu droit au même sort. Ils avaient fait connaissance au centre anti-cancer, alors qu'elle se battait contre son cancer du rein et lui contre un lymphome non hodgkinien. Depuis, il avait fait deux rechutes, étant chaque fois un peu plus malade que la fois précédente.

Ce que tout le monde ignorait, c'était que Darius et elle n'avaient pas été amants. Il avait été son ami et son confident alors qu'elle venait d'arriver dans un pays où elle ne connaissait personne.

Nathan ne se doutait absolument pas de la raison de son départ. À l'époque, il avait eu sa part d'épreuves, avec la mort de ses parents, et son frère dont il avait hérité de la charge. Elle n'avait mentionné aucun de ses symptômes — le sang dans les urines, les nausées et le manque d'appétit. Tous deux avaient été si occupés pendant leur première année d'internat qu'elle n'avait pas eu beaucoup de temps pour se prendre en main. Un simple test d'urine réalisé en catimini à l'hôpital lui avait fait prendre conscience qu'elle avait besoin d'un avis professionnel. Mais, ensuite, les parents de Nathan avaient été tués dans cet accident, et Nathan et elle avaient été plongés dans la stupeur.

Elle l'avait soutenu quand il éclatait en sanglots, puis quand il avait organisé les funérailles et s'était occupé des finances de la famille. Elle avait failli en oublier de passer son échographie rénale.

Lorsque le diagnostic était tombé, elle n'avait pas pu se résoudre à lui en parler. Comment leur faire vivre ça, à Charlie et à lui ? Ils avaient besoin de se remettre de leur chagrin, besoin de temps pour se trouver. Charlie devait être entouré de personnes en bonne santé, et Nathan apprendre à devenir un parent de substitution pour son frère. Ils ne méritaient pas d'être confrontés à l'avenir incertain d'une personne atteinte d'un cancer comme le sien.

Alors elle avait fait la seule chose qui lui avait parue appropriée : elle avait téléphoné à sa mère en Australie et avait pris contact avec l'unité d'oncologie locale. Une fois son dossier transféré et son traitement organisé, elle avait acheté un billet d'avion et fait sa valise.

L'Australie avait toujours fait partie de leurs projets, à Nathan et à elle. Ils avaient prévu d'y venir ensemble. Mais la mort des parents de Nathan avait tout stoppé net.

Pour elle, il aurait été trop risqué de rester se soigner en Angleterre. À un moment ou un autre, quelqu'un qu'elle connaissait l'aurait croisée, et Nathan aurait fini par être informé.

De cela, elle ne voulait pas. Elle l'aimait de tout son cœur. Charlie et lui avaient assez souffert. Or elle connaissait les risques d'un carcinome à cellules rénales : tout le monde n'y survivait pas. Elle ne pouvait pas faire endurer encore cela aux deux frères.

Elle estimait connaître Nathan mieux qu'il ne se connaissait lui-même. À la mort de ses parents, il avait fait tout son possible pour ne pas se laisser abattre et contrôler la situation. La nouvelle de son cancer aurait été le coup de grâce. Certes, il aurait été à ses côtés — elle n'avait eu aucun doute là-dessus. Elle aurait eu beau tenter de le maintenir à distance, il aurait tenu bon et l'aurait accompagnée à chaque étape du traitement, malgré les efforts que cela lui aurait demandé.

En fait, c'était elle qui n'avait pas eu assez de courage pour elle-même et pour lui. Elle avait donc choisi d'être égoïste et de passer en premier.

Alors, après avoir acheté son billet, elle était allée dans la salle de l'hôpital où Nathan travaillait pour l'informer de son départ. Elle voulait à tout prix éviter qu'il ne lui fasse une scène.

Cela avait été la chose la plus difficile de sa vie. Elle s'était montrée prosaïque, presque désinvolte : un poste était disponible en Australie — une excellente occasion qu'elle ne pouvait pas laisser passer. Tout se passerait bien pour lui et pour Charlie. Nathan et elle avaient été ensemble trop longtemps, ils avaient besoin d'un peu d'espace. Elle lui souhaitait, ainsi qu'à son frère, tout le meilleur pour le futur.

Elle avait regagné le couloir les jambes tremblantes, consciente que chaque mot avait été un mensonge.

Et ces mensonges cruels avaient fait souffrir l'être qu'elle aimait.

Comment s'étonner qu'il ne supporte plus de la voir ?

C'était tout à fait normal.

Nathan observait les candidats tandis qu'ils traversaient le pont suspendu. Fait de cordes et de planches de bois, il se balançait à une quinzaine de mètres au-dessus de la canopée. Cela ne tarderait pas, il le savait...

À cet instant précis, une participante vomit par-dessus le pont, et il ne put retenir un petit rire. Certes, pour elle ce n'était pas drôle, mais la situation était ridicule. Aucun des candidats n'avait indiqué qu'il avait le vertige.

Il fallut près d'une heure à tout le groupe pour traverser le pont. Les jambes de certaines célébrités semblaient s'être transformées en gelée.

Darius n'était pas de ceux-là, pas plus que le sportif. Tous deux avancèrent sur le pont comme ils auraient traversé la rue.

Décidément, ce Darius commençait à piquer sa curiosité. Qu'est-ce que Rachel avait bien pu voir en lui ? Et pourquoi était-il aussi stoïque ? Ni la jungle ni les défis potentiels ne semblaient l'affecter. C'était comme s'il avait des problèmes autrement importants à gérer.

Soudain, Nathan entendit un cri derrière lui. D'autres cris suivirent, et il se mit instinctivement à courir en direction du bruit, suivant le sentier à travers la jungle.

Quelques secondes lui suffirent pour comprendre la scène de chaos qui s'offrait à lui. Un tas de gros barils, qui avaient dû être transportés et empilés là par des membres de l'équipe, s'était écroulé.

— Est-ce que quelqu'un est blessé ? demanda-t-il aussitôt.

— C'est Jack, cria un des hommes en tentant de retirer un des barils. Il est coincé là-dessous.

Nathan n'hésita pas une seconde. Priorité des priorités : arriver jusqu'au patient. Sinon, pas moyen de se rendre compte de son état. Il joignit ses forces à celles des autres hommes présents et banda ses muscles, mais rien ne bougea. Ces barils étaient incroyablement lourds.

— Qu'y a-t-il là-dedans ? demanda-t-il entre ses dents.

— Du sable.

— Quoi ? Et pour quoi faire ?

Les muscles de ses bras devenaient douloureux, et il dut abandonner la charge.

— C'est pour un des défis, répondit l'homme.

À cet instant, un éclair rose passa près de lui, et Rachel se faufila entre les barils.

— Stop ! cria-t-il en s'accroupissant. Qu'est-ce que tu fabriques ?

Il ne voyait plus que les semelles de ses boots tandis qu'elle tortillait son corps mince en continuant d'avancer. Aucun autre membre de l'équipe n'aurait pu se glisser dans aussi peu d'espace.

Elle lui répondit d'une voix étouffée.

— Je suis près de lui, il est inconscient. Donne-moi une minute.

Le réalisateur de l'émission les rejoignit, visiblement agité, débitant comme un automate de grandes phrases à propos d'insécurité, d'assurances et de fiabilité.

— La ferme, dit sèchement Nathan, le réduisant au silence. Rachel, que se passe-t-il là-dedans ?

— Il respire, mais il est toujours inconscient. Il est blessé à la tête et doit avoir le bras fracturé au niveau du cubitus et du radius.

— Autre chose ?

— Attends un peu. Je ne peux pas atteindre ses jambes, mais je sens son bassin et son abdomen…

Il retint sa respiration. Combien de temps faudrait-il pour une évacuation par hélicoptère sanitaire ?

— Son bassin semble intact, et son abdomen est souple, dit Rachel. Mais il y a plusieurs barils juste au-dessus de nous, qui menacent de s'écrouler. Y a-t-il un moyen de les bloquer ?

Il réfléchit à toute allure. La veille, il avait parcouru la liste des défis à réaliser. Soudain, il eut une idée.

— Ces pneumatiques prévus pour le défi sur l'eau… Quelqu'un sait-il où ils se trouvent ?

Le visage de Ron s'éclaira.

— Oui ! Ce sera parfait.

Il courut aussitôt en direction de l'endroit où l'équipement était stocké.

La trousse médicale noire de Nathan n'était jamais loin. Il en sortit son stéthoscope et le fit passer à Rachel.

— Rach, tu peux lui ausculter la poitrine ?

Il fut frappé par l'élan de solidarité qu'il sentit autour de lui. Ron, les autres, tout le monde avait le même but, sauver Jack. C'était l'état d'esprit qu'il avait vu pendant cinq ans avec Médecins Sans Frontières.

Ron fut bientôt de retour, à bout de souffle. Nathan le remarqua. Il fallait qu'il pense à l'examiner.

— On les a, dit Ron. Ce sont des sortes de saucisses géantes. Dégonflés, on peut glisser les pneumatiques entre les barils. Et nous avons des gonfleurs électriques, opérationnels en dix secondes.

Nathan réfléchit rapidement. Comment les utiliser au mieux sans faire courir de risques à Rachel et Jack ?

Il se tourna vers le technicien.

— Ils sont tous les deux au milieu. Mettez un pneumatique de chaque côté. En les gonflant, les barils devraient tomber vers l'extérieur.

Du moins, il l'espérait.

Ron hocha la tête d'un air admiratif.

— Vous êtes un génie, doc. Au travail, les gars.

Nathan mit Rachel au courant de la situation.

— Je te donnerai le signal quand on gonflera les pneumatiques. Cela ne prendra que dix secondes, tu devras baisser la tête et te mettre en boule. D'accord ?

— Est-ce que j'ai le choix ?

La voix de Rachel trahissait son stress.

Quoi qu'il se soit passé entre eux, l'idée qu'il puisse lui arriver quelque chose lui était insupportable. Il ne pouvait s'empêcher d'avoir envie de la protéger.

En une dizaine de minutes, les pneumatiques furent mis en place par l'équipe, et reliés aux gonfleurs électriques. Un technicien se tenait prêt à les actionner. Ron lui tapa sur l'épaule.

— Attention, Rachel, dit Nathan. Mets-toi en position. Tout le monde recule !

Les membres de l'équipe se dispersèrent en courant.

Il leva la main en direction du technicien.

— Maintenant, Rachel. Baisse la tête !

Des bras puissants le poussèrent de côté au moment où les gonfleurs entraient en action. Les saucisses géantes grossirent rapidement, repoussant tout ce qu'il y avait autour. Les barils dégringolèrent comme un château de cartes, roulant dans tous les sens avec fracas.

Puis, lorsque le dernier baril se fut immobilisé, ce fut le soulagement.

Nathan se précipita, le cœur battant, le reste de l'équipe sur ses talons. Rachel était accroupie entre un pneumatique et Jack, lui faisant un rempart de son corps. Elle avait encore les mains au-dessus de la tête. Une autre saucisse jaune l'avait protégée à l'arrière, procurant l'abri que Nathan avait souhaité.

En un clin d'œil, il fut près d'elle et lui toucha les bras.

— Rachel, est-ce que ça va ? demanda-t-il d'une voix inquiète.

Elle leva lentement la tête, regardant d'un côté, puis de l'autre. Ses bras tremblaient.

— C'est fini ?

Il dut se retenir de la serrer contre lui pour la rassurer. Il ne devait pas, quel que soit son soulagement de constater qu'elle allait bien. Il avait déjà fait l'expérience d'un bref contact avec sa peau et n'avait pas l'intention de recommencer.

Soudain, une idée le frappa : sa première pensée aurait dû être pour son patient, mais cela n'avait pas été le cas. Sa première pensée avait été pour Rachel.

Nathan referma la porte de l'hélicoptère et recula en direction des arbres en bordure de la plage.

Jack venait d'être transporté à bord, et il n'avait toujours pas repris connaissance, mais ses pupilles étaient réactives et ses poumons n'étaient pas obstrués. L'air y circulait librement.

En attendant l'arrivée de l'hélicoptère, les membres de l'équipe l'avaient porté sur un brancard jusqu'au cabinet médical. Rachel et Nathan avaient réduit la fracture de son bras, posé une attelle, puis ils avaient nettoyé et pansé la plaie à la tête.

Le bruit familier des hélices rappela à Nathan les endroits où la guerre avait fait rage autour de lui, mais les hélicoptères ne l'impressionnaient pas. Pendant cinq ans, il les avait empruntés trop souvent pour se rendre là où des patients avaient besoin de lui. Rachel, en revanche, avait l'air terrifiée.

Les hélices se mirent à tourbillonner de plus en plus vite, et l'eau se rida sous l'appareil au moment du décollage.

L'équipe commença à se disperser, la plupart des techniciens retournèrent sur le lieu de l'accident. Il faudrait des heures pour tout remettre en place. Il en faudrait encore plus pour écrire les rapports pour les assurances.

Nathan retroussa les manches de sa chemise kaki. Le rapport attendrait. Il serait plus utile en aidant à ranger les barils, et cela lui donnerait une meilleure idée de l'organisation générale. Certes, la sécurité n'était pas directement sous sa responsabilité sur l'île, mais, en tant que médecin, il ne tenait pas à se retrouver confronté à d'autres incidents de ce genre.

Quelque chose attira son regard dans les feuillages près de la plage — une petite tache rose. Ce n'étaient pas les fleurs tropicales qu'il avait admirées plus tôt, celles-ci étaient jaunes, orange et rouges.

En écartant les feuilles, il vit Rachel, assise au bord de l'eau. Elle n'avait pas remarqué sa présence. Les genoux relevés jusqu'au menton, elle fixait le ciel d'un air absent.

Il ne pouvait pas la laisser comme cela. Elle n'avait pas l'habitude des traumas ni des accidents, c'était un domaine totalement étranger pour elle.

En même temps, il fut tenté de partir dans la direction opposée. Le Nathan de huit ans auparavant voulait abandonner là Rachel, mais celui de Médecins Sans Frontières ne le permettrait pas.

En cinq ans, il n'avait jamais laissé un collègue seul après un incident traumatique. Il n'allait pas commencer maintenant.

Sans réfléchir davantage, il alla s'asseoir près d'elle sur le sable et passa le bras autour de ses épaules.

— Est-ce que ça va ?

Elle respirait avec effort et ne répondit pas, mais ne s'écarta pas non plus. Sentant son corps trembler légèrement sous sa main, il se rapprocha et lui parla calmement.

— Tu t'es bien débrouillée, Rachel. La médecine des urgences n'est pas facile à appréhender ; toi, tu as agi comme si c'était une seconde nature.

— J'ai juste agi d'instinct, répondit-elle d'une voix mal assurée.

— Je n'arrive pas à croire que tu aies plongé sous ces barils, ils auraient pu te réduire en pièces.

Il n'arrivait pas non plus à croire qu'il n'avait pas été assez rapide pour l'en empêcher.

Elle laissa sa tête aller sur son épaule.

— Je ne sais pas pourquoi j'ai fait ça.

Il sourit.

— Probablement parce que tu es une tête de mule qui n'écoute jamais rien.

Elle laissa échapper un petit rire.

— Je suppose qu'il y a des choses qui ne changent pas.

Lui-même se sentait encore partagé. D'un côté, il ne voulait pas la réconforter, et de l'autre, il avait envie de la rassurer, de la soutenir. Déjà, même après tout ce temps, il sentait qu'il réagissait au contact de ce corps sous son bras, blotti contre lui comme s'ils étaient toujours ensemble.

Sa gorge se noua. Il aurait voulu lui répondre que tout changeait. Que les choses pouvaient même changer en un clin d'œil et que le monde que l'on avait cru si solide pouvait vous glisser entre les doigts et disparaître.

Mais il ne prononça pas un mot. D'ailleurs, en maintes occasions, lui aussi avait agi d'instinct dans des situations difficiles.

Cependant, il avait eu de la chance : il avait toujours été entouré de collègues qui le soutenaient. C'était comme ça, Médecins Sans Frontières.

Certes, son instinct l'avait également poussé à se jeter par terre dans une rue de Melbourne. Mais ce n'était pas une réaction anormale après avoir travaillé dans des zones de guerre. Et il était difficile de s'en débarrasser.

Alors, il prit une profonde inspiration et resta là où il était. Parfois — même si ce n'était que pour quelques minutes — on avait besoin d'aide. Il lui était arrivé d'être réconforté par des collègues, et il était normal qu'il en fasse autant. Peu importait ce qu'il avait dans la tête.

À cette minute, il n'y avait qu'eux deux, assis ensemble, sur une plage, pour la première fois depuis huit ans.

Il ne voulait penser à rien d'autre. Trois semaines sur une île avec Rachel ? Il aurait largement le temps de réfléchir aux conséquences.

5

La douche faisait un bruit suspect, et un mince filet d'eau s'en écoulait de façon irrégulière. Pour Rachel, se faire un shampooing avait été un véritable défi, avec son épaisse chevelure. Elle enfila un chemisier rose uni et un short kaki avant de lacer ses chaussures de marche. Une bonne odeur de petit déjeuner flottait dans l'air. Ron avait raison, le bungalow de la cantine était le lieu le plus populaire de toute l'île.

Elle eut une pensée compatissante pour les célébrités qui avaient passé leur première nuit au campement. Une des deux équipes avait dû dormir à même le sol sur des tatamis. À leur place, elle aurait enfoui la tête dans la capuche de son sac de couchage, aurait resserré le cordon autour et n'aurait plus bougé jusqu'au matin.

Mais sa nuit n'avait pas été agréable pour autant. Troublée par la pensée de Nathan dormant sous le même toit, dans un lit séparé du sien seulement par de minces cloisons, elle avait eu des picotements dans tout le corps.

Pendant des années, elle s'était efforcée d'oublier jusqu'à son existence. Chaque fois qu'elle pensait à lui, elle sentait la culpabilité l'envahir. La première année, elle avait dû se concentrer sur son traitement. Darius l'avait beaucoup aidée : il avait été une présence distrayante pour elle. Il aimait être au centre de l'attention de son petit monde. Elle avait parfois eu l'impression d'être son unique confidente, ce qui le rendait un peu envahissant. Or elle avait aussi eu besoin de moments à elle, afin de se consacrer à sa propre guérison.

Lors de cette première nuit sur l'île, elle n'avait en fait pratiquement pas fermé l'œil. Elle s'efforça de voir les choses de manière rationnelle : elle était dans un endroit paradisiaque de la mer de Corail, entourée de vie sauvage. La nuit, on entendait toutes sortes de bruits d'animaux.

Mais ce n'était pas ce qui l'avait empêchée de dormir, elle le savait. La nuit, en fermant les yeux, elle pouvait presque voir Nathan en train de respirer dans l'autre chambre.

Toutes sortes de souvenirs lui étaient revenus à la mémoire, auxquels elle n'était pas préparée. Sa main sur sa peau, sentant son torse se soulever et s'abaisser ; le léger battement de son cœur sous sa paume ; les petits bruits qu'il faisait en dormant. En cinq ans, il ne lui avait jamais tourné le dos quand ils avaient dormi ensemble. Elle avait toujours eu ses bras autour d'elle.

Cette sensation de bien-être et de sécurité lui avait terriblement manqué ces dernières années. Sans parler de la passion. La chaleur. L'amour.

Elle ne pouvait pas revenir sur ce qu'il s'était passé entre Nathan et elle. Et rien ne pourrait changer l'expression de son regard quand il l'avait revue.

Pourtant, la veille, elle avait décelé de l'inquiétude dans sa voix lorsqu'elle s'était glissée au milieu des barils. Elle ne savait pas vraiment pourquoi elle avait agi ainsi. Sur le moment cela lui avait paru une bonne idée puisqu'elle était la seule personne assez menue pour le faire.

Mais une fois à l'intérieur, elle avait été terrifiée. Entendre la voix inquiète de Nathan ne l'avait pas seulement rassurée. Qu'il se fasse du souci pour elle l'avait réconfortée. Mais elle ne devait pas chercher à y voir trop de choses. Elle le connaissait bien — s'il n'avait pas trop changé : il se serait inquiété pour n'importe quel collègue.

Cinq années passées à Médecins Sans Frontières l'avaient-elles transformé ? Ou peut-être était-ce le fait qu'elle l'ait quitté ? Elle espérait que ce n'était pas le cas, et qu'il avait gardé son cœur d'or. Même si, depuis qu'ils s'étaient revus, il ne le lui avait un peu montré que dans un moment de crise.

Elle suivit l'odeur alléchante des œufs au bacon. Presque toute l'équipe était déjà attablée. Nathan se trouvait dans un coin, en pleine discussion animée avec un des responsables.

Après s'être servie en toasts et en œufs au bacon, elle prit un café et alla les rejoindre.

— Y a-t-il quelque chose que je devrais savoir ? demanda-t-elle sans préambule en déposant son plateau à côté d'eux.

Tous les deux se turent et lui jetèrent un regard surpris.

En y réfléchissant, il y avait certaines similitudes entre une équipe de télévision et l'hôpital. Elle avait passé trop d'années au milieu de gens avec de gros egos pour être déstabilisée par le premier conflit venu.

— S'agit-il d'un problème médical, ou technique ? demanda-t-elle, insistante, en tartinant du beurre sur un toast.

Nathan parut surpris par sa franchise.

— Un peu les deux, répondit-il. Bill vient de m'apprendre que la liste des défis avait été modifiée. Je pense que certains changements pourraient affecter la santé et la sécurité des participants, il prétend que cela ne nous regarde pas.

— Vraiment ? dit-elle en haussant les sourcils.

Elle mordit dans son toast en étudiant Bill quelques secondes. À l'évidence, il estimait que, sur l'île, seul son avis comptait. C'était sans doute ce que l'équipe de production croyait également. Mais il ne les connaissait pas, Nathan et elle. Même s'ils avaient des différends, Bill allait apprendre qui ils étaient lorsqu'ils unissaient leurs forces.

— Juste par curiosité, que dirait la compagnie d'assurances si vos deux médecins déclaraient forfait ?

Nathan esquissa un léger sourire. Il avait compris ce qu'elle faisait.

— Comment cela ? aboya Bill.

— Je pose une simple question, dit-elle en découpant son bacon. Mais je suis sûre que vous n'êtes pas autorisés à faire cette émission sans équipe médicale. Après ce qui s'est passé hier, sachez que ni Nathan ni moi ne négocierons sur quoi que ce soit. À vous de choisir. Tenez compte de notre avis... ou pas.

La veille, il y avait eu un blessé, et certains employés — y compris elle-même — avaient couru des risques importants. Nathan et elle avaient déjà repéré des célébrités qui ne pourraient pas participer à tous les défis. Malgré leur passé, dans cette histoire, elle était de son côté.

Bill se leva brusquement, renversant son café.

— Bon. Je vais revenir au projet original.

Il s'éloigna d'un pas furieux. Le reste de l'équipe n'avait pas bougé d'un cil, manifestement habitué à ce genre d'éclat.

Elle épongea le café avec une serviette. Maintenant qu'ils n'étaient plus que tous les deux, son assurance s'était évanouie. Elle se rappela le bras de Nathan autour de ses épaules, quand il s'était assis près d'elle. Il l'avait tenue contre lui jusqu'à ce qu'elle reprenne ses esprits. Après qu'elle se soit calmée, il s'était relevé pour s'éloigner dans le soleil couchant.

Elle était retournée dans leur hutte, s'était lavée et changée rapidement avant de se réfugier dans sa chambre. Là, elle était restée à le guetter pendant des heures, jusqu'à ce qu'elle entende le bruit de la porte.

Mais il n'était pas venu lui parler, et elle aurait dû s'en réjouir. En le revoyant, elle avait eu un véritable choc, sa première réaction avait même été de lui dire qu'elle ne pourrait pas travailler avec lui. C'était faux. Simplement, il était la dernière personne qu'elle s'était attendue à trouver.

Et maintenant il était face à elle à la table du petit déjeuner.

— Comme je m'y attendais, les prises de vue d'hier sont

apparemment terriblement ennuyeuses, dit-il. C'est sans doute pour cela qu'ils voulaient épicer un peu les défis. D'ailleurs, il n'est pas impossible que Bill fasse d'autres tentatives. Ça te dirait d'assister au tournage, aujourd'hui ?

Elle hocha la tête. De toute façon, son œuf était froid et elle n'avait plus faim.

— Ah, et j'ai affiché un papier disant que nous tiendrions une consultation d'une heure chaque matin pour les membres de l'équipe, ouverte à tous les types de difficultés. Je suppose que cela te convient ?

De nouveau, elle acquiesça en silence.

— Parfait. On commence dans dix minutes.

Il disparut. En allant ranger son plateau, elle laissa échapper un soupir agacé. Il y avait un sujet dont ils n'avaient pas encore discuté : Nathan n'était pas son supérieur hiérarchique ; ils étaient là tous les deux au même niveau, en tant que médecins.

Quand elle arriva, plusieurs membres de l'équipe attendaient. Pendant les consultations, tout se déroula bien : elle ausculta quelques poumons, fournit un nouvel inhalateur à un technicien et des médicaments pour la tension à son collègue qui avait égaré les siens.

Une heure plus tard, Ron passa les prendre en Jeep, elle et Nathan. Il les emmena sur le décor du premier défi, de l'autre côté de l'île.

— Il y a eu quelques changements, dit-il.

— Quelle surprise, répondit Nathan. De quoi s'agit-il ?

— Les candidats vont faire une course souterraine.

Elle échangea un coup d'œil avec Nathan. Ce n'était pas le genre de défi qu'elle aurait voulu faire. Plusieurs candidats souffraient de claustrophobie et n'auraient pas dû avoir à se faufiler dans des tunnels sombres gorgés d'eau et de toutes sortes de bestioles et d'insectes.

— Et Diamond ? dit-elle. Je pense que le risque d'infection est trop grand pour elle.

— D'accord avec vous. La production est prévenue qu'elle n'est pas apte à relever ce défi. Le public a déjà voté pour un remplaçant, c'est Darius qui a été choisi. Diamond n'a rien à craindre.

Elle faillit en avoir la nausée, puis sentit le regard de Nathan fixé sur elle et se ressaisit. Un homme qui venait à peine de terminer un traitement de chimio ne devait pas se traîner dans des tunnels insalubres. Mais elle savait déjà ce que Darius lui dirait.

— Il faut que je lui parle avant qu'il ne commence, murmura-t-elle.

Les yeux de Nathan se rétrécirent.

— Qu'est-ce qui ne va pas ? Il a peur du noir ? S'il ne peut pas prendre part à un défi, est-ce que je ne devrais pas savoir pourquoi ?

Elle comprenait sa réaction. C'était déjà pénible pour lui, de croire que Darius était son ex, et en plus il ne connaissait pas son passé médical. Mais ce n'était pas sa faute à elle. Ce n'était pas son choix.

Néanmoins, elle n'aurait pas bien fait son travail si elle n'avait pas prévenu Darius des risques qu'il encourait pour sa santé — qu'il l'écoute ou non.

— Il est capable de faire ce défi, mais je voudrais lui parler avant, insista-t-elle.

Nathan croisa les bras sur son torse et regarda la route droit devant lui.

À l'arrivée, la végétation était plus clairsemée, et ils repérèrent l'endroit où les tunnels avaient été creusés. Les caméras à infrarouges étaient en place. Toutes les célébrités étaient là, en train de discuter avec les animateurs.

— Y a-t-il là-dedans des bêtes qui peuvent mordre ou piquer en profondeur ? demanda-t-elle.

— Oui, à peu près toutes, répondit-il avec un haussement d'épaules.

Elle rejoignit aussitôt Darius, qu'elle saisit par le bras.

— Que se passe-t-il, Rachel ? demanda-t-il en regardant autour de lui, sans doute pour s'assurer que personne ne les écoutait.

— Tu ne devrais pas participer à ce défi. Il y a un risque important d'éraflures et de morsures, et tu te déplaces dans de l'eau sale. En cas d'infection, ton immunité est trop faible.

Darius lui décocha son fameux sourire de star.

— Relax, Rachel. Ce qui compte, c'est que le public ait voté pour moi. C'est fantastique ! Pour le reste, les tunnels ne m'inquiètent pas. Tu pourras toujours m'ausculter une fois que j'aurai terminé, fit-il avec un clin d'œil avant d'aller retrouver les autres célébrités.

Nathan la rejoignit.

— Vas-tu enfin me dire ce qu'il se passe ?

— Je ne peux pas.

Il lui tourna le dos et s'éloigna.

Le tournage commença. Darius joua la surprise lorsque les animateurs annoncèrent que c'était lui qui avait été choisi. Il sourit aux caméras, puis s'enfonça dans le premier tunnel. Il réalisa le défi en quelques minutes et ressortit trempé et couvert de boue, sa récompense entre les mains. Il avait une grande balafre sur une jambe et plusieurs traces de morsures sur l'autre sans doute dues à des bébés alligators.

Rachel attendit avec impatience la fin du tournage, puis, d'autorité, elle alla chercher Darius. Ron, comme toujours trempé de sueur, les reconduisit tous les trois — Nathan, Darius et elle — au cabinet médical.

Là, elle ordonna à Darius de s'installer sur le lit d'examen. À cet instant, elle ne les supportait ni l'un ni l'autre. Darius avait vraiment agi stupidement. Quant à Nathan, il y avait toujours cette électricité dans l'air avec lui. Outre l'effet qu'il lui faisait, elle était partagée entre la culpabilité et la colère, tout en sachant que c'était complètement irrationnel. Après tout, c'était elle qui était partie. Elle les avait laissés, lui et Charlie, choisissant de passer en premier.

Même si elle avait pu revenir en arrière, elle n'aurait rien changé. L'issue de son cancer aurait pu être complètement différente. Elle faisait partie des chanceux qui avaient passé le cap des cinq ans sans rechute.

Pour ce qui était de Darius, elle n'aurait pas dû accepter d'entrer dans son jeu. Ces dernières années, ils avaient pris leurs distances l'un envers l'autre ; il fallait qu'il trouve quelqu'un d'autre pour prendre le relais.

Ce qu'il se passait lorsque Nathan et elle se trouvaient dans la même pièce, elle n'y avait pas été préparée. Si on lui avait posé la question, elle aurait juré qu'il ne pouvait plus rien exister entre eux. Mais elle était incapable de contrôler les réactions de son corps, et cela la rendait folle.

Après s'être lavé les mains, elle ouvrit le paquet de pansements stériles et enfila des gants. Elle désinfecta les traces de morsures qui étaient superficielles. Avec une pince à épiler, elle retira les particules à l'intérieur de la blessure — qui faisait une douzaine de centimètres de long — puis la nettoya soigneusement. Elle n'était pas assez profonde pour nécessiter des points de suture, et elle la referma avec des strips. Enfin elle appliqua une pommade antiseptique et posa le pansement.

— Cette balafre est la porte ouverte aux infections, dit-elle. Il va falloir changer ton pansement tous les jours et surveiller l'évolution.

Darius poussa un soupir.

— Je trouve ça un peu exagéré. Votre cabinet est très éloigné du campement, je ne voudrais pas avoir à revenir chaque jour. Les autres participants vont croire que j'ai droit à un traitement de faveur.

— Rachel a raison, dit Nathan. D'ailleurs, si vous êtes prédisposé aux infections, il vaudrait mieux vous mettre sous antibiotiques.

Qu'il se range si rapidement de son côté l'étonna.

— Le plus simple, ce serait que Rachel ou moi venions au campement tous les jours pour changer le pansement. Cela ne prendra que quelques minutes, et tout le monde pourra constater pourquoi nous sommes là.

Darius acquiesça en souriant.

— C'est super, merci.

— Vous comprendrez que nous devons prévenir le producteur que vous n'êtes pas apte pour le défi de demain ? dit Nathan en lui tendant des cachets.

— Quoi ? s'exclama Darius. Mais c'est un des plus importants ! On va croire que je cherche une excuse pour ne pas participer.

— Vous ne pouvez pas plonger ni nager avec une jambe qui risque de s'infecter. Il n'en est pas question. Le producteur et le réalisateur doivent se conformer à nos recommandations. Vous pouvez toujours dire devant les caméras que ce sont les médecins qui ont refusé que vous preniez part au défi parce que vous couriez un trop grand risque.

Darius parut réfléchir quelques secondes puis il hocha la tête et avala ses cachets.

— Merci pour tout. À demain.

Il rejoignit Ron qui l'attendait pour le ramener au campement.

Rachel croisa les bras et s'adossa contre le mur, tandis que Nathan ouvrait le meuble de rangement pour consulter des dossiers.

— Merci d'avoir pris ma défense, dit-elle. Que se passe-t-il ?

— Je ne vois pas de quoi tu parles, dit-il en levant la tête.

— Nous savons très bien que tu n'aimes pas Darius. Pourquoi t'es-tu montré aussi obligeant ?

Il s'assit derrière le bureau.

— Il a perdu du poids, récemment ?

Elle battit des paupières : ce n'était pas du tout le genre de réponse qu'elle attendait.

— Je ne sais pas exactement, répondit-elle. Il a perdu quelques kilos il y a plusieurs mois, et n'a pas encore dû les reprendre. Il a l'air un peu maigre, mais je suis sûre que tout ira bien après le tournage. Toutes les célébrités perdent du poids sur l'île.

Il eut l'air songeur.

— Peu importe que tu ne me parles pas de ses problèmes passés. Mais sa mine ne me dit rien qui vaille. Peut-être qu'il y a autre chose qui ne va pas chez lui.

Elle prit une profonde inspiration. En fait, elle était en train d'avoir une conversation professionnelle avec Nathan Banks. C'était étrange. Elle avait été tellement préoccupée par la maladie de Darius et son désir que cela reste confidentiel qu'elle n'avait pas prêté attention au reste. Parfois, il était bon d'avoir le regard plus objectif de quelqu'un d'autre.

À présent, elle comprenait mieux la proposition de Nathan à Darius.

— En allant le voir tous les jours, on pourra mieux le surveiller, c'est ça ?

Il sourit.

— C'est exactement ça.

Voilà donc comment il travaillait, et à quoi pouvait ressembler une collaboration professionnelle avec lui. Elle avait dû attendre huit ans pour le savoir. Auparavant, ils avaient fréquenté la même faculté de médecine, mais ne s'étaient jamais trouvés ensemble dans la même salle. D'ailleurs, ils n'étaient a priori pas destinés à le faire, puisqu'ils visaient des orientations différentes. Ce duo qu'ils formaient était une vraie surprise.

Elle l'observa pendant qu'il parcourait les dossiers. Il avait maintenant les cheveux très courts, et elle avait envie d'y passer la main pour les sentir se hérisser légèrement sous sa paume. Il avait dû opter pour cette coupe plus pratique lors de ses missions à l'étranger.

La première chose qu'elle avait remarquée chez lui, c'étaient les petites rides autour des yeux. Mais, comme souvent chez les hommes quand ils prenaient quelques années, cela lui allait bien. Il avait perdu la fraîcheur de son jeune âge. À la place, il y avait quelque chose de plus intérieur, de plus profond. L'expérience du monde. La maturité.

Nathan l'avait toujours fait craquer. Avant, c'était grâce à son caractère enjoué, son humour et son sex-appeal. À présent, c'était tout à fait différent. L'homme qui se trouvait près d'elle la chamboulait complètement. Il avait une telle présence. Sa silhouette devenue plus carrée emplissait toute la pièce. Mais ce qui la remuait le plus, c'était ce qui était caché au fond de ses yeux.

D'où cela provenait-il ? Peut-être de la perte de ses parents. Ou de ses années à travers le monde. Et si Nathan avait un passé médical qu'elle ne connaissait pas ? Pourquoi avait-il changé son plan de carrière ? Cela avait-il réellement quelque chose à voir avec son frère ?

Elle eut envie d'enlever toutes les strates qui s'étaient accumulées entre eux, les unes après les autres. Elle voulait tout savoir de lui pendant ces années d'absence — mais sans rien révéler d'elle-même. Elle n'y était pas prête.

Il leva les yeux et leurs regards se croisèrent.

— Y a-t-il quelqu'un d'autre pour qui tu as des inquiétudes ? demanda-t-il.

Toi. Moi.

— Ron, répondit-elle. Peut-être qu'il réagit simplement mal à la chaleur mais il transpire tellement, j'aimerais l'examiner de plus près.

Il approuva d'un signe de tête.

— Moi aussi. Nous allons lui demander de passer. Je vais aller courir le long de la plage avant de superviser le prochain défi, fit-il en se levant.

Elle réprima un soupir. Être sur une plage vide avec l'océan devant soi était très tentant. C'était un bon moyen de se laver le cerveau et de rassembler ses idées. Mais avec Nathan là-bas, ce serait comme s'il y avait foule.

— Et moi, je vais discuter du prochain défi avec l'équipe de production. À tout à l'heure.

En sortant du cabinet médical, elle éprouva le besoin de respirer profondément à plusieurs reprises. Il lui semblait que sur l'île l'espace rétrécissait progressivement…

6

Rachel s'étira sur le transat et remua les doigts de pied, la seule partie de son corps exposée au soleil.

À part l'accident du premier jour et les blessures légères de Darius, les choses s'étaient passées à peu près comme Lewis l'avait promis : quelques heures de travail chaque jour, suivies par des heures et des heures à tuer.

Cela aurait été parfait dans un complexe luxueux, ou en pleine ville. Au lieu de cela, ils étaient isolés sur une île manquant nettement d'équipements de toutes sortes, où la seule distraction était apportée par quelques prétendues célébrités. Les journées lui paraissaient bien longues.

Les défis se déroulaient sans accroc. Frank, le sportif, avait réussi sans encombre celui consistant à nager sous l'eau autour du récif de corail. Pour le suivant, ils avaient dû escalader un arbre d'une dizaine de mètres pour atteindre un nid d'oiseaux installé par l'équipe. Billy X, le rappeur, s'était montré étonnamment agile dans cette épreuve. Quant à Darius, il était manifestement déçu de ne pas avoir été plébiscité par le public.

Sa blessure guérissait peu à peu, et les antibiotiques semblaient avoir repoussé tout risque d'infection. Pourtant, il n'avait pas meilleure mine. Peut-être aurait-il mieux valu contrôler son poids ? Les célébrités devaient préparer leurs propres repas autour d'un feu de camp, et il y avait suffisamment de nourriture pour qu'elles se sentent rassasiées.

Nathan avait peut-être raison : et si Darius avait de nouveau un problème de santé ?

Elle s'agita sur le transat, mal à l'aise. Si Darius rechutait une troisième fois, sa situation ne serait guère enviable : chaque traitement avait été plus agressif que le précédent. Elle était bien placée pour savoir en quoi ces traitements consistaient. Darius ne pourrait plus garder sa maladie secrète très longtemps.

Elle entendit des voix étouffées derrière les arbres et sourit. Les commérages devaient aller bon train au sein de l'équipe. Pourtant, personne ne semblait avoir remarqué la tension entre Nathan et elle. En tout cas, personne n'y avait fait allusion.

À cet instant, elle vit Ron entrer au ralenti dans le centre médical en esquissant une grimace de douleur. Il avait le visage rouge brique et semblait sur le point d'éclater. Elle avait dû lui demander deux fois de passer avant qu'il ne se décide. C'était Nathan qui allait l'examiner.

Elle hésita quelques secondes. Nathan était un urgentiste expérimenté, il risquait de ne pas apprécier qu'elle s'immisce dans son travail. Mais l'expression du visage de Ron la préoccupait.

De toute façon, elle ne risquait pas de bronzer beaucoup, puisqu'elle ne retirait pas sa robe de plage de crainte qu'on ne la voie en bikini. Naturellement, si Nathan n'avait pas été sur l'île, elle n'aurait pas hésité une seconde, jamais elle ne se serait souciée des questions que l'on aurait pu lui poser au sujet de sa cicatrice. Pour le coup, elle regretta de ne pas avoir apporté de maillot de bain une pièce, du style de ceux qu'elle portait à l'école.

Elle secoua le sable de ses pieds. Pour l'instant, c'était Ron qui importait.

Nathan se sentait nerveux. Il avait enchaîné plusieurs nuits blanches. Être couché dans une hutte avec seulement deux minces cloisons entre Rachel et lui le rendait fou. Chaque fois qu'il entendait le bruit de la douche, il imaginait l'eau ruisselant sur sa peau douce, dégoulinant sur son corps jusqu'à ses doigts de pied peints en rose.

Justement, ces doigts de pied le hantaient. C'était pratiquement la seule portion de sa peau qu'il avait pu voir. Contrairement au reste de l'équipe, Rachel gardait toujours un vêtement sur elle. Et le soir, elle portait un pantalon long et un T-shirt à manches longues.

La seule partie visible en permanence chez elle, c'étaient ses orteils.

Autrefois, elle n'hésitait pas à porter des tenues légères — surtout la nuit, ce qui avait le don d'exciter sa libido. S'il ne voulait pas que son imagination travaille trop, il valait mieux qu'il fasse un maximum de sport sur l'île.

Il venait juste de reposer son téléphone quand Ron fit son apparition devant lui, suant et soufflant, une expression étrange sur le visage. Il n'avait vraiment pas l'air bien, avec son visage rouge et des perles de sueur sur le front.

Nathan se leva aussitôt pour l'aider à s'installer sur le lit d'examen et brancha les appareils, avant de lui poser un masque à oxygène sur le visage.

— Depuis combien de temps vous sentez-vous mal ?

— Juste... aujourd'hui, répondit Ron d'une voix sifflante.

— Avez-vous des douleurs dans la poitrine ? demanda-t-il en lui prenant la tension.

Ron fronça les sourcils.

— Pas vraiment... Si, un peu.

Super. La crise cardiaque semblait de plus en plus se profiler.

Nathan vérifia l'écran de contrôle et ouvrit le tiroir des médicaments pour y prendre de l'aspirine. Ce n'était pas l'idéal, mais c'était mieux que rien.

Une fois le cachet avalé, l'interrogatoire commença. Ron

souffrait d'indigestion, surtout lorsqu'il travaillait. Et il se sentait oppressé du côté de la poitrine.

Le moniteur n'indiquait pas de risques d'attaque cardiaque. En revanche, il y avait probablement un problème d'angine de poitrine qui ne datait pas de la veille.

Cependant, l'oxygène fit son effet. Ron était moins rouge, et son rythme cardiaque plus stable.

— Je vais vous administrer une pulvérisation sous la langue pour dissiper cette sensation dans la poitrine, lui dit Nathan.

Quelques minutes suffirent pour que le médicament fasse effet.

Nathan fronça les sourcils. D'un côté, il était soulagé que le problème de Ron soit une angine de poitrine. Mais, sur l'île, si elle était insuffisamment soignée, elle pouvait évoluer vers une crise cardiaque. Or, en dehors de l'aspirine, ils n'avaient aucun anticoagulant.

— Ron, votre problème n'est pas l'indigestion, mais probablement une angine de poitrine. Il faut que vous passiez rapidement plusieurs examens — un électrocardiogramme, une échographie cardiaque et une angiographie — ce que nous ne pouvons pas faire ici.

Ron balaya ses arguments d'un geste de la main.

— Je ferai tout ça quand nous serons de retour sur le continent.

— Le risque est trop grand. Reconnaissez-le, Ron, vous avez ces symptômes chaque fois que vous en faites un peu trop. Votre tension est trop élevée et vous êtes constamment essoufflé. Votre cœur travaille trop parce que vos artères sont encrassées. Vous avez besoin de voir un cardiologue.

Obstinément, Ron secoua la tête.

— Pas question. Je tiendrai le coup.

— Non, c'est faux, fit une voix féminine.

Nathan se retourna. Rachel se tenait sur le pas de la porte et, pour une fois, elle portait une robe légère. Il abaissa instinctivement son regard sur ses ongles laqués de rose, visibles avec ses sandales.

Elle s'avança et posa la main sur Ron. Instantanément, il leva les yeux vers elle. Rachel communiquait facilement avec les gens sur le plan personnel. Aux urgences, on avait rarement l'occasion de créer une relation avec les patients. Pour les généralistes, c'était différent. Ils revoyaient leurs patients d'année en année.

— Ron, il est temps de faire attention à vous, lui dit-elle. Et cela ne peut pas attendre. Sincèrement, depuis combien de temps avez-vous ces symptômes ?

Il hésita quelques secondes.

— Plusieurs mois.

— Et vous n'avez pas consulté ?

— Non. Je continuais à prendre mes cachets pour la tension.

— Si vos symptômes se sont aggravés, il est vraiment temps de procéder à des examens plus approfondis. Il n'est pas nécessaire de procéder à une évacuation sanitaire par hélicoptère, on pourra vous faire transporter en hydravion demain. En attendant, je vais vous donner un pulvérisateur et les instructions pour vous en servir. Je ne veux pas que vous retourniez travailler, mais que vous vous reposiez.

Nathan les observait tous les deux. Ron semblait suivre plus facilement les instructions de Rachel que les siennes. Elle avait vraiment le don de parler aux gens, d'un ton amical, mais ferme. Et cela lui plaisait.

Avec Médecins Sans Frontières, son emploi du temps avait toujours été chargé. Il avait rarement pu se permettre les conversations de ce genre. Dès qu'il avait fini de traiter un patient, l'autre suivait. Il n'avait pas une minute pour penser, encore moins pour parler.

Soudain, il se rendit compte qu'il avait passé cinq années à travailler avec des gens, mais sans être très proche d'eux — ne restant jamais assez longtemps quelque part pour forger une vraie relation.

Cette relation, Rachel la créait naturellement avec Ron, de par son empathie envers lui.

Elle prit la main de Ron et la serra.

— Restez ici quelques heures, je viendrai vous emmener dîner à la cantine. Nous pourrons continuer à discuter de tout cela.

Ce fut comme si l'on avait retiré un énorme poids des épaules de Ron. Il poussa un soupir de soulagement et s'abandonna sur le lit d'examen en fermant les yeux.

— Dîner avec une belle femme, ça ne se refuse pas, fit-il.

Rachel passa à côté de Nathan et lui décocha un sourire qui envoya une onde de choc dans tout son corps. Peut-être était-ce son humanité qui l'attirait ainsi. Pourtant, depuis qu'elle était partie, il l'avait considérée comme une femme sans cœur. Jamais il n'avait accepté qu'elle se soit ainsi détournée de lui et de Charlie.

Durant leurs premières années à l'université, ils s'étaient contentés de flirter. Les cinq années suivantes, ils étaient devenus inséparables. Il ne lui avait jamais semblé que Rachel avait le cœur dur, c'était même tout le contraire. Normalement, on ne passait pas tout ce temps avec quelqu'un sans le connaître. L'autre ne pouvait pas se contrôler sans cesse, ses défauts et traits de caractère finissaient par transparaître. Il connaissait Rachel. Ou du moins, il l'avait connue.

Mais alors, pourquoi avait-elle agi d'une façon qui lui ressemblait aussi peu ?

Leurs regards se cherchèrent. Parmi ce qu'il préférait chez Rachel, il y avait ses yeux d'un brun chaud, bordés de cils noirs. Son teint était un peu plus hâlé après quelques jours sur l'île, et elle avait remonté une partie de ses cheveux épais en une sorte de chignon ébouriffé, le reste reposant sur ses épaules. Avec la robe rose qui couvrait son corps, il ne pouvait que deviner ses formes aux courbes si douces. Elle était jolie comme un cœur. Cela, il n'avait jamais pu le nier, malgré la colère et le ressentiment qu'il avait toujours au fond de lui.

Personne ne l'avait fait souffrir comme Rachel. Ce qu'elle avait fait était impardonnable. Mais, maintenant qu'il se trouvait de nouveau en sa compagnie, il lui revenait aussi des souvenirs des bons moments passés ensemble : sa façon de rejeter la tête en arrière quand elle riait en discutant avec des membres de l'équipe ; ce besoin qu'elle avait de toucher les gens à qui elle parlait ; et par moments, elle prenait un air absent, quand elle était en train de penser à autre chose… Entre eux, il y avait cinq années de souvenirs communs, dont la plupart étaient heureux.

Mais pourquoi était-elle partie ?

— Je vais rester avec Ron les prochaines heures, dit-il. Si tu veux, tu prendras le relais pour le dîner.

Elle hocha la tête et jeta un regard circulaire sur la pièce.

— J'ai promis à Tallie de lui apporter une pommade pour peau sèche. Elle voudrait éviter l'apparition d'un eczéma. Sais-tu où elle se trouve ?

— En haut du placard, je crois.

Il la regarda pendant qu'elle prenait un tabouret pour mieux voir à l'intérieur.

Heureusement, Ron, détendu, avait fermé les yeux. Il ne put pas le surprendre en train de fixer les hanches et les jambes nues de Rachel.

Après avoir fouillé quelques secondes, elle trouva ce qu'elle cherchait.

— La voilà.

Elle se pencha pour poser la boîte sur le comptoir en dessous. Mais à ce moment-là, quelques boîtes de médicaments en équilibre instable sur le rebord de l'étagère tombèrent sur elle. Instinctivement, elle leva les bras au-dessus de sa tête avant de se baisser en arrondissant le dos.

Sa robe un peu ample au tissu léger remonta, révélant le bikini — rose, bien sûr — qu'elle portait dessous. Mais il aperçut également autre chose.

D'un geste vif, elle rabattit sa robe. Elle avait rougi. Il fit un pas vers elle pour l'aider, mais elle descendit rapidement du tabouret et se détourna.

— De toute façon, tu as déjà tout vu, dit-elle avec un petit rire forcé.

Il ne répondit pas et se baissa pour ramasser les boîtes par terre.

— Je te laisse terminer, je vais porter la pommade à Tallie, dit-elle. À tout à l'heure.

Après avoir tout rangé, il referma lentement le placard.

Il ne pouvait pas en être certain, mais... Il avait vu suffisamment de cicatrices quand il se trouvait dans des zones de guerre. Il avait bien aperçu quelque chose.

Il avait vu Rachel nue des centaines de fois. Chaque contour de son corps, chaque grain de beauté, chaque marque sur sa peau, il les connaissait. Ce qui était nouveau pour lui, c'était la cicatrice au-dessus de son rein droit. Il n'avait pas pu voir jusqu'où elle allait, elle avait rabattu sa robe trop vite, cela n'avait duré que le temps d'un éclair.

Peut-être s'était-il trompé.

Fermant les yeux, il essaya de visualiser ce qu'il avait vu. Ce n'était pas irrégulier. C'était net et précis, comme une cicatrice faite par un chirurgien.

Rachel avait toujours été en parfaite santé. Et elle avait l'air très en forme aujourd'hui. Alors, qu'est-ce que c'était que cette cicatrice, d'où pouvait-elle bien venir ?

7

Nathan s'était installé à une table sur le côté de la salle, tandis que Rachel dînait plus loin avec Ron. Elle devait être en train de lui donner une leçon de diététique, car elle montrait son plateau du doigt, et il la vit remplacer son soda par un cola diététique.

Ron ne mangeait pas beaucoup, mais son teint n'était plus aussi rouge. Elle le persuada de prendre de la salade avec son steak. Puis elle lui montra le pulvérisateur qu'il devrait utiliser pour soigner son angine de poitrine.

— Allô, la Terre à planète Nathan. Est-ce que vous me recevez ?

Len lui souriait de l'autre côté de la table.

— Vous ne la quittez pas des yeux depuis au moins dix minutes, dit Len. Je m'attends à chaque instant à ce que vous trouviez une excuse pour aller les rejoindre.

— Pas question, répondit Nathan en piquant un morceau de viande avec sa fourchette.

— Je sais.

— Vous savez quoi ?

— Qu'il y a eu quelque chose entre vous.

Il faillit en lâcher sa fourchette, mais ne put s'empêcher de regarder de nouveau du côté de Rachel. Elle avait posé sa main sur celle de Ron, lui prodiguant sans doute quelques mots de réconfort.

— Une fois, Rachel m'a parlé de vous, au bar, poursuivit Len.

D'un seul coup, Len retint toute son attention.

— Vraiment ? Et qu'a-t-elle dit ?

— Rien de très bon, répondit Len en riant. J'ai cru comprendre que vous ne vous étiez pas quittés dans les meilleurs termes.

Songeur, Nathan se mit à jouer avec sa nourriture, les yeux fixés sur Rachel. Ses cheveux bruns retombaient en ondulant sur ses épaules, qu'elle avait couvertes d'un châle rose.

À n'en pas douter, Rachel aimait le rose. Au moins soixante-dix pour cent de sa garde-robe devaient être de cette couleur. Il fallait reconnaître qu'elle la mettait particulièrement en valeur.

Mais Len devait attendre une réponse.

— Nous ne sommes pas dans les meilleurs termes depuis huit ans, dit-il avec effort. Mais… avant, nous étions bien ensemble. Vraiment bien.

En prononçant ces mots à voix haute, il se rendit compte à quel point ils faisaient mal, et combien sa vie avait été bouleversée par ce qui s'était passé.

Charlie était installé, à présent. Il avait mûri plus vite, était marié et avait une famille. Si leurs parents n'avaient pas trouvé la mort, c'était ce qu'il avait pensé faire avec Rachel : se marier et fonder une famille — probablement ici, en Australie.

Mais il avait tout perdu. Non seulement Rachel, mais aussi ses rêves et ses aspirations ; la vie qu'il avait eu l'intention de vivre, et la carrière qu'il avait planifiée sans même savoir s'il pouvait être un bon chirurgien. À l'époque, il avait rarement l'occasion de tenir un scalpel.

Pendant des années, il avait été plein de ressentiment. Il en avait voulu à Rachel d'être partie, d'avoir poursuivi seule sa carrière et de continuer à vivre alors que lui avait eu l'impression de se trouver dans l'incertitude la plus complète.

Poursuivre son internat à Londres ne l'avait pas comblé. Il n'y avait mis ni passion ni enthousiasme, et s'était demandé s'il arriverait à les retrouver un jour.

Médecins Sans Frontières avait été sa planche de salut — sa

façon de tenter de vivre de nouveau, en se sentant utile et en sauvant des vies, même s'il n'avait pas pu sauver celles de ses parents. Parfois, là-bas, il avait fallu bloquer certaines facettes de sa personnalité pour pouvoir continuer à fonctionner.

Mais la camaraderie avait été omniprésente. Parmi ses collègues, il s'était senti précieux — un membre important de l'équipe — ce qui l'avait encouragé à donner le meilleur de lui-même.

Et il s'était fait des amis. De bons amis, qu'il aurait toute la vie.

Seulement, au bout d'un certain temps, tout le monde craquait. Lorsque cela arrivait, c'était le signe qu'il était temps de partir. Les dirigeants de MSF s'en rendaient souvent compte les premiers.

L'Australie avait été son rêve. À présent, c'était une réalité, mais elle ne correspondait pas à ce qu'il avait espéré. Certes, Lewis était un bon collègue, et il aimait bien travailler dans cet hôpital. Mais, à la vérité, quand il se réveillait le matin, le travail n'était pas la première chose qui lui venait à l'esprit.

Il avait changé. Sa vie avait changé. Avait-elle aussi changé pour Rachel ?

Len s'éclaircit la voix.

— Il est peut-être temps, dit-il.

— Temps de quoi ? demanda Nathan en fronçant les sourcils.

— De savoir si cela valait la peine de passer huit ans à ressasser son amertume. J'ai une bouteille de vin au frais au bar, dit Len avec un clin d'œil. Il n'y a rien de prévu ce soir. Pourquoi ne pas vous asseoir au bord de la plage et discuter avec cette jolie dame ? J'ai entendu dire que les couchers de soleil étaient à tomber par terre.

— Impossible, répondit aussitôt Nathan.

Mais c'était plus que tentant.

Len se leva.

— Si vous changez d'avis, je laisse la bouteille dans de la glace derrière le bar. À demain, aux falaises.

Rachel et Ron s'étaient levés en même temps, ils débarrassaient leurs plateaux.

Nathan resta seul devant son steak. Malgré la qualité de la cuisine, il n'avait plus d'appétit.

Plus il se trouvait près de Rachel, plus il se rendait compte qu'il avait tout fait pour éviter que la situation ne se reproduise. Le départ de Rachel avait été plus douloureux que n'importe quelle souffrance physique dont il avait fait l'expérience.

Durant huit ans, il n'avait pas essayé d'entretenir de relations sérieuses. En dehors de Médecins Sans Frontières, il avait de bons rapports avec Charlie et quelques bons copains de faculté. Mais à part ça ?

Avoir perdu ses parents, et Rachel juste après, semblait l'avoir affecté plus qu'il n'en avait eu conscience. Abandonner de nouveau son cœur à quelqu'un était désormais une étape impossible à franchir. Il était plus facile de s'absorber dans son travail. L'ennui, c'était que cette île ne fournissait pas assez de travail pour l'occuper, cela lui laissait beaucoup trop de temps pour penser.

Il alla vider son plateau, saluant rapidement quelques personnes au passage. Ce soir, il n'était pas d'humeur sociable. Mais, sur une île aussi petite, il était difficile de s'isoler, et dans la hutte il devenait claustrophobe. Il savait que cela venait uniquement de lui.

Rachel, elle, paraissait à l'aise et détendue. Cela faisait apparemment des années qu'elle s'était remise de leur histoire, et cela ne l'empêchait pas de dormir.

Retirant ses baskets, il marcha en direction de la plage. L'endroit était à peine éclairé par quelques lumières et les insectes bourdonnaient furieusement autour de lui.

Lui qui avait projeté de faire plusieurs heures de surf par jour, il avait été déçu par la taille des vagues et n'était pas souvent venu au bord de l'eau.

Dès qu'il posa les pieds sur le sable frais, il la vit, son châle rose sur les épaules.

Len avait dû lui glisser quelques mots à l'oreille. Un seau à glace était posé sur le sable, près du transat sur lequel elle s'était installée. Elle avait un verre de vin à la main.

Nathan hésita. Il aurait dû la laisser en paix. Elle cherchait probablement à être tranquille, comme lui. Au lieu de cela, il enfonça les mains dans les poches de son short et alla vers elle.

Elle se tenait face au soleil couchant, dont les couleurs chaudes se reflétaient sur sa peau dorée.

Quand il s'avança, elle ne tourna pas la tête vers lui et continua à fixer l'horizon. Puis elle avala une gorgée de vin et poussa un soupir.

— Je suis fatiguée, Nathan. Fatiguée de tout ça.

Les barrières étaient-elles en train de tomber ? Se disait-elle ce qu'il avait à l'esprit depuis qu'ils s'étaient revus dans le cabinet médical ?

Si elle avait prononcé les mêmes mots à ce moment-là, il aurait sûrement donné libre cours à sa colère. Comment osait-elle être fatiguée de l'atmosphère qu'il y avait entre eux, alors que c'était elle qui l'avait provoquée ?

Mais, ces derniers jours, il s'était senti comme étourdi, il n'était plus capable de voir clair dans ses sentiments. Il avait tout éprouvé : la jalousie quand Darius était apparu ; la confusion et la rage durant les premiers jours ; l'excitation lorsque sa peau avait touché celle de Rachel ; et les frémissements de la passion.

Ses yeux se promenaient sur elle lorsqu'il pensait qu'elle ne pouvait pas le voir. Parfois, à certains regards qu'elle lui lançait ou à certaines de ses expressions, il sentait son sang s'échauffer dans ses veines. Pourtant il refusait d'admettre ses réactions. Il ne s'était certainement pas attendu à réagir ainsi en la revoyant. Mais se retrouver ensemble sur une petite île avait le don de tout amplifier.

Il s'assit sur le sable à côté d'elle. Si ses barrières étaient tombées, le moment était peut-être venu d'apprendre la vérité.

Elle lui tendit son verre, et il avala une gorgée de vin frais avant de le lui rendre. Il garda les yeux fixés sur l'horizon multicolore.

C'était plus facile ainsi — comme d'être assis l'un à côté de l'autre au théâtre.

— Je ne m'attendais vraiment pas à te revoir, Rachel.

Quelques secondes s'écoulèrent avant sa réponse.

— Moi non plus, je ne m'y attendais pas.

Elle tourna la tête vers lui.

— Je ne sais pas quoi faire lorsque je suis près de toi. Je ne sais pas comment me comporter. Ce qui était normal pour nous ne l'est plus, et je ne crois pas que cela puisse le redevenir.

Elle avait raison. Elle exprimait exactement ce qu'il pensait. Ils étaient passés d'une situation normale — être ensemble — à plus rien. Un jour elle avait été là, le lendemain elle était partie, après une conversation douloureuse et trop brève.

La situation qu'ils vivaient actuellement leur était étrangère à tous les deux. Ils s'entendaient si bien, autrefois. Entre eux, il y avait de la passion et un respect mutuel — et même quelques disputes, à l'occasion.

Rachel avait été sa meilleure amie. Il avait été anéanti en la perdant au moment où il avait le plus besoin d'elle.

Quelque part, qu'elle non plus n'ait pas réglé le problème était un soulagement pour lui. Il avait toujours cru avoir été instantanément remplacé par Darius Cornell. Et il n'avait jamais compris comment elle avait pu mettre fin à leur relation sans un regard en arrière.

Cela l'avait fait douter de lui — de sa capacité à évaluer les gens. Il s'était demandé s'il avait jamais réellement connu Rachel.

Elle se tourna entièrement vers lui.

— Est-ce que cela aiderait si je te disais que je suis désolée d'être partie ?

— Cela aiderait si tu me disais pourquoi tu es partie.

Il avait prononcé ces mots sans la moindre nuance de reproche. Au bout de huit ans, il voulait juste une explication. Il méritait une explication.

Elle réfléchit un instant.

— Il fallait que je parte. C'était la meilleure chose à faire pour toi… et pour Charlie.

En l'entendant mentionner son frère, l'irritation monta en lui.

— S'il te plaît, ne me dis pas que c'était la chose à faire pour Charlie. Tu n'étais pas là, tu n'as rien vu. Tu as choisi de ne pas voir. Dans la période de chaos où nous nous trouvions, tu étais la seule à lui apporter un peu de normalité. Tu ne lui as même pas dit que tu partais. As-tu la moindre idée de ce qu'il a souffert ? Il venait de perdre son père et sa mère, et par-dessus le marché, il a perdu celle qui, en dehors de sa famille, avait été le seul ancrage de sa vie pendant cinq ans.

Une larme coula sur la joue de Rachel. Elle lui posa la main sur le bras, et il tressaillit sous la fraîcheur de ses doigts.

— Tu crois que je ne le sais pas ? dit-elle d'une voix étranglée. Je suis sincèrement désolée. Partir m'a brisé le cœur, mais il le fallait.

Elle secouait lentement la tête, comme si elle n'avait pas eu le choix. Mais c'était faux. On avait toujours le choix.

Ce n'étaient que des mots — pas une explication. Il n'y avait pas d'explication rationnelle à ce qu'elle avait fait. Ils étaient assis là, tous les deux, au soleil couchant, et elle le remplissait de nouveau de trouble. Comment pouvait-elle lui faire cet effet au bout de huit ans ?

Il pouvait voir la sincérité dans ses yeux, entendre l'émotion dans sa voix. Elle ne lui mentait pas — même si elle n'expliquait rien.

La frustration l'envahit. Tout ce qu'il voulait, c'était une raison à son départ. Une réponse à ses questions.

— Pourquoi, Rach ? Pourquoi ne peux-tu toujours pas me le dire ? Cela fait huit ans. Tout appartient au passé, maintenant.

Ses lèvres tremblèrent. Elle avait encore la main sur son bras, et l'atmosphère était de nouveau remplie d'étincelles entre eux. Il avait envie de se rapprocher et d'essuyer ses larmes.

Mais elle fut plus rapide. Soudain, elle se pencha, comblant l'espace qui restait entre eux, et il fut environné par son parfum. Lorsque leurs bouches se touchèrent, il cessa un instant de respirer. Ses lèvres étaient douces, enjôleuses. Sa main quitta son bras pour se poser sur sa joue.

Sa première réaction fut de reculer. Certes, il avait eu envie de l'embrasser pratiquement dès qu'il l'avait revue. Mais il n'avait pas imaginé que cela arriverait ; il ne s'était pas autorisé à penser aussi loin.

Son corps ne fut pas d'accord avec lui. Automatiquement, sa main alla se perdre dans ses beaux cheveux, et il l'attira contre lui. Alors il ne fut plus capable de réfléchir de manière rationnelle et il l'embrassa.

Elle lui répondit avec la même fougue. Elle laissa courir ses doigts sur ses cheveux courts, déclenchant un frisson le long de son dos, et leur baiser s'intensifia.

Il avait attendu huit longues années pour goûter de nouveau à ses lèvres. Leurs bouches s'accordaient à merveille, comme elles l'avaient toujours fait. Il se rappelait leurs baisers du temps où ils étaient étudiants… à l'un des bals de l'hôpital… dans une des salles d'auscultation… et un soir, sous une pluie battante, quand ils n'avaient pas pu attendre d'être rentrés.

Elle était trop tentante. Il caressa ses cheveux doux comme du cachemire, sa peau si soyeuse autour du cou et des épaules.

Puis ses mains glissèrent le long de son dos jusqu'à ses hanches. C'était là qu'il avait cru voir une cicatrice. Avec le recul, il se demandait si son cerveau ne lui avait pas joué des tours.

Il avait envie d'être encore plus près d'elle, de s'allonger sur le transat et de sentir son corps sur le sien. Mais la plage était trop exposée. Quelqu'un pouvait surgir à n'importe quel moment. Ce qu'il se passait entre Rachel et lui était d'ordre privé — ce n'était pas destiné à un public.

À cet instant, il sentit une larme contre sa joue et retint son souffle. Doucement, elle retira ses lèvres et, pendant quelques secondes, appuya son front contre le sien. Il avait tant de questions sans réponses, tant de choses qu'il voulait dire.

Mais elle posa un doigt sur sa bouche et secoua légèrement la tête.

Il caressa sa joue humide de larmes.

— Rach ?

— Je regrette, dit-elle dans un murmure en s'écartant. Je regrette vraiment, mais je ne peux pas en parler. Je ne peux pas faire revivre le passé. C'est impossible.

Sa voix se brisa, et elle se releva en vacillant.

— Désolée, c'était une erreur. Il faut que j'y aille.

Elle se mit à courir en direction des bungalows, le laissant figé sur place. Pourquoi l'avait-elle embrassé ? Il avait eu envie de l'embrasser, mais elle ? Pourquoi avait-elle fait le premier pas ?

Sans prendre le temps de réfléchir davantage, il se mit à courir à son tour. Non, il ne la laisserait pas faire. Il ne la laisserait pas disparaître encore de sa vie sans qu'elle lui ait expliqué ce qui venait de se passer.

Il la rattrapa facilement et, la prenant par le bras, l'obligea à se retourner. Il l'attira de nouveau contre lui. Son cœur battait à toute allure.

— Rachel. Ne fais pas ça. L'occasion nous est offerte de clarifier les choses entre nous. Tu dois me parler. Ne crois-tu pas qu'après tout ce temps je mérite de savoir ?...

Le visage de Rachel était baigné de larmes. Il détestait la voir ainsi. Mais il ne pouvait plus la laisser partir.

Le moment était venu de connaître la vérité.

— Raconte-moi, dit Nathan d'une voix éraillée par l'émotion.

C'était l'instant que Rachel avait toujours redouté. Elle n'avait jamais pensé devoir s'expliquer un jour.

À sa surprise, les paroles qu'elle ne voulait pas prononcer

jaillirent de sa bouche. Elle les avait retenues si longtemps, il fallait qu'elles sortent enfin.

— J'ai eu un cancer du rein.

Sa voix était à peine audible, avec le bruit des vagues. Le soleil avait disparu à l'horizon, et l'obscurité envahissait peu à peu la plage.

Nathan se raidit.

— Quoi ? Quand ? Pourquoi ne m'en as-tu pas parlé ? Pourquoi personne ne m'a rien dit ?

L'horreur se peignit sur son visage.

— C'est pour ça que tu as une cicatrice en bas du dos ? Parce qu'on t'a enlevé un rein ?

Son cœur se serra. Il avait l'air complètement sonné.

Elle hocha la tête, donnant libre cours à ses larmes.

— Personne n'était au courant.

Il la saisit par les deux bras.

— Mais pourquoi, Rachel ? Pourquoi as-tu traversé ça toute seule ? Pourquoi ne pas m'en avoir parlé ?

Elle sentit la colère monter en elle. Elle avait fait ce qu'elle avait estimé juste.

— Comment aurais-je pu ? Charlie et toi veniez juste de perdre vos parents, vous aviez déjà du mal à vous en remettre. À l'époque, j'ai failli ne pas faire les analyses. Je savais que quelque chose n'allait pas, mais je les avais reportées à plus tard pour vous aider à préparer l'enterrement.

— Tu as ignoré tes symptômes à cause de nous ? dit-il, incrédule. Quand as-tu su ?

— Juste avant de partir, répondit-elle d'une voix tremblante. J'ai organisé mon traitement en Australie.

— C'est pour ça que tu es partie ? Que tu m'as quitté ? demanda-t-il, visiblement furieux.

Elle se dégagea de ses mains.

— Oui, c'est pour ça. Pourquoi as-tu cru que je partais ?

Parce que je ne t'aimais plus ? Tu connais les statistiques pour le cancer du rein, non ?

C'était plus fort qu'elle, elle ne pouvait s'empêcher de crier de nouveau.

— Tu sais comment il est classé en terme de gravité ? Comment aurais-je pu rester et être la cause d'encore plus de stress, de pression pour Charlie et toi ? Tous les deux, vous étiez anéantis. Est-ce que tu t'imagines, juste après avoir enterré tes parents, passer toute une année à soutenir ta petite amie qui risquait de mourir ? Comment aurais-je pu faire ça aux deux personnes que j'aimais ?

Toutes ces années de frustration enfouie remontaient à la surface ; toute l'amertume d'avoir dû faire face seule, sans être entourée de ses proches. Certes, sa mère était en Australie, mais ce n'était pas la même relation. En partant d'Angleterre, elle s'était aussi éloignée de son père, qui n'avait pas compris ses motivations.

Nathan se mit à marcher en long et en large sur la plage, les mains sur les hanches.

— Je n'arrive pas à y croire. Je ne peux pas croire que ce soit la raison de ton départ. Tu ne me faisais pas confiance ? En tout cas, pas suffisamment pour me parler de ton cancer ? Tu pensais que je n'étais pas capable de traverser cette épreuve avec toi ?

En elle, la colère monta encore.

— Justement si ! Je savais que tu m'aurais soutenue, et Charlie aussi. Mais au bout d'un an, cela se serait peut-être fini par un autre enterrement. Je ne pouvais pas vous faire ça — vous faire revivre cette situation.

— Ce n'était pas à toi d'en décider ! Nous formions une équipe. Je croyais que nous comptions l'un pour l'autre. Je t'aimais, Rachel.

— Et moi aussi, je t'aimais ! C'est pour ça que je suis partie.

Leurs visages étaient éloignés d'à peine quelques centimètres et tous deux étaient aussi furieux l'un que l'autre. Comment osait-il croire qu'elle était partie sans état d'âme ? Elle se rendait seulement compte maintenant qu'elle lui en voulait de n'avoir pas couru après elle. De n'avoir pas sauté dans un avion pour la retrouver en Australie.

Naturellement, elle savait bien que c'était impossible, après la façon dont elle était partie. Et puis, il avait dû s'occuper de Charlie. Mais, d'une certaine façon, elle pensait toujours qu'il ne l'avait pas assez aimée.

Pas autant qu'elle l'aimait.

Oh ! Elle avait pensé au présent, pas au passé. Malgré ce qui s'était passé entre eux, elle aimait toujours Nathan Banks. Elle n'avait jamais cessé. Ses jambes se mirent à trembler sous elle.

— Je ne peux pas croire que tu ne m'aies pas fait confiance, Rachel. Tu ne m'as pas laissé être près de toi pendant que tu étais malade.

Chez lui, la colère avait cédé la place à la stupéfaction. Et à la tristesse. On aurait dit qu'elle lui avait arraché le cœur pour le jeter sur la plage.

— Je t'ai toujours fait confiance, Nathan, dit-elle d'un ton plus calme, tandis que les larmes ruisselaient sur ses joues. J'ai cru que je faisais ce qu'il y avait de mieux pour nous deux. Si les choses avaient mal tourné pour moi, nous ne serions pas en train d'avoir cette conversation. Tu n'as pas idée du nombre de personnes que j'ai rencontrées dans le centre de traitement où j'ai été soignée, et qui ne sont plus là aujourd'hui. J'ai eu beaucoup de chance, mais il n'y avait aucune garantie. Et je ne voulais pas que tu aies encore à enterrer quelqu'un que tu aimais.

Il essuya une larme sur sa joue.

— Je n'avais pas besoin de garanties de ta part, Rachel, dit-il d'une voix cassée par l'émotion. J'avais juste besoin de toi.

— Je suis désolée, Nathan. Je suis désolée de ne pas être restée pour t'aider avec Charlie. Je regrette que tu aies dû changer de spécialité. Mais si j'étais restée, je n'aurais été d'aucune utilité. J'étais trop malade et trop faible. Je ne voulais surtout pas être un fardeau pour toi. Tu n'aurais pas pu supporter une triple charge, avec les longues heures de travail en internat, les études de Charlie et ma maladie. Personne ne le pourrait.

— Ne dis pas ça ! Tu n'en sais rien. Tu ne m'as pas laissé l'occasion de te prouver le contraire.

Il avait l'air tellement frustré… Posant la main sur son cœur, elle ferma les yeux. Elle devait maintenant prononcer des paroles égoïstes, pour tenter de lui faire comprendre un peu son geste.

— Et qu'en était-il de moi, Nathan ? Pour tenter d'aller mieux, je devais me concentrer sur mon traitement. Je ne pouvais pas me permettre de m'inquiéter pour toi et Charlie, alors que j'avais juste assez d'énergie pour ouvrir les yeux le matin. Non seulement je n'aurais été d'aucune utilité, mais j'aurais été une gêne, un frein. Vous n'aviez pas besoin de ça.

Mais il secoua énergiquement la tête.

— Tu n'avais pas le droit, répéta-t-il. Tu ne devais pas prendre cette décision pour moi. Ni pour Charlie. Tu étais notre famille, la seule qu'il nous restait.

Elle se sentit soudain désemparée. Pendant ses années en Australie, elle avait toujours pensé que le choix qu'elle avait fait avait été le meilleur possible. La force de la réaction de Nathan l'anéantissait. Certes, elle s'était toujours sentie coupable de l'avoir fait souffrir, mais l'entendre de sa bouche la rendait malade.

Oui, elle avait agi pour elle-même. Mais, en même temps, elle avait cru le faire par amour. À présent, elle se demandait si jouer au martyr n'avait pas été la chose la plus égoïste qu'elle eût jamais faite.

Se sentant faiblir sur ses jambes, elle se laissa retomber sur la couverture et se prit la tête dans les mains. Tout allait de travers.

Quelques minutes auparavant, elle était dans les bras de Nathan — là où elle voulait vraiment être. Ils s'étaient embrassés, et maintenant qu'elle lui avait parlé, il ne restait que des récriminations. Exactement ce qu'elle avait craint.

Elle s'était attendue à ce qu'il parte, furieux. Mais non.

Il fit un pas vers elle et prit ses mains dans les siennes.

— Je suis désolé que tu aies eu un cancer du rein. Et je regrette que tu aies cru que tu devais partir à l'autre bout du monde pour te soigner. Mais tu n'aurais jamais dû faire ça, Rachel — même avec les meilleures intentions du monde. C'était une question de confiance. Entre toi et moi. Tu ne m'as pas fait assez confiance pour rester, dit-il en la lâchant. Je ne sais pas si je pourrai jamais m'en remettre.

Il lui tourna le dos, et elle sentit la panique l'envahir.

— Je t'aimais vraiment, Nathan, dit-elle d'une voix faible.

— Vraiment ? répéta-t-il en lui faisant face, le regard noir. C'est sans doute pour cela que tu m'as remplacé dès ton arrivée en Australie. Par Darius.

Sa voix était pleine d'amertume et de frustration.

— Allons, ne me mens pas, Rachel. C'est plus que je ne peux supporter.

Tournant les talons, il quitta la plage sans un regard en arrière.

Elle s'assit sur le sable et, nouant les mains autour des genoux, se mit à sangloter doucement. Elle avait toujours été tellement sûre de sa décision — sûre qu'elle avait fait ce qu'il fallait. À présent, la confusion régnait dans ses pensées. Pour la première fois de sa vie, elle se demandait si elle ne s'était pas complètement trompée.

Toute cette histoire était pathétique. Elle était pathétique. Elle avait tout gâché en voulant embrasser Nathan. Pourtant, elle avait agi purement par instinct.

Mais c'était trop dur. Trop dur d'être de nouveau près de lui sans pouvoir le toucher. Autrefois, elle passait le plus clair de son temps dans ses bras. Ils se complétaient. Il lui avait donné confiance en elle quand elle doutait de ses capacités — et de la force pour résister aux longues heures d'internat.

Elle avait adoré être avec lui, faire partie de sa famille. Ses propres parents s'étaient séparés quand elle était enfant — son père restant en Angleterre et sa mère venant s'installer en

Australie. Même s'ils s'aimaient tous les trois, son éducation avait été faite de manière décousue.

Lorsque les parents de Nathan et Charlie étaient morts, elle avait voulu être forte pour eux deux. Et elle y était parvenue — jusqu'à ce qu'elle connaisse son diagnostic.

Toutes sortes de souvenirs lui revenaient d'un seul coup. Pendant trop longtemps, elle avait tout gardé enfermé au fond d'elle, quelque part où ses émotions n'en étaient pas affectées. Elle avait été si concentrée sur son traitement et sa guérison qu'elle ne s'était pas autorisée à réfléchir à tout cela. À la fin de son traitement, elle s'était consacrée à sa carrière, s'efforçant de la remettre sur les rails dans un nouvel endroit, et après une année d'interruption.

Mais elle n'avait jamais pu se défaire de son sentiment de culpabilité d'avoir quitté Nathan, et de ne pas avoir eu le courage de faire ses adieux à Charlie. Une seule larme de lui, et elle n'aurait pas pu prendre son avion.

Pourtant, malgré tous ses regrets, si elle avait le pouvoir de revenir en arrière, elle reprendrait cet avion pour affronter seule son cancer.

Mais elle n'avait pas été vraiment seule, puisqu'elle avait sa mère en Australie. Et — même si ce n'était pas ce que les gens croyaient — elle avait aussi eu Darius.

On pouvait difficilement appeler ça une romance. Ils avaient peut-être échangé quelques baisers de réconfort, mais c'était entièrement différent de sa relation avec Nathan. Il n'y avait eu ni attirance ni passion — plutôt une sorte d'association de soutien mutuel. Par moments, elle avait pu poser la tête sur son épaule pour pleurer. Et c'était ce dont elle avait eu besoin pendant son traitement.

Nathan la détestait — même s'il lui avait rendu son baiser. Chaque fois qu'il la regardait, elle décelait du ressentiment dans ses yeux. Si seulement il avait pu la regarder comme avant, juste cinq minutes.

Mais les « si seulement » ne changeaient rien. Après Nathan, elle n'avait pas réussi à avoir de vraie relation avec un homme. Au début, elle n'avait pas eu assez de temps ou d'énergie pour cela. Et ensuite, elle n'avait rencontré aucun homme capable de l'égaler.

Cependant, le Nathan de maintenant était différent. Il n'était plus celui qu'elle avait aimé. Elle avait lu les changements dans ses yeux et sur ses traits burinés. Qui avait-il aimé pendant ces huit ans ?

Et qu'est-ce qu'il lui avait pris de l'embrasser ? Elle qui se plaignait de se sentir claustrophobe sur cette île, elle n'avait fait que rendre la situation dix fois plus compliquée.

Elle avait pourtant fait attention. Après son premier échange — explosif — avec Nathan, elle s'était efforcée de se calmer. Elle comprenait qu'il puisse la haïr.

Cela n'empêchait pas les souvenirs de revivre en elle — avec les sentiments. Tout en pensant avoir agi au mieux, elle ne cessait de regretter son geste chaque fois qu'elle le regardait.

Comment leur vie aurait-elle évolué si elle n'avait pas eu de cancer ? Seraient-ils venus s'installer ensemble en Australie ?

Elle sentit son cœur se serrer. Sa vie aurait pu être tellement différente — celle de Nathan aussi.

8

Nathan faisait les cent pas. Il détestait attendre.

Il n'avait pas eu l'occasion de parler à Rachel depuis la veille et n'était pas certain de savoir quoi lui dire. Il se rappelait la douceur de ses lèvres sur les siennes, la réaction de son corps quand elle avait caressé ses cheveux. Il pouvait encore sentir ses joues humides sous ses doigts…

Autour de lui, il entendit un murmure s'amplifier et la vit s'approcher. Aussitôt, il détourna les yeux. Il voulait avoir une conversation avec elle, mais pas dans ces conditions — sous l'œil des caméras et en présence d'une vingtaine de membres de l'équipe.

Il adressa un signe de tête à Len, l'un des instructeurs chargés de la sécurité sur ce défi. Puis il se glissa dans son harnais et attacha son casque.

À présent, il devait être concentré. La conversation serait pour plus tard.

Il y avait une certaine gêne entre Nathan et Rachel. Leurs regards s'évitaient.

Ce matin, Rachel n'avait pas bougé de sa chambre, attendant que Nathan ait pris sa douche et quitté la hutte pour sortir.

Quand le réalisateur lui avait annoncé qu'ils devraient

superviser la sécurité sur ce défi, elle avait d'abord pensé chercher une excuse pour ne pas participer. Mais c'était son travail, et elle avait sa fierté.

Et elle se sentait un peu responsable : c'était elle qui avait embrassé Nathan, ce qui avait tout déclenché. Pas lui.

Confiance. Elle avait retourné ce mot dans sa tête une bonne partie de la nuit. La peine qu'elle avait lue dans les yeux de Nathan l'avait profondément touchée.

Ici, au sommet de la falaise, avec les vents marins tourbillonnant autour d'elle et le va-et-vient des vagues tout en bas, il faudrait qu'elle ait confiance.

Mais un simple coup d'œil en dessous la fit frissonner d'appréhension.

— Il n'est absolument pas question que je descende par là, dit-elle au réalisateur.

Il poussa un soupir.

— Nathan et vous devez inspecter les sites du défi. Vous ne pouvez pas le faire en restant là-haut.

— Quelles sont les célébrités qui ont été choisies ?

— Diamond Dazzle et Fox, la pop star.

Nathan ne la regardait toujours pas. Il était prêt à descendre, Len lui donnait ses dernières instructions.

Loin, très loin au-dessous d'eux, on voyait un petit bateau se balancer sur les vagues au pied de la falaise.

— Je peux le faire seul, si tu préfères, lui dit Nathan.

Elle n'allait tout de même pas le laisser croire qu'elle avait peur. Sans lui répondre, elle prit le harnais que Len lui tendait. Tout allait bien se passer. Il suffisait de laisser filer peu à peu la corde à travers la poulie à mesure qu'elle descendait.

Elle mit les chaussures spéciales que Len lui tendait, et qui lui permettraient d'assurer sa prise sur le rocher. Elle attacha son casque et enfila les gants qui protégeraient ses mains. Quand il lui avait vanté la beauté de l'île et les avantages de ce job, Lewis avait omis de préciser qu'elle devrait faire ce genre de chose.

Du coin de l'œil, elle vit Nathan se mettre en position, dos au vide, et commencer à descendre le long de la façade avec l'aisance de Spiderman. C'était tout lui.

Se penchant vers elle pour avoir toute son attention, Len lui donna ses instructions mais elle n'écoutait plus, distraite par les battements affolés de son cœur. Comment les célébrités pourraient-elles accomplir ce défi sans avoir une attaque ?

Toute l'équipe la regardait, guettant ses réactions. Cela lui donna l'impulsion dont elle avait besoin.

Le cœur au bord des lèvres, elle prit une profonde inspiration. Il était trop tard pour s'arrêter. Un pas en arrière, et elle eut l'impression de sauter en plein ciel.

Ses semelles en caoutchouc entrèrent en contact avec la falaise blanche, et elle laissa filer la corde. Quelques secondes plus tard, Nathan était à côté d'elle.

— Es-tu sûre de vouloir le faire ?

— Oh ! absolument, répondit-elle crânement.

Elle prit le temps de regarder autour d'elle. La vue sur la mer de Corail était à couper le souffle.

Puis elle amorça lentement la descente.

— Et les participants ? demanda-t-elle, inquiète. Est-ce qu'ils seront accompagnés ?

— Naturellement. Il est hors de question de les laisser descendre seuls. Len sera avec eux à chaque étape, ainsi que l'un de nous. Si tu es d'accord, je le ferai. En cas de problème, je serai sur place, je pourrai le régler directement. Quant à toi, tu seras sur le bateau, s'il y a un souci en bas.

C'était étrange. Elle était suspendue à une falaise, en train de discuter avec quelqu'un qu'elle avait embrassé la veille. Et aucun d'eux ne disait ce qu'il aurait dû dire.

— Entendu, répondit-elle sans hésiter.

Peu lui importait que le bateau soit ballotté par les vagues. Elle préférait être en bas qu'en haut.

Il descendit en rebondissant avec agilité sur la paroi. N'importe qui l'aurait pris pour un professionnel de la descente en rappel.

Quant à elle, elle n'avait nullement l'intention de faire des bonds et se contenta de progresser pas à pas, prudemment. Au-dessus d'elle, seule la corde était visible. Était-ce vraiment la seule chose qui la maintenait au-dessus du vide ?

Pendant ce temps, Nathan s'activait. De petits drapeaux de différentes couleurs marquaient les saillies de la falaise. Il allait de l'une à l'autre, vérifiant qu'elles étaient faciles d'accès pour les candidats.

Pour sa part, elle en passa seulement deux. Mais, après tout, ils ne faisaient pas une course.

Nathan repassa près d'elle.

— Si on m'avait dit, il y a quelques semaines, que je descendrais une falaise des îles Whitsundays en rappel, je ne l'aurais pas cru, dit-il, amusé.

À cet instant, un petit morceau de roche céda sous les pieds de Rachel, et elle se déconcentra. Cela ne dura que quelques secondes, et la corde se bloqua, mais elle avait perdu contact avec la falaise. Elle se balançait désormais dans le vide, agitant les jambes pour tenter de retrouver son équilibre.

Immédiatement, Nathan fut au-dessus d'elle et se pencha en lui tendant la main.

— Rachel, prends ma main ! dit-il d'un ton nerveux.

Elle voyait tout tourner autour d'elle. Désorientée, elle s'agrippa instinctivement à son harnais. La panique commençait à monter en elle.

— Rachel, prends ma main ! répéta Nathan avec autorité.

Confiance. Le mot résonna de nouveau dans sa tête, il l'avait accusée de ne pas avoir assez confiance en lui. Pourtant, pour elle, c'était parce qu'elle lui faisait confiance et savait qu'il l'aurait soutenue qu'elle n'avait pas voulu rester.

— Rachel !

Cette fois, il y avait de la colère dans sa voix. Réagissant enfin, elle saisit sa main. Les doigts de Nathan enserrèrent son poignet, et il la souleva tout droit avant de l'attirer contre lui.

En quelques secondes, sa tête cessa de tourner.

— Est-ce que ça va ? demanda-t-il, inquiet.

Il l'avait calée contre sa hanche, elle sentait son souffle chaud sur sa joue.

Ses chaussures reprirent contact avec la roche. Comme elle s'était redressée, la corde maintenait de nouveau le harnais fermement en place. Sa respiration devint plus régulière, mais son cœur continuait à battre à tout rompre. Était-ce à cause du choc, ou parce qu'elle sentait le corps de Nathan contre le sien ?

Elle regarda plus bas, entre ses jambes. Finalement, ils avaient tout de même progressé et, pour la première fois, elle se dit qu'elle pourrait y arriver.

— Rachel, tu vas bien ?

S'agrippant à la corde, elle s'écarta de Nathan et se stabilisa contre la roche.

Il la fixa en silence, et elle finit par répondre.

— Tout va bien. Merci.

— Tu vas pouvoir continuer à descendre jusqu'au bateau ?

Ce défi était complètement fou. Mais elle ne voulait pas paraître faible, ni effrayée. Elle hocha la tête.

— Alors allons-y.

Elle le regarda contrôler sa descente avec assurance.

— À ton tour, cria-t-il d'en bas.

Le harnais la serrait à la taille et aux hanches. La tension de la corde était presque aussi forte que celle qui existait entre eux.

Diamond Dazzle s'apprêtait à effectuer le défi dans un bikini blanc pailleté minimaliste, à la limite de l'indécence. Rachel soupira. Regarder le mannequin descendre suspendue à un harnais ne serait pas un spectacle pour tous publics.

Diamond eut droit à peu près à la même procédure que Rachel,

Len lui donna ses instructions pendant qu'elle s'équipait. Puis Rachel lui dit qu'elle redescendait et la retrouverait en bas.

Mais Diamond n'écoutait que d'une oreille, trop occupée à admirer son reflet dans le miroir que lui tendait un membre de la production. Les célébrités n'étaient pas censées se maquiller sur l'île. Pourtant, Diamond avait un véritable arsenal de produits de beauté et n'en faisait pas mystère.

Le bateau mit dix minutes à atteindre le pied de la falaise. Vu d'en bas, le sommet semblait encore plus élevé. Rachel était vraiment soulagée que Nathan se soit proposé pour rester en haut. Déjà, être sur le bateau n'était pas une partie de plaisir : les courants étaient beaucoup plus forts qu'ils n'en avaient l'air d'en haut.

Len apparut au sommet, rapidement suivi de Fox. La pop star semblait très à l'aise dans son harnais. Une caméra fixée à son casque, le chanteur attendait de commencer.

Pour Diamond, ce fut une autre histoire.

Rachel finit par prendre son talkie pour appeler Nathan et demander si tout allait bien.

— Pas vraiment, répondit-il. Diamond s'est plainte de douleurs abdominales, elle dit que ça lui arrive souvent quand elle attend ses règles. Je lui ai donné un analgésique, mais elle continue à se plaindre. Je n'arrive pas à savoir si elle est sincère ou si c'est du cinéma.

Rachel, talkie en main, surveilla la descente laborieuse de Diamond depuis le bateau. Avait-elle ressemblé à ça ? Len était juste à côté de Diamond et lui parlait constamment, la guidant. Fox, qui avait galamment attendu qu'elle soit en position, rebondissait maintenant sur la falaise, cueillant les drapeaux au passage. L'autre bateau était déjà prêt à le réceptionner dès qu'il toucherait l'eau.

Tout se passa très vite. Soudain, Diamond se balançait violemment en agitant les bras et les jambes. Son casque heurta la falaise. Len fut aussitôt auprès d'elle, et Rachel l'entendit dans l'appareil.

— Diamond, parle-moi... Les gars, je vais avoir besoin d'aide.

Elle reconnut la voix de Nathan.

— Que s'est-il passé ? demanda-t-il.

— Elle a perdu le contrôle dans la descente, ses mains ont glissé, et elle s'est détachée de la roche.

Rachel observait tout d'en bas, consciente que Nathan ne pouvait pas voir ce qu'elle voyait. Elle savait exactement ce que pouvait ressentir Diamond, mais elle, au moins, ne s'était pas cogné la tête.

— Est-elle consciente, Len ?

Ce fut la voix hystérique de Diamond qui lui répondit.

— Je suis mal, j'ai envie de vomir et j'ai la tête qui tourne. Oh ! mon ventre... Ce harnais me fait trop mal. Si ça continue, je vais mourir ici !

Len ne la quitta pas, lui prodiguant des paroles de réconfort. Quelques secondes plus tard, Nathan descendit la falaise à son tour et les rejoignit. Il était clair que le défi était terminé. Pauvre Fox : il n'aurait pas droit à ses cinq minutes de gloire. Ce soir, à la télévision, il n'y en aurait que pour Diamond.

La voix de Nathan résonna dans l'appareil.

— Il n'y a pas de blessure à la tête, juste quelques égratignures aux jambes et aux bras. On va pouvoir bouger doucement.

La descente fut très lente. Rachel suivit toute l'opération, le talkie collé à l'oreille. Nathan avait la patience d'un saint. Au bout d'une interminable demi-heure, Diamond, Len et lui rejoignirent le bateau d'assistance où Rachel les accueillit.

Diamond jeta un coup d'œil circulaire avant de s'accroupir au fond du bateau. Pendant une seconde, Rachel la soupçonna d'avoir repéré la caméra derrière elle.

Elle lui retira son harnais et lui proposa de s'asseoir. Mais Diamond referma les bras sur son ventre en gémissant.

— Non, j'ai trop mal.

Le bateau, violemment secoué par les vagues, se dirigea vers le quai.

— À l'arrivée, je vous emmène au cabinet médical pour vous examiner. Et il n'y aura pas de caméra, dit Rachel.

Il ne fallut que quelques minutes pour installer Diamond sur un brancard et l'emmener jusqu'au cabinet. C'était probablement la plus grande force de l'équipe de production : personne n'hésitait à donner un coup de main.

Rachel aida Diamond à s'allonger sur le lit d'examen et attendit pour l'ausculter que l'équipe soit sortie. Nathan referma la porte derrière eux.

La tension de Diamond était un peu plus basse que la moyenne, mais rien d'inquiétant. Elle tressaillit quand Rachel lui ausculta le ventre et gémit à la palpation du côté gauche.

— Oh ! non ! C'est nettement pire par là.

Récemment, elle avait eu plusieurs fois des nausées.

Rachel lui donna un flacon à remplir d'un échantillon d'urine et l'aida à gagner la salle de bains.

— Qu'est-ce que tu en penses ? lui demanda Nathan pendant qu'ils attendaient devant la porte. Infection urinaire ou grossesse extra-utérine ?

— Les deux sont possibles.

Diamond ressortit et leur tendit le flacon d'une main tremblante. La couleur de l'urine n'était pas bonne.

— Je vais vous aider, dit Nathan.

Sans attendre sa réponse, il la souleva dans ses bras et la porta jusqu'au lit.

Rachel posa l'échantillon sur le comptoir et utilisa plusieurs bâtonnets pour tester le sang, les protéines, et une éventuelle grossesse.

Un peu plus d'une minute plus tard, elle lut les résultats. Le test de grossesse était positifs et il y avait un peu de sang dans l'urine.

— Diamond, vous m'avez dit que vos dernières règles

remontaient à six semaines. Est-il possible que vous soyez enceinte ? demanda-t-elle.

Diamond se figea, les yeux écarquillés.

— Nous ne pensons pas que la douleur que vous ressentez soit une douleur normale, due aux règles par exemple. Il doit s'agir d'autre chose.

Nathan se rapprocha à son tour.

— Nous n'avons pas tout l'équipement nécessaire ici, cependant... Votre test de grossesse est positif, mais vous avez aussi du sang dans les urines. Votre tension est un peu basse et, d'après la douleur que vous avez sur le côté, nous pensons qu'il pourrait s'agir d'une grossesse extra-utérine. Savez-vous de quoi il s'agit ?

Diamond paraissait pétrifiée. Lentement, elle secoua la tête.

— Dans ce type de grossesse, l'embryon ne s'implante pas dans l'utérus. Il s'installe quelque part le long de la trompe de Fallope et commence à s'y développer. C'est pour cela que vous avez mal. Il n'a pas de place pour grandir.

— Alors, que va-t-il se passer ? demanda-t-elle d'un air inquiet.

— En ville, vous ferions une échographie pour confirmer notre diagnostic. Mais, ici, nous ne sommes pas équipés. Votre trompe de Fallope peut rompre et entraîner une hémorragie interne. Nous devons vous évacuer d'urgence vers un hôpital sur le continent, où vous serez sans doute opérée.

— Cela veut dire que je dois abandonner l'émission ?

Ce n'était pas la réaction à laquelle Rachel s'attendait !

— Il faut absolument que vous arrêtiez, répondit-elle fermement.

Diamond tenta de s'asseoir et fit la grimace.

— Je suis vraiment enceinte ? demanda-t-elle, visiblement incrédule. Je croyais que c'était impossible, parce que j'avais les trompes en mauvais état. J'ai aussi eu une infection, il y a quelques années.

Cela, elle ne l'avait pas mentionné dans son dossier. Elle semblait à peine commencer à se rendre compte de la situation.

Le cœur de Rachel se serra. Même si Diamond était enceinte, il n'y avait aucune chance qu'elle ait son bébé. Elle réprima un soupir. Après le traitement qu'elle avait reçu pour son cancer, elle-même avait peu de chances de tomber un jour enceinte.

Quand ils étaient jeunes médecins, elle et Nathan ne craignaient pas de parler d'avenir. Ils étaient alors persuadés qu'il serait commun.

Ils avaient envisagé de se marier et d'avoir des enfants. Lui aurait été chirurgien, et elle généraliste. Tous deux étaient certes jeunes et ambitieux, mais ils avaient envie de fonder une famille ensemble. Nathan avait déjà prévu qu'ils ne travailleraient que quatre jours par semaine pour passer un jour à la maison avec les enfants, les parents de Nathan et le père de Rachel se relayant les autres jours.

Des rêves et des espoirs qui avaient disparu en un clin d'œil — balayés par un accident de voiture et un cancer.

En levant la tête, elle vit le regard vert de Nathan fixé sur elle. Il y avait de la tristesse dans ses yeux, comme s'ils avaient eu le même genre de pensées. À cet instant, se remémorait-il lui aussi leurs projets d'avenir ?

Elle respira profondément pour se donner du courage, et se tourna vers sa patiente.

— Comme Nathan vous l'expliquait, c'est parce que l'embryon se développe dans la trompe de Fallope que vous avez si mal. Je suis sincèrement navrée, Diamond, dit-elle en lui serrant la main, mais cet embryon n'est pas viable. Une grossesse extra-utérine ne peut jamais conduire à un bébé.

Diamond hocha la tête et une larme coula lentement sur sa joue.

— Voulez-vous que je prévienne quelqu'un pour vous ? demanda Rachel.

— Non, merci. C'est un coup de téléphone que je dois donner moi-même.

Cette fois, elle ne put retenir ses larmes. Nathan vint vers elle et lui passa le bras autour des épaules.

— Je suis vraiment désolé pour votre bébé, Diamond. Et je regrette que cela se soit passé ici. Nous allons vous donner quelque chose d'autre pour le vol, dit-il après un coup d'œil à Rachel. Un trajet en hélicoptère peut être un peu bruyant et chaotique, nous voulons être sûrs que vous n'aurez pas de douleurs et que vous serez la plus détendue possible.

Rachel prit son téléphone pour demander un hélicoptère sanitaire. Puis elle alla informer l'équipe de production tandis que Nathan administrait le médicament à Diamond.

Phil, l'un des producteurs, faillit piquer une crise en apprenant que Diamond abandonnait la partie.

— Quoi ? Vous plaisantez ! Nous avons besoin d'elle pour notre indice d'écoute. Cela va faire dégringoler l'audience.

— Et si elle n'est pas très vite correctement soignée, c'est sa vie que cela va affecter, répliqua sèchement Rachel.

Elle commençait à en avoir par-dessus la tête de ces gens qui se préoccupaient moins des individus que des chiffres.

En fait, elle en avait assez de tout. Assez d'être piégée sur cette île avec Nathan, sans aucune échappatoire ni intimité. Assez des émotions conflictuelles qu'il déclenchait chez elle.

La prochaine fois qu'elle verrait Lewis Blake — généreux salaire ou pas — elle ne donnait pas cher de sa peau.

Déjà, l'hélicoptère arrivait. Comme toujours, les membres de l'équipe, prêts à tout pour aider, les accompagnèrent pour soutenir Diamond et porter ses affaires.

L'appareil tourna au-dessus d'eux en vrombissant, et Diamond se mit à trembler. Pendant tout le temps, Nathan garda son bras autour d'elle. Il leur fallut moins de cinq minutes pour passer la main aux paramédicaux.

Puis Nathan referma la porte et se retira sous les arbres pour regarder l'hélicoptère s'éloigner.

En regagnant le cabinet avec Rachel, il lui adressa un sourire ironique.

— Quand je pense qu'on ne devait travailler que quelques heures par jour pendant trois semaines…

Elle écarquilla les yeux.

— Lewis a aussi utilisé cet argument avec toi ?

— Oh ! oui.

Pendant quelques secondes, ils se regardèrent en souriant. De nouveau, il y eut des étincelles en suspension entre eux, mais aussi une sensation agréable et familière. Tant de souvenirs passionnés, tant de complicité les liaient. Il n'y avait pas entre eux que des regrets et de la tristesse de n'avoir pas vécu ensemble la vie qu'ils avaient espérée.

Nathan avait été son âme sœur, la personne avec qui elle avait pensé vieillir.

Par moments, pendant son traitement, c'était ce qui l'avait aidée à tenir : penser à ce qu'aurait pu être leur vie à deux, mariés, avec des enfants. S'imaginer que Nathan s'était bâti une nouvelle existence et était heureux avec une autre femme avait été au-dessus de ses forces, même si elle avait tenté de se persuader que c'était ce qu'elle voulait pour lui.

— Rachel, ça va ?

Le regard vert était toujours posé sur elle.

— Non, répondit-elle.

— Moi non plus.

Sans la quitter des yeux, il lui toucha le bras, et elle retint son souffle.

— Tu veux bien dîner avec moi ce soir, rien que toi et moi ?

Elle acquiesça sans hésiter, un frisson d'excitation lui parcourant le dos.

— On ne peut pas parler à la cantine, dit-il. Je m'occupe du repas et on se retrouve ici à 19 heures. D'accord ?

À cette heure-là, le soleil aurait bientôt disparu, et la plage serait plus tranquille.

— D’accord. À tout à l’heure.

Elle s’éloigna d’un pas léger. Un dîner. Cela paraissait tout simple. Mais ils savaient tous les deux que ce ne serait pas que cela.

Sans doute était-il temps de tourner le dos au passé.

9

Nathan vérifia le contenu du panier que l'un des chefs cuisiniers lui avait préparé. Il l'avait fait remplir avec les mets qu'il avait appréciés depuis son arrivée, et tous ceux que, d'après ses souvenirs, Rachel aimait.

Il y avait ajouté deux bouteilles de vin et subtilisé deux verres à pied au bar.

Serait-il seulement capable d'avaler quoi que ce fût ? Pour l'instant, il avait l'estomac noué. L'attirance entre Rachel et lui était toujours là, aucun doute là-dessus. C'était leur histoire qui posait problème.

Huit ans après, elle l'empêchait encore d'avancer. Il n'avait pas eu de véritable relation depuis, d'abord trop occupé avec Charlie, et ensuite trop pris par son travail.

Ces cinq dernières années, il avait tenté de sauver le monde. Était-ce parce qu'il n'avait pas été capable de sauver ses parents ? Ils avaient été trouvés inconscients dans leur voiture détruite. Combien de temps étaient-ils restés là, à attendre les secours ? Sa mère était morte avant d'arriver à l'hôpital, et son père avait survécu au trajet en ambulance, mais était décédé avant même que Nathan ne soit averti de l'accident.

Au moins, avec Médecins Sans Frontières, il savait que son travail comptait. Grâce à ses interventions, de nombreuses vies avaient été sauvées, malgré des situations critiques. Cela l'avait un peu aidé à panser les blessures de son cœur.

Seulement, à présent, il se rendait compte qu'il avait passé plus de temps à sauver les autres qu'à se sauver lui-même.

En revoyant Rachel, tout ce qu'il pensait enfoui avait resurgi. Il ne pouvait nier qu'il avait encore des sentiments pour elle. Or, à cette étape de sa vie, il fallait qu'il continue à avancer. Simplement, il n'avait jamais envisagé la possibilité de le faire avec Rachel. Il n'était pas encore certain que ce soit possible. Ce soir, il en aurait le cœur net.

Pour l'heure, il éprouvait surtout un affreux sentiment de culpabilité. Rachel lui avait appris qu'elle avait eu un cancer du rein et, au lieu de l'interroger comme il aurait dû le faire, il s'était laissé submerger par la colère, au point d'oublier de lui poser les questions médicales qui tournaient sans cesse dans sa tête depuis — sur son traitement, et sur les résultats. Sur l'avenir. Quel genre d'homme était-il ? Quelle sorte d'ami était-il ?

Il descendit vers la plage et aperçut quelques personnes bavardant autour du bar. Mais il ne chercha pas à les rejoindre. Il était bien trop excité.

Ses doigts étaient impatients de toucher Rachel. Il avait envie de les laisser courir dans ses cheveux soyeux, caresser sa peau douce. Il voulait les poser sur sa cicatrice et l'embrasser. Il lui dirait que son cancer ne changeait rien à ses sentiments pour elle.

Par-dessus tout, il voulait que leurs lèvres s'unissent de nouveau. Non seulement cela hantait ses rêves la nuit, mais il commençait à y penser le jour aussi.

Il ne pouvait pas continuer ainsi. Il n'arrivait pas à fonctionner correctement. Il fallait qu'ils avancent. Où cela allait-il les mener ?

L'électricité qu'il y avait entre eux aurait pu illuminer l'île entière. Il était temps de savoir si Rachel en était arrivée aux mêmes conclusions que lui.

Rachel s'observa dans le miroir. Elle s'était douchée, maquillée, avait mis du mascara et du rouge à lèvres. Il ne lui restait plus qu'à décider ce qu'elle allait porter.

Elle vida son sac à dos sur le lit : trois robes d'été roses, quatre chemises et trois T-shirts de la même couleur avaient l'air de se moquer d'elle. Rien de tout cela ne convenait. Mais pourquoi était-ce donc si important ?

Au fond du sac, elle trouva un bikini, rose. Elle l'avait rangé dès qu'elle avait su que Nathan était là, ne voulant pas qu'il voie sa cicatrice.

Mais à présent qu'il savait elle n'avait plus rien à cacher… Excepté ce qu'elle ressentait réellement après tout ce qui s'était passé, et la vérité sur sa non-relation avec Darius. Il était temps de tout éclaircir.

À cette heure-ci, l'air était encore chaud, et elle allait sur une plage. Le bikini serait parfait. Son caftan noir aux broderies d'argent pendait à une patère : elle le décrocha.

Par-dessus tout, elle voulait que Nathan la regarde comme autrefois : avec amour, avec passion — presque avec dévotion. Comme elle-même le regardait à l'époque.

Ce qu'elle cherchait, elle avait failli le voir dans ses yeux cet autre soir sur la plage, juste avant qu'elle ne lui parle de son cancer. D'ailleurs, c'était peut-être la raison de son invitation : la questionner sur sa maladie. Peut-être fantasmait-elle sur une attirance qui n'existait pas réellement de son côté à lui…

Un coup d'œil à sa montre lui apprit qu'il était 19 heures passées. Il allait se demander où elle était. De peur de changer d'avis, elle enfila à la hâte le bikini et le caftan, puis glissa les pieds dans des sandales. Elle n'avait besoin de rien d'autre.

Lorsqu'elle atteignit la plage, elle était au comble de la nervosité. Même après huit ans, la perspective de se retrouver seule en compagnie de Nathan lui faisait battre le cœur. Elle voulait être avec lui, dépasser l'amertume et les reproches. Elle voulait découvrir ce qu'il était devenu, comment il avait vécu ces années sans elle et — surtout — si quelqu'un d'autre avait touché son cœur. Elle voulait savoir si son instinct ne la trompait pas, si, quoi qu'il se soit passé entre eux, il souhaitait reconsidérer leur relation autant qu'elle.

Mais à présent, elle n'était plus sûre de rien.

Nathan était assis au bord de l'eau, un panier à ses pieds. En la voyant arriver, il sourit, et elle sentit son cœur fondre. Il était si beau lorsqu'il souriait — trop rarement à son goût, depuis qu'ils s'étaient revus.

Il la détailla de la tête aux pieds, et son regard admiratif s'arrêta sur ses jambes nues. Il était habillé de façon décontractée : short et T-shirt. S'il était surpris de la voir aussi peu habillée, il n'en laissa rien paraître, se contentant de laisser ses yeux se promener sur son corps, et déclenchant chez elle un frisson d'excitation.

Lorsqu'elle approcha, l'estomac noué, il souleva le panier.

— Allons-nous-en d'ici, loin des autres, dit-il. Il y a une autre plage juste à côté, dans une petite crique. C'est Len qui m'en a parlé, quand il m'a surpris en train de piller le bar.

« Loin des autres ». Il n'imaginait pas à quel point ces mots avaient fait monter l'adrénaline en elle.

Il prit une couverture posée sur le transat et se mit en marche en direction de la crique.

— Qu'est-ce que tu as trouvé au bar ? demanda-t-elle.

— Du vin rosé. C'est toujours ton préféré, n'est-ce pas ? demanda-t-il d'un ton hésitant.

— Toujours.

— Parfait.

Elle sourit : il n'avait pas oublié ses goûts.

Une légère brise les accompagna tandis qu'ils marchaient le long de la plage, sous le soleil couchant. Ils étaient baignés de reflets orangés qui se fondaient dans les vagues ondulant à peine. Tout était remarquablement calme. Seuls leur parvenaient le bruissement des vagues et le bourdonnement des insectes autour des arbres.

Derrière eux, les voix en provenance du bar s'étaient évanouies, et ses lumières disparurent ayant fait le tour de la baie, ils arrivèrent sur l'autre plage. À présent, ils n'étaient plus éclairés que par les lumières orangées du coucher de soleil.

Rachel se détendit un peu. Nathan secoua la couverture et l'étendit sur le sable, puis sortit le vin et les verres du panier.

— Tu viens t'asseoir ? dit-il en débouchant la bouteille.

La couverture n'était pas très large. Quand elle se baissa, ses jambes nues frôlèrent celles de Nathan. Une décharge électrique la parcourut, et leurs regards s'accrochèrent.

Sans un mot, il lui tendit un verre. Un feu s'était allumé en elle. Elle ne voulait plus attendre ni réfléchir à quoi que ce soit. Les mots ralentissaient souvent l'action.

Jetant un regard par-dessus son épaule, elle vérifia qu'ils étaient bien seuls et ne risquaient pas d'être dérangés. En prenant son verre, délibérément, elle caressa le bout de ses doigts. Il ne la quittait pas du regard. C'était comme s'ils étaient enfin arrivés au moment qu'ils attendaient tant tous les deux.

— Comment te sens-tu, Rachel ? demanda-t-il.

Elle devait être tout à fait honnête.

— Plutôt mal, murmura-t-elle.

Enfin, ils y étaient : les barrières avaient fini par tomber. C'était le point de non-retour.

Nathan avança la main et toucha celle de Rachel. Elle n'esquissa aucun mouvement pour la retirer.

— Laisse-moi commencer, dit-il lentement. Je te dois des excuses.

— Pourquoi ?

Il inspira profondément.

— Je ne t'ai même pas demandé de nouvelles de ta santé — à quel stade du cancer tu en étais, quel traitement tu avais suivi.

Je suis désolé, j'aurais dû m'en inquiéter. Quand tu m'as parlé, j'étais tellement sous le choc…

Elle se mordit la lèvre comme si elle ne savait pas par où commencer, puis raconta les symptômes : la fatigue, une légère perte de poids, une sensation de malaise général, les insomnies — avant même la mort de ses parents. Et le test d'urine.

— Je me suis rendu compte qu'il ne s'agissait pas d'une simple infection. Mais le rendez-vous que j'avais pris était à peine quelques semaines après l'enterrement. Il y avait tant de choses à régler…

Il déglutit, mal à l'aise. C'était parce qu'elle avait été inquiète pour lui qu'elle ne s'était pas occupée d'elle-même ?

— À quel stade étais-tu ?

Elle prit une gorgée de vin.

— Au stade trois. La tumeur mesurait plus de sept centimètres, elle avait gagné l'enveloppe externe du rein, jusqu'à la glande adrénaline. Je devais subir une néphrectomie totale avant la radiothérapie et la chimio.

Il hocha lentement la tête, la gorge serrée. Comment supporter l'idée que le cancer avait envahi le corps de celle qu'il aimait ? Il connaissait exactement le degré de gravité de son cancer et savait à quel point le traitement était invasif.

Il se prit la tête dans les mains. Et si elle avait trop attendu ? Si elle avait été trop occupée avec lui et Charlie, et que son cancer avait empiré ? Rien que d'y penser, il en eut la nausée.

— Si mes parents n'avaient pas eu cet accident… Tu m'en aurais parlé ? demanda-t-il au bout de quelques secondes.

— Naturellement, Nathan.

Il ferma les yeux, se retenant de hurler sa frustration.

— À quoi bon être médecin si on ne peut pas sauver les personnes qu'on aime ? Il a suffi d'une seconde, sur une route, la nuit, et j'ai tout perdu. Mes parents. Toi. Ma carrière. Si j'avais été avec eux dans la voiture, j'aurais pu les aider…

Elle se dressa devant lui.

— Et si tu avais été tué, toi aussi ? Je déteste te dire ça, Nathan, mais n'oublie pas que la voiture était en bouillie. Si tu avais été à l'arrière, tu n'aurais eu aucune chance. Charlie t'aurait perdu, en plus de ses parents… sans parler de moi.

Il répondit du tac au tac.

— Tu nous as perdus de toute façon, Rachel, dit-il tristement. Et nous t'avons perdue aussi.

Rachel et Nathan gardèrent le silence, les yeux fixés l'un sur l'autre. À présent, elle comprenait. Elle comprenait d'où lui venaient ses traits marqués. Il s'en voulait de n'avoir pas pu venir en aide à ses parents. Alors il était parti avec Médecins Sans Frontières, sauver d'autres gens. Son départ à elle n'avait fait qu'aggraver la situation.

Nathan était toujours beau, il pouvait tourner la tête de n'importe quelle femme. Mais il était épuisé. Il avait atteint les limites de sa résistance émotionnelle.

Et si elle n'était pas partie ? Son cœur se serra dans sa poitrine. Si elle lui avait parlé de son cancer et était restée avec lui pour s'occuper de Charlie ?

Avoir des regrets maintenant était trop facile — et complètement inutile. Elle avait survécu à son cancer en étant soignée en Australie. Si elle était restée en Angleterre, son traitement aurait-il eu le même succès ? Elle ne le saurait jamais.

Elle eut soudain une terrible pensée. Nathan ne serait-il pas encore plus brisé s'il n'avait pas pu la sauver, elle non plus ? Pleine de regrets, elle lui pressa la main.

— Chacun de nous a perdu l'autre, murmura-t-elle.

Nathan n'était pas aussi fort et indestructible que son physique le laissait croire. Elle comprenait seulement maintenant à quel point les épreuves passées l'avaient affecté. Chaque petite ride de son visage disait sa peine. Et elle y avait contribué.

Si elle ne voulait pas le faire souffrir de nouveau, il fallait qu'elle garde ses distances. Certes, elle avait passé le cap des cinq ans sans rechute, mais le cancer serait toujours suspendu au-dessus de sa tête. Elle s'était concentrée sur sa guérison et s'était efforcée de rester toujours positive. Mais si elle renouait une relation avec Nathan et qu'il y ait un jour une récidive ?

Elle avait envie de l'aimer de nouveau, de sentir ses bras forts autour d'elle, de caresser ses cheveux courts. Elle voulait sentir son souffle sur sa nuque et les battements de son cœur contre le sien.

Mais en prenant conscience de tout ce qu'il avait souffert ces dernières années, elle se dit que ce serait trop dur pour lui.

— Je ne m'étais pas doutée de tout ça, dit-elle tout bas en caressant sa joue. Tes parents ont eu un horrible accident, mais tu n'aurais rien pu y changer, Nathan. C'est terrible à dire, mais cela t'a permis de sauver de nombreuses autres vies, c'est le côté positif des choses.

Elle retira sa main. Nouer les bras autour de son cou et approcher ses lèvres était trop tentant... Il ne fallait pas. Elle recula.

— Tu sais, je n'ai jamais cru au destin, dit-elle, pourtant, je finis par me dire que les choses arrivent pour une raison. Sinon, je ne supporterais pas l'idée que certaines personnes, certaines bonnes personnes, quittent cette vie beaucoup trop tôt. Je veux croire que tu es allé là où tu devais aller, pour sauver les gens que tu devais sauver.

Il la regarda, manifestement décontenancé. Une lueur brilla dans ses yeux, comme s'il venait de se rendre compte qu'il avait tout de même vécu, même si sa vie avait été différente.

— Mais alors, et toi ? Et nous ? Pourquoi devions-nous être séparés ? demanda-t-il.

— Je ne sais pas, murmura-t-elle, le cœur serré.

Il aurait été si facile de lui dire qu'elle n'avait jamais cessé de l'aimer, qu'elle voulait essayer de nouveau. Si facile de lui avouer qu'elle avait pensé à lui chaque jour, depuis qu'ils avaient été séparés.

Mais son cancer était désormais comme un nuage noir au-dessus d'elle. Si Nathan l'aimait et qu'il la perdait de nouveau, dans quel état serait-il ?

Elle se raidit et essuya une larme sur sa joue.

— Comment s'est déroulé ton traitement en Australie ? demanda-t-il. Et que s'est-il passé avec Darius ?

Elle réprima un soupir. Mais elle n'en était plus à garder des secrets. Elle pouvait se fier à Nathan.

— Demande-moi comment nous nous sommes rencontrés, dit-elle.

Il posa son verre sur le sable et, lui prenant le bras, l'attira contre lui avant de poser les mains sur ses hanches. La tension entre eux était palpable.

C'était comme s'ils avaient attendu huit ans pour avoir cette conversation et se trouver finalement à cet endroit, à cette heure.

— Rachel, comment vous êtes-vous rencontrés ? demanda-t-il d'une voix hésitante.

— J'ai fait la connaissance de Darius au centre de traitement du cancer, murmura-t-elle, incapable de retenir ses larmes.

Il se figea, et ses doigts se resserrèrent autour de sa taille. Pendant quelques secondes, ils échangèrent un regard dans l'obscurité grandissante. Il pensait au dossier médical de Darius.

— Est-ce qu'il va bien ? Devrait-il seulement être là ?

Le médecin parlait encore en lui. Il ne voyait plus Darius comme un rival, mais comme un patient.

— Il avait un lymphome non hodgkinien, répondit-elle. Ces dernières années, il a fait deux rechutes, mais, pour autant que je sache, il va bien à présent.

Il se détendit un peu et s'éclaircit la gorge.

— Tu sais, Darius n'a jamais vraiment été mon petit ami, dit-elle. Nous nous sommes appuyés l'un sur l'autre pendant que nous suivions nos traitements, et nous avons gentiment flirté. Je n'ai jamais trahi sa confiance, et c'est uniquement pour cette raison qu'il a voulu que je sois ici.

Hochant la tête en silence, Nathan essuya doucement ses larmes. Sa colère contre Darius semblait s'être évanouie comme neige au soleil. À présent, il se concentrait sur elle.

— Rachel ? murmura-t-il, sa main sur sa joue. Et maintenant ?

Il lui sembla que son sang bouillait dans ses veines. C'était exactement ce dont elle avait rêvé. Elle se rappelait les moindres détails de sa personne, à l'époque où leurs deux corps s'épousaient parfaitement. Elle n'avait connu cette harmonie avec personne d'autre.

Elle réprima un sanglot lorsqu'il promena les mains sur sa peau. Elle avait attendu ce moment pendant huit longues années. Elle en avait rêvé jour et nuit : le moment où elle serait de nouveau dans les bras de Nathan.

À présent, il savait tout, et il lui sembla qu'ils ressentaient la même chose : bien que séparés par les continents, les années, les accidents et la maladie, l'étincelle entre eux ne s'était jamais éteinte. Leur attirance mutuelle n'avait pas disparu.

Comme des papillons dansant sur sa peau, les mains de Nathan étaient en train de refaire connaissance avec son corps.

L'océan était devenu presque noir, avec encore quelques touches d'orange à l'horizon. Il n'allait pas tarder à faire frais. Mais sa peau était tellement brûlante qu'elle s'en moquait.

Ce qu'elle éprouvait à cet instant, c'était du soulagement : celui de pouvoir être connecté à l'homme qu'elle avait toujours voulu.

— Et si on allait dans l'eau ? fit-elle.

Posant son verre sur le sable, elle lui tendit la main et vit ses yeux s'écarquiller. Il n'hésita pas. En une seconde, il retira son T-shirt et son short. Quant à elle, il lui suffisait de se débarrasser de son caftan.

Ils s'enfoncèrent dans l'eau sombre, dont la fraîcheur la fit frissonner. Lorsqu'ils en eurent jusqu'à la taille, Nathan l'attira contre lui, et elle noua les jambes autour de ses hanches.

Leurs lèvres se cherchèrent. C'était ce qu'elle attendait,

depuis leur dernier baiser… En fait, depuis son départ, huit ans auparavant.

Il ne se contenta pas de l'embrasser : il la dévora littéralement, comme dans les souvenirs qui hantaient ses rêves. Les lèvres de Nathan étaient faites pour les siennes. Puis il fourragea dans son cou, une main dans ses cheveux, l'autre sur ses fesses.

Elle laissa courir ses paumes sur son torse. Avec la maturité — et sans doute ses années de dur travail à Médecins Sans Frontières — son corps était plus ferme, plus musclé.

Glissant les doigts sous son soutien-gorge, il caressa la pointe de son sein. Elle eut un gémissement, et il se mit à marcher dans l'eau en direction de la plage tout en la portant, ses jambes autour de sa taille. Même dans l'obscurité, elle devinait ses yeux verts sur elle.

Sans dire un mot, il la déposa sur le sable. Elle retint sa respiration lorsque, du bout du doigt, il suivit la trace de sa cicatrice. Et lorsqu'il remplaça son doigt par sa bouche et, doucement, l'embrassa.

— Tu aurais dû m'en parler, Rachel, dit-il d'une voix éraillée. Dans n'importe quelle circonstance.

Elle avait eu conscience du mal qu'elle lui avait fait. Mais elle n'avait pas été là pour en constater les dégâts sur lui. Maintenant, tout était sous ses yeux : la douleur, l'incompréhension, la tristesse. Elle n'était pas assez forte pour le supporter.

— Je me suis souvent dit que j'avais tout fichu par terre, murmura-t-elle. Mais j'ai agi le mieux possible, même si je le regrette tous les jours.

À présent, il était temps de tourner la page, d'envisager la possibilité d'une nouvelle relation, et peut-être même de faire revivre le rêve d'avoir une famille. Mais quelque chose en elle ne parvenait pas à franchir l'étape finale.

Pendant un moment, elle avait été prise par l'excitation des retrouvailles avec l'homme qu'elle aimait. Mais les lèvres de Nathan sur sa cicatrice venaient de la ramener aux dures réalités de la vie et à la décision qu'elle avait prise. La souffrance qu'elle lisait sur son visage lui rappelait douloureusement ce qu'elle lui avait fait subir. Elle ne voulait pas risquer de le faire souffrir encore.

Tout était arrivé trop vite pour elle. Son cerveau n'avait pas encore pris la mesure des derniers événements. Elle avait besoin de temps. Elle avait besoin d'espace.

Pour l'instant, elle devait s'éloigner de lui, même si elle l'aimait de tout son cœur.

— Je regrette, Nathan, mais je ne peux pas, dit-elle en ramassant son caftan sur le sable.

— Quoi ? Qu'y a-t-il ?

— C'est trop, trop vite. J'ai besoin de réfléchir tranquillement.

Déjà elle s'éloignait en direction de la hutte, de la sécurité de sa chambre.

— Rachel, attends !

Il voulut la rattraper, mais elle l'arrêta.

— Non, je t'en prie. Si je compte un peu pour toi, donne-moi de l'espace. Nous ne nous sommes pas vus pendant huit ans. Huit ans, Nathan ! Il y a tant de choses inachevées entre nous. Je ne vois plus très clair en moi.

Elle avait repris sa marche, mais il l'arrêta net d'une seule question.

— Est-ce que tu m'aimes, Rachel ?

Elle se tourna vers lui, les mots coincés dans la gorge. Bien sûr qu'elle l'aimait — elle n'avait jamais cessé. Mais elle n'était pas encore prête à le dire, pas plus qu'elle ne pouvait garantir que son cancer ne reviendrait pas. Était-elle assez courageuse pour lui faire prendre ce risque ? Pour leur faire prendre ce risque ? De nouveau, c'était une question de confiance.

Avait-elle suffisamment confiance en leur relation future pour envisager qu'ils puissent traverser une telle épreuve ensemble ? Elle n'en était pas sûre.

— Parce que moi, je t'aime, dit-il. Et je t'aimerai toujours. Après la mort de mes parents, j'ai passé trop de temps dans la colère et l'amertume. Je ne m'étais pas rendu compte à quel point ma vie en avait été affectée — et celle de Charlie.

Il laissa échapper un petit rire désabusé.

— Finalement, mon petit frère s'en est mieux sorti que moi. Il est allé de l'avant. Il a trouvé l'amour, a fondé une famille... Souvent, je l'envie.

Tout en parlant, il l'avait rejointe. Mais il ne la toucha pas.

— Pour nous aussi, il est temps d'aller de l'avant, Rachel. Mais je te laisserai tout le temps et tout l'espace qu'il faudra. Jusqu'à ce que tu sois prête à m'aimer de nouveau.

Ses paroles restèrent suspendues dans l'air.

À présent, elle était trop loin de lui pour voir l'expression de son visage. Elle sentit comme un poids invisible sur sa poitrine. Dans sa tête, les pensées se bousculaient.

Tournant les talons, elle partit en courant le long de la plage, et jusqu'à la hutte. Là, elle claqua la porte derrière elle et se jeta sur son lit.

Elle devait prendre une décision, et, pour cela, réfléchir correctement.

Pour l'instant, elle en était incapable.

10

La vie au campement était terriblement ennuyeuse. Le réalisateur avait passé la plus grande partie de la journée à mettre en scène un affrontement entre deux participants.

Depuis deux jours Nathan, lui, essayait d'éviter Rachel. S'il avait cru que céder à l'indéniable alchimie qui existait entre eux apaiserait les tensions, il s'était bien trompé.

Au contraire, être bloqué sur une île avec son ex avait fait prendre des proportions phénoménales à ces tensions — particulièrement après les derniers rebondissements.

La simple pensée que Rachel — sa Rachel — avait eu un cancer du rein lui donnait la nausée. Il ne parvenait toujours pas à admettre qu'elle ne lui en ait pas parlé. Elle avait manqué de confiance en lui, c'était le plus dur à avaler.

Mais maintenant, au moins, il connaissait la raison de son départ. En y réfléchissant bien, il pouvait presque comprendre pourquoi elle avait cru agir comme il le fallait. Il estimait toujours qu'elle avait eu tort. En même temps, il était soulagé qu'elle ne l'ait pas quitté parce qu'elle ne l'aimait plus. Elle prétendait même être partie parce qu'elle l'aimait.

L'autre soir, seul sur la plage après qu'elle s'était enfuie, il avait compris que, de son côté, il l'aimerait toujours. Il voudrait toujours qu'elle fasse partie de sa vie.

Il pouvait comprendre qu'elle ait besoin de temps. Maintenant qu'il l'avait retrouvée, il ne tenait pas à ce qu'elle lui file encore entre les doigts. Comment pourrait-il s'en remettre, cette fois ? C'était presque impensable. Mais pas impossible. En huit ans, ils avaient changé tous les deux.

Soudain, il fut submergé par le doute. Rachel n'avait pas été capable de le regarder dans les yeux et de lui dire avec certitude ce qu'elle voulait. Il était en train de prendre un gros risque.

Cette fois, survivrait-il si elle repartait ?

Prenant une profonde inspiration, il se concentra sur son écran d'ordinateur. Il était là pour travailler. Le reste de sa vie devrait attendre.

— Combien de fois a-t-il rempli sa bouteille d'eau ? demanda-t-il au technicien qu'il interrogeait sur Darius.

— Trois ou quatre fois… Il passe la plus grande partie de la journée aux toilettes, ou à dormir.

Darius buvait trop et urinait fréquemment. Quelque chose n'allait pas — l'instinct de médecin de Nathan le lui disait. Darius n'avait vraiment pas bonne mine.

Nathan n'avait aucun plaisir à le reconnaître, mais Darius était plutôt beau garçon — bien bâti, bronzé, avec son sourire de star. Il aurait même pu tenter sa chance à Hollywood plutôt que de rester faire du soap opera en Australie.

À présent que Nathan connaissait son passé médical, il était encore plus inquiet. Darius commençait à flotter dans ses vêtements — il était temps d'agir. Il se rendit sur le tournage. Darius n'était pas en vue.

— Pouvez-vous envoyer quelqu'un chercher Darius Cornell ? demanda-t-il au réalisateur. Et demander au Dr Johnson de me rejoindre au cabinet médical ?

De toute façon, il ne pouvait pas éternellement éviter Rachel. Sans attendre de réponse, il retourna au bungalow.

Rachel et Darius ensemble dans une pièce… Il s'en moquait bien, à présent. Maintenant qu'il connaissait l'histoire de Darius, il était sincèrement inquiet pour lui. S'il était en train de faire une troisième rechute, il avait un sérieux problème.

Quelques minutes plus tard, Darius arriva au cabinet médical, une bouteille d'eau à la main, visiblement mécontent d'y trouver Nathan.

— Qu'est-ce que vous faites là ? Il était pourtant clair que je ne devais avoir affaire qu'à Rachel.

Nathan sortit le dossier médical — vide — de Darius.

— Rachel ne devrait pas tarder. Je me fais du souci pour vous, Darius. Vous n'avez pas l'air bien du tout, et il est impossible que vous vous sentiez en forme. Combien de kilos pensez-vous avoir perdus ces derniers temps ?

Darius lui jeta un regard noir, puis s'assit sur une chaise en se grattant nerveusement le bras. Sans trahir Rachel, Nathan devait en savoir le plus possible sur ses symptômes.

— Ne tournons pas autour du pot, dit-il. J'ai besoin de savoir précisément ce que vous ressentez.

Rachel les interrompit.

— Que se passe-t-il ? demanda-t-elle en entrant. Darius, quelque chose ne va pas ?

— Ce n'est pas à moi qu'il faut le demander, mais à lui, répondit Darius avec une mauvaise humeur inhabituelle. On m'a pratiquement kidnappé pour me traîner ici. Tu lui as dit quelque chose, Rach ?

Nathan s'efforça de ne pas laisser son regard s'attarder sur Rachel qui portait une inhabituelle robe rose bain de soleil avec ses chaussures de marche et ses chaussettes.

Elle s'approcha de Darius.

— Je n'ai rien dit à Nathan, mais je vais le faire. C'est lui le médecin de service aujourd'hui, il a besoin d'avoir tous les éléments en main. Darius et moi nous sommes rencontrés alors que nous étions tous les deux soignés pour un cancer — moi pour une tumeur au rein droit et lui pour un lymphome non hodgkinien. Il a fait deux rechutes depuis.

Darius lui jeta un coup d'œil furieux, mais ne dit rien.

— S'il vous plaît, répondez-moi honnêtement, dit Nathan. Que ressentez-vous ? Parce que, pour parler franchement, vous avez l'air en miettes.

Visiblement hors de lui, Darius se leva et s'approcha à quelques centimètres du visage de Nathan.

— Mais à qui croyez-vous donc parler ?

Les soupçons de Nathan furent aussitôt confirmés. Darius avait une haleine acide de fruit — la poire — un symptôme classique du diabète. Combiné avec d'autres signes, cela signifiait probablement qu'il était en acidocétose, déclenchée par un diabète insulinodépendant non traité. Le début pouvait être très rapide.

Posant doucement la main sur le bras de Darius, il le reconduisit jusqu'à sa chaise et se dirigea vers le placard, d'où il sortit un glucomètre. Il vit les yeux de Rachel s'arrondir. Pour elle aussi, les pièces du puzzle se mettaient en place.

— Darius, je vais effectuer un test sur vous, dit-il. Je dois juste vous piquer le bout du doigt, et dans dix secondes nous serons fixés.

— Pas question, répondit Darius d'un ton agressif.

Il était clair maintenant que c'était son état qui le rendait ainsi. Darius n'était pas vraiment lui-même.

Nathan s'assit face à lui tandis que Rachel s'agenouillait à ses pieds.

— Combien as-tu bu aujourd'hui ? lui demanda-t-elle en désignant la bouteille d'eau.

Machinalement, il avala quelques gorgées.

— J'ai soif, c'est tout. Avec cette chaleur...

— Et tu vas souvent aux toilettes ?

— Normal, puisque je bois beaucoup.

Rachel prit le glucomètre des mains de Nathan.

— Tu as maigri, Darius. Plus que l'on pouvait s'y attendre. Il est possible que tu souffres de diabète. Laisse-moi faire ce test.

Elle fut très rapide. Avant qu'il n'ait pu protester, elle lui avait piqué le doigt. La machine calcula rapidement et Rachel fit la grimace en se tournant vers Nathan.

Glissant le bras dans le dos de Darius, elle l'accompagna jusqu'au lit d'examen.

— Tu es déshydraté, on va te mettre sous perfusion, dit-elle sans lui demander son avis. Tu sais ce que c'est que le diabète ?

Il haussa les épaules.

— Évidemment. Ma mère en avait.

Le diabète pouvait être héréditaire. Voilà qui semblait confirmer le diagnostic. Nathan fouilla dans les tiroirs, à la recherche du matériel pour la perfusion. Le diabète était une maladie de plus en plus répandue. Lui-même avait diagnostiqué de nombreux cas du temps où il travaillait pour Médecins Sans Frontières.

Pendant que Rachel parlait à Darius, Nathan lui inséra rapidement la canule dans le bras.

— Ton cas est sérieux, disait-elle. Nous ne sommes pas assez équipés ici, je voudrais te transférer dans un hôpital où tu seras mieux soigné. Tu as besoin d'insuline, et il faut te stabiliser. Ensuite tu te sentiras beaucoup mieux. C'est l'affaire de deux jours à peine.

— Je n'irai pas à l'hôpital, répondit-il d'un ton catégorique.

Nathan vit Rachel prendre une profonde inspiration. Être déraisonnable faisait partie des symptômes du diabète.

Il sortit son stéthoscope et voulut poser le pavillon sur le torse de Darius, mais celui-ci l'écarta d'un revers de main. Sans se démonter, Nathan saisit calmement le poignet de Darius et lui prit le pouls.

Rachel avait les yeux fixés sur lui.

— Légère tachycardie, dit-il.

Il aurait aussi voulu vérifier la tension pour savoir si la crise était proche.

— Tu ne pourrais pas juste me donner de l'insuline et t'occuper de moi ici ? demanda Darius à Rachel.

— Il faut que l'on te fasse d'autres examens. Tu devrais avoir une pompe à insuline et ton taux de sucre devrait être constamment surveillé jusqu'à ce que tu sois stabilisé.

Nathan était d'accord avec elle. Cependant, dans des cas d'urgence, il avait soigné des diabétiques avec encore moins d'équipement.

— Pourquoi ne voulez-vous pas aller à l'hôpital ? demanda-t-il à Darius. À cause de votre passé médical — ou à cause de l'émission ?

— À cause de l'émission, répondit Darius sans hésiter. Le contrat stipule que si j'arrête prématurément — que ce soit pour raisons médicales ou autre — je ne toucherai pas toute ma paye. Or j'ai promis à Lynn un mariage de rêve. Si je ne reste pas, je ne pourrai pas lui faire ce cadeau.

Il s'agita de nouveau, rouge de colère. C'était la première fois qu'il mentionnait sa fiancée. Mais son état était en train d'empirer.

Nathan se tourna vers Rachel.

— Avons-nous son poids à son arrivée ?

Elle parcourut son dossier, puis l'échelle de valeurs permettant de déterminer la gravité du problème.

— J'ai le chiffre donné par son assurance il y a un mois. D'après l'échelle, il a perdu cinq kilos.

— Savez-vous quel type de diabète avait votre mère ? demanda-t-il à leur patient.

— Elle était diabétique depuis l'enfance et a toujours pris de l'insuline. C'est type I, non ?

Nathan hocha la tête.

— D'après vos symptômes, il est probable que vous ayez le même.

Rachel inscrivit le dosage sur un stylo à insuline.

— Nous aurons besoin d'un test pour confirmation, mais, pour l'instant, c'est comme ça que nous allons te soigner. Il faut faire descendre ton taux de glucose dans le sang.

Darius poussa un soupir.

— Je dois parler au réalisateur et retourner au campement.

Mais auparavant... est-ce que je pourrais dormir un peu ? demanda-t-il en fermant les yeux.

— Je vais t'administrer ta première injection d'insuline, dit Rachel. Ensuite, je te prendrai des échantillons de sang et je verrai si nous pouvons trouver un moyen de les faire parvenir sur le continent. Il faudra que l'on continue à te piquer le doigt. En dehors de ça, tu peux toujours essayer de dormir.

Après l'insuline, elle s'occupa des échantillons pendant que Nathan appelait quelqu'un de l'équipe.

— Le bateau chargé de l'approvisionnement passera dans une heure, dit-il en raccrochant. Ils pourront prendre les échantillons.

Il hésita et regarda Rachel pendant qu'elle griffonnait quelques notes. Darius semblait s'être endormi.

— Je vais nous faire un café. Allons discuter dehors de la meilleure façon de traiter ce cas.

Rachel avait l'estomac noué. Tout était allé de travers. Elle s'en voulait de ne pas s'être inquiétée plus tôt de l'état de Darius. Quand elle l'avait vu sous la lumière vive du cabinet médical, et non sous le dense feuillage de la canopée, elle avait été frappée par la dégradation de son état.

Mais cela valait mieux qu'une troisième rechute de son cancer. Ils pouvaient traiter le diabète avec l'équipement qu'ils avaient sur place, et le stabiliser. Pour des soins de longue durée, il faudrait qu'il soit suivi par un spécialiste.

Nathan lui tendit un mug. Elle respira avec délice l'arôme du café.

— Nous avons un patient à surveiller, dit-il aussitôt, comme s'il cherchait à écarter tout autre sujet de conversation.

Depuis deux jours, elle avait même eu l'impression qu'il la fuyait. Il devait regretter de lui avoir dit qu'il l'aimait toujours, alors qu'elle ne lui avait pas répondu.

— Comment envisages-tu de gérer cette situation ? demanda-t-il, l'air impénétrable.

Rester professionnelle. Cela, elle pouvait le faire sans problème.

— Je vais rester quelques heures avec Darius pour vérifier son taux de sucre. S'il a besoin de plus d'insuline, je lui ferai une injection.

Il approuva d'un signe de tête. Ses yeux verts la fixèrent, et elle sentit son cœur faire un bond.

— Que veux-tu que je fasse ? demanda-t-il.

Elle aurait pu lui donner une dizaine de réponses qui n'avaient rien à voir avec le diabète...

Elle s'efforça de mettre de l'ordre dans ses idées.

— J'aimerais bien que tu parles au réalisateur et que vous mettiez au point un emploi du temps qui permettrait à Darius de retourner au campement quelques heures par jour, juste pour la caméra. Il faudra mettre les autres participants au courant, et que le réalisateur soit d'accord pour que l'un de nous deux soit là-bas.

Nathan hocha la tête.

— Entendu. Et pour toi ? Quand veux-tu que je te relaie ? Nous devons toujours superviser les défis.

Elle hésita, persuadée que cela ne plairait pas à Darius. Mais elle ne pouvait pas rester avec lui en permanence.

— Il faudrait le réévaluer plus tard dans la journée. S'il est d'accord, vous pourriez aller ensemble à la cantine ?

Nathan esquissa une légère grimace.

— Parfait, dit-il. Je vais parler au réalisateur, je serai de retour vers 18 heures.

Déjà, il était parti. Elle alla s'asseoir à côté de Darius, son mug à la main. Une seconde d'inattention, et elle renversa ce qu'il restait de son café sur sa robe rose.

Les larmes lui montèrent aux yeux. C'était la goutte de trop ! Normalement, lorsque quelque chose n'allait pas au travail, on pouvait toujours se réfugier chez soi. Mais, sur cette île, elle n'avait aucun endroit où se retirer.

Il y avait toujours quelqu'un quelque part — un membre de l'équipe ou un cameraman — pour lui rappeler à quel point l'espace était restreint. Elle se sentait tellement à l'étroit qu'elle n'arrivait même plus à penser.

Pendant combien de jours pourrait-elle éviter l'homme avec qui elle devait travailler ? Combien de jours encore pourrait-elle faire taire ce qu'elle ressentait pour lui ? Cet endroit était en train de devenir insupportable.

Pendant quelques secondes, elle fut même tentée d'appeler Lewis pour qu'il vienne la remplacer. Mais pouvait-elle lui demander de laisser sa femme attendre seule leur bébé ?

Elle entendit tousser derrière elle et se retourna. Darius s'asseyait dans le lit en se frottant les yeux.

— Comment te sens-tu ? demanda-t-elle.

— Qu'est-ce que tu as fait à ta robe ?

— Rien. Rien du tout. Si on faisait le test sanguin, pour voir si tu vas mieux ?

Elle vérifia la perfusion et prit le glucomètre. Se contenter de faire son travail. Au moins, quand elle pensait à Darius, elle ne pensait à personne d'autre.

Rapidement, elle lui piqua le doigt et attendit les dix secondes.

— Cela redescend lentement, dit-elle en souriant. Si tu veux, je vais te montrer comment faire la prochaine injection.

Elle se raidit. Il fallait qu'elle commence à penser à elle.

— Après, il faudra qu'on discute. J'ai pris une décision et je dois t'en parler.

11

La situation était gênante. Pas plus que Darius, Nathan n'avait envie d'être là.

Pourtant, ils avaient marché lentement ensemble jusqu'à la cantine et étaient maintenant assis à table, l'un face à l'autre. Darius n'arrêtait pas de tourner sa cuiller dans sa soupe.

Il n'avait toujours pas bonne mine. Son visage était émacié et des cernes sombres soulignaient ses yeux. S'il avait pu voir à quoi il ressemblait, il aurait probablement réclamé du maquillage...

Mais Nathan savait que Darius était simplement trop fatigué. Cela aussi faisait partie du diagnostic du diabète. Dans quelques jours, cette extrême fatigue serait passée, et ses muscles commenceraient à se reformer. D'ici à un mois, il aurait repris son apparence habituelle. Il avait toujours une soif excessive — il avait bu trois verres d'eau depuis qu'ils s'étaient attablés — mais avait manifestement perdu l'appétit.

Prenant une profonde inspiration, Nathan passa en mode professionnel.

— Vous n'avez pratiquement rien mangé. Il ne faudrait pas non plus que votre taux de sucre descende trop.

Darius fit une sorte de grognement avant de porter sa cuiller à sa bouche, les yeux fixés sur lui. Avec un mélange de curiosité et de ressentiment ?

— Voilà donc le fameux Nathan Banks, fit-il enfin.

Mal à l'aise, Nathan s'efforça de garder son calme.

— Je ne vois pas ce que vous voulez dire.

— Là-bas, au centre de traitement du cancer, vous étiez son sujet de conversation favori.

Ah, bon ? C'était étrange d'imaginer Rachel et son ami de l'époque parlant de lui.

Darius s'adossa à sa chaise et croisa les bras.

— Finalement, vous n'êtes pas aussi beau que je le pensais.

Nathan était pris de court. Devait-il rire, ou répliquer vertement ? À l'évidence, ils n'étaient plus dans une relation médecin patient.

— Vraiment ? dit-il simplement.

— Rachel avait toujours une photo de vous dans son sac. Les années n'ont pas été tendres avec vous, fit-il avec un demi-sourire.

Nathan secoua la tête, luttant contre l'envie de le remettre à sa place. Mais, clairement, Darius cherchait à le faire réagir. Pourquoi ? À la pensée que Rachel avait gardé une photo de lui, il eut une drôle de sensation au creux de l'estomac. Ce n'était pourtant pas le moment de céder à la nostalgie.

— En tout cas, le Botox a manifestement été tendre avec vous, répondit-il.

Il n'avait pas pu se retenir. Quelque part au fond de son cerveau, il ne pouvait s'empêcher de considérer Darius Cornell comme un rival. Dans son esprit, Rachel était toujours sienne. Et elle serait toujours à lui.

L'autre soir, il lui avait spontanément avoué qu'il l'aimait toujours, faisant passer son cœur avant sa tête.

Huit ans plus tard, certaines choses n'avaient pas changé. Huit ans plus tard, il aimait toujours Rachel Johnson.

Darius l'étudiait toujours.

— Je m'étais toujours demandé comment vous étiez.

— Pourquoi ? J'étais en Angleterre, et vous en Australie, avec elle.

— Rachel n'a jamais vraiment été avec moi.

Darius parut s'affaisser sur son siège. Il avait le regard vitreux, les paupières lourdes. Peut-être fallait-il lui trouver autre chose à manger ?

— C'était toujours à vous qu'elle pensait, toujours vous qu'elle avait en tête. Dire que vous êtes sur le point de la perdre de nouveau, fit Darius avec un petit rire désabusé.

Nathan se figea sur sa chaise.

— Qu'est-ce que vous venez de dire ?

Nathan aurait voulu le secouer, mais Darius semblait aller de plus en plus mal. Sans lui demander son avis, Nathan se servit du glucomètre qu'il avait dans la poche.

— Vous n'avez pas assez mangé, décréta-t-il. Qu'est-ce qui vous ferait envie ?

— Des toasts.

Nathan traversa la cantine et entra directement dans la cuisine, passant devant le chef éberlué. Il prit quelques tranches de pain, les mit dans le toaster et ouvrit le réfrigérateur, à la recherche de beurre et de confiture.

Le chef haussa les sourcils.

— Je vous en prie, faites comme chez vous.

— Désolé, Stan. Mais Darius ne se sent pas bien, et je voudrais arriver à lui faire avaler quelque chose.

Stan hocha la tête.

— Pas de problème, dit-il alors, reprenant la préparation du dîner.

Une fois les toasts prêts, Nathan remplit un verre de lait, puis retraversa la cantine, ignorant les regards curieux posés sur lui, et posa l'assiette et le verre devant Darius.

Il fallait à tout prix qu'il aille mieux — et qu'il s'explique sur ce qu'il avait dit au sujet de Rachel.

Darius se mit aussitôt à manger, sans même lever les yeux de son assiette. Au bout de cinq minutes, il avait le regard plus clair et se redressa sur sa chaise, jetant un coup d'œil de regret à l'assiette vide.

— Vous vous sentez mieux ? demanda Nathan après s'être assuré que personne ne les écoutait.

Darius ayant hoché brièvement la tête, Nathan se pencha par-dessus la table.

— Qu'est-ce que vous vouliez dire à propos de Rachel ?

— J'étais dans le brouillard, répondit Darius avec un haussement d'épaules. J'ai dû raconter n'importe quoi.

— De nombreux diabétiques disent des choses étranges quand leur taux de sucre est trop bas. Mais vous avez parlé de Rachel. Vous avez dit que j'allais la perdre de nouveau. Pourquoi ?

— C'est du domaine privé.

Nathan respira profondément, s'efforçant de rester professionnel.

— Il faudrait que vous me disiez ce que vous avez ressenti lorsque votre taux de sucre a baissé, pour pouvoir reconnaître les signes à l'avenir.

Il lui montra le glucomètre.

— Un taux de sucre normal se situe entre quatre et sept. Ces dernières semaines, le vôtre a dû être beaucoup plus élevé. Il était à dix. C'est sans doute là que vous avez commencé à vous sentir mal. Cela va changer, mais nous devons tout noter.

Pendant quelques secondes, il y eut un silence total.

— Je me sens mieux à présent, dit Darius en se levant. Je crois que je préfère discuter de la question du diabète avec Rachel.

Nathan se leva à son tour.

— Vous n'irez nulle part tant que vous ne vous serez pas expliqué.

— Tout ça est votre faute, dit sèchement Darius. Rachel était censée rester sur l'île tout le temps que j'étais là. Mais à cause de vous, elle s'en va. Elle va prendre le prochain bateau d'approvisionnement, il arrive après-demain. Parce qu'elle ne veut plus vous voir.

Darius lui tourna le dos et sortit de la cantine. Autour de Nathan, le monde s'écroulait.

Non. Elle ne pouvait pas faire ça. Elle ne pouvait pas le quitter de nouveau.

Pas Rachel. Pas au moment où il avait réussi à croire qu'ils avaient une réelle chance de se construire un avenir ensemble.

Il ne pouvait pas la laisser faire.

12

Le producteur et le réalisateur s'étaient finalement laissé persuader par Nathan. Il s'était montré tellement convaincant que Rachel aurait presque pu croire que Darius et lui étaient amis.

Ils étaient tombés d'accord sur un compromis : Darius était suffisamment hydraté pour se passer de la perfusion. Les résultats sanguins leur étaient parvenus, et ils avaient discuté du traitement au téléphone avec un spécialiste du diabète. Rachel mettrait le suivi en place sur l'île, et, dès que le tournage serait terminé, Darius s'envolerait pour le continent où il pourrait être pris en charge.

Il s'était montré plutôt accommodant. Le plus délicat avait été la réaction des autres célébrités : les mots « traitement de faveur » avaient rapidement circulé. Nathan avait fini par se planter au milieu du campement pour mettre les choses au point. Il avait clairement expliqué à tout le monde que Darius avait un besoin crucial de surveillance médicale durant les prochains jours, en dehors des quelques heures consacrées au tournage.

Tallie Turner, l'actrice, avait été la plus virulente. L'idée que l'un des participants ne dormirait pas comme les autres sur un lit de camp, au milieu d'araignées géantes et d'insectes divers, la mettait hors d'elle.

Les autres célébrités avaient passé la plus grande partie de la journée à discuter de l'événement. Frank Cairns, le sportif, avait gagné les faveurs du public. Il ne se plaignait jamais et savait manier l'autodérision. Billy X, le rappeur, venait en second. Il s'était bien débrouillé durant les défis et avait entamé un flirt poussé avec Rainbow Blossom, la star de télé-réalité. Rachel le soupçonnait de chercher ainsi à augmenter sa popularité.

Elle avait passé la nuit précédente au cabinet médical avec Darius, mais ils s'étaient mis d'accord. Ce soir, il dormirait avec des membres de l'équipe qui se relaieraient pour vérifier son taux de sucre au milieu de la nuit.

Il fallait que tout redevienne normal.

Mais au fait, qu'est-ce qui était normal ? De se réveiller chaque matin avec une boule au ventre ? De ne pas dormir la nuit à cause des pensées qui se bousculaient dans sa tête ? De ne pas pouvoir réfléchir normalement, ni avoir une simple conversation avec un collègue ?

La normalité, elle ne savait plus ce que c'était depuis que Nathan avait réapparu dans sa vie.

Elle entendit quelqu'un marcher à l'extérieur, et son corps se raidit. Elle pouvait même reconnaître son pas à présent. Que dirait-il s'il voyait son lit couvert des vêtements qu'elle devait ranger dans son sac à dos ? Elle ne lui avait toujours pas dit qu'elle projetait de partir.

Mais pourquoi avait-elle mis si longtemps à préparer son sac ? C'était comme si sa tête avait pris une décision et son cœur, une autre.

La fuite était-elle vraiment la solution ?

En entendant les pas se rapprocher, elle ferma les yeux une seconde. C'était l'occasion ou jamais d'avoir la conversation que Nathan et elle méritaient d'avoir — même si c'était difficile. Elle ne pouvait pas partir de nouveau sans lui parler. Ce n'était juste ni pour lui, ni pour elle.

Huit ans auparavant, elle s'était enfuie.

Huit ans plus tard, il était temps de faire face.

— Salut, Rachel !

Son ton joyeux la surprit. La veille encore, ils s'étaient à peine croisés.

Elle se retourna. Il avait une bouteille dans une main et deux flûtes dans l'autre, qu'il alla poser sur la table.

— Regarde ce que Lewis nous envoie, dit-il sans paraître remarquer les vêtements étalés un peu partout. Cela vient juste d'être apporté par le bateau d'approvisionnement.

En regardant l'étiquette de la bouteille, elle écarquilla les yeux : du champagne rosé, de la part de l'homme qu'elle avait eu envie d'étrangler plusieurs fois depuis son arrivée sur l'île.

— Ils ont eu leur bébé ?

Nathan rayonnait littéralement.

— Une petite fille de quatre kilos, en pleine santé.

Spontanément, il l'attira contre lui et l'étreignit.

— Lewis était vraiment inquiet, tu sais. Dans la famille de son épouse, toutes les femmes ont souffert de pré-éclampsie en étant enceintes. Il a dû passer toute la grossesse à retenir sa respiration.

Il la tenait toujours, et elle ne pouvait ignorer les réactions de son corps. Elle avait l'impression d'être bombardée de phéromones mâles. Sa barbe d'un jour lui effleura l'épaule, et elle en eut la chair de poule. Elle avait toujours adoré Nathan avec une légère barbe.

— Je n'étais pas au courant, dit-elle d'une voix chevrotante.

Il la regarda en souriant. Sa bonne humeur était évidente. C'était le Nathan qu'elle se rappelait. Celui qui l'avait toujours encouragée, soutenue, pendant six années de dures études et de travail. Celui qui la faisait rire, en qui elle avait toujours eu confiance. Pourquoi ne pouvaient-ils pas recommencer ?

On aurait dit que les ombres, au fond de ses yeux, avaient presque disparu. Il avait l'air plus détendu, à l'aise avec le monde qui l'entourait. En même temps que la tension qui émanait de lui diminuait, les phéromones emplissaient tout l'espace.

Il ne l'avait toujours pas lâchée, et elle n'avait vraiment pas envie qu'il le fasse.

Elle voulait se comporter comme si elle n'avait jamais eu de cancer, comme si elle n'était jamais partie et qu'il n'avait pas passé les cinq dernières années de sa vie à parcourir le monde. Peut-être que, pendant cinq minutes, ils pourraient être heureux ensemble. Elle le souhaitait tellement.

— Comment s'appelle le bébé ? demanda-t-elle.

Il plissa le nez.

— Gilberta.

— Oh.

— Apparemment, c'est un prénom de famille. Qu'en dis-tu, Rach ? D'accord pour trinquer avec moi ?

Il la lâcha pour prendre la bouteille et fit sauter le bouchon avant de verser le liquide pétillant dans les flûtes.

Non. Elle ne pouvait pas continuer à mener cette vie. Quelques semaines auparavant, si on l'avait questionnée à propos de Nathan Banks, elle aurait eu un pincement au cœur et aurait répondu d'une voix attristée que c'était un vieil ami. Puis elle aurait passé le reste de la journée à se demander où il se trouvait et s'il était heureux.

Elle n'avait jamais rencontré quelqu'un comme lui, capable de l'inspirer, de la stimuler, de la défier et de l'aimer de cette façon.

Depuis, elle avait organisé sa vie, avec un plan de carrière bien précis. Elle avait un bon environnement de travail et des collègues sympathiques. Mais ce n'était pas suffisant. Ce ne serait jamais suffisant.

Elle avait rencontré beaucoup d'hommes agréables. Mais aucun avec qui elle avait envie de vieillir. C'était pourtant ce qu'elle avait toujours ressenti avec Nathan : qu'ils étaient faits l'un pour l'autre, et que cela pourrait durer toujours. Personne d'autre ne lui procurerait ça.

Revoir Nathan lui avait fait prendre conscience à quel point il lui manquait. Elle avait besoin de lui. Mentalement, physiquement, spirituellement. Se trouver dans la même pièce que lui sans qu'ils soient vraiment ensemble était presque douloureux.

Pourquoi avait-il fallu qu'elle ait un cancer ? Pourquoi ces horribles petites cellules s'étaient-elles multipliées pour endommager son corps ? Combien étaient-ils à se poser les mêmes questions ?

— Rachel ?

Nathan se tenait devant elle, les sourcils légèrement froncés, lui tendant une flûte de champagne.

— Allons-nous fêter le bébé ?

Elle plongea son regard dans le sien.

— Non.

Il posa les flûtes sur la table, et elle se raidit, s'attendant à une avalanche de questions qui ne vinrent pas.

Elle devait partir, elle l'avait décidé. Mais alors, pourquoi sentait-elle le corps de Nathan comme une ancre qui l'attachait à lui ?

Venant vers elle, il posa les mains sur ses hanches, et elle sentit la chaleur de ses doigts à travers sa chemise de nuit de satin rose.

— Cela suffit, Rachel, dit-il d'une voix rauque. Huit ans, c'est beaucoup trop long.

Doucement, il lui caressa la joue.

— Tu m'as tellement manqué. Je me suis senti perdu sans toi. J'ai besoin que tu sois avec moi et que tu me fasses confiance. Et je regrette que tu aies affronté seule ta maladie. À présent, je sais pour ton cancer et pour Darius, et je comprends le lien qui vous unit. Nous devons avancer, Rachel, dit-il en glissant les doigts dans ses cheveux. Ou nous passerons notre existence à nous étioler sans vivre réellement.

Il appuya sa joue contre la sienne.

— Je ne te laisserai pas prendre ce bateau sans moi, murmura-t-il. Ne me laisse pas une nouvelle fois.

Il savait. Il était au courant qu'elle avait prévu de partir. Mais il n'avait pas crié, ne s'était pas mis en colère. Au contraire, il avait gardé ses distances, lui avait laissé de l'espace.

Avait-elle réellement voulu partir ?

Elle étouffa un sanglot. Posant les mains sur son torse, elle laissa aller sa tête sur son épaule. Elle sentait le battement si familier de son cœur sous sa paume. Tout était à sa place.

Quand ils étaient au lit ensemble, c'était toujours ainsi qu'elle s'endormait — la main sur son cœur. Cela lui donnait un gigantesque sentiment de bien-être et de sécurité.

Une vague de chaleur la submergea.

— Je t'aime, murmura-t-elle sans le regarder. Je t'ai toujours aimé et je ne cesserai jamais.

Son doigt se promena sur sa mâchoire. Elle sentit le doux picotement de sa barbe d'un jour qu'elle aimait tant.

Inspirant profondément, elle leva la tête.

— Je ne sais pas pourquoi nous nous sommes retrouvés ici tous les deux. C'était peut-être le destin. Ces derniers jours, j'étais dans un état de grande confusion, mais il y a une chose dont je suis sûre : je ne veux pas te refaire souffrir. J'ai peut-être passé le cap des cinq ans pour mon cancer, mais ce n'est pas une garantie. Il est toujours là, suspendu au-dessus de ma tête. Je ne veux pas être malade avec toi près de moi, Nathan. Je ne veux pas que tu me serves d'infirmier, te voir souffrir à cause de moi.

— Est-ce une raison pour ne pas saisir la chance de passer notre vie ensemble ? Est-ce une raison pour t'enfuir de nouveau ? Tu n'as rien appris, Rachel ? dit-il d'une voix incrédule. Veux-tu vraiment passer le reste de ton existence à avoir peur de vivre ?

Il la lâcha et ouvrit les mains devant lui.

— Et si tu n'avais jamais plus de cancer ? Tu resterais assise sur ton rocking-chair à te demander pourquoi la vie t'a glissé entre les doigts ?

Il approcha son visage du sien.

— Et si c'était moi qui tombais malade ? Si je développais une tumeur cancéreuse ? Voudrais-tu me laisser ? Mais moi, je devrais m'éloigner de toi pour ne pas te voir sous traitement ? Te rends-tu compte à quel point c'est ridicule ? Il y a des gens qui franchissent ce pas tous les jours, dit-il en posant les mains sur ses épaules. Lorsqu'un homme et une femme s'engagent l'un envers l'autre, il n'y a aucune garantie qu'ils soient heureux pour toujours. Il faut juste prendre ce que la vie te donne, Rachel.

Elle posa la main sur son torse.

— Moi, je crois que nous pouvons être heureux, dit-il. Nous avons attendu ce moment pendant huit ans, je n'ai pas envie d'attendre une seconde de plus.

En l'écoutant parler ainsi, elle s'était mise à trembler de tout son corps. Tout cela, elle aurait pu l'entendre huit ans auparavant — si elle avait donné à Nathan l'occasion de s'exprimer.

Il laissa courir ses mains le long de ses bras.

— Ne t'en va pas de nouveau, Rach. C'est la seule chose que je ne pourrais pas supporter. Tout le reste, je saurai y faire face — avec toi à mon côté.

Les larmes se mirent à couler sur ses joues. Il lui sourit, et elle le dévora littéralement du regard : les petites rides autour des yeux, la légère ombre de barbe, la sincérité de son regard vert si intense... Elle ne se lassait pas de le regarder.

— Tu n'imagines pas à quel point je souhaite que nous soyons ensemble, dit-elle d'une voix tremblante. Mais j'ai tellement peur...

Le sourire de Nathan s'élargit : il avait assez de confiance pour deux.

— Il ne faut pas avoir peur, Rach. Nous serons ensemble à chaque étape du chemin.

Sa main enveloppa la sienne, chaude, solide et rassurante. Elle lui envoya une onde bienfaisante dans tout le bras.

— Comment allons-nous faire ? Où habiterons-nous ? Et notre travail ?...

Il l'attira fermement contre lui.

— Nous procéderons étape par étape, après en avoir discuté.

Sa main droite fourragea dans ses cheveux, tandis que l'autre suivait les courbes de son corps à travers la chemise de nuit.

— Et si l'on reprenait tout de zéro et que l'on refaisait connaissance ? lui demanda-t-il à l'oreille, la troublant profondément.

Ses yeux verts brillaient d'une lueur intense. C'était comme s'ils remontaient le temps : elle retrouvait dans son regard l'expression qui lui avait toujours donné des frissons.

Elle embrassa sa nuque qu'elle savait si sensible, et le vit tressaillir de plaisir. Certaines choses ne changeaient pas.

— J'aimerais beaucoup refaire connaissance avec vous, docteur Banks.

Faisant un pas en direction de sa chambre, il lui tendit la main, et cette fois elle n'hésita pas. C'était la première fois, en huit longues années, qu'elle était certaine de ce qu'elle faisait.

Épilogue

Un an plus tard

Rachel allait et venait au rythme de son cœur qui battait de plus en plus fort dans sa poitrine. Dans la salle de bains, on n'entendait que le bruissement de sa robe de mariée couleur crème.

Lui saisissant la main, Nathan l'attira contre lui. Il joua avec une petite boucle brune de sa coiffure savamment apprêtée.

— On pourrait croire que tu es nerveuse, dit-il en souriant.

— Évidemment que je suis nerveuse ! J'en ai la nausée, dit-elle avec un coup d'œil vers le lavabo. Quelle heure est-il ?

— Sois patiente, Rachel. Nous avons tout le temps… Même si nos invités vont croire que nous avons changé d'avis.

Elle posa une main sur son torse et chercha son regard.

— Tu sais bien que je ne changerai jamais d'avis pour ce qui est de t'épouser. Je n'ai jamais été aussi sûre de moi de toute ma vie.

Il se pencha et déposa un tendre baiser sur ses lèvres.

— Je sais.

— Il est temps de regarder ? demanda-t-elle d'un ton nerveux.

Après avoir consulté sa montre, il lui prit la main.

— Je ne voudrais pas que tu sois déçue si ce n'est pas ce que tu espérais. J'épouse la femme que j'aime, je souhaite avant tout que ce jour soit le témoignage de notre engagement à passer notre vie ensemble.

— Je sais. Mais je n'arrête pas de me dire qu'il y a une autre raison à mon retard de règles que le stress du mariage.

Il rit.

— Le chauffeur de voiture des mariés n'a pas dû s'arrêter très souvent en chemin pour acheter un test de grossesse. Le pauvre a failli avoir une attaque.

Elle ferma les yeux quelques secondes.

— Regarde, toi. Moi je ne peux pas.

La tête lui tournait. Ils avaient organisé leur mariage en l'espace de quelques mois. Dans moins de deux semaines, ils seraient de retour au Royaume-Uni, non loin de chez Charlie, tous les deux avec un nouveau travail. Elle allait suivre une nouvelle formation pour être généraliste, et Nathan commencer une spécialisation de chirurgien. Il affirmait en plaisantant qu'il serait le plus vieil étudiant en chirurgie de la ville.

Elle avait toujours craint que son traitement contre le cancer n'ait affecté sa fertilité. Elle ne l'avait pas caché à Nathan lorsqu'il l'avait demandée en mariage.

« On peut fonder une famille de bien des façons », avait-il répondu.

Allant vers le lavabo, il jeta un coup d'œil au test. Elle serra les dents, n'en pouvant plus d'attendre.

— Un trait ou deux ? demanda-t-elle.

Ses yeux s'arrondirent, et il la gratifia d'un large sourire avant de la soulever et de la faire tourner dans la petite salle de bains de l'hôtel de ville.

— Deux !

— Quoi ?

Elle ne pouvait pas le croire. *Et aujourd'hui, en plus.*

Il la redéposa doucement à terre.

— Alors ? Prête à faire de moi l'homme le plus heureux de la planète, madame Banks ?

— Mme Banks, répéta-t-elle, rêveuse.

Les yeux de Nathan brillaient de joie. Il prit le bouquet de roses roses qu'elle avait posé près du lavabo et le lui tendit.

— Allons rassurer nos invités, dit-il. Ils vont finir par croire que nous ne sortirons jamais d'ici.

À cet instant, on frappa à la porte, et Charlie passa la tête l'intérieur.

— Ça va, vous deux ? Freddie a déjà fait tomber deux fois les alliances du coussin. La prochaine fois, on ne les retrouvera pas.

La petite fille de Charlie, Mathilda, était leur demoiselle d'honneur, tout de rose vêtue, et Freddie, son fils, leur garçon d'honneur.

Nathan fit un clin d'œil à Rachel.

— En fait, Charlie, nous avons une nouvelle à t'annoncer, dit-il en entremêlant ses doigts à ceux de sa future femme. D'ici à quelque temps, nous ne serons plus deux, mais trois.

Charlie eut besoin de quelques secondes pour réagir.

— Quoi ?

Il entra dans la salle de bains et étreignit Rachel avec ferveur.

— C'est fabuleux... J'ai hâte de faire la connaissance de mon neveu ou de ma nièce. Mais commençons par vous marier, dit-il. Il faut d'abord que tu deviennes ma belle-sœur.

Puis il l'embrassa sur la joue avant de disparaître.

Nathan la regarda et sourit.

— Prête ?

Elle hocha la tête.

— Plus que jamais, répondit-elle en lissant sa robe.

Elle jeta un dernier coup d'œil au miroir pour redresser son voile et arranger les roses roses piquées dans ses cheveux.

Nathan sortit avant elle, et elle alla rejoindre son père qui avait l'air un peu nerveux. Il avait été si heureux d'apprendre qu'elle et Nathan revenaient s'installer à Londres.

La décision avait été facile à prendre. Ils étaient d'abord restés travailler en Australie pendant dix mois. Tous les deux avaient été d'accord pour se rapprocher de Charlie, et elle n'avait plus touché terre depuis que Nathan lui avait demandé de l'épouser lors du mariage de Darius, quelques mois auparavant. Ils avaient alors décidé en même temps de chercher un travail en Angleterre et de planifier leur mariage.

Son père lui offrit son bras.

— Tout va bien ?

Elle lui adressa un sourire radieux.

— Tout est parfait, papa. Et bientôt, cela va aller encore mieux.

Lorsque les portes de la salle des mariages s'ouvrirent, elle sourit de nouveau. Huit ans auparavant, elle avait cru que sa vie se terminait. À présent, elle commençait à peine.

Au bras de son père, Rachel alla rejoindre celui qui était son destin : l'homme qu'elle aimait, le père de son bébé.